BIANCA™

AF274914

LYNN RAYE HARRIS

EL PRÍNCIPE RUSO

HARLEQUIN™

Editado por Harlequin Ibérica.
Una división de HarperCollins Ibérica, S.A.
Avenida de Burgos, 8B - Planta 18
28036 Madrid

© 2024 Harlequin Ibérica, una división de HarperCollins Ibérica, S.A.
N.º 482 - 20.9.24

© 2011 Lynn Raye Harris
El príncipe ruso
Título original: Prince Voronov's Virgin

© 2011 Maggie Cox
Secreto de una noche
Título original: Mistress, Mother...Wife?

© 2011 Kate Walker
Un sueño fugaz
Título original: The Proud Wife
Publicadas originalmente por Harlequin Enterprises, Ltd.
Estos títulos fueron publicados originalmente en español en 2011, 2012 y 2012

I.S.B.N.: 978-84-1062-968-4
Depósito legal: M-16547-2024
Impreso en España por: BLACK PRINT
Fecha impresión para Argentina: 19.3.25
Distribuidor exclusivo para España: LOGISTA
Distribuidor para México: Distribuidora Intermex, S.A. de C.V.
Distribuidores para Argentina: Interior, DGP, S.A. Alvarado 2118.
Cap. Fed./Buenos Aires y Gran Buenos Aires, VACCARO HNOS.

Capítulo 1

EL GRITO que rompió la noche recorrió la espina dorsal de Alexei Voronov como un río de agua helada. Con todos sus sentidos alerta, miró alrededor de la Plaza Roja, el suelo empedrado cubierto por una ligera nevada. A la derecha, el muro del Kremlin bordeaba la plaza, al final, la torre Spassky, con su reloj gigante como el Big Ben de Londres, y las coloridas cúpulas de la basílica de San Basilio.

Pero era tarde y no había movimiento en la plaza.

Hasta que volvió a escuchar el grito.

Alexei murmuró una maldición. Estaba escondido entre las sombras del Museo de Historia de Rusia esperando que llegara su contacto, pero no podía ignorar los gritos. Aunque seguramente fuera una pelea en alguna discoteca de los alrededores, si había una mujer en peligro tenía que hacer algo.

Iba a costarle una valiosa información, ya que su contacto no esperaría cuando descubriera que no estaba en el lugar indicado, pero llevaba media hora esperando y el hombre no llegaba. En realidad, empezaba a preguntarse si aparecería.

Era posible.

Si su adversario había descubierto sus intenciones, tal vez habría pagado más al informador... aunque Alexei estaba dispuesto a pagarle una fortuna.

Pero no podía quedarse de brazos cruzados mientras oía gritar a una mujer.

Era una maldición ser tan noble, incluso a expensas de sus propios intereses, pensó, con cierta ironía. Él era despiadado en todo lo que hacía, salvo cuando alguien estaba en peligro.

Frente al Kremlin, las luces de los grandes almacenes GUM estaban encendidas y Alexei se dirigió en esa dirección, pero se detuvo al escuchar un ruido. ¿Pasos? El eco en la plaza vacía hacía difícil señalar la dirección desde la que llegaban.

Antes de que pudiese averiguarlo, una mujer apareció de repente en medio de la oscuridad y chocó contra él con tal violencia que estuvo a punto de tirarlos a los dos al suelo.

Alexei la sujetó por la cintura mientras daba un paso atrás para mantener el equilibrio. Era como intentar sujetar a una leona. Ella no emitió ruido alguno, pero lo empujó con todas sus fuerzas, levantando el codo hacia su cara. Instintivamente, Alexei se apartó y le dio la vuelta hasta tenerla de espaldas a él, poniendo una mano sobre su boca.

Si la soltaba, le destrozaría los tímpanos.

—Si vuelves a gritar —le dijo en voz baja— quien te está persiguiendo te encontrará. Y no pienso meterme en una pelea de enamorados.

¿Por qué no podía, por una vez, meterse en sus asuntos? Era tarde, pero su informador aún podía llegar. Había en juego un importante asunto de negocios, por no mencionar años trabajando con un solo objetivo que estaba a punto de conseguir. Perderse ese encuentro con un informador por culpa de lo que parecía una pelea entre borrachos no era parte de su plan. Debería darse la vuelta y volver a la puerta del museo...

La mujer sacudió la cabeza y Alexei pensó entonces que podría ser una turista. Había muchos turistas en Moscú últimamente, al contrario que cuando él era joven. Y repitió la frase en inglés, por si acaso.

Al notar que ella contenía el aliento, supo que había acertado. También hablaba alemán, francés y polaco pero el inglés le había parecido lo más sencillo ya que casi todo el mundo conocía ese idioma.

—No voy a hacerte daño —le dijo—. Pero si gritas, te dejaré sola. ¿De acuerdo?

Ella asintió con la cabeza y Alexei le dio la vuelta. La capucha del abrigo había caído hacia atrás, revelando un cabello oscuro sujeto en una coleta. Sus facciones eran delicadas... aunque el codo que había lanzado contra su cara había sido todo menos delicado. Era una mujer fuerte. Fuerte y frágil al mismo tiempo.

Alexei apartó la mano de su boca y ella lo miró con expresión recelosa, pero no volvió a gritar.

—Por favor, ayúdeme —le pidió, abrazándose a sí misma para contener el frío del mes de abril—. No deje que me hagan nada.

Por su acento, era estadounidense.

No debería sorprenderlo y, sin embargo, algo en ella era totalmente inesperado. No entendía qué hacía una chica estadounidense, que no hablaba ruso, sola en la Plaza Roja a la una de la mañana.

«No te metas en esto, Alexei», le dijo una vocecita.

Pero él no hizo caso.

—¿A quién te refieres, a las autoridades? Si has hecho algo ilegal, no puedo ayudarte.

—No, no —dijo ella, mirando hacia atrás con un gesto de aprensión—. No es eso. Estoy buscando a mi hermana y...

Entonces oyeron gritos en la plaza y ella no esperó su respuesta, sencillamente salió corriendo como lanzada por un cañón. Pero Alexei llegó a su lado en tres zancadas y la tomó del brazo.

—Por aquí —le dijo, tirando de ella hacia los grandes almacenes.

—Hay demasiada luz. Nos verán...

—Precisamente.

Oían el ruido de unas botas sobre el empedrado de la plaza. Alexei la empujó contra uno de los escaparates y ella emitió un gemido de protesta.

—Levanta una pierna y ponla alrededor de mi cintura —le dijo en voz baja.

Ella levantó las cejas asombrada.

—¡Suélteme! No está intentando ayudarme...

—Te aseguro que sí. Pero tú decides, *maya krasavitsa* —Alexei se apartó—. Buena suerte.

—¡No, espere! —gritó ella—. Muy bien, haré lo que me pide.

Alexei sonrió, aunque no era una sonrisa muy amistosa.

—*Spasiba*. Fingiremos ser amantes, ¿de acuerdo? Enreda la pierna en mi cintura —le dijo, mientras la empujaba suavemente hacia el cristal del escaparate.

Ella le echó los brazos al cuello, obedeciendo sin discusiones en esta ocasión, y Alexei agarró sus muslos, empujándola hacia él. Llevaba un abrigo largo que los escondía a los dos y, si lo hacían bien, cualquiera que los viese pensaría que estaban haciendo el amor en plena calle.

La chica dejó escapar un gemido cuando la empujó contra su entrepierna y el sonido fue como un río de vodka en sus venas. Por mucho que intentara controlarse, su cuerpo estaba reaccionando.

Chert poberti.

Era pequeña, suave, y olía al verano en los Urales,

a flores, a sol y a agua fresca. Ese olor le hacía recordar, le hacía sentir. Y a él no le gustaba sentir. No había sitio en su vida para sentimientos.

Los sentimientos te hacían débil, eran capaces de romperte.

—Bésame —murmuró al notar que los pasos se acercaban—. Y hazlo creíble.

Paige parpadeó, atónita. ¿Cómo se había metido en aquel apuro?

Debería haber acudido directamente a Chad cuando Emma desapareció. Pero pensó que su hermana sencillamente se había olvidado de la hora y Paige no quería interrumpir la cena de su jefe cuando había sido tan amable de permitir que llevase a Emma con ellos a Moscú.

Chad Russell era uno de los solteros más cotizados de Dallas. Era un hombre apuesto, inteligente y muy rico. Y ella era su secretaria. O, al menos, lo era durante aquel viaje, ya que su secretaria ejecutiva, Mavis, no podía hacer viajes de más de tres horas por prescripción médica. Mavis tenía un problema vascular que podría ser mortal si pasaba mucho tiempo en un avión, de modo que Chad tuvo que elegir a otra secretaria para aquel viaje.

Había sido emocionante que la eligiera a ella por encima de otras secretarias con más experiencia y estaba decidida a hacer el trabajo lo mejor posible. Chad tenía suficientes asuntos de los que preocuparse. Estaba allí para firmar un lucrativo contrato, no para buscar a una irresponsable chica de veintiún años por todo Moscú.

Y Paige estaba allí para demostrar que era capaz de hacer un trabajo de responsabilidad y, por lo tanto, que era importante en la empresa Russell.

Últimamente incluso había empezado a pensar que Chad estaba interesado en ella algo más que como en una empleada. Intentaba no hacerse ilusiones, pero Chad la había invitado a comer dos veces y le hacía preguntas sobre su vida personal, sobre su hermana y sobre cosas que no tenían nada que ver con el trabajo.

Chad Russell era el hombre más atractivo que había conocido nunca. En todos los sentidos. Y le había gustado desde que entró en su oficina y le sonrió hacía dos años.

Debería haberle pedido ayuda para encontrar a Emma, pero estaba tan acostumbrada a resolver los problemas por sí sola que decidió buscarla sin ayuda de nadie. Y lo lamentaba.

—No hay tiempo que perder —insistió el extraño.

Su voz era ronca, masculina, la pronunciación de las vocales muy marcada. No tenía un fuerte acento, pero resultaba evidente que era ruso.

El corazón de Paige le dio un vuelco dentro del pecho cuando la apretó con fuerza. Tenía que encontrar a Emma, pero antes de eso tenía que sobrevivir a los siguientes minutos. Y, para hacerlo, debía hacer lo que el extraño le pedía. ¿Qué otra cosa podía hacer? Los hombres que la habían acorralado en la plaza eran muchos y, si la atrapaban, podría no poder escapar por segunda vez.

Aunque no sabía qué querían. Se había alejado del hotel buscando a su hermana y en la plaza se encontró con un grupo de hombres borrachos que no parecían dispuestos a ayudarla. O, al menos, sin que tuviera que pagar un precio.

Paige tembló al pensar en el gigante rubio con manos como palas que, con un fuerte acento ruso, había dicho que la ayudaría si le daba un beso.

Cuando la agarró, riendo, Paige le dio una patada en

la entrepierna que le hizo caer al suelo y mientras los demás lo ayudaban a levantarse había salido corriendo...

Para encontrarse con aquel hombre.

Por qué creía que el extraño iba a ayudarla, no estaba segura. Pero sabía que era el menor de los dos males. El simple contacto de sus cuerpos, a pesar de las capas de ropa, hacía que su corazón se volviera loco, no sabía muy bien por qué.

Quería saber quién era, por qué estaba ayudándola, pero no había tiempo para preguntar. Los ojos grises del extraño la urgieron a obedecer cuando el golpeteo de las botas sobre el empedrado de la plaza empezó a sonar más cerca.

Paige cerró los ojos y puso los labios sobre los del extraño. Pero decidió en el último momento que mantendría la boca cerrada. No había razón para besarlo de verdad; que fingieran besarse sería suficiente para engañar a sus perseguidores.

Pero cuando la lengua del extraño se deslizó entre sus labios, Paige dejó escapar un gemido de sorpresa. La besaba con tal sabiduría, con tal ardor, que se le doblaron las piernas y habría caído al suelo si no estuviera sujetándola.

Sabía a coñac y a menta, tan masculino y tan fuerte que una extraña languidez se apoderó de sus sentidos. No era Chad, no era el hombre con el que llevaba dos años fantaseando, pero quería perderse en su abrazo, quería saber si habría magia si estuvieran solos y desnudos...

Salvo que ella no tenía la menor idea de cómo hacer magia con un hombre. En los últimos ocho años había tenido exactamente una experiencia sexual... y no había sido precisamente memorable. Convertirse en madre de su hermana pequeña cuando tenía dieciocho años y trabajar para pagarse los estudios mientras intentaba llevar la casa no dejaba mucho tiempo para salir con chicos.

Pero ni uno de los besos que le habían dado en su vida se parecía a aquel. Aquel beso era increíble, le removía algo por dentro. Como si hubiera fuegos artificiales en su interior.

¿Cómo podía sentir eso mientras besaba a un completo extraño?

No era ella misma, ésa era la única explicación. Ya no era una aburrida secretaria trabajando para un hombre que nunca podría ser suyo, ya no era la responsable hermana mayor que se encargaba de todo. Era una mujer ardiente, sensual, y completamente a cargo de su destino. Estaba viviendo una vida de intrigas internacionales y peligro, una vida emocionante llena de pasión y de hombres asombrosos que hablaban su idioma con acento ruso y besaban como si les fuese la vida en ello...

Las voces se acercaron más entonces, devolviéndola a la realidad. Y cuando oyó un silbido se le encogió el estómago.

—No te asustes —le dijo el extraño al oído—. Pronto se marcharán.

Paige tembló, aunque no de miedo, mientras la besaba en el cuello.

—¿Cómo te llamas?

Esa pregunta la sorprendió. Estaba apretado contra ella íntimamente, besándola como si lo hubiera hecho toda su vida, su erección rozando uno de sus muslos, y no conocía su nombre. Si la situación no fuera tan peligrosa, habría soltado una carcajada.

—Tu nombre...

—Paige —dijo por fin, antes de que él volviera a buscar sus labios.

Los hombres se acercaron y cuando uno de ellos dijo algo en ruso, Paige sintió que el extraño se ponía tenso.

—Gime —musitó, sobre sus labios.

Su acento hacía que la palabra sonara más sexy que nada que hubiese oído en toda su vida.

Pero Paige se daba cuenta de que estaban en peligro. Y que él lo supiera hacía que el peligro le pareciese más real. Eran muchos contra dos. Si esos hombres descubrían que era la chica que había golpeado a uno de ellos en la entrepierna, el extraño no podría hacer nada.

Nerviosa, enterró la cara en su cuello y dejó escapar un gemido. Pero sonaba irreal, poco convincente.

—Más alto —dijo él, empujando las caderas hacia ella.

Al notar el roce de su erección, Paige dejó escapar un gemido y esta vez era muy real. El extraño volvió a buscar su boca y Paige enredó los dedos en su pelo, apretándose contra él.

Estaba haciéndola sentir algo que no había sentido nunca. Estaban vestidos, en medio de la calle, en peligro, y Paige estaba a punto de llegar al clímax.

Ni siquiera estaba desnuda, no se conocían de nada y sin embargo...

Cuando él puso una mano sobre sus pechos, acariciando un pezón con el pulgar, Paige gimió de nuevo y esta vez no tuvo que fingir.

Se sentía perversa. Estaba ardiendo y totalmente desesperada por llegar al final.

No podía ser y sin embargo...

El extraño se apartó un poco, sin soltarla. No parecía afectado por lo que había pasado, mientras ella estaba ardiendo de deseo y frustrada al mismo tiempo.

—Se han ido —dijo, soltándola.

Paige sintió frío de repente y tuvo que abrazarse a

sí misma. Le castañeteaban los dientes, pero no parecía capaz de controlarlo.

–Gracias –murmuró por fin, extrañamente decepcionada al no haber podido llegar al orgasmo. Aunque su cuerpo seguía temblando por efecto de la adrenalina.

–*Ne ze chto*. Debemos irnos.

Paige parpadeó, mirándolo de cerca por primera vez... y se quedó perpleja. Era un hombre guapísimo. Como un actor de Hollywood, como un modelo... no, nada de eso podía describir a aquel hombre.

Había estado tan asustada antes, y luego tan excitada, que apenas había tenido tiempo de fijarse en los detalles.

Llevaba un abrigo de piel y tenía el pelo oscuro y la nariz y los pómulos que los artistas llevaban siglos pintando y esculpiendo en mármol. Sus labios eran generosos, sensuales, su mandíbula cuadrada.

Y acababa de decir que tenían que irse. Juntos.

Paige dio un paso atrás, desconcertada y recelosa. Ya había cometido demasiados errores esa noche. Había salido sola del hotel, cuando le habían advertido que no lo hiciera, y había estado a punto de ser asaltada por un grupo de borrachos. No iba a irse con aquel hombre, aunque estuviese en deuda con él por ayudarla.

–Agradezco su ayuda, pero si cree que voy a irme con usted a algún sitio para terminar lo que hemos empezado...

–Veo que tienes una gran opinión de ti misma, Paige –la interrumpió él, burlón–. Y vendrás conmigo si no quieres que vuelva a repetirse la escena. Esos hombres podrían volver en cinco minutos, cuando vean que no te has metido en el metro ni en ninguna de las discotecas de por aquí.

–Volveré a mi hotel. Creo que está al final de esa calle...

–No es seguro.

–Mi jefe está allí, él podrá ayudarme...

–No, es más seguro que vengas conmigo.

Paige apretó los labios, furiosa. ¿Quién creía que era para decirle lo que tenía que hacer? ¿Y qué quería decir con eso de que no era seguro? ¡Tenía que ser más seguro que irse con él!

–Le agradezco su ayuda, de verdad, pero mi hermana ha desaparecido y creo que Chad es el único que puede ayudarme...

El extraño dio un paso adelante.

–¿Chad? ¿Chad Russell es tu jefe?

Paige lo miró, perpleja.

–¿Conoce a Chad?

–Claro que conozco a Chad Russell, *maya krasavitsa*. Y sé que lo mejor es que vengas conmigo si quieres salir viva de aquí.

Paige sintió un escalofrío. Algo en su tono le hacía desear salir corriendo.

–No sé si es buena idea –insistió.

El extraño se encogió de hombros.

–Es tu vida, haz lo que quieras.

–Pero ¿por qué dice que no es seguro?

Él hizo una mueca.

–Las calles no son seguras por la noche, como tú misma acabas de descubrir. Ocurre lo mismo en todas las grandes ciudades del mundo.

Lo que decía era cierto. ¿Saldría sola de noche por las calles de Dallas o Nueva York? No, definitivamente no.

–Puedo pagarle para que me acompañe al hotel.

La carcajada del extraño fue totalmente inesperada

y Paige sintió que le ardía la cara. Qué noche tan extraña, pensó.

—Ven conmigo o vete sola, haz lo que quieras.

Luego, sencillamente, se dio la vuelta y empezó a caminar en la dirección en la que se habían ido los hombres.

Paige se mordió los labios, temblando y preguntándose qué demonios debía hacer.

Tal vez podría llegar sola al hotel... suponiendo que no se perdiera. No estaba lejos de allí, a lo largo del río Moscova, pero era un paseo oscuro y solitario.

Iría corriendo. Podía llegar en diez minutos si se daba prisa y tal vez Emma ya habría vuelto al hotel. Y si no, Chad estaría allí para ayudarla.

Le llegó entonces el sonido de voces masculinas hablando en ruso. Hablaban en voz muy alta, riendo. No sabía si eran los mismos hombres pero... ¿podía arriesgarse?

¿Qué estaba haciendo allí?, se preguntó, mirando alrededor. ¿Por qué había pensado que podía hacer aquello sola? No hablaba ruso y a veces no podía entender a la gente aunque hablaran su idioma. Paige miró entonces al hombre que se alejaba. A él sí lo entendía.

Pero era un extraño. ¿Cómo iba a ir a ningún sitio con un hombre al que no conocía de nada?

Las voces se acercaban cada vez más. Entre encontrarse con esos borrachos o ir con el hombre que la había ayudado, Paige decidió que no tenía alternativa.

Y empezó a correr.

Capítulo 2

ALEXEI sirvió whisky en un vaso y se lo ofreció a la joven, que estaba sentada con expresión triste en el sofá. El paseo por las frías calles de Moscú la había dejado helada pero un trago de whisky la haría entrar en calor. Y entonces descubriría qué estaba haciendo en la Plaza Roja a la misma hora en la que él debía encontrarse con su informador. Considerando que era empleada de Chad Russell, le parecía una extraordinaria coincidencia.

Y él no creía en las coincidencias. El trabajo duro y los sacrificios lo habían llevado donde estaba en aquel momento, no creer en místicas ocurrencias. Si hubiera dejado su vida en manos de la suerte y las circunstancias, probablemente estaría muerto, como el resto de su familia.

Ella aceptó el vaso sin mirarlo y después de tomar un largo trago empezó a toser.

–¡Sabe horrible!

Alexei tomó un sorbo de su whisky, disfrutando del sabor a barrica de roble y caramelo. El whisky de malta de cincuenta años era perfecto. Y también lo era la interpretación de la chica. Definitivamente, sabía hacerse la inocente, pensó, haciendo una mueca de desdén.

Como su padre antes que él, Chad Russell siempre había creído que podía arruinar Prospecciones Voronov si ofrecía dinero a la gente adecuada. Pero aún no había tenido éxito, ni lo tendría.

Alexei moriría antes de perder el siguiente asalto en su épica batalla. Quien lograse convencer a Pyotr Valishnikov para que le vendiera sus acciones en el Báltico y Siberia obtendría una enorme recompensa, dejando a la otra compañía mordiendo el polvo. Aquel trato era la culminación de todo aquello por lo que Alexei había trabajado tanto. Con una simple firma, Valishnikov podía darle el poder para, por fin, aplastar a Russell de una vez por todas.

Y entonces Katerina habría sido vengada. Eso era lo único que importaba.

Alexei estudió a la mujer que estaba en su sofá.

¿Estaba allí para conseguir información sobre sus planes? De ser así, iba a llevarse una desilusión. Pero si estaba intentando distraerlo para que bajase la guardia... no, en realidad tampoco parecía poner mucho empeño en hacer eso.

Era preciosa, pero de una forma natural. Él había conocido a muchas mujeres guapas en su vida, pero aquella no parecía consciente de su belleza. Ni una sola vez se había tocado el pelo, ni le había pedido un espejo. Y no llevaba una gota de maquillaje.

Mientras la miraba, ella metió la mano en el bolsillo de su abrigo y sacó un par de gafas.

–Veo bien, pero me duele la cabeza si estoy mucho tiempo sin ellas –murmuró, mirando el vaso que tenía en la mano–. Se llenaron de vaho cuando salí a la calle y se me olvidó volver a ponérmelas.

–¿Qué hacías en la Plaza Roja?

Paige lo miró con los ojos húmedos y, una vez más, Alexei sintió la extraña punzada en el corazón que había sentido antes, cuando respiró su aroma. Su hermana tenía los ojos oscuros, como los de ella. Unos ojos llenos de secretos, de los que no podía escapar por mucho éxito que tuviera o por mucho que intentase dejar el pasado atrás.

–Ni siquiera sé su nombre –dijo ella entonces.

–Alexei –se presentó él, aunque estaba seguro de que sabía quién era.

Tal vez debería haber aceptado su oferta y haber vuelto con ella al hotel. Pero ¿qué habría hecho Paige si hubiera dicho que sí? Eso le habría provocado una gran consternación, estaba seguro. Lo que no entendía era que ella misma le hubiera contado que trabajaba para Chad Russell.

–Alexei –repitió ella.

–Eso es. Y ahora, cuéntame qué le ha pasado a tu hermana.

Jugaría a su juego. Por el momento.

La chica tomó otro sorbo de whisky y volvió a toser. Si estaba actuando, era una buena actriz.

–Emma tiene veintiún años, los cumplió ayer. No se parece nada a mí... es alta, rubia, y le gusta divertirse. Esta tarde, mientras yo trabajaba con Chad preparando la reunión de mañana, Emma fue a hacer una visita guiada por Moscú. Alrededor de las ocho me envió un mensaje de texto diciendo que estaría en el bar del hotel un rato y, aunque no estaba en nuestra habitación cuando volví, no se me ocurrió pensar que hubiera pasado algo... hasta que dieron las doce y no había aparecido. La llamé al móvil varias veces pero no contestaba, por eso salí a buscarla.

La punzada de rabia que sintió al pensar en aquella chica con Russell lo sorprendió. Porque dudaba mucho que sólo hubiera estado trabajando con su jefe. ¿Una mujer tan guapa con un hombre como Chad Russell?

Apostaría lo que fuera a que habían hecho algo más que trabajar.

Ella dejó el vaso sobre la mesa y se levantó. Pero debió hacerlo demasiado rápido porque, de repente, se puso pálida y tuvo que volver a sentarse.

–No suelo beber alcohol –empezó a decir, más para sí misma que para Alexei–. Y tengo que encontrar a mi hermana...

–Yo la encontraré –la interrumpió él–. ¿La has buscado en el bar del hotel?

–Claro que sí. Pregunté a todo el mundo si la habían visto, pero nadie sabía nada.

–¿Y entonces decidiste ir a buscarla a la Plaza Roja?

–Fue una tontería, ya lo sé. Pero pensé que no podía haber ido muy lejos. Alguien me dijo que había un bar muy conocido cerca del hotel y fui a buscarla allí. Pero no estaba y, al final, me encontré en la plaza. Y fue entonces cuando esos hombres aparecieron...

–¿Dónde está tu móvil?

Paige buscó en los bolsillos del abrigo, pero no lo encontró.

–Se me debió caer cuando ese hombre me agarró.

Alexei sacó su móvil del bolsillo.

–Dime el número de tu hermana.

Paige se lo dio y cuando empezó a dar la señal de llamada, Alexei lo puso en su oreja. Ella arrugó el ceño mientras esperaba... pero un minuto después sacudió la cabeza.

–No contesta.

Alexei marcó otro número y, después de dar instrucciones a su personal de seguridad, volvió a guardar el móvil en el bolsillo.

–¿Por qué no me das tu abrigo? Voy a encender la chimenea.

–Debería marcharme –dijo ella, mordiéndose los labios.

Alexei apartó la mirada para no ver esos labios tan tentadores. En la plaza había tenido que hacer un esfuerzo sobrehumano para apartarse cuando lo único que deseaba era seguir besándola... y hacer mucho más que eso. Le gustaría saber si el fuego de ese beso se trasladaría al dormitorio.

Algo curioso, cuando aquella chica no era su tipo de mujer. A él le gustaban las mujeres sofisticadas, femeninas, que llevaban la seguridad en sí mismas como una segunda piel. Paige no era sofisticada ni parecía segura de sí misma, aunque era definitivamente femenina. Auténtica sería la palabra, aunque ése podía no ser el caso si trabajaba para Chad Russell. Sencillamente, era una buena actriz.

–Es más seguro que te quedes aquí. En caso de que esos hombres sigan buscándote.

–¿Por qué iban a seguir buscándome? No me conocen...

–Tu teléfono.

–Ah, no se me había ocurrido. Pero no creo que me busquen para devolverme el teléfono y, además, tengo que encontrar a mi hermana.

–Yo encontraré a tu hermana, te lo prometo –dijo él, impaciente.

Paige parpadeó de nuevo, sus adorables ojos escondidos tras los cristales de las gafas.

–¿De verdad puedes encontrarla?

–Estás en Rusia, *maya krasavitsa*, y yo soy ruso. Te garantizo que la encontraré antes de que lo haga tu Chad.

Ella lo miró con un brillo de esperanza en los ojos y eso le hizo pensar, por un momento, que tal vez estaba equivocado sobre sus motivos.

«Eso es exactamente lo que quiere que pienses».

Alexei sacudió la cabeza para apartar tal pensamiento, pero no antes de imaginar otros ojos mirándolo con un brillo de esperanza...

«Katerina, lo siento».

Una mano fría sobre la suya lo devolvió al presente. No le importaba el frío, era el roce de su piel lo que le sorprendió. Y también debía haberla sorprendido a ella porque apartó la mano enseguida.

—Gracias, Alexei –le dijo, con esa voz ronca que le recordaba a una estrella de cine de los años cuarenta–. Has sido muy amable conmigo. No sé qué habría pasado si tú no hubieras estado allí.

Si todo aquello no era una trampa, Alexei sabía perfectamente lo que podría haber pasado y no era bonito.

—No debes salir sola por las noches en una ciudad cuyo idioma no hablas y donde no conoces a nadie.

—Sí, tienes razón –Paige se apoyó en el respaldo del sofá y cerró los ojos... y como no volvió a abrirlos Alexei empezó a preocuparse. Pero entonces, de repente, escuchó un suave ronquido.

Sonriendo, decidió apagar las luces y dejarla allí. Si había ido para espiar, despertaría enseguida. Lo único que tenía que hacer era esperar.

Paige estaba calentita y cómoda. Notó algo suave en el cuello y sonrió, suspirando mientras se tapaba con el edredón. La cama del hotel era muy cómoda pero aquella noche le parecía diferente a la noche anterior, más firme.

¿Y por qué llevaba la ropa puesta?

Allí había algo raro. Paige abrió los ojos y, un segundo después, se levantó de un salto mirando alrededor... nada de aquello le parecía familiar.

¿Dónde estaba?

Era un salón lujosamente amueblado. El sofá en el que se había quedado dormida estaba tapizado en brocado de seda y lo que había creído un edredón era en realidad una manta de piel. Frente a ella había una chimenea encendida, el crepitar de los leños era el único sonido...

Entonces recordó su encuentro con Alexei.

Paige se envolvió en la manta de piel y siguió mirando alrededor. No llevaba reloj y había perdido el móvil en la plaza, de modo que no sabía qué hora era o si Emma habría vuelto al hotel.

¿Cómo había podido quedarse dormida cuando estaba tan preocupada?

−¿Alexei?

Se adentró en un pasillo, mirando a un lado y a otro. Debía ser tarde, pero no podía volver al sofá y esperar hasta que amaneciese. Tenía que saber si Alexei había encontrado a su hermana.

Pensar en el enigmático Alexei la hizo sentir un calor extraño por dentro. Había sentido recelos cuando le pidió que fuera con él, pero cuando llegaron a su apartamento se dio cuenta de que, además de guapo, era un hombre rico. El apartamento estaba en un edificio barroco que había aguantado el paso del tiempo, varias guerras y hasta una revolución. Estaba amueblado con antigüedades, hermosos cuadros y alfombras persas.

Y Alexei conocía a Chad, aunque aún no sabía de qué.

Pero se relajó un poco al llegar allí. No parecía el tipo de hombre que llevaba a ingenuas estadounidenses a su apartamento con propósitos malvados. Sin duda, las mujeres caían rendidas en los brazos de un hombre tan guapo. Si además era rico, no creía que tuviese el menor problema para hacer conquistas.

No, Alexei no necesitaba llevarla allí para aprovecharse de ella. La había besado para engañar a los borrachos que la perseguían, no porque se sintiese atraído por ella.

Paige levantó la barbilla. Tampoco ella se sentía atraída por él. Era un hombre muy guapo, de eso no había duda, pero no era Chad. Chad era alto, rubio, texano, todo lo que había soñado cuando era una cría en Atkinsville, Texas.

Que Chad la invitase a comer y que la hubiera elegido para acompañarlo en aquel viaje no significaba nada, pero una chica tenía derecho a soñar. Aunque solía salir con modelos de ropa interior y actrices o aspirantes a actrices, en aquel momento no salía con nadie. Lo sabía porque era ella quien se encargaba de enviar ramos de flores a la novia de turno y reservar mesa en los mejores restaurantes. Y llevaba un mes sin hacer ninguna de esas cosas.

Aunque eso no significaba nada porque Chad últimamente estaba concentrado en el contrato ruso. Eso era lo único que parecía importarle.

Había una luz encendida en una de las habitaciones y Paige empujó suavemente la puerta.

–¿Alexei?

No hubo respuesta, pero entró de todas formas para comprobar que no había nadie. Era un estudio con estanterías llenas de libros que llegaban hasta el techo, un escritorio de caoba y armarios archivadores. Sobre el escritorio había un ordenador y una impresora y frente a una de las paredes un sofá italiano de piel y un par de sillones.

Pero allí no había nadie, de modo que se dio la vuelta para salir... y tuvo que contener un grito al encontrarse con Alexei.

–¿Buscabas algo?

Paige se llevó una mano al corazón.

–Me has asustado.

–Aparentemente –dijo él, muy serio.

–Estaba buscándote.

Alexei arqueó una ceja.

–¿En serio? ¿Por qué?

Paige tragó saliva. Descalzo y despeinado, llevaba unos vaqueros y una camisa sin abrochar, como si se la hubiera puesto a toda prisa. Y ella tuvo que hacer un esfuerzo para concentrarse en su cara y no en su torso desnudo.

–Siento haberte despertado, pero no sé qué hora es. Si Emma ha vuelto al hotel estará preocupada por mí, así que debería irme...

–Tu hermana no está en la habitación.

Paige lo miró, con el corazón encogido.

–¿Y dónde está entonces?

–Está bien. No debes preocuparte.

Ella cerró los ojos, apoyándose en el respaldo de una silla, como si las piernas no la sostuvieran.

–Gracias a Dios.

Alexei abrió un armario y volvió un segundo después con un vaso en la mano.

–No, no quiero más whisky.

–Es agua.

Paige tomó el vaso, agradeciéndolo porque tenía la boca seca. Estaba un poco mareada y el corazón le latía como loco dentro del pecho. Le había prometido a su madre que cuidaría de Emma, que sólo tenía trece años cuando murió, y había hecho lo que había podido. Si era un poco irresponsable era culpa suya, por haberle dado todos los caprichos.

Había intentado compensar la falta de sus padres pero, aparentemente, no lo había hecho muy bien.

–¿Dónde está?

–Está con Chad Russell, como tú muy bien sabes –respondió Alexei.

–Menos mal –Paige suspiró, aliviada.

Pero ¿por qué pensaba que ella sabía dónde estaba Emma?

Antes de que pudiese preguntar, Alexei le clavó su mirada plateada.

–¿Por qué estás aquí?

Paige parpadeó, sorprendida.

–Estaba buscándote...

–No, quiero decir en mi casa.

–Porque tú me dijiste que viniera –respondió ella, cada vez más sorprendida.

–Sí, pero ¿por qué has venido? ¿Qué esperabas encontrar aquí? ¿Tan desesperado está Russell que tiene que enviar a su secretaria a espiarme?

–¿Espiarte? –repitió Paige, enfadada–. ¿Por qué iba a espiarte? ¡Ni siquiera te conozco!

En realidad estaba asustada, pero intentaba mostrarse valiente. Había aprendido muy temprano en su vida a hacerse la fuerte cuando era necesario. O, como su madre solía decir, «no dejes que te vean sudar». Y eso era lo que había hecho cuando los servicios sociales iban a su casa para comprobar si era capaz de cuidar de su hermana o si Emma debía ir a una casa de acogida.

–Deja de fingir que no sabes quién soy –dijo Alexei entonces.

Paige lo miró, perpleja.

–Eres Alexei, un hombre al que conocí en la Plaza

Roja y que me ayudó cuando me perseguían unos borrachos. Evidentemente, conoces a Chad Russell, aunque aún no sé de qué. Pero no sé nada más.

De hecho, la asustaba un poco no saber nada sobre un hombre que parecía saber tanto sobre ella.

Alexei la tomó por la cintura con una mano mientras con la otra le acariciaba la cara.

—Eres una mujer fascinante, Paige. Es lógico que Russell te haya elegido a ti para esta tarea. ¿O te prestaste voluntaria?

La manta cayó al suelo cuando Paige levantó las manos para ponerlas sobre su torso con intención de empujarlo. Su torso desnudo.

Su piel era caliente, satinada y le gustaría acariciarlo.

¿Cómo podía encontrarlo sexy en un momento como aquel?

—Suéltame —le ordenó.

—¿Antes de hacer lo que has venido a hacer?

—Yo no he venido a hacer nada.

—¿Qué te ha ofrecido Russell?

—No sé de qué estás hablando.

—¿Tenías que seducirme? ¿Dejarme saciado y exhausto en la cama mientras tú revisabas mi estudio? Porque debo decir que, aunque me han decepcionado tus técnicas de espionaje, estoy dispuesto a dejar que termines con tu misión.

Paige sabía que debía apartarse cuando sus labios se rozaron, pero era físicamente imposible. No porque él la estuviera sujetando sino porque sentía un cosquilleo interior que lo hacía imposible.

Olía tan bien, a noche de invierno, a hombre. Y querría quitarle la camisa para saber si su piel sabía tan bien como imaginaba.

Alexei enredó los dedos en su pelo, echando su cabeza hacia atrás para besar su cuello y Paige cerró los ojos. Pero cuando los abrió... se encontró frente a la escena más erótica que había visto nunca. Un espejo al otro lado del estudio le devolvía su reflejo y era como la escena de una película. Un hombre guapísimo abrazaba a una mujer que tenía el pelo suelto sobre los hombros y los ojos brillantes de pasión mientras él la besaba apasionadamente.

Era exótico y precioso.

Pero ella no debía ser la protagonista de esa escena. No conocía de nada a aquel hombre. ¡Y Alexei pensaba que Chad la había enviado allí para seducirlo!

Paige lo empujó.

—Por favor, para.

Asombrosamente, él obedeció. Era más alto que Chad, sus hombros eran más anchos y su proximidad le hacía sentir un cosquilleo extraño...

«Deja de pensar en ello».

Paige cerró los ojos y dio un paso atrás. Su ropa estaba intacta pero sentía como si la hubiera desnudado, como si conociera todos sus secretos.

Una sensación ridícula por completo. Podía saber su nombre y que era la secretaria de Chad Russell, pero no la conocía de nada.

—Quiero volver al hotel —le dijo, con toda la dignidad de la que era capaz—. Chad tiene una reunión importante mañana a primera hora y yo debo acompañarlo. Además, Emma estará preguntándose dónde me he metido.

Alexei se pasó una mano por el pelo... negro, no castaño, pensó.

—No irás a ningún sitio esta noche.

—Quiero ver a mi hermana —insistió ella—. Y tú no tienes derecho a retenerme aquí.

–Tu hermana está ocupada y no creo que quiera que la molesten en este momento. Aunque tal vez compartes a tu amante con ella...

Paige lo miró, sin entender.

–¿Mi amante?

–No vas a dejar de fingir, ¿verdad?

Y entonces entendió a qué se refería.

¿Emma y Chad? Se habían visto un par de veces en la oficina, pero Chad nunca había mostrado el menor interés por su hermana.

¿O sí?

Recordó entonces las risitas de Emma, la sonrisa de Chad, el comentario de su hermana esa noche diciendo que Chad debía ser estupendo en la cama. Paige pensaba lo mismo, pero nunca lo había dicho en voz alta y, además, estaba segura de que jamás lo descubriría.

Acababa de saber que Emma sí lo había descubierto.

El propio Chad había sugerido que llevase a Emma a Moscú cuando expresó su desilusión porque no estaría con su hermana en su veintiún cumpleaños. Ella pensó que Chad estaba siendo amable y al principio rechazó la invitación... hasta que él insistió.

Paige puso una mano sobre la estantería para controlar su furia. Furia, desilusión, la sensación de haber sido traicionada... esas emociones eran como un huracán. Había creído que Chad estaba interesado en ella cuando en quien estaba interesado era en Emma.

¿Cómo podía haber estado tan ciega?

Chad y Emma. Su jefe y su hermana. Haciendo el amor mientras ella recorría las heladas calles de Moscú, muerta de miedo. Haciendo el amor mientras ella había estado a punto de ser agredida por un grupo de borrachos.

Su hermana haciendo el amor con el hombre del que ella estaba enamorada.

Sus ojos se llenaron de lágrimas, pero no iba a llorar delante de Alexei.

–Paige... –dijo él, tocándole el brazo.

Pero ella se apartó de un tirón.

–Déjame en paz.

–Te pido disculpas si la noticia te ha hecho daño... Paige lo fulminó con la mirada.

–A ti te da igual, así que ahórrate las mentiras. Además, ¿como sé que estás diciendo la verdad? ¿Cómo puedes saber tú que mi hermana está en la habitación de Chad?

¿Y si se lo hubiera inventado todo?, se preguntó entonces. Aunque no entendía para qué iba a hacer eso.

–Mi jefe de seguridad solía trabajar para la policía secreta, de modo que lo sabe todo –dijo Alexei–. Yuri conoce a todo el mundo y sabe cómo hacer las cosas. Pero puedo demostrarte que tu hermana está en la habitación de Chad Russell porque mis hombres han puesto un micrófono oculto en la habitación...

–Déjalo –lo interrumpió ella, temblando de rabia y de pena. La intuición le decía que estaba diciendo la verdad, pero lo último que deseaba era escuchar a su hermana y Chad cuchicheando en la cama o algo peor.

Antes de que se diera cuenta, Alexei la envolvió en sus brazos, empujando suavemente la cabeza contra su torso. Paige estaba a punto de apartarse pero cuando empezó a acariciarle la espalda decidió quedarse donde estaba.

Había pasado mucho tiempo desde la última vez que alguien la había consolado. Era ella quien siempre consolaba a los demás, quien lo había sacrificado todo para criar a su hermana pequeña, sin quejarse nunca cuando Emma se llevaba la mejor parte. Paige estaba orgullosa de que su trabajo hubiese permitido a Emma tener una vida normal, que pudiera haber sido animadora en el instituto o la reina del baile de fin de curso, una chica joven y guapa con un gran futuro por delante.

Pero ¿debía Emma tenerlo todo?

Paige sintió una punzada de remordimiento por pensar eso. ¿Quién era ella para negarle nada a su hermana? Ella era casi una adulta cuando su madre murió, de modo que era Emma quien había crecido sin el cariño materno. Hizo lo que pudo, pero una hermana no era lo mismo que una madre, por mucho que lo intentase.

Una lágrima rodó por su mejilla y luego otra, hasta que por fin, el primer sollozo escapó de su garganta. Después de eso, le resultó fácil llorar. Había contenido las lágrimas durante tanto tiempo...

No había llorado desde el funeral de su madre porque creía que las lágrimas eran un signo de debilidad, pero en aquel momento necesitaba desahogarse.

Alexei no dejaba de acariciar su espalda, sin apartarse, sin hacer un solo movimiento. Y, egoístamente, se agarró a él y lloró por todos los años que había perdido.

Y, mientras lloraba, tomó una decisión. A partir de aquel momento, no dejaría a un lado su propia felicidad para preocuparse por la de otros. Cuando quisiera algo iría a buscarlo, no se lo negaría a sí misma. Estaba harta de hacer eso.

Era un nuevo principio para Paige Barnes y sabía cómo demostrarlo.

Capítulo 3

ALEXEI notó el cambio en ella. Un minuto antes estaba llorando desconsoladamente, al siguiente se había puesto de puntillas para devolverle el beso.

Y era una tentación. Más que eso. Alexei dejó que lo besara, luchando contra su propia reacción. Sabía a la sal de sus lágrimas y a tristeza y, no sabía por qué, quería ayudarla.

Era su mayor defecto, aquel deseo de proteger y consolar a quienes lo necesitaban. Había pasado años luchando por su familia, años que habían sido una carga...

Pero no había nada que pudiera hacer por aquella chica. Aunque sería muy fácil aceptar lo que le ofrecía, tan fácil tomarla entre sus brazos y llevarla a su dormitorio, no iba a hacerlo.

No estaba besándolo porque lo desease. Estaba haciéndolo para demostrarse algo a sí misma. Y a Alexei no le apetecía ser el objeto en el que descargara su rabia y su desilusión.

Su reacción ante la noticia de que su hermana y Russell eran amantes no había sido la que él esperaba. La había creído una mujer fría y calculadora realizando una misión para su amante. No se había parado a pensar que tal vez estaba preocupada de verdad o que no sabía que su hermana no estaba perdida sino en la habitación de Chad Russell.

No le gustaba lo que le habían hecho sentir sus lágrimas, pero la desesperación de aquel beso lo había conmovido.

Porque le recordaba cosas que quería olvidar. Recuerdos de una mujer pálida y triste en la cama de un hospital, los labios resecos y una solitaria lágrima deslizándose por su mejilla mientras susurraba que lo quería mucho...

La última persona que lo había amado en este mundo había muerto y él no había podido salvarla porque, aunque era un príncipe, entonces estaba arruinado y no había podido pagar el mejor tratamiento para la leucemia. Tras la muerte de Katerina, había jurado por su memoria que no volvería a ser pobre el resto de su vida. Y que se vengaría del hombre que se lo había robado todo antes de volver a Estados Unidos con la escritura de las tierras que su madre había malvendido y el petróleo que había en ellas.

Tim Russell los había dejado en la ruina y, aunque para ayudar a Katerina sólo necesitaría una minúscula fracción de la fortuna que había amasado con sus tierras, se había negado a ayudarlo.

Alexei había reunido dinero para viajar a Dallas y suplicarle por la vida de su hermana, pero se había encontrado con un frío desdén por parte de Tim Russell. Aún se recordaba a sí mismo en la oficina, en uno de los rascacielos de la ciudad, atónito y enfermo al ver tanta ostentación. Él había querido esa vida para su familia y lo ponía enfermo pensar que la habrían tenido si aquel hombre no se la hubiera robado.

Una vez que Katerina murió, Alexei creó Prospecciones Voronov gracias a su coraje y a su título de ingeniero por la universidad de Moscú. Anhelaba más que nada en el mundo recuperar todo lo que había perdido y destruir a Russell en el proceso.

Había tardado años, pero estaba en la cima del éxito y tenía la victoria sobre los Russell cada vez más cerca. Si pudiera dar marcha atrás en el tiempo y salvar la vida de su hermana, devolvería todo su dinero y abandonaría la idea de vengarse...

Pero no había marcha atrás. La vida seguía adelante por mucho dinero que uno tuviese. El dinero no había ayudado a Tim Russell cuando llegó su momento y no ayudaría a su hijo cuando Alexei por fin consiguiera el control de la empresa Russell.

Alexei apartó suavemente a Paige y, por un momento, pensó que iba a ponerse a llorar de nuevo. Pero no lo hizo; se abrazó a sí misma y lo miró con los ojos llenos de dolor.

Era imposible no sentir compasión por ella. Esas lágrimas habían sido reales, fuera cual fuera la razón por la que estaba allí.

Y tal vez, sólo tal vez, podría utilizar su furia contra Russell a su favor. Era su secretaria y debía tener información sobre el negocio.

Una información que él podría utilizar.

—Estás dolida y triste, lo entiendo. Pero mañana lo lamentarías —le dijo, apartándole un mechón de pelo de la frente.

—Da igual.

Paige se encogió de hombros, como si no importara. Sin embargo, él sabía que importaba y mucho.

—Creo que deberías dormir. Mañana, todo te parecerá más sencillo.

¿Cuántas veces le había contado esa mentira a Katerina? Los dos sabían que lo era, pero necesitaban mentir para salir adelante.

–Tengo que estar de vuelta en el hotel a las ocho. Chad... mi jefe tiene una reunión muy importante.

–Lo sé.

–¿Por qué lo sabes?

Alexei sonrió. Era un riesgo, pero si no era sincero con ella, Paige no confiaría en él. Y quería su confianza ahora que Russell la había traicionado. Era vital para su nuevo plan.

–Porque va a reunirse conmigo.

Ella lo miró, con los ojos abiertos de par en par. Por primera vez desde que la conoció, de verdad creía que no sabía quién era y eso redobló su propósito. Destruiría la empresa Russell gracias a aquella mujer.

–¿Tú eres el señor Valishnikov?

–No, soy la otra V.

Paige se quedó boquiabierta.

–Dios mío... ¿tú eres el príncipe Voronov?

Estaba nevando mientras el Mercedes atravesaba la ciudad. Gruesos copos cubrían el pavimento, convirtiéndolo todo en un paisaje blanco. Paige miraba por la ventanilla del coche. Nunca había visto tanta nieve... ¡y en el mes de abril!

En Dallas hacía calor en esa época del año y en Atkinsville, en la costa del golfo, donde había crecido, siempre hacía buen tiempo.

Quería volverse hacia el hombre que iba con ella para darle las gracias por llevarla al hotel tan temprano, cuando la reunión no tendría lugar hasta dos horas más tarde, pero no podía mirarlo.

Alexei Voronov. Un príncipe. Había besado a un príncipe. Había intentado seducirlo al descubrir que su hermana se acostaba con Chad Russell... y él la había rechazado.

Bueno, claro, era lógico. No sólo era un príncipe ruso, también era un hombre guapísimo y multimillonario. No era la clase de hombre que se interesaría por una chica como ella.

Paige se puso colorada al recordar cómo lo había besado en la Plaza Roja, cómo se había apretado contra él, cómo la deliciosa presión de su cuerpo había estado a punto de provocarle un orgasmo.

Un juego, pensó. Algo que habían hecho para salvarse de esos borrachos violentos.

Pero el hombre que la había rescatado no era sólo un príncipe. Era el príncipe Voronov y Chad lo odiaba a muerte. Según Chad, el príncipe estaba decidido a absorber la empresa Russell y podría hacerlo si compraba las tierras de Valishnikov.

Si lo conseguía, la empresa Russell dejaría de existir.

Se perderían puestos de trabajo... gente como ella misma se quedaría sin empleo. Podría encontrar otro trabajo, pero con los problemas económicos que atravesaba el país, ¿cuánto tiempo tardaría en hacerlo? ¿Y cómo pagaría el alquiler, la luz, el gas, el teléfono hasta entonces?

Y algo mucho peor, ¿encontraría trabajo a tiempo para pagar la universidad de Emma?

La noche anterior había tenido tiempo para pensar, mientras daba vueltas y vueltas en la cama de la habitación de invitados a la que Alexei la había llevado, y se dio cuenta de que, aunque estaba dolida, no todo era culpa de Emma.

Ella nunca le había contado que estaba enamorada de Chad y no era justo enfadarse con su hermana.

Emma no podía evitar ser una chica alegre y llena de
vida; era lógico que Chad se hubiera sentido atraído
por ella.

—Estás muy callada.

Paige volvió la cabeza para mirarlo. ¿Vería compasión en sus ojos?, se preguntó. Le gustaría que hubiese olvidado que se había echado en sus brazos
cuando le contó que Chad y Emma estaban juntos en
su habitación del hotel. Le gustaría desaparecer, hacerse invisible, pero como eso no iba a pasar, se obligó
a sí misma a poner buena cara.

—Estaba pensando... en Dallas no nieva en el mes
de abril.

La sonrisa de Alexei le aceleró el corazón.

—Ah, claro, vives en un clima tropical.

—No, no es un clima tropical.

—Comparado con Moscú, sí —bromeó él.

Paige tragó saliva. Era tan guapo, tan agradable a
la vista... ¿qué habría pasado si no se hubiera apartado?, se preguntó.

—Sí, eso es verdad.

—Deberías ver mi casa en San Petersburgo —siguió
él—. Es una vieja finca que tiene cientos de años. La
nieve es inmaculada, tan blanca que te ciega. Hay lobos que aúllan durante la noche y las estrellas brillan
tanto que no te lo puedes creer. Es un sitio perfecto
para dar un paseo en *troika*.

Parecía la imagen de una película: una pareja envuelta en una manta de piel, atravesando un paisaje
nevado en un trineo tirado por caballos. Tan romántico, aunque por supuesto Alexei no lo había dicho
con esa intención.

—Debe ser preciosa.

—Tal vez puedas verla algún día.

El corazón de Paige se volvió loco. ¿Estaba flirteando con ella?

No, imposible. Aquel hombre debía salir con estrellas de cine y modelos, no con secretarias tan ingenuas y apocadas que sólo podían admirar a un hombre desde lejos.

–No veo cómo, aunque es muy amable por tu parte. Nos vamos dentro de unos días y san Petersburgo no está en nuestro itinerario.

–¿Piensas volver con tu amante después de lo que te ha hecho?

–Chad Russell es mi jefe, no mi amante –respondió Paige, sorprendida.

–¿Ah, sí?

–Sí.

Alexei tomó su mano para llevársela a los labios y ella se quedó tan sorprendida que no la apartó.

–Entonces, él se lo pierde. Pero para mí es estupendo.

–No sé por qué. Anoche tuviste una oportunidad y no la aprovechaste –dijo Paige.

¿Lo había dicho en voz alta?

La risa de Alexei fue totalmente inesperada.

–Cuando te haga mía, *maya krasavitsa*, no será mientras lloras por otro hombre.

Ella se puso colorada hasta la raíz del pelo.

–No estaba llorando por Chad.

Su expresión decía que no la creía y Paige volvió la cabeza para mirar por la ventanilla de nuevo. Maldito fuera por ser tan perceptivo, pensó.

Alexei no era nada para ella a pesar de la atracción que sentía por él y cuando la dejase en el hotel no volvería a verlo.

–Creo que tal vez estás enamorada de Chad Rus-

sell, aunque no sea tu amante. Y creo que estás amargamente decepcionada al saber que ha elegido a tu
hermana y no a ti.

Paige se volvió de nuevo, sorprendida y furiosa.

–¡No sabes de qué estás hablando!

–No soy ciego.

¿Tan transparente era? ¿También lo sabría Chad?,
se preguntó.

–Déjeme en paz, príncipe Voronov.

–Alexei, por favor –dijo él, irónico.

–Agradezco tu ayuda, pero eso no te da derecho a
diseccionar mi vida para divertirte. Tú no sabes nada
sobre mí, así que ahórrame las especulaciones.

El coche se detuvo pero Paige no podía apartar la
mirada de aquel hombre. Sus ojos grises no eran fríos
como esperaba sino cálidos, como si pudieran ver
dentro de su corazón.

–Entonces te pido disculpas –dijo él, después de lo
que le pareció una eternidad–. No quería hacerte daño.

La puerta se abrió y Paige se dio cuenta de que habían llegado al hotel. Pero le costaba trabajo apartarse.

La próxima vez que lo viera sería en una reunión
de trabajo. Alexei no se fijaría en ella... y ella no quería que lo hiciese.

Si Chad supiera que había pasado la noche con el
príncipe Voronov, aunque no hubiera habido nada entre ellos, se subiría por las paredes.

Y ella se quedaría sin trabajo.

–Gracias por tu ayuda –volvió a decir, intentando
sonreír–. Bueno, supongo que tenemos que despedir-
nos.

–Ah, pero esto no es una despedida. Volveremos a
vernos, Paige Barnes. Nos veremos a menudo, te lo
prometo.

Paige bajó del coche y entró en el vestíbulo del hotel sin mirar atrás. Le ardía la cara a pesar del frío y tuvo que quitarse el abrigo cuando subió al ascensor.

¿Por qué Alexei Voronov la inquietaba tanto? Sí, se habían saltado un par de pasos durante ese encuentro nocturno en la Plaza Roja, pero un beso sólo era un beso, ¿no?

No, definitivamente no lo era. Pero eso no significaba que sus besos fueran extraordinarios. Y además, ¿cómo iba a saberlo ella? Desde luego, no tenía mucho en lo que basarse.

Paige sacó la tarjeta magnética y entró en la habitación que compartía con Emma, intentando disimular su angustia.

–¿Dónde has estado? Estaba preocupadísima por ti.

Paige cerró la puerta y se volvió para mirar a su hermana.

–Lo siento, cariño. No podía dormir y salí a dar un paseo –la mentira salió de su boca con total naturalidad, aunque ella no estaba acostumbrada a mentir. Pero eso era más fácil que contarle la verdad.

Y más seguro, ya que Emma era una charlatana. Sin darse cuenta, le contaría a todo el mundo que había pasado la noche con el presidente de Prospecciones Voronov y ése sería el final de Paige Barnes en la empresa Russell. Estaría en el próximo avión con destino a Dallas, sin referencias y sin trabajo.

Y ni siquiera quería pensar en las repercusiones para Emma y su romance con Chad.

Emma apartó su gloriosa melena rubia, haciendo un puchero de esos a los que Paige estaba acostumbrada.

–Podrías haberme dejado una nota.

–¿Por qué? Tú nunca despiertas antes de las ocho.

Su hermana tuvo el buen juicio de mostrarse arrepentida.

–Pero hoy he despertado antes y, al ver que no estabas en la cama, he estado a punto de llamar a Chad para salir a buscarte.

Déjà vu.

Paige dejó su abrigo sobre el sofá, agradeciendo a la suerte haber vuelto cuando lo hizo. Lo último que necesitaba era que Chad fuese a buscarla.

–Estoy aquí ahora, así que puedes dejar de preocuparte.

–Llevas la misma ropa que ayer –señaló su hermana.

Paige se puso colorada.

–Cuando desperté... volví a ponerme la ropa que me había quitado por la noche. Y ahora tengo que ducharme antes de ir a la reunión –casi había llegado al cuarto de baño cuando se volvió para mirarla–. Tú no volviste anoche a la habitación. ¿Dónde estabas?

Su hermana sonrió. Era típico de Emma no preocuparse por nada. Sencillamente, no se le ocurrió que a ella le hubiese preocupado su ausencia. Esperaba que Paige siempre estuviera a su lado, pero no parecía pensar que ella debía hacer lo mismo.

–Estaba con una persona... y creo que estoy enamorada.

Paige tuvo que hacer un esfuerzo para mostrarse calmada, aunque su corazón latía a mil por hora.

–Qué rápido, ¿no? Si lo has conocido en Moscú, no puedes saber nada de ese hombre.

–Paige... –empezó a decir Emma, su rostro brillaba de felicidad–. No iba a contártelo de momento porque sabía que te preocuparías, pero es Chad.

Ella parpadeó.

—¿Estás enamorada de Chad? Pero si apenas lo conoces...

—Llevo un mes saliendo con él.

Paige se dejó caer sobre un sillón. Un mes. Un mes de mentiras, de engaños. Ahora entendía por qué Chad no le había pedido que enviase flores y regalos como de costumbre.

Y empezaba a entender por qué la había invitado a comer: para hablar de su hermana.

—No tenía ni idea —dijo por fin.

Emma se arrodilló frente a ella, tomando su mano.

—Lo siento mucho, pero Chad pensaba que tú podrías llevarte un disgusto. Queríamos mantenerlo en secreto hasta que supiéramos lo que sentíamos el uno por el otro.

Paige tenía las manos heladas en contraste con las manos cálidas de Emma. Una hermana se llevaba todo el calor mientras la otra estaba fría y vacía. No le parecía justo.

—¿Y un mes te parece tiempo suficiente para saber si estás enamorada?

La sonrisa de Emma dejaba claro que estaba convencida.

—A veces, una sabe esas cosas.

A pesar del dolor que eso le producía, Paige se alegraba al verla tan feliz porque siempre había querido lo mejor para ella. Aunque sólo se llevaban cinco años, a menudo se sentía más como una madre que como una hermana.

Pero la beatífica sonrisa de Emma la preocupaba.

—Yo llevo dos años trabajando para Chad Russell, cariño, y te aseguro que en ese tiempo ha salido con infinidad de mujeres.

–Lo sé, él mismo me lo ha contado. Pero me quiere y está dispuesto a casarse conmigo.

El corazón de Paige se rompió en mil pedazos. Hasta ese momento no se había dado cuenta de que había vivido para Emma. ¿Qué haría cuando su hermana se fuera?

¿Y qué podía decir en aquel momento? Emma la miraba con los ojos llenos de esperanza, pero Paige no podía dejar de preocuparse. ¿Iría Chad en serio? ¿De verdad olvidaría sus días de playboy para hacer feliz a Emma o sencillamente quería un romance y no tenía intención de casarse? Era un hombre muy rico y se movía en un círculo social completamente diferente al de su hermana. ¿Aquello sería real o una simple aventura?

–¿Habéis fijado una fecha para la boda?

Emma negó con la cabeza.

–Lo haremos cuando volvamos a Dallas. Ahora mismo está muy preocupado por ese contrato.

El corazón de Paige dio un vuelco dentro del pecho. Pero no sabía si era por la preocupación sobre las intenciones de Chad o sobre el contrato del que dependía el futuro de la empresa Russell. Porque cuando pensaba en las razones por las que estaban en Moscú, también pensaba en Alexei.

Alexei Voronov la había ayudado cuando lo necesitaba, la había abrazado mientras lloraba y la había besado de tal forma que casi le suplió que la llevase a su cama...

Pero no era sólo un hombre, era el príncipe Voronov y estaba decidido a destruir la empresa Russell. Y si lo conseguía, también destruiría el futuro de Chad y Emma.

Paige se levantó para abrazar a su hermana.

—Me alegro de que seas feliz y espero que Chad se
dé cuenta de la suerte que tiene. Porque si no es así...
me lo cargo.

Emma rió, devolviéndole el abrazo.

—No te preocupes por mí. Si hace falta, me lo car-
garé yo misma.

—No tengo la menor duda —dijo Paige—. Y ahora,
tengo que arreglarme para ir a la reunión.

Mientras se desnudaba para meterse en la ducha no
podía quitarse de encima un extraño presentimiento.
Seguía dolida por la noticia de que Emma estaba enamorada de Chad, pero no era eso.

Era el príncipe Voronov quien la inquietaba porque
intuía que era un hombre muy peligroso.

Y no sólo para la empresa Russell sino para ella
misma. Deseaba verlo otra vez, aunque lo mejor sería
que la ignorase en la reunión, como si no la conociera
de nada.

Pero sabía que no lo haría. Lo que no sabía era por
qué eso la hacía feliz.

Capítulo 4

LA TENSIÓN en la sala de juntas no era ninguna sorpresa. Alexei observaba a Paige mientras Chad Russell hablaba en ruso con Valishnikov...

Quería que lo mirase, pero estaba concentrada en la pantalla de su ordenador portátil. No había podido dejar de pensar en ella desde que salió de su coche esa mañana. Era una mujer extraña, hermosa, pero totalmente inconsciente de su belleza.

E inocente. Eso era lo que le atraía. Le recordaba a Katerina en cierto modo. Katerina sólo tenía diecisiete años cuando murió y hasta el final había tenido ese aire de inocencia. La leucemia y la pobreza en la que estaban sumidos no habían podido robársela.

Pensar en Katerina hizo que volviera a mirar a Chad Russell. Habían pasado quince años desde que su hermana murió y sabía que no debía culpar a Chad por la crueldad de su padre, pero no podía evitarlo. No había entendido hasta ese momento, quince años antes, cuando estaba frente a Tim Russell por qué el hombre odiaba tanto a los Voronov. Y aunque sabía que casi con toda seguridad su hijo seguiría sus pasos, le seguía resultando difícil de creer.

Al fin y al cabo, Chad Russell era también un Voronov.

Pero, por eso, lo que tenía que hacer resultaba más fácil. Si Chad hubiese sido un tipo encantador, Alexei podría haber olvidado su deseo de destruir la empresa Russell.

Entonces miró a Paige de nuevo. Era una pena que tuviese que utilizarla pero se encargaría de que recibiera una recompensa, pensó, intentando olvidar una punzada de remordimiento para concentrarse en la discusión.

Alexei vio a su primo gesticulando en su intento de impresionar a Valishnikov con sus planes de prospección para los pozos de Siberia y el Báltico. Chad era medio ruso, pero eso no sería suficiente para convencer al viejo que estaba estoicamente sentado al otro lado de la mesa.

Aunque Elena, la madre de Chad y tía de Alexei, le había enseñado el idioma, el padre de Chad se había encargado de que su hijo fuera cien por cien estadounidense.

Y Pyotr Valishnikov era lo bastante viejo como para recordar el odio y la desconfianza hacia los estadounidenses.

Peor aún, Chad parecía el típico petrolero texano, con botas de vaquero y un sombrero Stetson blanco que había dejado sobre la mesa de juntas. No, ésa no era la mejor manera de impresionar a un hombre ruso.

Valishnikov levantó la mano de repente para pedir silencio y Chad se quedó callado.

–Tomaré en consideración su propuesta –le dijo–. Ambas propuestas –añadió, mirando a Alexei–. Y ahora, si me perdonan, tengo que acudir a otra reunión.

Seguido de un ejército de ayudantes y abogados, el hombre salió de la sala de juntas y Alexei observó con interés la reacción de Chad, que pareció doblarse sobre sí mismo durante un segundo, antes de volverse para mirarlo con expresión beligerante.

–Parece que vas a pasar más tiempo del que pensabas en nuestro país –lo retó Alexei, levantándose de la silla–. Tal vez deberías aprovechar para visitarlo. San Petersburgo está particularmente bonito en esta época del año.

Como esperaba, Paige levantó la cabeza al oír eso. Las gafas se le habían deslizado por el puente de la nariz y tuvo que volver a colocárselas con un dedo, en un gesto que le pareció enternecedor.

Le gustaría darle un beso en la nariz, no sabía por qué, ya que él no solía pensar esas tonterías románticas.

Era una mujer muy atractiva y posiblemente tenía información que le interesaba. Ése era su único interés en ella.

–No voy a ir a San Petersburgo, príncipe Voronov –replicó Chad–. Voy a quedarme aquí hasta que tenga el contrato en el bolsillo.

–No vas a conseguir el contrato.

–No esté tan seguro –exudando odio por todos sus poros, Chad se volvió hacia la mujer que estaba a su lado–. Recógelo todo, nos vemos en el vestíbulo. Tengo que hacer una llamada urgente.

–Solos al fin –dijo Alexei cuando Chad Russell salió de la sala de juntas como un tornado texano.

Paige intentó mirarlo con frialdad.

–No deberías hablar conmigo –le advirtió, mientras recogía los papeles.

–¿Por qué no? Me gusta hablar contigo –dijo Alexei.

Y era verdad. Le parecía mucho más interesante que las mujeres con las que solía salir. Aun así, no iba a dejar que nada, ni siquiera su aparente inocencia, interfiriese con su plan de sacarle información.

Paige llevaba el pelo sujeto en una coleta y un traje

negro muy serio con una camisa blanca. El conjunto le quedaba bien, pero parecía un pingüino.

Un pingüino que a él le gustaría desnudar. Era demasiado seria y sería un placer quitarle ese traje tan formal para ver a la mujer sensual que había conocido la noche anterior.

—Yo trabajo para Chad Russell y me gustaría conservar mi puesto de trabajo, si no te importa. Así que, por favor, no me hables.

—¿Por qué es malo que te hable? —insistió Alexei, acercándose hasta que pudo respirar su aroma a verano.

Tontamente, pensó que debería vestir con colores alegres. O de blanco... el blanco le quedaba bien, como la nieve cubriendo un hermoso paisaje.

Sería un reto, pensó. Pero a él le gustaban los retos. Especialmente, cuando eran inesperados.

Paige dejó de hacer lo que estaba haciendo para mirarlo de nuevo, pero Alexei notó que le temblaban las manos.

—Porque no me gusta mentirle a mi jefe y porque no quiero que me pregunte por ti. Hablar contigo me complica en una red de mentiras y eso no me gusta nada.

Alexei puso una mano sobre sus papeles. La afectaba, eso era evidente. Y pensaba usar eso en su beneficio sacándole toda la información que pudiera. En la guerra, como en el amor, valía todo, pensó, intentando ignorar una punzada de remordimiento.

—Cena conmigo esta noche.

—¿Estás loco? —exclamó Paige—. ¿No has oído nada de lo que he dicho? ¡No puedo cenar contigo!

—Chad no tiene por qué saberlo —insistió Alexei, tirando de su mano para apretarla contra su pecho. Sentía la imperiosa necesidad de abrazarla, de tener su cuerpo apretado contra el suyo de nuevo.

–Suéltame –dijo ella.

Y, aunque no quería hacerlo, aunque quería besarla hasta quedar sin aliento, Alexei hizo lo que le pedía.

–Admiro la lealtad hacia tu jefe, Paige. Pero ¿también puede controlar tu vida personal? ¿Chad puede decirte con quién debes salir y con quién no?

–No, claro que no. Pero esto es muy complicado... tú eres el enemigo.

Alexei soltó una carcajada. Lo era, desde luego, pero no quería que Paige lo supiera.

–No es cierto.

–Claro que sí. Eres el enemigo para Chad y yo trabajo para él –Paige respiró profundamente–. Además, le ha pedido a mi hermana que se case con él.

Alexei dejó de reír inmediatamente. Era evidente que Paige estaba dolida y no le gustaba verla así. El cambio en su expresión era como ver unas nubes negras escondiendo el sol...

Al verla con Chad aquel día se había dado cuenta de que entre ellos sólo había una relación profesional y eso le hizo absurdamente feliz. Sin embargo, Paige estaba triste y eso no le gustaba nada.

–Lo siento mucho.

Ella se encogió de hombros.

–No hay nada que lamentar. Mi hermana es muy feliz.

–¿Y tú?

Paige lo miró con un brillo de orgullo en los ojos.

–Yo también. Emma es una chica estupenda y merece un hombre como Chad Russell.

–¿Y qué mereces tú?

–No hagas eso –dijo ella entonces.

–¿Que no haga qué? Estoy haciendo una pregunta, como un amigo.

–Tú no eres mi amigo.

–No, aún no. Pero podría serlo.

Paige negó con la cabeza.

–No diga esas cosas, *príncipe Voronov*. Es imposible y usted lo sabe.

–Llámame Alexei, por favor. Y yo puedo decirte lo que tú mereces.

Sabía lo que Paige necesitaba escuchar. Ella era una mujer que no creía en sí misma y él era un hombre que sabía decir la palabra apropiada en el momento adecuado.

–¿Ah, sí?

–Tú mereces reír –le dijo, muy serio–. Mereces hacer algo pensando en ti misma en lugar de pensar siempre en los demás. Mereces felicidad y mereces que otra persona cuide de ti. Mereces recibir flores cada día, cenas a la luz de las velas y un hombre que te desee con toda su alma. Tú mereces todo lo que tiene tu hermana y más.

Cuando los ojos de Paige se empañaron supo que había conseguido lo que quería. Y, de nuevo, volvió a sentir esa molesta punzada de remordimiento. Pero él hacía lo que tenía que hacer para vengar a su familia, no había lugar para sentimientos.

–¿Por qué crees que no hago cosas pensando en mí misma? Sólo hemos pasado unas horas juntos, eso no te convierte en un experto sobre mí.

Se había puesto a la defensiva y era lógico.

–Eres como un libro abierto, Paige Barnes. Sencillamente, estoy leyendo lo que veo en él.

En sus ojos oscuros había un brillo de sorpresa, como si hubiera descubierto su punto débil.

–Yo... –Paige no terminó la frase y se dio la vuelta para seguir guardando papeles en el maletín.

Alexei se maldijo a sí mismo por haber ido demasiado lejos. La había asustado.

–Paige...

–Tengo que irme –murmuró ella, sin mirarlo–. Chad esta esperándome abajo.

Y antes de que pudiese detenerla, salió de la sala de juntas. Por segunda vez aquel día, Paige Barnes escapaba de él.

Paige tiró el bolígrafo sobre la mesa y se echó hacia atrás en el sillón. ¿Cómo podía trabajar cuando en lo único que podía pensar era en Alexei Voronov diciéndole que merecía amor y felicidad?

Y ella había reaccionado poniéndose a la defensiva para que no la viera como un ser patético porque cuando le dijo que era como un libro abierto, de repente sintió el abrumador deseo de escapar.

Ella era una mujer fuerte. Había sido fuerte toda su vida y había cuidado de sí misma y de su hermana desde que su madre murió. Había hecho sacrificios, había ahorrado todo lo que pudo y, por fin, era una mujer independiente. ¿Por qué se derretía por un hombre al que apenas conocía? ¿Por qué Alexei la hacía sentir tan vulnerable?

Una mirada al reloj le dijo que eran casi las cuatro de la tarde. No se había dado cuenta, pero su estómago empezaba a protestar porque no había comido nada desde que tomó un café y un par de galletas por la mañana, antes de la reunión.

Pensó llamar al servicio de habitaciones pero decidió que sería mejor bajar al restaurante del hotel.

Se había encerrado en la habitación desde que volvió de la reunión y era hora de mezclarse con la gente y airearse un poco. Tal vez entonces dejaría de pensar tanto en cierto príncipe ruso.

Chad y Emma habían salido a dar un paseo. Ya que Paige sabía de su relación, no había necesidad de seguir fingiendo. Aunque Chad le había pedido disculpas mientras iban a la reunión, diciendo que había querido contárselo antes pero no sabía si ella lo aprobaría.

Paige admitió que no lo hubiera hecho y luego le advirtió que si le hacía daño a su hermana lo mataría con sus propias manos. Y Chad no la había despedido, al contrario, le había asegurado que amaba a Emma y que nunca le haría daño.

Mientras estaban en la reunión, su hermana había llevado sus cosas a la habitación de Chad, de modo que Paige estaba sola y un poco triste. Aunque Emma estaba en la universidad, seguía viviendo en casa y estaba acostumbrada a tenerla cerca. Por supuesto, había tenido que viajar en otras ocasiones y muchas veces había estado sola en un hotel, pero aquel viaje le parecía diferente y la ausencia de Emma era más dolorosa de lo que le gustaría admitir.

Seguía llevando el traje negro que se había puesto por la mañana, de modo que tomó la chaqueta del respaldo de una silla y, diez minutos después, estaba en una esquina del restaurante, leyendo la carta que le había llevado un camarero.

–No pidas el *borscht* –dijo una voz masculina.

Cuando levantó la mirada y se encontró con unos fríos ojos grises, se le aceleró el pulso.

Alexei se sentó a su lado, con una sonrisa en los labios.

–Todos los turistas piden *borscht*, pero hay cosas más interesantes en la cocina rusa que un repollo.

–¿Qué haces aquí? –exclamó Paige–. Vete antes de que te vea alguien.

–No te preocupes, nadie te verá hablando conmigo.

–¿Y si Chad bajase al restaurante?

Alexei se encogió de hombros y eso la enfureció. Él era rico, no tenía que preocuparse por perder su empleo, pero ella debía preocuparse por algo más que por eso ahora que Chad iba a casarse con su hermana. Y no tenía intención de crear problemas entre ellos.

–Deberías haber aceptado cenar conmigo. Entonces no estaríamos aquí, estaríamos en otro sitio.

Paige apretó los dientes.

–Vete.

Alexei sonrió, arrellanándose en la silla.

–Sólo si vienes conmigo.

–No voy a ir contigo a ningún sitio.

–Entonces, yo me quedaré contigo –dijo él, tomando la carta–. Este hotel es muy agradable, pero todo está preparado para turistas. ¿No te gustaría probar la auténtica comida rusa? ¿Ver algo más que el aeropuerto?

–Ya he visto la Plaza Roja.

–Ah, sí, tengo buenos recuerdos de la Plaza Roja.

Paige intentó no ponerse colorada, aunque notaba que le ardían las mejillas. Por una vez en su vida, le gustaría tener más experiencia con los hombres. Entonces no le afectaría tanto la traviesa sonrisa de Alexei Voronov.

–No has venido aquí para cenar conmigo –le dijo.

–No, tenía que hablar con otra persona, pero te he visto y he decidido aprovechar la oportunidad.

–No digas esas cosas.

–¿Por qué no? Eres una mujer preciosa y quería verte.

Nadie la había llamado nunca «preciosa». Ella era pasablemente guapa, pero no era preciosa. La moda la confundía y el maquillaje era un misterio para ella que sólo había resuelto parcialmente usando rímel, brillo en los labios y algo de colorete. Y su pelo era tan largo y espeso que solía tener que sujetarlo en una coleta para que no la molestase.

Emma siempre intentaba que se pusiera ropa más moderna, pero no se sentía cómoda. El estilo de su hermana era muy diferente al de ella y como no había encontrado el suyo todavía, se conformaba con un traje de chaqueta para ir a trabajar y vaqueros y camisetas en su tiempo libre. Era un vestuario poco atrevido, conservador.

–Veo que no me crees –siguió Alexei–. Eso me sorprende, Paige.

–No confío en usted, príncipe Voronov. Sé que tiene algún motivo oculto.

–Ah, qué bien me conoces –bromeó él–. Sí, tengo un motivo oculto, es cierto. Y el motivo es que quiero que vengas conmigo. Prometo que Chad no lo sabrá nunca. Puede que hable ruso, pero no conoce esta ciudad como yo. Él no se aventuraría más allá de los barrios de moda.

–¿Y tú quieres llevarme a un sitio que no esté de moda? No sé si debería sentirme insultada o aliviada.

–Yo podría llevarte al mejor restaurante de la ciudad pero como no quieres, estoy dispuesto a llevarte a un sitio aún mejor.

–¿Mejor que el mejor restaurante de la ciudad? Eso no parece posible, ¿no?

—Es muy posible —dijo Alexei—. Sólo tienes que decir que sí y lo verás. Ven conmigo, Paige.

Le gustaba hablar con él, no podía negarlo. Se sentía sola y estando con Alexei era como... si estuviera metida en una bañera de agua caliente y espumosa.

¿Tan malo sería ir a cenar con él?

Chad y Emma estarían en la suite, pidiendo comida al servicio de habitaciones y haciendo el amor. ¿Por qué no podía ella ver la ciudad y pasar un buen rato? ¿Qué daño podía hacerle a Chad?

—No puedo —insistió. Pero quería ir. Quería pasar más tiempo con aquel hombre que la encontraba preciosa y que la hacía sentir como si fuera alguien especial, aunque sólo fuera una ilusión. Era una sensación nueva para ella y le gustaba demasiado.

—Eso es lo que diría Chad Russell. Yo quiero saber lo que piensa Paige Barnes.

Paige cerró los ojos un momento. Quería ver la ciudad y quería cenar con aquel hombre increíblemente guapo que se mostraba tan atento con ella.

—Es demasiado complicado. No debería ir.

—¿Qué hay de complicado en cenar juntos?

¿Por qué no podía pasarlo bien durante unas horas?, volvió a preguntarse Paige. Emma estaba con Chad y no se daría cuenta de que ella había salido.

Mientras el restaurante al que quería llevarla estuviera lejos del hotel y no fuera un sitio frecuentado por turistas, ¿dónde estaba el problema? Ya había pasado la noche con él, el asunto no podía empeorar.

Además, ¿qué había sido de su decisión de vivir para sí misma?

—Sí —dijo por fin, antes de que pudiera cambiar de opinión—. Iré a cenar contigo.

–*Spasiba* –Alexei se levantó de la silla y la tomó de la mano.

–Espera, mi abrigo –dijo Paige–. Está en mi habitación.

–Yo te compraré un abrigo nuevo.

–No, no quiero que me compres un abrigo.

–¿Por qué no? El que llevabas ayer era demasiado ligero para el frío de Moscú.

Alexei la llevó a una de las boutiques del hotel y le puso un largo abrigo blanco de cachemir mientras la dependienta lanzaba exclamaciones de admiración.

–Pero yo no puedo aceptar... –empezó a decir Paige.

–Calla.

Luego eligió un gorro de piel, como el que llevaba Julie Christie en *Doctor Zhivago*, un pañuelo blanco y unos guantes de piel y, tranquilamente, le entregó una tarjeta de crédito a la dependienta mientras ella se miraba al espejo, absolutamente perpleja.

Un minuto después, entraban en una limusina negra que esperaba en la puerta del hotel.

–Te devolveré el dinero –se ofreció Paige.

–No pienso aceptar tu dinero. Considéralo un regalo.

–Insisto en hacerlo, Alexei –dijo ella, mirándolo con expresión retadora. ¿Cómo iba a aceptar unos regalos tan caros? La cena era una cosa, pero un abrigo de cachemir y un gorro de piel debían costar una fortuna. Una fortuna que ella no tenía, por otra parte.

–Muy bien –asintió él–. Haremos un plan de pagos. Cien dólares al mes durante al menos sesenta meses...

Ella parpadeó, sorprendida.

–¿Seis mil dólares? ¿Has pagado seis mil dólares?

Alexei le levantó la barbilla con un dedo.

–Necesitabas un buen abrigo.

Paige iba a quitárselo, pero él se lo impidió.

–No seas tonta. Me apetecía hacerte un regalo, no tienes que devolverme el dinero.

Ella apartó la mirada. No sabía por qué, sus ojos se habían llenado de lágrimas. ¿Cuándo fue la última vez que alguien le hizo un regalo? Nunca desde que su madre murió. A su madre le encantaba sorprender a sus hijas con juguetes o libros de cuentos... hasta que sufrió el accidente y todo el dinero que había en el banco tuvo que usarse para pagar las facturas del hospital.

Pero no podía aceptar tan extravagante regalo de aquel hombre. No estaba bien.

–Lo devolveremos todo cuando volvamos al hotel.

Alexei dijo una palabrota en ruso. Por su expresión enfadada, debía ser una palabrota.

–Muy bien, lo que tú quieras, Paige Barnes.

Y eso la hizo sentir como una desagradecida. Había herido sus sentimientos...

Paige puso una mano en su brazo.

–Gracias por el abrigo, Alexei. Es un detalle muy bonito por tu parte.

Él la miró entonces con esos ojos grises tan preciosos. ¿Por qué tenía que ser tan guapo?

–No te entiendo, la verdad.

–Yo tampoco me entiendo a mí misma últimamente, te lo aseguro –Paige suspiró–. Pero lo siento si te he parecido antipática.

Él hizo un gesto con la mano, como para quitarle importancia.

–Y yo lamento que tú te hayas sentido incómoda. No era mi intención.

–Debo admitir que me siento un poco incómoda estando contigo. No quiero crear problemas.

–No habrá ningún problema.

–Si fuera tu empleada y tú me vieras con Chad, ¿no te enfadarías?

–¿En serio? Sí, me enfadaría –respondió Alexei–. Pero no te despediría por eso. Pensaría que era mejor tenerte cerca.

–¿Por qué?

Él se inclinó hacia delante, como si fuera a contarle un secreto.

–Porque tú podrías saber cosas que fueran valiosas para mis enemigos.

–Yo no sé nada. Y aunque lo supiera, no te lo contaría a ti. Si es por eso por lo que te molestas tanto en ser amable conmigo, estás perdiendo el tiempo.

Alexei sonrió y a Paige se le encogió el estómago.

–Eres una tigresa, por eso me gustas. Eres leal... aunque Chad te ha hecho mucho daño.

Paige apartó la mirada.

–No me ha hecho daño. Sencillamente, me llevé una sorpresa y estoy un poco preocupada por mi hermana.

–Tu hermana es mayor de edad y puede cuidar de sí misma, ¿no crees?

–Ya lo sé, pero me siento responsable de ella y la quiero mucho. No voy a dejar que nadie le haga daño.

–Pues claro que la quieres, pero ya no eres responsable de lo que haga con su vida.

–Tú no sabes nada sobre nosotras –protestó Paige–. Es fácil para ti juzgarme, pero no tienes derecho a decirme lo que debo sentir.

Alexei tomó su mano, haciendo círculos sobre la palma con el pulgar.

–No era mi intención decirte lo que debes sentir, pero a los veintiún años uno toma sus propias decisiones. Tú no eres responsable de lo que haga tu hermana.

–Sí, lo sé –Paige dejó escapar un suspiro–. Pero uno no deja de preocuparse por alguien sólo porque se haya convertido en adulto. Yo crié a Emma cuando mi madre murió... en cierto modo, es como si fuera mi hija.

Nunca había dicho eso en voz alta y le resultaba chocante habérselo contado precisamente a un hombre al que apenas conocía. Por supuesto, la gente de Atkinsville sabía que había criado a Emma, pero Paige nunca le había contado a nadie lo difícil que había sido para ella porque hacerlo hubiera sido como admitir que necesitaba ayuda... y eso podría haber obligado a intervenir a los servicios sociales.

–Ah, ya entiendo por qué te sientes responsable y por qué estás dispuesta a sacrificar tu felicidad por la de tu hermana.

–Yo no he dicho eso. Emma no quiere que yo sea infeliz.

Alexei la miró en silencio durante unos segundos.

–Debías ser muy joven cuando te convertiste en la madre de tu hermana.

–Tenía dieciocho años.

–Y fue difícil para ti, ¿no?

Paige suspiró de nuevo. ¿Por qué le estaba contando aquello? Y, sin embargo, era extrañamente consolador hacerlo. Como las lágrimas de la otra noche, necesitaba ese desahogo.

–Entonces sólo era una cría y no siempre sabía lo que debía hacer o si lo hacía bien.

–Pero lo hiciste y tu hermana es mayor de edad. Tienes que dejar que se haga independiente.

–Entiendo lo que dices, pero tú no sabes...

–Yo tuve una hermana –la interrumpió él–. Tenía tres años menos que yo y la protegí con todas mis fuerzas, pero al final no pude salvarla. Me habría encantado que viviera el tiempo suficiente para volverme loco con sus cosas... –Alexei apretó su mano–. Debes celebrar que tu hermana está viva, que puede tomar sus propias decisiones y ayudarla si tiene algún problema, pero no pienses que debes aparcar tu vida para estar siempre a su lado.

Paige no podía hablar. ¿Cómo podía ver con tal claridad dentro de ella? ¿Cómo conocía sus miedos y todo lo que se había perdido durante esos años sin que ella se lo hubiera contado? Era desconcertante.

Y, sin embargo, se daba cuenta de que también él había sufrido. Le gustaría decir que lo sentía, preguntarle qué le había pasado a su hermana, pero antes de que le saliera la voz, sonó el móvil de Alexei.

–Perdona un momento...

Estuvo hablando por teléfono durante casi treinta minutos, mientras la limusina recorría la ciudad. Cuanto más se alejaban del hotel, más se preguntaba Paige si había cometido un error al ir con él. Ella no solía actuar por impulso...

Hasta aquel momento.

Había decidido ir a cenar con un hombre que la fascinaba, pero no había esperado desnudarle su alma o sentir que se le encogía el corazón al saber que también él había sufrido al perder a un familiar.

Supuestamente, era una cena. Algo sencillo.

Pero el coche seguía moviéndose, alejándose del centro de la ciudad para tomar una autopista. Quería preguntar dónde iban, pero Alexei seguía hablando por teléfono.

Poco después, se dio cuenta de que entraban en un

aeropuerto. Aunque no parecía el mismo al que había llegado unos días antes.

—Es Sheremetyevo —le explicó Alexei, guardando el móvil en el bolsillo del abrigo—. Seguramente tú llegaste a Domodedovo, que está al sur de la ciudad.

Paige intentó no asustarse.

—Sí, pero ¿por qué estamos aquí?

—Te llevo a cenar, *maya krasavitsa*.

—¿En el aeropuerto?

—No —dijo él, mientras el conductor hablaba en ruso con los guardias de seguridad de la entrada.

Unos minutos después, el coche se detuvo y Alexei bajó para ofrecerle su mano. Un *jet* estaba saliendo a la pista desde el hangar y el estruendo de los motores era ensordecedor.

—¡No puedo subir a un avión contigo! ¡Es una locura!

Alexei la abrazó.

—Será un viaje muy corto y volveremos a medianoche, te lo prometo... ten, ponte esto —le dijo, sacando los guantes blancos del bolsillo del abrigo.

¿En qué lío se había metido?, se preguntó Paige mirando alrededor. Ir a un restaurante con él era una cosa, pero subir a un avión...

—No puedo —le dijo.

Y los dos sabían que no estaba hablando de los guantes.

—Anoche confiaste en mí —le recordó Alexei, con voz pausada a pesar de que tenía que gritar para hacerse oír—. Te estoy pidiendo que confíes en mí de nuevo.

Capítulo 5

NO QUERÍA decirle dónde iban y, sin embargo, subió al avión con él. Paige sacudió la cabeza, preguntándose dónde estaba su sentido común. El *jet* había tardado menos de una hora en aterrizar en otro aeropuerto, pero una vez allí no subieron a un coche sino a un helicóptero.

No era la primera vez que viajaba en helicóptero porque lo había hecho alguna vez con Chad, pero aquel era el más lujoso que había visto nunca. El interior parecía el de un yate, con asientos de piel blanca y madera brillante por todas partes.

A su lado, Alexei estaba de nuevo hablando por teléfono. Había hablado al menos con seis personas desde que subieron a la limusina en la puerta del hotel.

Pero eso era lo que hacían los multimillonarios: firmaban contratos por teléfono, compraban y vendían compañías enteras y transferían millones de dólares, o rublos en su caso, con total tranquilidad.

Era un mundo del que ella no sabía nada, a pesar de trabajar como secretaria de Chad Russell.

Alexei volvió a guardar el móvil en el bolsillo, disculpándose una vez más.

—No importa —dijo ella—. Imagino que hay mucho en juego.

—Sí, es cierto —asintió Alexei, sorprendido—. Y pienso ganar.

Paige sintió un escalofrío. Ella no se refería al contrato con Valishnikov en particular, pero parecía evidente que era sobre eso sobre lo que trataban las llamadas.

–Chad también –le dijo, aprensiva.

Alexei miró por la ventanilla cuando el helicóptero empezó a descender.

–Mira –le dijo.

Debajo de ellos, el paisaje era una manta de un blanco cristalino, con un palacio de piedra blanca y cúpulas de tejas verdes en el centro. En la entrada había seis enormes columnas y frisos sobre los centenares de ventanas de los tres pisos. La cúpula de una iglesia cercana parecía dorada a la luz del atardecer y los árboles levantaban sus ramas cubiertas de nieve hacia el cielo.

Alexei le paso un brazo por los hombros, su mejilla pegada a la de Paige.

–Es el palacio Voronov, construido en el siglo XVIII. Mira esa fuente... ¿la ves? Fue un regalo del zar Pedro El Grande.

La fuente en el centro del patio parecía hecha de oro, con querubines y criaturas míticas congeladas en el tiempo, como esperando alguna señal que sólo ellos conocían para saltar de sus peanas y corretear por el jardín.

El palacio Voronov era un sitio de cuento de hadas y Paige se sintió absolutamente fuera de su elemento. Ella había crecido en una casa de dos dormitorios, con una cocina diminuta y un jardín más pequeño aún.

El helicóptero volvió a sobrevolar el palacio una vez antes de aterrizar. Un hombre abrió la puerta y los recibió con una sonrisa, diciendo algo en ruso a lo que Alexei respondió antes de tomar su mano para correr por un camino que alguien había limpiado de nieve. Pero cuando llegaron al vestíbulo del palacio, Paige se detuvo abruptamente, con la boca abierta.

Las paredes, de mármol y alabastro, terminaban en una cúpula semicircular en la que había un fresco con una escena de la Biblia. Tres enormes lámparas de araña colgaban del techo, sus lágrimas de cristal iluminando el fresco, con sus tonalidades azules, verdes, doradas y de un rojo vibrante.

—Es la *Adoración de la virgen* —murmuró, atónita.

Su madre tenía un cuadro similar en el salón y Paige estaba tan acostumbrada a él que había dejado de interesarle.

Pero aquello era como verlo por primera vez... aunque evidentemente el fresco era mucho mejor. Algo real y no una vulgar copia. Aun así, por raro que fuese, mirándolo sentía la extraña sensación de estar en casa.

—Sí.

Paige miró a Alexei, parpadeando para contener las lágrimas. Por un momento, casi había olvidado que estaba allí. ¿Cómo sería vivir con aquella belleza cada día de tu vida?, se preguntó.

—¿Qué ocurre, Paige? Estás a salvo conmigo, te lo prometo.

Era demasiado tarde para esconder su reacción y tuvo que sonreír, un poco avergonzada.

—Es una bobada, pero siempre lloro en las galerías de arte. Hay algo en la etérea belleza de un cuadro que me sobrecoge. Es como ver el alma del pintor...

Era cierto, pero ella sabía que era algo más que la belleza de aquel fresco lo que la había hecho llorar. Lo que había provocado esa emoción era la conexión con el pasado en un sitio tan inusual, tan ajeno a ella.

Alexei rozó una lágrima con el dedo, mirándola con ternura.

—No creo haber conocido nunca a una mujer que llorase en las galerías de arte. Aunque este palacio no lo sea.

Paige consiguió sonreír. ¿No era una galería de arte? ¿A quién quería engañar? Todo lo que había allí podría estar en un museo.

—Puede que se me pase con el tiempo.

—Lo dudo —Alexei le ayudó a quitarse el abrigo y después se quitó el suyo para dárselo a un criado que había aparecido como de la nada—. Y creo que será mejor que no te lleve a la galería de retratos. Con tantas lágrimas no podrías cenar.

—Tal vez después de cenar entonces.

¿Cómo no iba a querer ver los retratos de sus antepasados?

—Después de la cena tengo una sorpresa para ti —dijo él entonces, tomando su mano—. Ven, si no me equivoco, la cena nos espera en la biblioteca.

—¿En la biblioteca?

—El comedor es demasiado grande y la biblioteca es más acogedora.

Si podía llamarse «acogedora» a una habitación del tamaño de un apartamento, sí, lo era, pensó Paige cuando la llevó a una habitación llena de libros, con una chimenea gigante en el centro. Frente a la chimenea había una mesa redonda cubierta por un mantel de lino blanco, con platos de porcelana, velas y copas de fino cristal. Un trío de criados uniformados esperaba frente a un carrito sobre el que había varias bandejas de plata y cuando Alexei apartó una silla para ella Paige tomó asiento, preguntándose cuántos príncipes y princesas Voronov se habrían sentado allí antes.

Alexei hizo un gesto y los criados empezaron a servir la cena. Había platos de carne, verduras, codornices rellenas y un pan negro que estaba delicioso. También había caviar sobre un recipiente de hielo, junto con unas tortitas muy planas que ella sabía se llamaban *blinis*.

Los criados salieron de la biblioteca después de servir el vino y, de repente, estaban solos.

Alexei levantó su copa.

—Por una buena cena y mejor compañía.

Paige brindó con él, pero tenía el pulso acelerado y se preguntó cómo iba a ser buena compañía si, de repente, no se le ocurría nada que decir.

Aquello era totalmente irreal, totalmente nuevo para ella. Alexei, el príncipe Voronov, la había sacado de un hotel en Moscú unas horas antes para llevarla en su avión privado a San Petersburgo y ahora estaba sentada en una fabulosa biblioteca en el palacio de los Voronov, cenando con él. Esas cosas sólo pasaban en las películas o a las modelos y a las actrices, no a las chicas trabajadoras como ella.

Pensó entonces en Chad y en Emma y tuvo que contener una oleada de remordimientos.

—¿Te gustan las *pelmeni*? —le preguntó Alexei.

—Me gusta todo. ¿Qué son las *pelmeni*?

—Las codornices, el relleno es una mezcla de ternera, cordero, cerdo y especias.

—Están riquísimas. Y tenías razón, hay cosas mucho más interesantes que el repollo en la cocina rusa.

—Era el plato favorito de mi hermana —dijo Alexei—. Es una receta de los Urales y mi madre solía hacerlas a menudo.

—Siento mucho que tu hermana haya fallecido —dijo ella entonces.

–Fue hace muchos años, pero gracias.

Cuando no dijo nada más, Paige se vio en la obligación de cambiar de tema.

–Mi madre solía hacer pollo frito al estilo del sur –bromeó–. De pequeña, era mi plato favorito.

–¿Y ya no lo es?

Paige negó con la cabeza.

–No desde que descubrí que subía el colesterol. Además, perdí cinco kilos al dejar de comer cosas fritas.

Aunque seguramente seguiría tomando el pollo de su madre si ella siguiera viva.

–Yo nunca he probado el pollo frito –dijo Alexei.

–Si alguna vez vas a Texas, yo te lo haré –se ofreció Paige. No esperaba que fuera, pero se sintió obligada a decirlo de todas formas.

Él sonrió.

–Tal vez acepte la invitación.

Paige tomó otro sorbo de vino. Lo último que necesitaba era que fuera a Texas y viera su humilde casita. Aunque no iba hacerlo, sólo estaba siendo amable también.

–Este palacio es precioso. Debe haber sido increíble crecer aquí.

La expresión de Alexei se ensombreció, pero enseguida se encogió de hombros.

–No crecí aquí, *maya krasavitsa*. Mi padre murió cuando yo tenía cinco años y mi madre, que era considerada *persona non grata*, se vio obligada a marcharse del palacio con mi hermana y conmigo.

–¿Por qué? ¿No debería haber heredado el palacio cuando tu padre murió?

Alexei tomó un sorbo de vino.

–Entonces eran tiempos difíciles y mi madre no tenía... las influencias necesarias. Había gente que la quería fuera de aquí y no pudo hacer nada.

–Pero tú estás aquí ahora –dijo Paige.

–Tardé muchos años en recuperarlo, pero sí. Conseguí comprar el palacio –asintió él. En sus ojos grises había una emoción que Paige no lograba identificar. ¿Odio? ¿Rabia? ¿Miedo?

Antes de que pudiese averiguarlo, Alexei volvió a ponerse la máscara y era, una vez más, el solícito anfitrión, el príncipe ruso.

–¿Dónde vive tu madre ahora?

–Está en la iglesia que viste antes de aterrizar, como lo están mi hermana y mi padre. Cuando recuperé el palacio, llevé sus cuerpos allí.

Paige dejó el tenedor en el plato. Había recuperado el palacio, pero su familia no estaba allí para disfrutarlo con él, pensó, entristecida.

–Lo siento. No debería haber preguntado...

–No te preocupes. Todos murieron hace mucho tiempo, pero ahora están donde deben estar, en la cripta familiar, y yo me alegro de haber podido reunirlos.

Paige le apretó la mano, con el corazón encogido. Aunque no era un consuelo, quería que él supiera que lo entendía.

–Mi madre murió cuando yo tenía dieciocho años.

–Lo siento mucho.

–No te lo cuento porque busque compasión, sólo quería que supieras que entiendo lo que es estar solo.

–Pero tienes a Emma –dijo él.

–Sí, pero no por mucho tiempo.

Alexei se llevó la mano a los labios.

–Siempre la tendrás. Sigue siendo tu hermana.

Paige se mordió los labios. ¿Él había perdido a su

hermana y ella estaba quejándose porque la suya iba
a casarse?

—¿Cómo hemos terminado hablando de mí cuando
estábamos hablando de ti?

—Me gusta saber cosas de ti.

—Yo prefiero hablar de ti.

—¿Qué quieres saber? —le preguntó Alexei, arrellanándose en la silla. El pelo le brillaba a la luz de la
chimenea.

—¿Por qué estás siendo tan amable conmigo?

Si había pensado que esa pregunta lo pillaría des-
prevenido estaba equivocada porque se limitó a sonreír.

—¿Tienes que preguntar después de lo que pasó
anoche?

—Si buscas información, estás perdiendo el tiempo.
Hasta este viaje, yo sólo era una secretaria más en la
empresa Russell. Chad me eligió para venir a Moscú
por mi hermana.

Era embarazoso admitirlo delante de un hombre
tan poderoso como Alexei, pero era la verdad. Además, no quería que creyese que ella tenía información
alguna. Si la llevaba de vuelta a Moscú de inmediato,
que así fuera. Al menos, entonces sabría cuáles habían
sido los verdaderos motivos de aquella invitación.

—¿Eso te molesta?

—No te entiendo.

—¿Te molesta que Chad te haya traído sólo para estar con tu hermana?

—Ah, eso... —Paige se encogió de hombros—. Así es
la vida, ¿no? Este viaje es una oportunidad después de
todo. Eso, si tú no consigues firmar el contrato con
Valyshnikov y cierras la empresa Russell para siempre.

Alexei tenía un aspecto peligroso en ese momento, como si la máscara hubiera caído, dejando la esencia del hombre que estaba cenando con ella. Una esencia oscura, cruel.

—Cuando consiga el contrato, no cerraré la empresa. Russell será absorbida por Prospecciones Voronov.

—Chad dice que destruirías la compañía y todos nos quedaríamos sin trabajo.

Alexei hizo una mueca.

—Chad se equivoca. Aunque habría que hacer cierta reorganización, seguirías teniendo tu empleo, Paige. Sencillamente, trabajarías para mí en lugar de para Chad.

Fue su seguridad, su arrogante suposición sobre ella lo que la hizo decir:

—Si tú ganas, buscaré otro trabajo.

No era por la animosidad que había entre Alexei y Chad o por las repercusiones en la empresa Russell, aunque por supuesto todo eso la molestaba.

No, era por aquello, por esa noche. Porque Alexei aparentaba estar a gusto con ella y luego hablaba de trabajar para él como si no hubiera pasado nada.

«¿Pero qué ha pasado, Paige?».

Aparte de la extravagancia de sus métodos, Alexei no había hecho nada más que invitarla a cenar. Sí, la había besado la noche anterior, pero no se engañaba a sí misma. Todo lo que había ocurrido desde la noche anterior había sido irreal, desde el abrazo en la Plaza Roja hasta los besos en su apartamento más tarde.

—¿Por qué no querrías trabajar para mí?

Paige dejó la servilleta sobre la mesa porque había perdido el apetito. Había otra razón, una más importante que su orgullo herido. Y no tenía el menor problema en decirla en voz alta:

–Si arruinases a Chad también arruinarías la felicidad de mi hermana. Y yo no podría trabajar para alguien que le hiciera daño a Emma.

Paige estaba tan furiosa como un tigre siberiano, le brillaban los ojos y su piel de porcelana se veía dorada a la luz de la chimenea. Podría decirle que estaba siendo una ingenua, pero en lugar de eso lo único que deseaba era tomarla entre sus brazos y besarla.

No, quería hacer algo más que eso. Quería quitarle ese feo traje de chaqueta y enterrarse en ella. El deseo era sorprendente, abrumador.

Alexei se levantó abruptamente y ella echó la cabeza hacia atrás, una sombra de alarma se dibujó en sus facciones.

Le molestaba que lo mirase a veces como si fuera un oso ruso dispuesto a devorarla. Como si fuera un personaje de una novela de Dostoievski, la personificación humana del demonio.

Aunque tal vez lo era.

Pero tenía razones para ello. Y no se echaría atrás cuando la victoria estaba tan cerca. No cuando Paige estaba allí y él la deseaba. Se había dicho a sí mismo que quería averiguar lo que sabía sobre el negocio de Chad Russell, pero estaba empezando a creer que la verdad era más complicada.

Que su deseo por ella era más complicado.

La deseaba, pero no había esperado que le gustase tanto. Era una persona interesante, divertida, que apreciaba la belleza de manera tan profunda que la hacía llorar y que protegía a su hermana pequeña con una fiereza que él podía entender. Y seguía siendo leal a las dos personas que la habían engañado.

Alexei intentó no pensar que también él estaba engañándola. No, él hacía lo que debía hacer, lo que era necesario. Algunas promesas eran más importantes que cualquier remordimiento. Su hermana podría llevarse un disgusto si Chad perdía la empresa, pero se recuperaría. Y Paige también. Aquella no era una situación de vida o muerte.

Tenía que ser implacable. Estaba demasiado cerca de su objetivo como para perderlo de vista. Katerina lo merecía, su madre lo merecía. Tim Russell les había robado todo y Alexei no estaría satisfecho hasta que se lo hubiera quitado todo a su hijo.

No dejaría que aquella mujer, por interesante y atractiva que fuera, le hiciese olvidar su objetivo.

—En cualquier caso, tendrías un empleo si lo quisieras. Ven —dijo después, ofreciéndole su mano—. No es momento para hablar de negocios.

—¿Dónde vamos?

—Es una sorpresa.

Paige miró su mano, indecisa, pero un segundo después, suspirando, la aceptó. El roce hizo que Alexei sintiera una corriente de deseo que intentó controlar, pero era demasiado fuerte.

No podría apartarse aunque quisiera. Estaban muy cerca y la oía respirar, podía ver el latido de su pulso en el cuello, el deseo creciendo dentro de su cuerpo.

Paige tenía las mejillas encendidas y lo gratificaba saber que también ella lo deseaba, aunque eso le hiciera sentir como si estuviera aprisionado... porque aún no podía hacer nada.

Pero lo haría cuando llegase el momento.

Alexei la llevó hacia una ventana y dio un paso atrás. Al otro lado, sobre la nieve, mientras el sol empezaba a ocultarse tras el horizonte, había tres caballos atados a una *troika*. Un hombre sujetaba las riendas mientras otro comprobaba los esquís del trineo.

Alexei la oyó contener el aliento y aprovechó ese cambio de humor para acercarse un poco más, poniendo una mano sobre su hombro para hablarle al oído:

—Como te prometí —susurró, sus labios rozando el lóbulo de su oreja.

Se había permitido esa pequeña libertad porque no pudo evitarlo. Pronto, muy pronto, la llevaría a su cama.

La única respuesta de Paige fue un escalofrío.

Capítulo 6

EL AIRE olía limpio, a fresco y Paige no pudo evitar una carcajada de felicidad mientras la *troika* se deslizaba por la nieve. Los caballos piafaban y movían la cabeza, las campanillas que llevaban enganchadas al arnés tintineaban al paso.

–¡Es maravilloso! –exclamó–. Muchísimas gracias.

–Habría sido una pena venir hasta aquí y no dar un paseo en trineo –dijo Alexei, sujetando las riendas.

Paige iba envuelta en su nuevo abrigo, con el gorro de piel casi ocultando su cara y una manta sobre las rodillas. Iba muy calentita y, sin embargo, experimentó un escalofrío de emoción.

–¿Tienes frío?

–No, en absoluto.

–Si tienes frío, podemos volver al palacio –insistió él, preocupado–. Sólo tienes que decirlo.

Paige le tocó el brazo.

–Aún no. No quiero que termine demasiado pronto.

Alexei sonrió.

–Entonces, seguiremos adelante.

En realidad, una vez que se levantó de la mesa, Paige pensó que la noche había terminado. Y que seguramente era lo mejor, por mucho que se le encogiera el corazón.

Porque ¿qué demonios estaba haciendo? Aquel hombre era un príncipe, vivía en un palacio y estaba intentando destruir la empresa de su jefe, que pronto se convertiría en su cuñado. No debería estar allí, no debería estar pasando un buen rato con Alexei Voronov.

Era un error.

Y, sin embargo, allí estaba, sentada a su lado en el trineo, deslizándose por aquel paisaje nevado, escuchando el sonido de las campanillas de los caballos bajo un cielo iluminado por la luna llena.

Era tan romántico que lo recordaría durante toda su vida. Y no lamentaba aquel momento, aunque se sintiera culpable por estar disfrutando tanto.

Unos minutos después, Alexei detuvo el trineo en un promontorio desde el que podía verse todo el valle nevado.

—Si el tiempo fuera el habitual en esta época del año, no podríamos ver esto —le dijo—. Pero ayer hubo una tormenta de nieve.

—Y yo me alegro mucho —comentó Paige.

Alexei le acarició la cara con la mano enguantada y ella tembló, pero no de frío. No, cuando la tocaba era como si de repente un incendio se desatara en su interior. Cuando rozó su oreja con los labios había estado a punto de darse la vuelta, a punto de decirle que se olvidase del trineo y la llevase a la cama.

Afortunadamente, no lo había hecho.

—Tal vez la nieve ha caído por ti —dijo él.

Paige estaba tan acalorada que sintió el deseo de apartar la manta de sus rodillas y quitarse el abrigo. Todo en aquel momento era mágico y, casi sin darse cuenta, se inclinó hacia él...

Y estuvo a punto de gritar al escuchar un aullido.

—Lobos —dijo Alexei—. No hay tantos como antes, pero siguen saliendo a cazar por la noche.

–¿No deberíamos marcharnos? –le preguntó Paige, asustada.

Otro aullido sonó en la distancia y los caballos piafaron, nerviosos.

–No hay nada que temer. No estamos lejos del palacio y yo voy armado.

Paige guiñó los ojos para escudriñar el interminable paisaje helado. No veía nada más que nieve, pero sabía que los lobos estaban cerca.

–Parecen hambrientos.

–Sí, pero hay mucha caza por aquí: osos, cabras, ciervos... no te preocupes, esta noche los lobos se llenarán la barriga.

–No sé si eso me tranquiliza –murmuró ella. Pero cuando giró la cabeza, Alexei estaba mirándola con una expresión rara–. ¿Qué ocurre?

–Parece como si éste fuera tu sitio, como si todo estuviera hecho para ti.

–No te entiendo.

–Yo sabía que el blanco te quedaría bien –Alexei sacudió la cabeza–. El abrigo, el gorro...

–Todo es precioso.

–Tienes las mejillas rojas, los ojos brillantes y tus labios... necesitan un beso.

–Alexei... –empezó a decir Paige. Pero el resto de la frase se perdió cuando él se apoderó de su boca.

Sabía que debería detenerlo pero sencillamente no era capaz. Deseaba aquel beso, deseaba que la tocase. Alexei le pasó un brazo por la cintura, mientras seguía sujetando las riendas de la *troika* con la otra mano, y Paige se agarró a las solapas de su abrigo cuando empezó a besarla en el cuello, su corazón latiendo con tal fuerza que estaba segura de que él podría sentirlo.

Era el beso de la plaza, pero también mucho más.

Sentía como si lo conociera desde siempre, como si estuviera destinada para ese momento.

El beso era perfecto cuando no debería serlo. Pero estaba atrapada por una nueva sensación: la emoción, el peligro de besar de aquel hombre oscuro y desconocido.

Paige enredó una mano enguantada en su pelo y metió la otra bajo el abrigo para tocar los duros músculos de su torso...

—Alexei... —susurró.

—Eres tan preciosa. Te deseo tanto... —musitó él—. Ahora, esta noche.

Sus bocas se fundieron una vez más. No importaba el pasado, no importaba el futuro, aquel momento era lo único que contaba. ¿Y por qué no? Ella merecía su momento de felicidad, durase lo que durase.

Una vocecita interior intentaba hacerla entrar en razón, pero se negó a escuchar. Llevaba ocho años haciendo caso de esa vocecita y no había conseguido más que soledad y tristeza.

—Sí —murmuró, entre besos—. Sí, Alexei.

Hicieron el viaje de vuelta al palacio a toda velocidad. Alexei animaba a los caballos y la *troika* se deslizaba por la nieve a velocidad de vértigo. Tras ellos, los lobos seguían aullando pero Paige se sentía segura. De hecho, nunca se había sentido tan segura en toda su vida.

Cuando llegaron al patio del palacio, él entregó las riendas a uno de los mozos antes de ayudarla a bajar del trineo y después tomó su mano para llevarla corriendo hacia la escalera.

Paige se sentía como una princesa con su abrigo

blanco y rió cuando Alexei la llevó a una habitación y cerró la puerta, sus dedos volando por los botones del abrigo.

–He querido quitarte ese traje desde que te vi esta mañana –le confesó con voz ronca mientras tiraba el abrigo al suelo. Le siguieron el pañuelo y el gorro de piel...

Esa mañana.

¿De verdad había sido esa mañana cuando volvieron a verse en la sala de juntas? Paige decidió olvidarlo. Sabía con quién estaba y sabía por qué estaba mal.

Pero no quería parar. Quería seguir adelante, sin pensar. Quería sentirse viva esa noche, sentir la pasión y el poder de aquel hombre que estaba quitándose el abrigo y la camisa...

Sólo una vez, sólo esa noche. Al día siguiente, volvería a ser Paige Barnes, la seria y eficiente secretaria.

Nerviosa, se quitó los guantes para tocarlo... pero cuando por fin acarició su torso, él dio un respingo.

–Tienes las manos heladas –dijo, riendo.

–Tú también –murmuró Paige. Pero estaba segura de que sus caricias la harían arder antes de que terminase la noche.

Era una locura... una locura.

Podía escuchar esa vocecita en su cabeza, pero no quería escucharla. Ya habría tiempo para recriminaciones más tarde.

Alexei buscó sus labios mientras le quitaba la blusa y Paige se arqueó como una gata.

«No pienses, limítate a sentir».

Pero cuando puso las manos en la cinturilla de su pantalón, de repente sintió una punzada de miedo.

¿Debería explicarle que no tenía experiencia? ¿Que sólo lo había hecho una vez y ni siquiera sabía si contaba?

Pero entonces tal vez Alexei se echaría atrás y no podía soportar la idea de que su inexperiencia diese al traste con todo, de modo que no dijo nada.

Le hablaba en ruso mientras la desnudaba, palabras exóticas que Paige no podía entender. Pero cuando intentó cubrirse con los brazos, él la detuvo.

—Nunca imaginé que llevarías ropa interior sexy debajo de ese traje tan aburrido.

Paige se puso colorada.

—No es sexy, sólo es... de encaje.

Y tal vez un poquito sexy, sí. El sujetador tenía eso que llamaban escote balcón, y llevaba un tanga porque no le gustaba que se marcasen las braguitas bajo los pantalones.

—Eres preciosa.

—Pero tú no te has quitado el pantalón —protestó ella, incapaz de soportar ese escrutinio.

—Entonces ayúdame —dijo Alexei.

La noche anterior había visto un apunte de sus pectorales y abdominales en el estudio pero eso no la había preparado para la realidad. Tenía los hombros anchos, los músculos duros y la piel satinada, tan ardiente que sintió que le quemaba los dedos. Con el corazón en la garganta, Paige bajó la cremallera del pantalón...

Alexei se hizo cargo a partir de ese momento, quitándose pantalón y calzoncillos al mismo tiempo para quedar completamente desnudo frente a ella. Paige tragó saliva. Era magnífico, alto, fuerte, los músculos de su estómago claramente definidos y una línea de vello oscuro que iba desde el ombligo hasta...

–¿Te gusta lo que ves?

Ella levantó la mirada. Se había quedado mirando su pene como una tonta. Pero estaba erecto... y evidentemente nada avergonzado.

Sentía como si estuviera clavada al suelo. No sabía qué debía hacer. ¿Qué haría una mujer sofisticada? ¿Se abrazaría a él o se quitaría la ropa interior y se tumbaría lujuriosamente en la cama?

Afortunadamente, Alexei no parecía tener ningún problema para decidir lo que quería y, tomándola en brazos, la llevó a la cama. Paige miró hacia arriba y se quedó sorprendida. En el techo del dosel había una escena que representaba a un hombre y una mujer en una *troika*, los caballos galopando por un paisaje nevado...

–Estás temblando –dijo él, tumbándose a su lado–. ¿Te doy miedo?

–No, pero es que... ha pasado mucho tiempo –admitió Paige.

Era cierto. Había pasado mucho tiempo desde que perdió su virginidad con un chico del instituto, Bob, que bebía demasiado y nunca volvió a llamarla. Siempre había imaginado que por vergüenza, más que por cualquier cosa que ella hubiera hecho mal.

Pero empezaba a pensar que podría estar equivocada.

–Entonces me tomaré mi tiempo –dijo Alexei, quitándole las gafas para dejarlas sobre la mesilla–. No puedo imaginar nada más placentero.

Se apoderó de su boca y Paige se derritió al sentir el peso de su cuerpo. Cuando Alexei la besaba, sentía que haría todo lo que él le pidiera. Y debía ser cierto porque estaba en su cama, a más de seiscientos kilómetros de donde debería estar.

Alexei le desabrochó el sujetador y lo tiró al suelo antes de inclinar la cabeza para besar primero un pecho y luego el otro, haciéndola temblar.

—Eres muy sensible —murmuró—. Y me gusta.

Cuando cerró los labios sobre uno de sus pezones, chupando suavemente hasta endurecerlo, Paige arqueó la espalda.

—Te gusta —musitó él, con tono satisfecho.

Y cuando repitió el gesto, chupando suavemente sus pezones por turnos, pensó que iba a ponerse a gritar de placer.

—Alexei... no quiero que vayas despacio.

Estaba ardiendo y lo deseaba como nunca había deseado a nadie en toda su vida.

—Paciencia, cariño. Tenemos mucho tiempo —dijo él, antes de inclinar la cabeza para besar su estómago, acariciando el elástico del tanga con la lengua—. Es una braguita muy sexy, señorita Barnes. Hace que me pregunte qué otras sorpresas me esperan.

Cuando bajó el tanga y no hubo más barreras entre ellos, Paige se quedó sin aliento.

Creía estar preparada para lo que siguió, ¿pero cómo iba a estar preparada para algo que no había experimentado nunca?

Alexei besaba seductoramente el interior de sus muslos y cuando abrió sus piernas para rozarla con la lengua, Paige dio un respingo. Era como si hubiese recibido una descarga eléctrica.

Alexei le hacía cosas que ningún hombre le había hecho y quería que durase para siempre...

Pero terminó en cuestión de segundos, cuando pareció caer por un precipicio. Paige gritó, jadeando y sollozando a la vez durante la larga caída a ese pozo sin fondo...

La experiencia fue intensa, asombrosa, mucho más de lo que hubiera soñado nunca.

Y, sin embargo, no había terminado.

Alexei la hizo perder la cabeza una vez más con su lengua y cuando pensó que no era posible sentir más placer, lo hizo una tercera vez.

Estaba agotada, saciada, temblando... y aún quería más.

—Por favor —le rogó, al notar que se apartaba—. No te vayas.

Alexei rió, una risa ronca y sexy.

—No me voy a ningún sitio, preciosa.

Lo vio alargar una mano para abrir un cajón de la mesilla y, un segundo después, se había puesto un preservativo y estaba sobre ella. Paige enredó las piernas en su cintura, sabiendo instintivamente que eso era lo que debía hacer y Alexei la besó tiernamente mientras entraba en ella...

El placer la dejó sin aliento. Hubo un momento de dolor, una sensación incómoda... pero luego estaba dentro de ella, hasta el fondo, palpitando en su interior.

—Deberías habérmelo dicho —murmuró Alexei.

Al ver su expresión, se quedó desolada. Parecía desconcertado, como si hubiera esperado una cosa y hubiese encontrado otra.

—¿Decirte qué? ¿He hecho algo mal?

—Eres virgen —dijo él entonces. Y parecía enfadado.

La sorpresa dejo a Paige momentáneamente sin habla.

—No puede ser.

—Te lo aseguro, lo eres. Lo eras hasta hace un momento.

—Pero he estado con un hombre y... —Paige sintió

que le ardía la cara–. Bueno, la verdad es que apenas había empezado cuando todo terminó.

Y, aparentemente, eso significaba que Bob no la había desvirgado como ella creía.

La expresión de Alexei se volvió fiera de repente. Pero no le daba miedo, al contrario. Era intensa, decidida, como diciendo que no iba a rendirse hasta que hubiera terminado.

–Dios mío, Paige. Cuando creo que no puedes sorprenderme más...

Se apoderó de su boca y empezó a moverse adelante y atrás, posesivo, ardiente. Estaba pasando, estaban haciendo el amor de verdad... aquella noche no iba a terminar con una disculpa y una despedida.

Aprendió muy rápido a mover las caderas para encontrarse con él, a abrirse para él y a prologar el placer hasta el momento inevitable... pero sólo durante unos minutos porque Alexei era insaciable.

Cuando llegó al orgasmo de nuevo no pudo contener un grito y, vagamente, notó que Alexei caía sobre su pecho, jadeando. Unos segundos después se tumbó, llevándola con él hasta que quedó encima, sin apartarse, sin salirse de ella.

Y Paige supo que nada volvería a ser lo mismo a partir de ese momento.

Capítulo 7

NADA había ido como él esperaba y se preguntaba qué demonios le había pasado. Había perdido el control en cuanto la besó en el trineo, pero él no quería ir tan rápido.

Había querido que fuese una seducción lenta, tal vez incluso que durase unos días. Y había querido que Paige confiase en él antes de llevarla a la cama.

Había querido, canalla que era, hacerla creer que estaba enamorándose. Paige Barnes era la clase de mujer que debería estar comiendo de su mano.

Y, sin embargo, no era así.

Lo cual, paradójicamente, podría explicar la intensa atracción que sentía por ella. Era mucho más de lo que había esperado y cada momento que pasaban juntos aumentaba esa fascinación.

Pero era virgen. No había contado con eso y, de repente, sintió remordimientos. Paige le había confiado su virginidad y lo único que él pretendía era aprovecharse de ella.

Pero ¿cómo iba a saberlo? Apenas había notado cierta resistencia hasta que atravesó la barrera. Y se había quedado perplejo.

Con su dulce inocencia y su apasionada sexualidad, Paige le había dado la vuelta a la situación porque el contraste entre esas dos facetas lo fascinaba. Incluso antes de saber que seguía siendo virgen la había deseado como no recordaba haber deseado a ninguna otra mujer.

¿En su vida?

Alexei cerró los ojos. No, claro que no. No podía ser. Debía haber deseado a otra mujer de aquella manera. ¿Alina, la súper modelo, tal vez? Tenía las piernas más largas que había visto nunca.

Pero no. Alina era encantadora, nada más.

Hizo un recorrido por las mujeres de su vida, pero ninguna de ellas conjuraba recuerdos tan placenteros. Ninguna de ellas había despertado un deseo tan violento.

Tal vez era la emoción de hacer el amor con la secretaria de Chad Russell, de quitarle algo que su primo no había sido capaz de apreciar.

Pero no, tampoco era eso.

Paige estaba tumbada sobre él, respirando suavemente, y se dio cuenta de que se había quedado dormida. También él quería dormir un rato, pero no era capaz. Seguía dentro de ella, aún erecto, y necesitaba quitarse el preservativo.

Pero no quería moverse. Quería quedarse allí, saciado y contento, disfrutando del calor del cuerpo de Paige. Quería disfrutar de su compañía, por breve que fuera.

Paige sabía lo que era perder a su familia demasiado pronto, eso era algo que compartían. Otra razón por lo que todo lo que había ocurrido esa noche le parecía tan extraño. Normalmente, él no le contaba detalles de su familia a las mujeres con las que salía.

De hecho, no le contaba detalles de su familia a nadie. Había aprendido que la vida no era justa y que no se podía confiar en los demás porque nadie era lo que parecía; todo el mundo tenía una cara oculta.

Y la suya era arruinar a Chad Russell.

No se lo había dicho a Paige, por supuesto, pero sabía que había hablado más de lo que debería. Al contarle que su familia estaba en la cripta familiar había experimentado una sensación de soledad que tenía casi olvidada. En ese momento había querido abrirle su corazón, pero se había detenido a tiempo.

Paige le hacía recordar sueños que había olvidado, sentir remordimientos por cosas que no podía evitar si quería vengar a su familia. No había sitio para sentimientos, no había lugar para ternura de ningún tipo.

Una mirada al reloj de la mesilla le dijo que eran casi las doce. Unos minutos más y tendría que despertarla... aunque querría tenerla en su cama toda la noche, hacerle el amor al amanecer, perderse a sí mismo en ella.

Pero no lo haría. Cuanto antes regresaran a Moscú, mejor.

El sonido estridente de un teléfono despertó a Paige. A su lado, Alexei apartó el edredón y se levantó de la cama. El teléfono seguía en el bolsillo del pantalón pero consiguió contestar antes de que dejara de sonar.

—¿Sí?

Paige se sentó en la cama, su cuerpo protestando por el brusco movimiento. Era hora de volver a la realidad, pensó.

Y la realidad para ella no era un millonario desnudo paseando por una habitación llena de antigüedades y dando órdenes por teléfono en un idioma que no conocía.

Mientras él hablaba, aprovechó para saltar de la cama y recoger su ropa del suelo antes de entrar en el cuarto de baño...

Y tuvo que apoyarse en la puerta, incrédula. Otra habitación maravillosa, de cuento de hadas. Aunque por lo menos era moderna; además de una bañera con patas en forma de garra de león, tenía dos lavabos y una moderna ducha. Evidentemente, Alexei había modernizado el palacio Voronov.

Se preguntó entonces por qué su madre, su hermana y él habrían tenido que marcharse de allí. Debió ser terrible perder a su padre siendo tan joven y, además, perder su hogar. ¿Cómo había podido su madre sacar adelante a dos niños pequeños en esa situación?

Paige sintió una punzada de pena por la mujer cuyo cuerpo yacía en la cripta. Y por un hombre que parecía tan frío cuando hablaba de su familia y, sin embargo, estaba lleno de vida, de fuego. Un fuego que prácticamente los incineraba a los dos cada vez que se miraban.

Suspirando, dejó su ropa en una banqueta tapizada y abrió el grifo del lavabo para lavarse la cara...

Y dio un paso atrás al ver a la mujer que la miraba desde el espejo. ¿Ésa era ella?

Tenía los labios hinchados y un brillo lánguido, sensual en los ojos. Se le había corrido el rímel, pero no parecía una adolescente con resaca. No, tenía un aspecto... como de mujer fatal, de diosa del sexo.

Su piel brillaba y parecía feliz, guapa. ¿Eso era lo que la satisfacción sexual le hacía a una persona?

De ser así, se había perdido mucho.

Apenas podía creer que, técnicamente, hubiera seguido siendo virgen. Sentía un ligero escozor en la entrepierna, pero su corazón se ponía a saltar de alegría ante la idea de volver a hacer el amor...

En ese momento sonó un golpecito en la puerta.

–¿Sí?

–Tenemos que irnos –dijo Alexei–. El helicóptero está esperando.

Su tono era tan impersonal, tan frío que se le encogió el estómago. No sabía qué había esperado de esa noche, pero desde luego no había esperado esa indiferencia. ¿No acababan de compartir algo maravilloso? Y además de sus cuerpos ¿no habían compartido una parte de su alma también?

A ella se lo había parecido, especialmente cuando Alexei insistió en recordarle que había vivido para Emma hasta ese momento y era hora de parar. O cuando le contó, con un brillo de dolor en los ojos, que su familia estaba enterrada en la cripta del palacio.

–Salgo enseguida –contestó, entrando en la ducha a toda velocidad.

No le haría ver cuánto le había afectado aquel encuentro, cuánto había significado esa noche para ella. Alexei ya estaba portándose como si hubiera terminado y ella haría lo mismo. Era hora de volver al papel de extraños que recelaban el uno del otro.

Podía hacerlo y lo haría.

Después de ducharse, Paige se vistió a toda prisa. No había encontrado el elástico con el que se sujetaba la coleta, de modo que hizo lo que pudo con su pelo antes de abrir la puerta.

Alexei estaba en el centro de la habitación, vestido y hablando por el móvil de nuevo. Y cuando no la miró siquiera, a Paige se le encogió el corazón.

¿Qué había esperado? Ella sabía dónde se metía.

No la miró una sola vez mientras salían de la habitación y bajaban por la escalera. Paige sentía que le ardía la cara, pero por una razón bien diferente a cuando subieron unas horas antes. Entonces estaba emocionada, ahora se sentía como una prostituta que Alexei hubiera encontrado en la calle y de la que quisiera despedirse a toda prisa.

Paige levantó la barbilla, decidida a no demostrar cuánto le dolía su indiferencia. No había esperado una declaración de amor, pero pensó que al menos se portarían como dos personas que habían compartido un momento de intimidad.

Cuando metió las manos en los bolsillos del abrigo se dio cuenta de que había olvidado los guantes arriba, pero no iba a volver a por ellos.

Además, no había tiempo.

El hombre que los había recibido unas horas antes estaba esperando en la puerta y Alexei le dijo algo en ruso mientras la tomaba del brazo.

—Cuidado con los escalones, están resbaladizos.

Una vez a bordo del helicóptero, Paige miró por la ventanilla la fantasmagórica sombra del palacio Voronov, enorme y oscuro sobre la prístina nieve. Casi esperaba que el suelo se abriera de repente y se lo tragase, como un lugar sagrado que debiera desaparecer después de haber sido hallado por casualidad.

Veinte minutos después, subían al avión privado de Alexei, que había ido hablando por teléfono en el coche y en aquel momento estaba trabajando con su ordenador portátil.

Paige cerró los ojos. Era más de medianoche y, aunque no sabía cuáles eran los planes de Chad para el día siguiente, tenía que levantarse temprano por si acaso.

De repente, sintió remordimientos de conciencia. Se había arriesgado y lamentaba haberlo hecho porque el hombre por el que había arriesgado su trabajo la ignoraba por completo, como si no estuviera allí.

Eso le dolía y, sin embargo, lo había hecho con los

ojos bien abiertos. No podía culpar a nadie más que a sí misma.

Alexei apagó el ordenador en ese momento y le dijo algo a la azafata.

Un minuto después, Paige escuchó algo que parecía una detonación y, asustada, se incorporó en el asiento. Alguien había descorchado una botella de champán y Alexei le ofreció una copa con una sonrisa traviesa en los labios.

–*Madame* –murmuró.

Su rostro se había transformado de nuevo y a Paige el corazón le dio un vuelco. Era tan guapo, tan sexy. Y tan solitario, pensó entonces.

No. No sentiría empatía por alguien que se había portado tan mal con ella.

–¿Por qué brindamos? –le preguntó, con toda la frialdad de la que era capaz. Dos personas podían jugar al mismo juego, se dijo.

–Por el triunfo –respondió él.

Paige frunció el ceño.

–¿Qué quieres decir?

–Chad Russell está arruinado. Ésta era su última oportunidad de salvar la compañía –Alexei tomó un sorbo de champán–. Sus valedores han retirado la oferta.

Paige se llevó una mano al corazón. Chad estaría destrozado... y Emma también.

–Esto era un juego para ti, ¿verdad? Sólo fingías estar interesado en mí.

–No, no he fingido nada.

–Me has traído aquí para seducirme. Todo esto... la cena, el paseo en trineo...

–Sí, todo estaba preparado –la interrumpió Alexei– pero eso no significa que no haya disfrutado muchísimo.

Paige volvió la cara para no tener que mirarlo. Ella había creído que de verdad le gustaba... qué tonta había sido. ¿Desde cuándo un príncipe se interesaba por una vulgar secretaria?

Pero la belleza de lo que habían compartido, la intensidad de su respuesta... era mucho más de lo que había sentido nunca.

Y, sin embargo, él acababa de destrozar esos recuerdos.

–Vamos, Paige, no te hagas la ofendida. Esto es la guerra y tú lo sabes.

Ella hizo un esfuerzo para controlarse.

–Yo no soy como tú, yo no utilizo a la gente.

–¿Ah, no? Creo recordar que eras tú la que quería hacer el amor anoche, en mi apartamento –Alexei puso un dedo bajo su barbilla para mirarla a los ojos–. Querías utilizarme para olvidar lo que Chad te había hecho.

–Ya te dije que entre nosotros no había nada. Y Chad no me ha hecho nada.

–Pero tú querías que lo hiciera. Querías que te hiciera el amor.

–No –insistió Paige.

Y, sin embargo, era la verdad. Había querido que Chad le hiciese el amor pero ahora sabía que nunca habría sentido con él lo que había sentido con Alexei.

–Niégalo todo lo que quieras, pero los dos sabemos que es así.

–¿Por qué le odias tanto?

Los ojos de Alexei se ensombrecieron.

–¿Quién ha dicho nada de odiar? Esto es un negocio.

Paige sacudió la cabeza.

–No, es algo más que eso. Vi cómo lo mirabas en la sala de juntas.

–Tal vez deberías preguntarle a él –replicó Alexei.

Y Paige tuvo la impresión de que había dicho más de lo que quería con esa frase.

–No puedo hacerlo y tú lo sabes.

–Puedes hacer lo que quieras, *maya krasavitsa*. Pero a partir de mañana ya no trabajarás para Chad Russell.

–Tampoco trabajaré para ti –replicó ella.

–No seas tonta, Paige –dijo Alexei, levantándose–. Necesitas un sueldo.

No, no podría trabajar para Alexei Voronov. Después de una noche de locura, aquello era lo único sobre lo que iba a mantenerse firme.

–Prefiero fregar suelos antes que trabajar para un hombre al que odio.

Él se inclinó entonces, poniendo las manos sobre los brazos del asiento, y se apoderó de su boca en un beso dominante. Paige apretó los labios pero él siguió besándola hasta que tuvo que abrirlos para respirar y Alexei aprovechó la ocasión para deslizar sinuosamente su lengua, excitándola, haciendo que le devolviese la caricia.

Era un beso furioso, un beso de guerra, pero ardiente al mismo tiempo. Cuando se apartó, Paige vio que ella no era la única que se había quedado sin aliento. Los ojos de Alexei brillaban de deseo y tuvo que dar un paso atrás para calmarse.

Pero enseguida recuperó la compostura y, mirándola con frialdad, le espetó:

–Sí, Paige Barnes, está claro que me odias. Y si tuviéramos más tiempo, te demostraría cuánto.

Capítulo 8

Un mes más tarde...

Paige apagó el despertador, haciendo un esfuerzo para sentarse en la cama. Cada día parecía amanecer antes y durante las últimas dos semanas le costaba un mundo despertarse. Y no era el *jet lag*. Habían vuelto a Dallas un mes antes y el *jet lag* se le había pasado en unos días.

Pero estaba cada día más cansada, como si necesitara una descarga de cafeína en las venas para poder moverse. Tomaba varios cafés por la mañana, pero a mediodía ya estaba cansada de nuevo. Y cuando llegaba a casa, lo único que le apetecía era meterse en la cama.

Nada había sido igual desde que volvió de Rusia. Había encontrado trabajo en un bufete la semana anterior, gracias a Mavis, que también se había negado a trabajar para Alexei Voronov después de pasar tantos años con Chad y su padre. El sueldo no era tan bueno como en la empresa Russell, pero podría arreglárselas.

Paige encontró fuerzas para saltar de la cama y ponerse un albornoz, pero antes de ducharse necesitaba una taza de café.

–Qué mal aspecto tienes –dijo Emma cuando entró en la cocina.

–Gracias –murmuró Paige, irónica.

Su hermana tampoco estaba precisamente en su mejor momento, pero por una razón bien diferente. Desde que volvieron a Texas apenas había visto a Chad, que estaba en Alaska, haciendo negocios con unos amigos de su padre. Había puesto su fortuna personal en la compañía Russell y cuando la empresa se declaró en quiebra, también él tuvo que hacerlo.

De modo que la boda entre Emma y Chad había sido pospuesta y, en su opinión, no había visos de que fuese a tener lugar. Por eso oía llorar a Emma todas las noches en su habitación. Paige odiaba a Alexei Voronov por muchas razones, pero ésa era la principal.

Suspirando, tomó un sorbo de café, pero el sabor la hizo sentir arcadas y dejó la taza sobre la encimera.

–¿Qué haces despierta tan temprano?

Emma frunció el ceño.

–Tengo exámenes finales. ¿Qué te pasa, estás enferma?

Paige se llevó una mano al estómago. Llevaba semanas haciéndose esa pregunta.

–No lo sé.

–Estás muy pálida, deberías quedarte en casa.

–No puedo, soy nueva en el bufete y no quiero tener problemas.

–Pero no estás bien. Si quieres, yo llamaré a Mavis.

Paige hizo un gesto con la mano.

–No, por favor. Se me pasará en cuanto me duche.

Pero después de ducharse no se sentía mejor en absoluto, al contrario. Sentía náuseas y tuvo que inclinarse sobre el inodoro para vomitar.

Tal vez Emma tenía razón, tal vez era algún virus.

Paige se puso un pantalón oscuro y un jersey azul y se dirigió al bufete, sin desayunar. Pero la mañana fue una tortura. Intentó comer un donut que le había llevado Mavis pero, de nuevo, tuvo que ir al baño dos veces a vomitar, aunque no había comido nada.

Cuando volvió a su escritorio, Mavis la miró con cara de sorpresa.

–¿Qué te pasa? Estás muy pálida.

Paige se dejó caer sobre la silla, con una mano en el estómago.

–No lo sé. Debe ser una intoxicación alimentaria o algo así. Tengo el estómago fatal.

–Podría ser –asintió Mavis, colocándose un lápiz en el pelo– pero llevas unas semanas muy cansada y con mala cara. ¿Has vomitado?

–Desde esta mañana no paro de hacerlo.

–¿Qué síntomas tienes?

–Estoy muy cansada y me cuesta mucho levantarme de la cama.

Mavis hizo una mueca.

–No tendrás novio, ¿verdad?

Paige negó con la cabeza.

–Ya sabes que no. ¿Por qué lo dices?

–Porque si tuvieras novio te preguntaría cuándo fue la última vez que tuviste la regla y sugeriría que te hicieras una prueba de embarazo.

–¿Qué? –exclamó Paige.

–Pero como no puede ser eso porque no tienes novio –siguió Mavis– deberías ir al médico. Tal vez tengas la gripe o una de esas gastroenteritis que hay por ahí. Aunque me recuerdas a mi hija cuando se quedó embarazada de los gemelos. La pobre no podía comer nada y estaba todo el día en la cama.

Paige experimentó un escalofrío de aprensión. Pero

no podía ser. Alexei había usado preservativo y sólo lo habían hecho una vez. ¡Era imposible que estuviese embarazada!

Sin embargo, su cerebro trabajaba a toda velocidad haciendo las cuentas...

El teléfono sonó en ese momento y Mavis contestó, evitándole tener que seguir hablando del asunto. Mientras ella hablaba, Paige se quedó pensativa. No recordaba la última vez que tuvo el período, pero eso no significaba nada. Podría ser el estrés del viaje a Rusia, algún retraso sin importancia... sí, tenía que ser eso: estrés y un virus estomacal.

Aunque lo mejor sería comprobarlo porque la preocupación significaba más estrés. Y la única manera de solucionarlo era pasar por la farmacia para comprar una prueba de embarazo.

Paige intentó concentrarse en el trabajo, aunque no dejaba de darle vueltas a la cabeza. Afortunadamente, media hora después el señor Ramírez, uno de los socios del bufete, le dijo que podía irse a casa.

Media hora después se sentía un poco mejor, pero el paquetito que llevaba en el bolso podría cambiarlo todo.

Paige lo sacó, con el corazón acelerado. ¿De verdad era necesario? ¿Sería posible?

Cualquier cosa era posible, por supuesto. Y cuando la prueba diese negativo, pediría cita con su médico. Tal vez era alérgica a algo o había contraído un extraño virus en Rusia.

Veinte minutos después, y una vez leídas las indicaciones atentamente, las siguió al pie de la letra y, mientras esperaba, fue a la cocina porque tenía el estómago vacío.

Con un yogur en la mano, volvió al cuarto de baño

para revisar la prueba. Sólo había pasado un minuto, pero la ventanita digital ya tenía una respuesta.

La cuchara que tenía en la mano cayó en el lavabo y Paige tuvo que hacer un esfuerzo para sujetar el yogur.

Embarazada.

Nerviosa, tomó la barrita para mirarla de cerca. Tal vez había visto mal... pero no.

¡Estaba embarazada! Iba a tener un hijo con un príncipe ruso.

No le parecía real, no le parecía posible. Y, sin embargo, la prueba no mentía.

Paige pudo llegar al sofá antes de caer al suelo porque las piernas no la sostenían. ¿Qué iba a hacer?, se preguntó, llevándose una mano al abdomen. ¿De verdad había una vida dentro de ella? ¿Un hijo de Alexei?

Podría terminar con el embarazo y nadie lo sabría nunca. Podría gestar al bebé y darlo luego en adopción. O podría tener a su hijo.

Paige apretó las manos sobre su abdomen en un gesto posesivo. Sabía lo que iba a hacer, quería a aquel niño con una fuerza que la sorprendía. Tendría a su hijo y lo criaría sola. No sería fácil, especialmente ahora que su sueldo se había visto reducido, pero ella ya sabía lo difícil que era. Ya sabía lo que era trabajar a todas horas para criar a un niño porque lo había hecho con su hermana.

No sería fácil, pero se acostumbraría.

Pero ¿y Alexei?

Paige se mordió los labios. ¿Debía ponerse en contacto con él? No, Alexei era un hombre frío y cruel que había fingido ser algo que no era.

Había fingido ser solícito, amable y había fingido

un interés por ella que en realidad no sentía con el propósito de sacarle información sobre la empresa Russell. Cuando ya no necesitaba esa información la había descartado como si fuera un estorbo y no había vuelto a ponerse en contacto con ella desde entonces.

Alexei había encontrado a Emma cuando estaba en la habitación de Chad, de modo que si hubiera querido encontrarla a ella en Dallas lo habría hecho. Pero, sencillamente, no quería encontrarla.

De hecho, aunque le dolía reconocerlo, probablemente no había vuelto a pensar en ella. Desde que la dejó en la puerta del hotel, la había borrado de su mente.

Lo sabía porque había visto una fotografía de Alexei en un reciente estreno de Hollywood. Iba con una actriz guapísima que se agarraba a su brazo y le sonreía como si fuera el centro del universo.

Paige experimentó una punzada de celos que intentó controlar de inmediato. La actriz descubriría pronto lo cruel que podía ser el príncipe Voronov. Era uno de los hombres más deseados del mundo, pero sólo para quien no lo conocía.

Y cuando pensó en su hermana, su odio por Alexei aumentó.

No, no se pondría en contacto con él. Alexei había dejado claro lo que pensaba sobre esa noche. Era algo que ya había olvidado y era ella quien tendría que lidiar con las consecuencias.

Alexei se decía a sí mismo que, sencillamente, quería devolverle los guantes que había olvidado en el palacio. Y el abrigo, el pañuelo y el gorro de piel que había dejado en el hotel dentro de una bolsa, con órdenes de que la llevaran a su oficina.

Debería haberlo esperado. Paige era orgullosa y obstinada y era previsible que hubiera querido decir la última palabra.

Se preguntó entonces por qué había conservado los guantes. Los había encontrado el fin de semana siguiente, sobre la mesilla de la habitación, donde alguna criada debía haberlos dejado porque recordaba perfectamente que Paige se los había quitado para tocarlo.

Alexei cerró los ojos. Para tocarlo...

Esa noche, en el palacio, le había hecho el amor con una intensidad que lo dejó sorprendido.

Y no había vuelto a estar con una mujer desde entonces. Había pensado hacerlo, incluso había salido con una preciosa actriz recientemente, pero la noche terminó cuando la llevó a su casa y se despidió con un casto beso en la puerta.

Sencillamente, no lo excitaba como Paige.

Paige Barnes, que llevaba gafas y trajes aburridos y que lo había besado como si necesitara sus caricias para respirar.

Había querido volver a verla y ya que estaba en Dallas para explorar su reciente adquisición, no tendría que esperar más. La vería y le devolvería el maldito abrigo.

La empresa Russell era suya por fin y, aunque había pensado que sentiría un gran placer al entrar en las lujosas oficinas como propietario, no había sido tan dulce como esperaba. Por un momento, mientras estaba en el despacho en el que Tim Russell le había negado su ayuda, se sintió más vacío que nunca.

¿Por qué?

La limusina que había contratado lo llevó a su hotel, a las afueras de la ciudad, en una zona residencial con grandes mansiones y jardines bien cuidados.

Paige había mantenido su palabra y se había ido de la empresa, pero sabía que trabajaba en un bufete y que a aquella hora estaría en su casa. Había pensado ir a verla a la oficina, pero decidió que sería mejor hacerlo en privado.

¿Qué diría cuando volviese a verlo? ¿Volvería a ver un brillo de deseo en sus ojos o lo miraría con odio? Quería lo primero y esperaba, por ella, que fuese lo último.

Porque, aunque no debería, seguía deseándola como loco. Y aunque acostarse con ella sería placentero, no tenía más que darle y no le arrebataría nada más... aunque no hubiese podido evitar llevarle el abrigo en persona.

Por fin, el coche se detuvo frente a una casa de piedra marrón con un porche cubierto. Era una casita agradable y el jardín parecía bien cuidado.

Alexei tomó la bolsa y llamó al timbre. Había una mujer de pelo gris en el porche de la casa de al lado, mirándolo fijamente. Cuando le sonrió, ella entró en la casa a toda prisa. Aunque no le pasó desapercibido que seguía fisgoneando desde la ventana.

Y, por fin, la puerta se abrió. Alexei no sabía lo que había esperado que ocurriera cuando volviese a verla, pero desde luego lo que no había imaginado era sentir aquella pulsación en la entrepierna.

–Hola, Paige –la saludó, mirándola de arriba abajo.

Llevaba un pantalón corto que dejaba al descubierto sus bien torneadas piernas y un top que se ajustaba a sus generosos pechos. Su pelo oscuro estaba sujeto en la típica coleta... y no parecía precisamente contenta de verlo.

–¿Qué haces aquí? –le espetó ella.

Alexei levantó la bolsa.

–Devolverte tu abrigo.

Paige se agarró al quicio de la puerta.

–No lo quiero, príncipe Voronov. Gracias por venir, pero márchese, por favor.

–Qué formal... considerando lo que ha habido entre nosotros.

Le encantó ver que se ponía colorada. Tan sensual, tan inocente a la vez. Eso era lo que recordaba, lo que anhelaba.

–Yo... –de repente, el rostro de Paige se volvió de una tonalidad casi verdosa–. Perdona... –fue lo único que pudo decir antes de entrar corriendo en la casa.

Alexei cerró la puerta y, dejando la bolsa sobre una silla, la siguió hasta el baño, donde la encontró vomitando.

–¿Qué te pasa, estás enferma? ¿Quieres que llame a un médico?

–No –respondió ella desde el otro lado–. Me sentiré mejor cuando te vayas, así que vete. ¡Y llévate el abrigo!

–Como tú quieras –dijo Alexei. Aunque no tenía la menor intención de hacerlo.

En lugar de eso, entró en la cocina y se sentó en un taburete. Desde allí se veía el cuarto de estar con un enorme sofá, un par de sillones y un televisor. No era suntuoso pero sí hogareño, acogedor.

Tras la muerte de su padre, él había vivido en una casa no mucho más grande que aquella. Lo único que heredaron fue una pequeña cantidad de dinero y una finca que todo el mundo pensaba que no valía nada. Pero a él le encantaba esa finca de niño. No tenían mucho dinero, pero Katerina y él jugaban durante horas en el bosque, por el que pasaba un riachuelo. Nadaban, correteaban y se subían a los árboles como monos...

Eran muy felices. A los niños les daba igual que hubiese dinero en la casa mientras tuvieran comida en la mesa y alguien que los quisiera de verdad.

Más que nada, Alexei soñaba con devolverle a su madre el estilo de vida que había disfrutado cuando era la princesa Voronov. Y había trabajado sin descanso para conseguirlo, pero el éxito le llegó demasiado tarde.

Había recuperado el palacio familiar y otras casas en varios países, pero en ninguna de ellas tenía la sensación de estar en su hogar, esa sensación que recordaba de la infancia. En aquella casa, sin embargo, sí experimentaba esa sensación.

Un hogar era algo más que un montón de ladrillos y muebles, era una sensación indefinible. Alexei anhelaba tenerlo y, sin embargo, era algo que la vida le había negado durante muchos años.

Y que seguiría negándole, pero ya estaba acostumbrado. Cuando a uno no le importaba nada ni nadie, cuando no se tenía una sensación de hogar, no te lo podían arrebatar. Y él sabía por experiencia que era mejor así.

La puerta del baño se abrió y Paige salió al pasillo, tambaleándose. Pero al verlo, se quedó inmóvil.

—Has dicho que te ibas.

—He mentido.

Paige entró en la cocina y sacó de la nevera una botella de agua mineral.

—Eso se te da bien, ¿verdad?

—Yo nunca te he mentido.

—No, sencillamente no me contaste la verdad –dijo ella, antes de tomar un sorbo de agua.

—En realidad, sí lo hice. Te dije por qué querría tenerte cerca si trabajaras para mí.

–Ésa no era la verdad –replicó Paige, haciendo una mueca de desdén–. La verdad era: Paige, no me siento atraído por ti, pero quiero que lo creas y así me contarás los secretos de Chad Russell. Y luego le robaré la empresa y os dejaré a todos sin trabajo.

En sus ojos oscuros veía la rabia y el odio que había esperado. ¿Pero el miedo?

¿Por qué le tenía miedo?

–Yo no he robado nada –Alexei suspiró–. Lo que hice fue comprar una compañía. Y la atracción que sentía por ti no era una mentira.

Paige se llevó una mano a la frente.

–Muy bien, no robaste nada y de verdad te sentías atraído por mí. Te creo –le dijo–. Y ahora, por favor, ¿te importaría marcharte?

Alexei frunció el ceño.

–Deberías sentarte.

–Lo haré cuando te vayas.

–No voy a irme ahora mismo. Ven, siéntate en el sofá.

Paige lo miró, con los ojos muy abiertos.

–No lo puedes evitar, ¿verdad? Chascas los dedos y esperas que todo el mundo haga lo que tú quieres. Pues lo siento, pero ésta es mi casa y si no te marchas llamaré a la policía.

–Si te sientas, me iré –dijo Alexei. La amenaza de llamar a la policía no significaba nada para él, pero estaba claro que su presencia la alteraba.

Había hecho lo que tenía que hacer y no había razón alguna para quedarse. No había nada para él allí, nada para ninguno de los dos.

–Muy bien, de acuerdo –Paige entró en el salón y se dejó caer en el sofá–. Ya puedes irte.

–Necesitas un médico –dijo Alexei, preocupado al ver que seguía muy pálida.

–Estoy bien. He tenido la gripe últimamente, pero me estoy recuperando.

–Entonces, me marcho. He dejado el abrigo y lo demás en la entrada. Haz lo que quieras con todo eso, pero no me lo devuelvas.

El teléfono empezó a sonar entonces pero Paige, pálida y con los ojos cerrados, no se levantó para contestar. Alexei no quería marcharse, pero ella no lo quería allí...

Cuando se volvía hacia la puerta saltó el contestador y en cuanto la persona que llamaba empezó a hablar, Paige se levantó del sofá.

Pero no fue lo bastante rápida.

–Llamo de la consulta del doctor Fitzgerald para confirmar la ecografía de mañana. Tiene que traer...

Paige sentía que le daba vueltas la cabeza cuando colgó el teléfono. No había pensado que fueran a llamarla de la consulta del ginecólogo para recordarle una cita que había hecho el día anterior. ¿De verdad creían que iba a olvidarla?

Cuando levantó la mirada, sabía lo que iba a ver y lo temía al mismo tiempo.

Alexei tenía los ojos brillantes, el ceño fruncido.

–¿Por qué vas a hacerte una ecografía? –le preguntó con un tono helado que la hizo sentir un escalofrío.

Podría mentir, pero no se le ocurría una sola razón para hacerse una ecografía, aparte de un embarazo. Sabía que debía haber otras razones, pero en aquel momento tenía la mente en blanco.

–¿Por qué suelen hacerse ecografías las mujeres, príncipe Voronov?

¿Qué importaba que se lo dijera? La había seducido para conseguir información, sin pensar para nada en sus sentimientos. ¿Por qué iba a importarle un niño?

–No puedes estar embarazada.

Menudo arrogante.

–¿Por qué no? ¿Porque eso no era parte del plan? Pues te aseguro que puedo. Pero no te preocupes, no espero nada de ti.

Alexei permaneció en silencio durante un minuto.

–Estás mintiendo –dijo por fin–. No puedes estar embarazada.... usé preservativo.

Paige lo miró, desafiante.

–Por supuesto que no puedo, porque el gran príncipe Voronov ha decidido que es imposible. Haz el favor de marcharte, no te necesitamos.

En ese momento experimentó una oleada de náuseas. Intentó disimular, hacerse la fuerte para que se fuera. Pero, por su expresión, no estaba funcionando.

–¿Qué ocurre? Dime qué te pasa.

Paige intentó apartarse, pero Alexei la sujetó del brazo.

–Estoy embarazada, maldita sea. ¡Y si no me sueltas en este mismo instante, te vomitaré en el traje!

Él la soltó por fin y Paige corrió al cuarto de baño. Le habría gustado cerrar la puerta, pero no tenía fuerzas para hacerlo.

Notó que Alexei se sujetaba el pelo mientras se inclinaba sobre el inodoro para vomitar. Agradecía el gesto, debía admitir, pero al mismo tiempo le daba miedo porque le recordaba al Alexei que le había llevado a dar un paseo en la *troika*, el hombre que le había hablado de su familia con ese brillo de tristeza en los ojos. El Alexei amable, al que hubiese amado si fuera real y no una mentira.

Pero ¿no era parte de él ese otro Alexei?

No, no debía pensar eso.

Sólo quería que se fuera y no volviese nunca para no recordar. Había sido su primer amante de verdad y esa noche había sido mágica, preciosa...

Pero todo era mentira. Alexei había arruinado a Chad, había arruinado la felicidad de Emma y lo odiaba por ello. ¿Por qué pensaba en él sintiendo algo que no fuese desprecio?

Porque era el padre de su hijo y sentía una conexión con él. Una conexión profunda, misteriosa, que los uniría para siempre.

Pero ¿por qué él precisamente?, se preguntó.

Cuando terminó de vomitar, Alexei la ayudó a incorporarse y la tomó en brazos para llevarla al sofá. Paige no esperaba nada pero debía admitir que se sentía aliviada al haberle contado la verdad. Había hecho lo que debía y, al menos, su madre estaría orgullosa de ella.

Aunque Emma seguramente no volvería a dirigirle la palabra. Desde que descubrió que estaba embarazada el día anterior había temido contárselo a su hermana. No quería revelarle quién era el padre, pero temía no poder ocultarlo.

—Necesitas un médico —dijo Alexei, sacando el móvil del bolsillo.

—No me pasa nada, las mujeres embarazadas tienen náuseas, es normal.

—Necesitarás un médico en el avión.

Campanitas de alarma empezaron a sonar en su cabeza.

—¿Qué avión? —preguntó Paige—. Yo no pienso ir a

ningún sitio. Emma está a punto de llegar y pensába-
mos ver una película esta noche...

–Me marcho a San Petersburgo en dos días –dijo
Alexei, inexpresivo–. Y tú vendrás conmigo.

Paige intentó levantarse, pero volvió a sentir una
ola de náuseas.

–Yo no pienso ir a ningún sitio contigo. Mi vida
está aquí, en Dallas.

–No, ya no. Si ese niño es hijo mío, tu vida está
conmigo.

Capítulo 9

EL PALACIO Voronov estaba exactamente como lo recordaba, tal vez más hermoso aún ahora que había llegado la primavera.

Había pensado que jamás volvería a aquel sitio y mucho menos como señora de la casa...

Paige miró el solitario de diamantes que llevaba en el dedo y se le encogió el estómago.

Estaba casada. Con un príncipe.

Y todo en aquel matrimonio era un error.

Dejó que Alexei la ayudase a bajar del helicóptero pero se apartó en cuanto pudo. Y él no mostró la menor emoción ante ese gesto de desafío. Se portaba así desde el momento en que le informó de que iría a Rusia con él.

Paige lo había amenazado con llamar a la policía, lo había amenazado con un buen número de gestos vacíos pero Alexei se había encogido de hombros, como si no lo asustaran en absoluto.

Y así era. El poderoso príncipe Voronov haría lo que tuviese que hacer, incluyendo organizar su vida como si tuviera derecho a hacerlo.

Paige estaba decidida a negarse, pero Alexei interrumpió sus protestas con una simple promesa: él cuidaría de Emma. Su universidad estaría pagada y le compraría un apartamento o la casa en la que vivían, si lo prefería. Y no tendría que volver a preocuparse por el dinero en toda su vida.

Y ella había sabido cuál sería su respuesta desde el momento que hizo esa promesa. Se decía a sí misma que había aceptado porque temía la alternativa: Alexei podía ser implacable cuando quería algo. Sólo tenía que pensar en lo que le había pasado a Chad Russell para saber que era cierto.

Mientras viviera, jamás olvidaría la expresión horrorizada de Emma cuando le contó lo que pasaba. Su hermana empezó a llorar, diciendo que tenía que ser una broma, que jamás habría esperado que se acostase con el enemigo de Chad...

Y cuando se encerró en su habitación, negándose a escucharla, Paige se volvió hacia Alexei, con los ojos llenos de lágrimas, y le preguntó si estaba satisfecho.

Pero él se limitó a mirarla con esos fríos ojos grises, sin decir una palabra.

Los dos días siguientes habían sido un torbellino de actividad. Alexei la llevó a una clínica privada para que le hiciesen una ecografía esa misma tarde, mirando el monitor como si estuviera buscando el secreto de la juventud eterna o algo igualmente precioso.

Paige no sabía que pudiera emocionarse al ver algo tan pequeño y que de ningún modo parecía un bebé, pero así fue. Se había sentido maravillada. No quería mirar a Alexei, de modo que se concentró en la pantalla y al ver la manchita sus ojos se llenaron de lágrimas. Debería estar allí con un hombre que la amase en lugar de con un frío extraño...

—Es un embarazo de seis semanas y unos tres días —dijo el auxiliar.

Alexei le preguntó si estaba seguro y el hombre le

explicó que los embarazos se contaban desde la última menstruación y no desde la fecha de la concepción.

Y Paige pensó que iba a morirse de vergüenza. Lo había preguntado como si no creyera que él era el padre del niño, por eso el auxiliar se había visto obligado a darle tantas explicaciones.

Lo que debería haber sido un momento hermoso había quedado arruinado por completo.

Sin embargo, Alexei la ayudó a levantarse de la camilla y la llevó del brazo hasta el coche, el calor de su mano atravesando la ropa y haciéndola sentir un cosquilleo.

Pero era absurdo. ¿Cómo iba a desear cariño y consuelo del hombre que se lo había robado todo? Ella estaba satisfecha con su vida cuando lo conoció y Alexei le había robado su casa, a su hermana, su trabajo...

Su vida nunca volvería a ser la misma, pero lo soportaría por el bien del niño.

En la puerta del palacio los recibió el mismo hombre que los había recibido aquella noche. Alexei intercambió unas palabras con él y luego se volvió hacia Paige.

—Vasily está preparando tu habitación. Si quieres esperar en el cuarto de estar, vendrá a buscarte cuando todo esté listo.

Paige asintió con la cabeza. Le sorprendía que no compartiesen habitación, pero en realidad era un alivio. ¿Cómo iba a compartir cama con él? En el ayuntamiento de San Petersburgo, mientras se casaban, no dejaba de recordar imágenes de la noche que habían pasado juntos...

Pero estaba decidida a decir que no cuando llegase el momento porque jamás imaginó que no llegaría.

Alexei se mostraba frío con ella. Claro que, considerando lo impersonal que había sido la ceremonia, debería haberlo imaginado. En lugar de una iglesia llena de flores, parientes y amigos, se habían casado en una oficina y la ceremonia la había oficiado un funcionario que hablaba en ruso.

–Quiero saber qué va a pasar ahora.

¿Era su mujer de verdad? ¿Iban a vivir como una pareja o la dejaría allí y seguiría con su vida? Había tantas cosas que no sabía, tantas preocupaciones. Se sentía muy lejos de casa, fuera de su elemento, como si le hubiesen robado su vida.

–Te servirán el almuerzo cuando tú digas.

–No me refiero a eso y tú lo sabes.

–Sí, pero yo tengo que irme a una reunión. Hicimos un pacto, Paige. Si te resulta difícil cumplirlo...

–No me resulta difícil cumplirlo –lo interrumpió ella–. Sé perfectamente de lo que eres capaz, príncipe Voronov. ¿Cómo no voy a saberlo?

–¿Y qué significa eso? ¿Es que no estoy siendo amable contigo? ¿Te he abandonado al saber que ibas a tener un hijo mío?

–Yo no necesito nada de ti. Podría haber criado a mi hijo sola sin ningún problema.

Por primera vez desde que llegaron allí, una sombra de emoción cruzó las facciones de Alexei.

–Ah, claro, no pensabas decirme nada sobre nuestro hijo, ¿verdad? Habrías dejado que creciese sin conocer a su padre cuando yo puedo darle mucho más de lo que tú podrías darle nunca.

–¿Qué puedes darle tu, Alexei? –lo retó ella–. ¿Dinero, propiedades? ¿Crees que eso es suficiente para un niño? Además, pensé que no te interesaría –añadió, antes de que pudiese interrumpirla.

—Pues entonces está claro que no me conoces —dijo Alexei.

A Paige se le encogió el corazón al ver la emoción que había detrás de esas palabras.

—No sé nada sobre ti, es cierto. Pero me gustaría saberlo.

Le sorprendía darse cuenta de que era verdad. Alexei era el padre de su hijo, su marido, y quería conocerlo. Una vez habían compartido una noche maravillosa...

Aunque todo hubiera sido un engaño con consecuencias inesperadas, debían aprender a olvidar su animosidad por el niño.

Pero, sin decir nada, Alexei se dio la vuelta y desapareció.

Alexei sentía como si hubiera perdido el control de su vida. Había ido a Texas para examinar su nueva adquisición y había vuelto con una esposa.

Una esposa.

Y no sólo una esposa. Desde el momento que escuchó la voz de la enfermera hablando de la ecografía había sabido lo que le esperaba.

Paige era virgen cuando se acostaron, pero estaba embarazada.

Alexei había repasado esa noche en su cabeza muchas veces hasta que, por fin, recordó la única cosa que había intentado olvidar. Se había quedado dormido dentro de ella y cuando despertó el preservativo se había salido. No había que ser un genio para saber cómo había quedado embarazada y tendría que pagar las consecuencias.

Angustiado, enterró la cara entre las manos. No podía concentrarse en los números que tenía delante...

Él no quería una esposa, no quería un hijo. Había perdido a la gente que amaba y no había sitio en su vida para nadie más. No era un riesgo que quisiera asumir.

Pero sentía un deseo protector hacia el bebé.

Y hacia ella.

Quería tomarla entre sus brazos y decirle que todo iba a salir bien...

Pero no saldría bien.

¿Cómo iba a decirle que sí? Le había dicho lo mismo a Katerina y, sin embargo, los dos sabían que estaba mintiendo. No volvería a hacerlo. No volvería a arriesgar su corazón para que la vida lo pisotease. Era más fácil estar solo. Él sabía estar solo.

No sabía cómo ser el marido o el padre de nadie.

Entonces ¿por qué no la había dejado en Dallas?

No sabía por qué, salvo que no había podido hacerlo. Paige esperaba un hijo y, en realidad, el embarazo era culpa suya.

Pensó entonces en su familia, en el apellido Voronov. Había creído que desaparecería con él, pero el embarazo de Paige lo cambiaba todo.

Durante el largo viaje de vuelta a Rusia, cuando Paige se tumbó en la cama, había querido tumbarse a su lado, protegerla con sus brazos, poner la mano sobre su abdomen...

Quería respirar su aroma a verano y dormir a su lado, pero no había hecho nada de eso, aunque el impulso era abrumador.

¿Qué le estaba pasando? ¿Cómo podía dejar que una mujer lo afectase de esa manera?

Alexei se levantó, enfadado consigo mismo. Sólo había una respuesta: tenía que marcharse. Tenía que irse a algún sitio y dejar a Paige en el palacio, donde estaría a salvo.

Pero él estaría en otro sitio, dirigiendo sus negocios y levantando un imperio. La visitaría de vez en cuando, pero no se quedaría. Y no volvería a tocarla.

Porque temía que si la tocaba, no podría parar.

—Tengo que volver a Moscú por un asunto de negocios.

Paige levantó la cabeza. Estaba sentada sobre un banco de piedra en el jardín, a la sombra de un árbol. Era un sitio precioso, lleno de paz, los rosales perfumando el ambiente.

Era un panorama muy distinto al que había visto la primera vez que estuvo allí. Ya no era una postal navideña sino un maravilloso paisaje primaveral. Pero hacía fresco y, acostumbrada a un clima más cálido, empezaba a tener frío a pesar del jersey.

—Hola, Alexei.

Él la miraba, con las manos en los bolsillos del pantalón, con una expresión indescifrable. Y el corazón de Paige redobló sus latidos, como le pasaba siempre. Por mucho que lo intentase, no podía dejar de recordar la noche que le quitó la camisa para pasar los dedos por su duro torso...

—Estaré fuera unos días, pero aquí tendrás todo lo que necesites. Y si no, sólo tienes que decírselo a Vasily y él se encargará de conseguirlo.

—¿Te marchas? ¿Tan pronto?

Había imaginado que tendría que salir de viaje alguna vez, pero no el mismo día de su llegada. Él era la única persona a la que conocía en aquel país. ¿Cómo podía dejarla cuando aquella situación era tan nueva para ella? ¿Con quién podría hablar? ¿Qué haría durante todo el día?

Ella estaba acostumbrada a trabajar, a cuidar de sí misma. ¿Cómo iba a quedarse de brazos cruzados?

Sentía como si estuviera ahogándose. Había dejado una vida en la que se veía obligada a cuidar de su hermana para vivir otra donde estaba a merced de los caprichos de un hombre. Un hombre que no la querría si no estuviera esperando un hijo suyo. Su independencia le había sido robada por aquel hombre enigmático...

Y ahora se marchaba, como si no le importase en absoluto.

Alexei se encogió de hombros.

–Tengo que atender mis negocios.

–¿Y no puedes trabajar desde casa durante unos días? –le preguntó ella–. Acabamos de llegar.

Alexei frunció el ceño.

–Tú no puedes entender las presiones que sufro a diario.

–¿Ah, no? Trabajé para Chad Russell durante dos años, así que entiendo las presiones que sufre el director de una gran empresa.

–Pero no las de uno bueno –replicó él, irónico.

Paige apretó los dientes.

–Chad siempre se portó bien conmigo, me pagaba estupendamente y quiere a mi hermana.

–Ah, veo que has olvidado cómo te trató.

–¿Cómo me trató? –repitió Paige, levantándose–. Chad nunca me trató mal, al contrario. De hecho, me trató mucho mejor que tú.

–Te mintió sobre su relación con tu hermana. De hecho, creo recordar que los dos te mintieron. Y tú te pusiste en peligro por culpa de esa mentira.

–No me engañaron, sencillamente querían ser discretos sobre su relación. Y ellos no sabían que yo saldría del hotel esa noche –respondió Paige.

–Olvidas que yo tuve que ayudarte. Pero, por supuesto, soy yo quien te ha tratado mal.

–Te di las gracias por ayudarme esa noche, pero tú no has hecho nada con buena intención hacia mí desde entonces. Has hecho sólo lo que era mejor para ti.

–¿Crees que casarme contigo es lo mejor para mí? ¿Que traerte aquí es lo que quería hacer? –le espetó Alexei entonces.

Fue como si le clavara un puñal en el corazón. Paige sabía que no la quería, pero escucharlo de sus propios labios...

–Tú tomaste esa decisión, Alexei, no yo. Si tanto lo lamentas, ¿por qué no me envías de vuelta a casa? Eso es lo que a mí me gustaría.

–Ya estás en casa –dijo él–. Por el niño, estás donde debes estar.

Paige cruzó los brazos sobre el pecho.

–A veces desearía no haberte conocido nunca.

–Es demasiado tarde para eso. Debemos lidiar con las consecuencias de nuestros actos como podamos.

–¿Las consecuencias de nuestros actos? ¿Es eso lo que piensas de tu hijo?

También ella lo había pensado, si debía ser sincera, pero Alexei lo había dicho con tal frialdad, sin la menor emoción.

–El niño es una consecuencia, ¿no?

–Podría ser una niña –le recordó Paige.

–No importa, niño o niña será un Voronov y lo protegeré hasta mi último aliento.

Paige se estremeció. No de miedo sino porque creía que lo decía de corazón. Alexei no dejaría que nada le pasara a su hijo porque era un hombre honorable.

Pero no era honorable en todo y eso era lo que no entendía.

—Quiero saber por qué destruiste la empresa de Chad Russell. Quiero entenderlo.

Necesitaba entenderlo porque si no lo hacía, el sentimiento de culpa por lo que había hecho se la comería viva. ¿Cómo podía ser su mujer si se sentía culpable cada vez que se excitaba estando a su lado?

Pensó que Alexei no iba a responder o que le diría que era un simple asunto de negocios. Lo había hecho más veces.

Pero en los ojos grises de su marido había un brillo extraño, como si estuviera mirando algo lejano, algo que ella no podía ver.

—Tim Russell destruyó a mi familia. Se lo llevó todo y no paró hasta dejarnos sin nada.

Capítulo 10

PAIGE sintió que se le doblaban las rodillas y tuvo que dejarse caer en el banco de nuevo. Alexei estaba pálido, con los ojos brillantes, y se le encogía el corazón al verlo así.

Pero ¿y si se equivocaba? ¿Y si el padre de Chad no había querido destrozar a su familia?

Claro que era absurdo. ¿Cómo iba a equivocarse sobre algo así?

—Lo siento —le dijo, porque no sabía qué decir.

Él se volvió para mirar hacia el jardín.

—Mi tía era bailarina del ballet Bolshoi. Conoció a Tim Russell cuando estaba de gira por Estados Unidos con la compañía y se casaron poco después.

Paige no hubiera podido moverse aunque quisiera. ¿La tía de Alexei había estado casada con el padre de Chad?

—Pero eso significa...

—Que Chad es mi primo, sí.

—Yo conocí a su madre, pero no sabía que fuera rusa.

Y Chad nunca había mencionado su parentesco con Alexei. ¿Por qué no?, se preguntó.

Claro que ella sólo era una empleada y tal vez era lógico que no le hubiese contado un detalle tan personal sobre su vida. Pero para entonces ya tenía una relación con su hermana...

¿Saber eso habría cambiado lo que sentía por Alexei? ¿Habría hecho que fuese más cauta cuando mostró interés por ella? Tal vez entonces hubiera imaginado lo brutal que era la pelea y se habría mantenido al margen.

Pero no era una excusa válida, se dijo a sí misma. Ella sabía que Chad y Alexei eran rivales y, sin embargo, se había dejado seducir por él.

—¿Nunca te preguntaste dónde había aprendido ruso? –le preguntó Alexei entonces.

—Pensé que lo habría estudiado en la universidad.

—Lo aprendió de su madre, como aprendió de ella a odiarnos.

—Pero ¿por qué odiaba a tu familia? –le preguntó Paige. La madre de Chad le había parecido un poco estirada, un poco reservada, pero no la creía capaz de odiar de ese modo.

—La familia de mi padre creía que mi madre era demasiado humilde para llevar el título de princesa y su matrimonio con ella provocó una pelea familiar. Cuando mi padre murió, fue mi abuela quien nos echó de aquí. No debería haber podido hacerlo, pero conocía a mucha gente y tenía muchas influencias... y mi madre no.

Paige estaba sorprendida. ¿Cómo podía haber echado a sus nietos de la casa en la que habían crecido? Era monstruoso.

—¿Y qué hizo el padre de Chad?

—Elena, su esposa, sugirió que le comprase a mi madre la finca que había heredado de mi padre, lo único que teníamos. Russell le hizo promesas a cambio de que se las vendiera pero, por supuesto, no las cumplió.

—Pero os pagaría por las tierras.

–Pagó mucho menos de lo que valían. Y cuando encontró petróleo se negó a compartir los beneficios con mi madre, de modo que terminamos con las manos vacías.

Paige asintió con la cabeza, pensativa. Entendía que odiase a Tim Russell, pero después de haber recuperado el patrimonio familiar, ¿de verdad era tan importante vengarse por lo que pasó tantos años atrás? En cualquier caso, Chad no le había hecho nada.

–Creo que entiendo por qué querías adquirir la empresa Russell, pero Tim Russell murió hace años. ¿No podríais dejar atrás el pasado? Al fin y al cabo, Chad y tú sois parientes.

–*Nyet* –replicó Alexei–. Chad y su madre no son nada para mí.

¿Por qué estaba recordando cosas que siempre había querido olvidar? Él nunca compartía los detalles de su vida con nadie.

Y ahora, sin embargo, estaba abriéndole su corazón a Paige. ¿Qué le estaba pasando? Había ido a decirle que se marchaba porque no quería hacerlo sin despedirse.

Pero en aquel momento desearía haberlo hecho.

Paige no lo entendía, no podía entenderlo. Y si le hablase de Katerina seguramente se pondría a llorar y le echaría los brazos al cuello...

Pero no lo haría. No podría soportar que lo tocase.

Además, no podía hablar de Katerina y no quería contarle a nadie lo que había sufrido. Nadie sabía que había ido a Dallas a suplicar por su vida. Nadie sabía que Tim Russell se había reído en su cara antes de echarlo de su oficina. Había sido tan humillante que no se lo contó a nadie.

Y no iba a hacerlo nunca.

–No es tan sencillo –se oyó decir a sí mismo.

–Pero ¿qué te ha hecho Chad? –insistió Paige, como si quisiera hacer de mediadora entre los dos. Era tan típico de ella que se habría reído si no fuera porque estaba a punto de explotar.

–Chad heredó el odio de su padre hacia mí, además de la empresa Russell. Te aseguro que si hubiera sido él quien logró firmar el contrato con Valishnikov, la situación sería la misma pero al revés.

–No lo dudo, pero no tiene por qué ser así. Dos no discuten si uno no quiere. Sólo tendrías que hablar con él...

–¡No sigas! –la interrumpió Alexei–. No todo se puede cambiar ni tiene por qué cambiar.

No le gustaba cómo lo miraba. Sus preciosos ojos oscuros parecían tan tristes y decepcionados que, de nuevo, lo hacía sentir como un oso dispuesto a devorarla entera. Y eso lo enfurecía porque tal vez no había sido completamente sincero con ella, pero nunca había querido hacerle daño.

–No sabes de lo que estás hablando –siguió–. Crees que todo es muy sencillo, que una vida entera de odio puede resolverse con una simple conversación. Crees que debo olvidar y perdonar, que tengo que hacerme amigo de Chad y Elena porque compartimos el mismo ADN.

–Yo no he dicho eso –protestó Paige–. Pero no entiendo por qué no hablas con ellos al menos. Alguien tiene que dar el primer paso.

–No seré yo. No los necesito, no necesito a nadie.

–No, claro que no –replicó ella, herida–. Es mucho más fácil así, ¿verdad? Necesitar a la gente te hace vulnerable y tú no puedes ser vulnerable.

Alexei se quedó tan sorprendido que no podía hablar. Había salido con muchas mujeres, pero nunca había compartido detalles de su vida con ellas. Y aunque lo hubiera hecho, intuía que ninguna habría visto lo que veía Paige.

Pero era más fácil no necesitar a nadie, más fácil no amar a nadie. Paige leía su corazón y no podía soportarlo más.

—Me marcho —dijo con voz ronca—. Tengo mucho que hacer antes de empezar con las prospecciones en las tierras de Valishnikov. Volveré en cuanto me sea posible.

—¿Por qué no puedo ir contigo? No conozco a nadie aquí y no quiero estar sola.

Su ruego le llegó al alma, pero debía ser firme. Necesitaba alejarse de ella hasta que pudiese recuperar la perspectiva.

—No estarás sola. Vasily y el resto de los empleados estarán contigo. Y hay mucho que hacer... puedes aprender ruso, por ejemplo. Cuando vuelva, habrá que organizar fiestas, cenas. Iremos al teatro y al ballet. Debes aprender a comportarte como una princesa, Paige.

—¿Por qué no puedo aprender ruso en Moscú?

—Porque yo quiero que lo aprendas aquí.

Ella hizo un gesto de rendición.

—No me quieres a tu lado, ¿verdad, Alexei? Te has casado conmigo por el niño, igual que me sedujiste para obtener información. Yo no te importo en absoluto.

¿Era eso lo que quería que pensara?, se preguntó Alexei. Era más fácil de ese modo, mucho más fácil que los complicados enredos sentimentales. Si intentaba justificarse, si intentaba convencerla de que no era así, le haría más daño. Y no quería hacérselo.

–Eres mi mujer y la madre de mi hijo –le dijo, con una frialdad que no sentía–. Eres una princesa y más rica de lo que nunca hubieras podido imaginar. ¿Qué más puedes querer de mí?

–Claro, ¿qué más puedo querer? –murmuró Paige, apenada.

–Volveré en unos días –repitió Alexei. Pero no podía moverse, no sabía por qué.

Ella se dio la vuelta, despidiéndose con la mano como si fuera una reina despidiendo a un funcionario.

–Que lo pases bien.

Unos días se convirtieron en una semana, una semana en dos. Paige nunca se había sentido más furiosa, más sola y más inútil en toda su vida.

Alexei la había llevado a Rusia, se había casado con ella y la había encerrado en una jaula de oro. Pero no era así como había imaginado su futuro. A los veintiséis años, había pensado que tenía toda la vida por delante para hacer lo que quisiera, para explorar el mundo, para encontrar una pareja y casarse. Para tener hijos.

Paige se llevó una mano al abdomen. Aquel niño era lo único bueno de su relación con Alexei.

Pero nada en su vida era normal. Lo había dejado todo atrás por la promesa de asegurarle un futuro a su hermana. Pero ¿y sus necesidades? ¿Y su hijo? ¿Alexei sería alguna vez algo más que una figura distante o seguiría enviando mensajes y haciendo vagas promesas sobre su regreso?

Había sido engañada sobre tantas cosas. Engañada sobre Chad y su relación con Emma, engañada sobre las verdaderas intenciones de Alexei, engañada sobre el parentesco entre el hombre para el que trabajaba y el hombre con el que se había acostado.

Todo había sido un engaño, lo único real en su vida era su hijo. A veces se preguntaba si de verdad estaba embarazada, pero el ginecólogo le había dicho que todo iba bien y que empezaría a notar sus movimientos en unas semanas.

—Por favor, no me dejes —murmuró—. Tú eres todo lo que me queda.

La única persona que la necesitaría y la querría sería su hijo, pensó. No había sabido nada de Emma desde que se marchó de Estados Unidos y se torturaba pensando que su hermana no la perdonaría nunca.

Aunque eso la enfurecía. ¿Cómo podía Emma dejarla fuera de su vida? Sabía que estaba enfadada y tal vez con razón, pero quería creer que tarde o temprano su hermana levantaría el teléfono o le enviaría un e-mail al menos.

Porque si no creyera eso, no podría soportar los días y las noches interminables.

Y los días eran literalmente interminables. Tan al norte, nunca se hacía de noche del todo. A medida que se acercaba el solsticio de verano, el cielo se oscurecía al atardecer y el horizonte se teñía de rosa hasta que salía el sol unas horas más tarde. Era precioso, mágico y, sin embargo, no tenía a nadie con quien compartirlo.

Se sentía más sola que nunca en toda su vida.

Era cierto que el palacio Voronov tenía un montón de empleados, pero estaban allí para llevar la casa y atenderla, no para ser sus amigos. Había intentado alguna vez hablar con Vasily, pero el hombre le hacía una reverencia e insistía en llamarla «Alteza», por rara que eso la hiciera sentir.

Le habían asignado una ayudante personal, una joven llamada Mariya, cuyo trabajo consistía en transformarla en una princesa de verdad. Y, por el momento, había recibido lecciones diarias de ruso, lecciones de etiqueta, de Historia...

Aquel día, Mariya le dijo que iban de compras a San Petersburgo y Paige, que nunca se había sentido cómoda yendo de compras en toda su vida, estuvo a punto de dar saltos de alegría. Estaba deseando salir del palacio y hacer algo.

Mariya iba en silencio a su lado en el coche, contestando sólo cuando le hacía alguna pregunta o comentaba algo sobre el paisaje. Otro coche iba delante de la limusina y uno más detrás.

–¿Por qué necesitamos tres coches?

–Por cuestiones de seguridad, Alteza.

–¿Seguridad? –repitió Paige–. ¿Vamos a un sitio peligroso?

–No, no –se apresuró a responder Mariya, negando con la cabeza–. Pero su marido es un hombre muy rico y la seguridad es necesaria.

Cuando llegaron a Nevsky Prospekt, donde estaban las mejores boutiques de la ciudad, Mariya la hizo esperar en el coche mientras los hombres de seguridad hacían un barrido por la tienda elegida y sólo pudo entrar cuando dieron el visto bueno, aunque Paige no podía imaginar qué clase de horrores podían esperarle en una boutique.

Mariya hablaba con las dependientas en ruso mientras le mostraban vestido tras vestido. A Paige, que no sabía mucho sobre moda, todos le parecían preciosos y, por fin, fue Mariya quien eligió unos cuantos.

–Pruébese estos, señora.

Paige estuvo una hora probándose vestidos y zapatos maravillosos, pero cuando salió del probador con un vestido de seda en color vino había otra mujer a la que no había visto antes y a la que Mariya le presentó como la condesa Kozlova.

–De modo que usted es la estadounidense con la que se ha casado Alexei –comentó la condesa, haciendo una mueca muy poco agradable.

Algo en su tono hizo que Paige sintiera una punzada de celos. Eso y su aspecto. La condesa era una mujer rubia, guapísima y elegante que la hacía sentir gorda y fea.

Y la idea de que Alexei estuviera con otra mujer la volvía loca. Seguía siendo un extraño para ella y, sin embargo, era como si estuvieran conectados por algo más que su hijo.

Claro que se sentía como una tonta al pensar eso cuando estaba claro que Alexei no tenía la menor intención de volver a su lado. Tal vez vivía una vida de soltero en Moscú, acostándose con una mujer diferente cada noche y no pensaba volver con ella.

–*Ochen' priyatno* –dijo Paige.

La condesa frunció el ceño.

–*Mnye tozhye.*

Era la respuesta esperada, pero dudaba mucho que la condesa estuviera encantada de conocerla.

–Me gustaría recibirla en mi casa. Hay mucha gente en San Petersburgo que quiere conocerla –sugirió la mujer entonces.

Paige miró a Mariya, pero su ayudante estaba ocupada mirándose los pies y no sabía si debía aceptar o rechazar la invitación. ¿Lo aprobaría Alexei?, se preguntó.

Pero, de inmediato, se enfadó consigo misma. Alexei la había abandonado el día que llegaron a San Petersburgo. ¿Cómo se atrevía a dejarla sola en un país que no conocía? ¿Cómo se atrevía a apartarla de su vida y de sus seres queridos cuando no pensaba estar a su lado?

Algo en ella se rompió mientras miraba a la mujer que la observaba con una aristocrática ceja enarcada. Sentía como si la condesa estuviera riéndose de ella, como si el mundo entero estuviera riéndose de ella.

Y estaba harta de no controlar su propia vida.

–*Spasiba* –dijo por fin–. Será un placer.

La condesa mostró los dientes en un amago de sonrisa.

–Muy bien. Le enviaré los detalles a su secretaria, ¿de acuerdo? Estoy deseando recibirla en mi casa, Alteza.

La condesa Kozlova vivía sobre uno de los canales que cruzaban San Petersburgo y que le daban a la ciudad el sobrenombre de la Venecia del norte. Mientras iba hacia su casa, Paige empezó a pensar que había cometido un error al aceptar la invitación. Aunque Mariya no decía una palabra, podía notar su desaprobación...

Pero le daba igual. Habían pasado tres días desde que conoció a la condesa y Alexei no se había puesto en contacto con ella, de modo que consultó con Mariya sobre el atuendo que debía llevar al cóctel y eligió un elegante vestido blanco de seda y sandalias de tacón con lentejuelas.

Una criada le hizo un elegante moño francés y cuando Mariya apareció con una selección de joyas, Paige se quedó sin habla. Los diamantes, le contó mientras le ponía una tiara en el pelo, habían pertenecido a la familia Romanov.

Paige se miró al espejo, con los ojos llenos de lágrimas. Parecía una princesa y, por primera vez desde que llegó a Rusia, sentía como si de verdad pudiera hacer su papel.

Apropiadamente vestida y enjoyada, se dirigió a la ciudad, el corazón le latía como un pajarillo en una jaula. Pero cuando llegó a la elegante mansión de la condesa Kozlova y se vio rodeada por hombres y mujeres que hablaban en ruso, de nuevo se sintió sola, aislada y totalmente fuera de su elemento.

No debería haber ido. Debería haberse contentado con un libro, como hacía cada noche.

Mariya estaba a su lado para traducir, pero a menos que se sentara tras ella durante la cena para decirle qué tenedor debía usar, estaría perdida.

–Ah, princesa Voronova –la condesa se acercó del brazo de un hombre– cuánto me alegro de que haya venido. Quiero presentarle a mi hermano, Yevgeny, que estaba admirándola desde lejos.

–Encantada de conocerlo –dijo Paige.

Él se llevó su mano a los labios.

–Es usted bellísima –murmuró–. ¿Me haría el honor de concederme un baile?

–Me temo que no sé bailar –se disculpó ella.

–Tonterías.

–No, es cierto. En casa no tenía costumbre de bailar.

–Texas, ¿verdad? –preguntó la condesa.

–Sí, Texas.

–Alexei es tan divertido. Cuando lo vi en Moscú hace unos días me dijo que se había casado con una chica estadounidense sin dinero ni contactos. ¿Vivía usted rodeada de vacas, princesa Voronova?

Paige tragó saliva. ¿Aquella mujer había visto a Alexei recientemente? ¿Había hablado con él? ¿Alexei le había hablado de su relación?

–Me siento en desventaja, condesa –replicó–. Usted sabe cosas sobre mí, pero mi marido no me ha contado absolutamente nada sobre usted.

La condesa rió, con un brillo de malicia en sus ojos dorados.

–No, ya me imagino. Eso no sería bueno para la armonía conyugal, ¿verdad?

Antes de que Paige pudiera responder, la mujer se volvió hacia su hermano.

–Yevgeny, sé amable con la princesa. Yo tengo que ir a hablar con el señor Kaminski.

–Mi hermana está enfadada con usted –le dio Yevgeny cuando se quedaron solos.

–¿Conmigo? ¿Por qué? Acabamos de conocernos –dijo Paige.

Él la tomó del brazo.

–Pero se ha casado con el príncipe Voronov, algo que mi hermana deseaba desde la muerte del conde.

–Imagino que si Alexei hubiera querido casarse con ella lo habría hecho. No es culpa mía.

Yevgeny era un hombre alto, rubio y más bien guapo, la clase de hombre por la que ella solía sentirse atraída. Pero desde que Alexei apareció en su vida sólo parecían gustarle los hombres altos y morenos que no le hacían caso.

El hermano de la condesa se mostraba amable y, sobre todo, hablaba su idioma. Por primera vez en semanas, alguien le hablaba como si fuera un amigo y Paige intentó relajarse.

–Tuvo la oportunidad de engancharlo cuando eran amantes pero no lo consiguió –dijo Yevgeny entonces.

Paige intentó tragar saliva.

¿Alexei y la condesa habían sido amantes? ¿Serían amantes cuando la llevó al palacio aquella noche?

Yevgeny la llevó a una terraza desde donde podían contemplar los canales de la ciudad y el cielo rosado, que no desaparecía con la llegada de la noche.

—Lo siento, usted no sabía que mi hermana y su marido habían sido amantes y yo lo he soltado así... —empezó a disculparse su acompañante.

—No es culpa suya, no importa.

—Pero me siento responsable.

Paige negó con la cabeza, abrazándose a sí misma.

—No, de verdad. Imagino que habrá habido muchas mujeres en la vida de mi marido.

—¿Tiene frío?

—Un poco —admitió ella—. Estoy acostumbrada a un clima más cálido.

Yevgeny se quitó la chaqueta del esmoquin.

—Tome, póngase esto.

Paige estuvo a punto de negarse, pero pensó que sería una grosería. Al fin y al cabo, sólo estaba siendo solícito.

Sin embargo, cuando deslizó las manos por sus brazos empezó a asustarse. Iba a decirle que prefería volver al interior de la casa cuando escuchó una voz grave tras ella:

—Ah, qué escena tan agradable.

Paige se volvió, sorprendida al ver a Alexei vestido de esmoquin.

—¡Alexei! ¿Qué haces aquí?

Los ojos grises de su marido brillaban de furia.

—Ya veo que no me esperabas.

Capítulo 11

ALEXEI quería matar a aquel tipo que estaba tocando a su esposa. Paige estaba radiante, más guapa que nunca, y él la deseaba con una pasión que lo sorprendió.

No había pasado un solo día en el que no pensara en ella, pero no había vuelto a San Petersburgo porque creía que era lo mejor para los dos. Sin embargo, se daba cuenta de que había sido un error. Paige era demasiado bella, demasiado vulnerable como para dejarla sola con predadores como Petrov.

–Aléjate de mi esposa –le advirtió, tomándola del brazo.

–Tal vez no deberías dejarla sola –replicó Yevgeny, en ruso.

Alexei le quitó la chaqueta de los hombros y se la tiró con gesto despreciativo.

–Aléjate de mi vista, Petrov.

–Encantado de conocerla, princesa Voronova –se despidió Yevgney, con una sonrisa.

–Lo mismo digo.

Alexei esperó hasta que Petrov los dejó solos antes de mirarla.

–No quiero que vuelvas a ver a ese hombre, ¿me entiendes?

–Me sorprende que te preocupe –replicó ella.

–Eres mi mujer. Por supuesto que me preocupa.

–¿Ah, sí? Y yo pensando que era simplemente tu prisionera. ¿O es así como se trata a las esposas en Rusia?

Alexei no había esperado que lo retase y eso lo sorprendió.

–Nos vamos –dijo entonces, tomándola del brazo–. Y no volverás nunca a esta casa.

–¡Me estás haciendo daño! –protestó Paige.

Él la soltó de inmediato, desconcertado. Lo último que deseaba era hacerle daño...

Suspirando, se pasó una mano por el pelo. Llevaba tres minutos con ella y ya le había hecho perder el control. Pero verla con Petrov lo había vuelto loco. Paige era demasiado buena para un canalla como Yevgeny Petrov.

Además, era su esposa y estaba embarazada de su hijo. Y, sin embargo, parecía otra mujer. Estaba elegante, preciosa, etérea... y lo miraba con los ojos llenos de furia.

Y a él no le gustaba verla así.

Bueno, sí le gustaba pero no quería que nadie más viera lo que él veía. Su Paige llevaba gafas y aburridos trajes de chaqueta. Aquella Paige llevaba un largo vestido blanco y parecía un ángel. Reconoció entonces, sorprendido, los diamantes Voronov en su cuello. La tiara que llevaba había sido de su tatarabuela...

Y le gustaría tomarla en brazos y sacarla de allí en aquel mismo instante.

–¿Dónde están tus gafas? –le preguntó.

–Llevo lentillas –respondió ella–. ¿Vas a decirme qué haces aquí?

Alexei se quitó la chaqueta para ponerla sobre sus hombros, sintiéndose mezquino por haber montado una escena.

–Yo podría preguntar lo mismo.

–Me invitó la condesa.

–A mí también.

–¿No sabías que yo estaría aquí esta noche?

–Sí, lo sabía –respondió él. Mariya había llamado para contárselo y había ido desde Moscú porque no podía hacer otra cosa–. Pero quiero saber por qué has venido.

–Porque estoy aburrida y cansada de estar sola. Porque alguien me invitó a una fiesta y quería ver gente, quería escuchar risas y música. Me casé contigo por nuestro hijo y por el futuro de mi hermana, pero no acepté ser tu prisionera.

–No eres mi prisionera –dijo él.

–Yo me siento así. De haber sabido que íbamos a hacer vidas separadas me habría quedado en Texas...

–Tu vida está aquí ahora, conmigo.

–¿Contigo? Yo no estoy contigo. Vivo sola en un palacio donde nadie me habla como si fuera una persona normal –Paige clavó un dedo en su torso–. Pero yo soy una persona normal, Alexei. ¡No soy una princesa, soy Paige Barnes, de Atkinsville, Texas, y no sé cómo ser otra persona!

Él tomó su mano, apretándola con fuerza. No había llevado bien la situación y era el momento de solucionarlo.

–Me gusta cómo eres y no quiero que cambies nunca.

Inclinó la cabeza para rozar sus labios, esperando su reacción. Por un momento, pensó que iba a rechazarlo, pero Paige cerró los ojos...

Su entrega lo sorprendió. No merecía que fuera tan generosa con él, pero no había vuelto a besarla desde la noche que hicieron el amor y en cuanto sus lenguas se encontraron se preguntó por qué demonios no lo había hecho.

Estaba harto de luchar contra sus sentimientos. Era ridículo cuando ni siquiera podía imaginarse a sí mismo tocando a otra mujer. Paige era como veneno en su sangre...

Esa noche la llevaría a su cama y al demonio con todo lo demás.

Paige apenas podía reconocer al hombre que la llevaba a toda prisa hacia la limusina. Mientras daba una orden en ruso al conductor, Alexei pulsó el botón que levantaba el cristal separador.

–Te deseo –murmuró, empujándola hacia el respaldo del asiento–. Y ha pasado demasiado tiempo.

Paige tragó saliva. Aunque una vocecita le decía que no debía ponérselo tan fácil, sabía que iba a hacerlo. ¿Cómo iba a rechazar el placer de acariciarlo si la hacía temblar de arriba abajo cada vez que estaba cerca?

¿Era eso lo que se sentía al estar enamorada?

Enamorada.

Esa palabra explotó en su cerebro como un trueno en el golfo de México. ¿Cuántas veces se había acobardado durante esas tormentas cuando era una niña? Quería esconderse ahora, esconder la cabeza en la arena y olvidarse de todo.

Enamorada.

No, no podía amarlo. No lo conocía lo suficiente... aunque el corazón le dijese que sabía todo lo que debía saber. Alexei era un hombre fuerte, decidido, que sentía las cosas de manera profunda. Y la había convertido en su mujer porque nunca abandonaría a su hijo.

Pero entre ellos seguía estando el asunto del engaño. Alexei había decidido seducirla con un objetivo en mente...

–¿En qué piensas? –le preguntó él.

–Me preguntaba por qué estás aquí.

–Estoy aquí porque eres mi mujer.

Paige puso una mano en su mejilla y él giró la cabeza para besarla.

–Me gustaría creerlo.

–Entonces, créelo.

–No puedo –dijo Paige.

Alexei la miró, con los ojos ensombrecidos.

–¿Qué ocurre?

–¿Qué ocurre? –repitió ella–. ¿Cómo puedes preguntar eso? Tú sabes lo que ocurre.

–Quiero hacerte el amor y tú quieres hablar –Alexei suspiró, pasándose una mano por el pelo–. Aunque supongo que me lo merezco.

–No he sabido nada de ti en tres semanas y ahora apareces de repente, me besas y no puedo pensar...

–¿No puedes pensar cuando estás conmigo?

–Si pudiera hacerlo no estaría aquí, no estaría embarazada y no me habría casado contigo.

–Me gusta volverte loca –murmuró él, inclinándose hacia delante. Pero Paige puso las manos sobre sus hombros.

–Me has dejado sola en un país que no conozco y te acostaste conmigo para sacarme información.

Alexei inclinó la cabeza para besar su garganta.

–No lo hice para sacarte información. Pensaba hacerlo, pero lo olvidé por completo cuando te tuve entre mis brazos.

Paige cerró los ojos. «Concéntrate».

–¿Crees que eso hace que me sienta mejor?

–¿Por qué no? –murmuró Alexei, empujando las caderas hacia ella para hacerla sentir su erección–. Esto no miente, *maya krasavitsa*. Te deseaba entonces y te deseo ahora, pero siento haberte hecho daño.

–¿De verdad?

–Lo siento mucho. No debería haber intentado utilizarte por tu relación con Chad.

Paige no sabría decir por qué, pero lo creyó. Sencillamente, sabía que lo decía de corazón.

–Significa mucho para mí que digas eso.

–No soy perfecto, pero admito mis errores –Alexei inclinó la cabeza para besarla, pero ella lo detuvo.

–Hay una cosa más. Quiero saber cuál es tu relación con la condesa.

–Fue mi amante breve tiempo, hace mucho.

–¿No estabas con ella cuando nos conocimos?

–No.

–Dice que os visteis en Moscú recientemente. Y que le hablaste de mí.

Alexei sonrió.

–¿Habrías preferido que te mantuviera en secreto?

–No quiero decir eso y tú lo sabes.

–La condesa Kozlova es una frívola, una mujer superficial que nunca ha significado nada para mí. ¿Eso te satisface?

–No estoy segura –le confesó Paige–. ¿Cómo sé que dices la verdad?

De repente, Alexei se puso serio.

–La verdad es que no me he acostado con ninguna mujer desde que te conocí.

–Pero yo te vi con esa actriz en las revistas...

Él pasó un dedo por su cuello.

–Se llevó una decepción, te lo aseguro –murmuró, inclinando la cabeza para rozar sus labios–. No he podido pensar en nada más que en esa noche que compartimos, la noche que concebimos a nuestro hijo. No ha habido nadie desde entonces.

Paige sintió que sus ojos se humedecían. Era lo más parecido a lo que había querido escuchar y, sin embargo, no era suficiente. Pero ¿cómo iba a rechazarlo? ¿Cómo podía decir que no cuando aquello era un principio? ¿Podrían tener una relación de verdad si lo intentaban?

No sabía quién de los dos había empezado pero, de repente, el beso se volvió erótico, sus lenguas enredándose hasta dejarla sin respiración. Paige suspiró cuando Alexei deslizó una mano entre sus piernas y dejó escapar un gemido al notar el roce del pulgar sobre la seda de sus braguitas.

—Alexei...

—No digas nada. Siéntelo, disfruta.

Cuando le bajó las braguitas, Paige sólo pudo contener el aliento. ¿De verdad pensaba hacerle el amor en el coche? La idea era perversa, emocionante. Había pasado demasiado tiempo desde la última vez y necesitaba tocarlo y ser tocada por él. Tal vez estar privada de contacto humano la había vuelto atrevida, decidió.

Pero cuando metió las manos bajo sus nalgas, instintivamente cerró las piernas. ¿Era pudor o miedo? No estaba segura.

Sin decir una palabra, Alexei abrió sus piernas y se colocó entre ellas. Paige contuvo el aliento, el corazón le palpitaba como loco... y al notar el primer roce de su lengua arqueó la espalda, murmurando su nombre.

Él siguió acariciándola con la boca hasta que llegó al clímax... pero quería más. Lo quería dentro de ella. Lo deseaba con un ansia que nunca hubiera creído posible.

Sin embargo, Alexei le bajó el vestido y se sentó a

su lado, como si no hubiera pasado nada. Paige se apoyó en la puerta, temblando pero decepcionada porque había parado.

–¿Y tú? –le preguntó cuando pudo recuperar la voz.

Él esbozó una sonrisa.

–No te preocupes por mí, *maya krasavitsa*, la noche no ha terminado.

Como si lo tuviera todo planeado, el coche se detuvo en ese momento y Paige intentó arreglarse un poco el pelo antes de que el conductor abriese la puerta.

–Pero esto es un hotel –murmuró, mirando la elegante entrada.

–Tengo una suite aquí para cuando estoy en la ciudad.

Unos minutos después, Alexei la tomaba en brazos para entrar en la habitación. Pero Paige se dijo a sí misma que no debía hacerse ilusiones. Era deseo, no amor, lo que hacía que la dejase en el suelo para buscar la cremallera del vestido con manos impacientes.

Se quitaron la ropa a toda prisa e hicieron el amor sin preservativo. No había nada entre ellos, ninguna barrera, y la sensación era exquisita. Encajaban tan perfectamente que una lágrima rodó por su mejilla.

Era la segunda vez que hacían el amor y, sin embargo, conocían el cuerpo del otro tan íntimamente como si llevaran años siendo amantes. Se movían al mismo ritmo, como un solo ser, y Paige recibía sus embestidas levantando las caderas hasta que una explosión extraordinaria los hizo gritar de placer.

Después, abrazados, sus cuerpos cubiertos de sudor, se acariciaron sin decir nada durante unos minutos.

–Eres maravillosa –murmuró Alexei.

Ella suspiró, contenta. Se sentía en paz, como si

hubiera estado dando vueltas en un remolino y, por fin, hubiese aterrizado en tierra firme.

—Yo me siento muy normal —le dijo, disimulando un bostezo.

Alexei acarició suavemente sus pezones.

—Tus pechos son más grandes ahora.

—Y más sensibles.

—Ya me había dado cuenta.

Paige se apartó para mirarlo a los ojos.

—¿Cómo puedes saber eso? Sólo lo hemos hecho dos veces.

—Tengo buena memoria para estas cosas.

—Sí, seguro que sí —murmuró ella, irónica.

—¿Qué quieres decir con eso?

—Que no sé si recordarás también qué es lo que excita a la condesa Kozlova.

Alexei soltó una carcajada.

—¿Tienes celos de ella? Ya te he dicho que no significa nada para mí.

—No tengo celos —protestó Paige, aunque el rubor de sus mejillas la delataba.

Él deslizó una mano hasta su abdomen, acariciándolo suavemente.

—No deseo a ninguna otra mujer, sólo a ti.

Paige se cubrió con la sábana, como si así pudiera esconder su corazón. Era lo que quería escuchar y, sin embargo, la asustaba.

—¿Qué ocurre?

—Estaba preguntándome cuándo terminará el cuento de hadas.

Porque así sería. Como la última vez, tarde o temprano descubriría que todo era mentira.

—¿Los cuentos de hadas no tienen un final feliz? —le preguntó él.

–No, si hay una bruja mala.

Alexei soltó una carcajada.

–No estarás diciendo que yo soy la bruja mala, ¿verdad?

Paige no pudo evitar una sonrisa.

–No, claro que no. Aunque no todos los cuentos de hadas terminan bien.

Alexei apartó la sábana y se colocó sobre ella, su cuerpo caliente, duro y sexy.

–Es nuestro cuento de hadas –le dijo, con voz ronca–. Y nosotros escribiremos el final.

Paige arqueó el cuello cuando empezó a besar su garganta, su escote, sus pechos. Ella quería que el cuento de hadas terminase bien.

Y deseaba aquella noche. Quería a Alexei así para siempre, tan ansioso, tan apasionado como ella. No quería pensar que todo iba a terminar, aunque sabía que podría ser así.

Alexei besó su abdomen con gesto reverente. Estaba entre sus piernas, caliente y duro, y sintió un incendio en las entrañas. ¿Cómo podía hacerle eso?

–Tienes que decirme si es demasiado... o si estás cansada.

Paige le echó los brazos al cuello.

–Hazme al amor, Alexei.

Él le hizo el amor despacio, con ternura, llevándola a la cresta de la ola y haciéndola descender a la tierra después con sus caricias.

No sabía que pudiera ser tan tierno, tan hermoso para los dos. Y, mientras estaba entre sus brazos después, a punto de quedarse dormida, temió que le hubiese robado el corazón para siempre.

Capítulo 12

PAIGE volvía de dar un paseo por los jardines
del palacio y encontró a Alexei en la terraza,
con las manos en los bolsillos del pantalón, perdido en sus pensamientos.

Seguía pareciéndole el hombre más guapo que había visto nunca y su corazón se aceleraba sólo con mirarlo. Y querría preguntar qué le pasaba, pero intuyó
que no le agradaría esa intrusión.

Desde que se encontraron en casa de la condesa habían pasado los días charlando, haciendo el amor, cenando en la terraza o frente a la chimenea del salón y
yendo a San Petersburgo de vez en cuando.

La había llevado a un crucero por el río Neva, al
museo Hermitage, a la catedral de San Isaac y a la for-
taleza de Pedro y Pablo en la isla Zayachy, entre otras
actividades. También habían ido al teatro y a la ópera,
como le había prometido, y su nivel de ruso estaba
mejorando, aunque aún no podía mantener una conversación.

Mirando a Alexei, Paige se llevó una mano al abdomen. Estaba de catorce semanas y, aunque aún no
sentía movimiento alguno, habían visto al bebé en las
ecografías. Era demasiado pronto para saber si sería
niña o niño pero sólo tenía que recordar ese puñito diminuto en la pantalla para que su corazón se llenase
de amor.

La vida con Alexei era perfecta durante esas últimas semanas. Él se mostraba atento a todas sus necesidades, cariñoso, divertido y siempre apasionado en la cama. La conocía tan bien... a veces mejor que ella misma. Era asombroso.

De hecho, no podía imaginar la vida con otro hombre. Una vez había pensado que Chad Russell era su hombre ideal. Ya no podía entenderlo.

Mientras observaba a su marido, tan pensativo, no pudo evitar una oleada de tristeza. A pesar de los progresos en su relación o de su deseo de hacerlo feliz, sabía que había una parte de Alexei que no podía compartir.

Había sabido desde el principio, cuando intentaba no enamorarse de él, que en su corazón había una profunda tristeza. Era su escudo, su armadura contra el mundo.

Había intentando hablar de Chad y Elena alguna vez, pero Alexei siempre cambiaba de conversación. No se enfadaba, pero estaba claro que no quería hablar del asunto.

Paige empezó a subir los escalones de piedra y él se volvió, sus ojos plateados ensombrecidos por alguna emoción que intentaba disimular.

–¿Has disfrutado del paseo?

–Sí, mucho.

–Ven, siéntate. Bebe un poco de agua, pareces acalorada –Alexei tomó su mano para llevarla hasta una silla y le sirvió agua de una jarra con hielos.

–¿Ocurre algo? –le preguntó Paige cuando el silencio se alargó.

Él le dio la espalda, vacilando un momento antes de contestar:

–Hoy es el aniversario de la muerte de mi hermana. Murió hace quince años.

Paige lo miró, sorprendida. No había vuelto a hablar de su hermana desde la primera noche. ¿Significaba eso que estaba dispuesto a abrirle su corazón?

–Lo siento mucho. ¿Quieres hablar de ello?

Un golpe de viento abrió una servilleta que había sobre la mesa y ella la dobló mientras esperaba.

–Katerina tenía leucemia –dijo Alexei por fin–. Y murió porque yo no podía pagar el tratamiento que necesitaba para salvarle la vida.

–Lo siento muchísimo –murmuró Paige, conmovida–. Debió ser horrible para ti y para tu madre.

–Mi madre tenía Alzheimer muy avanzado para entonces. Nunca se enteró de lo que ocurría y murió tres años después que Katerina. Yo soy el único que queda para recordarlas.

–Pero tu tía vive –se arriesgó a decir Paige. Quería que supiera que no estaba solo en el mundo, que él tenía el poder de cambiar las cosas. La gente cometía errores, pero tal vez su tía lamentaba lo que había hecho tantos años atrás.

Alexei apartó la mirada, cerrándose por completo.

–No hay ninguna posibilidad de reconciliación.

«No lo digas», le advirtió una vocecita, pero no podía dejarlo sin recordarle la verdad.

–Tim Russell está muerto. ¿Por qué dejas que lo que hizo te separe de tu familia para siempre?

–No son mi familia –replico él, con sequedad–. Perdona –dijo luego– no es culpa tuya.

Paige se levantó para abrazarlo, apoyando la cabeza en su pecho. No podía soportar verlo sufrir.

–Yo también lo siento, no quería hacerte daño.

–Lo sé.

—Sólo quiero entender, Alexei.

—No hay nada que entender. Sencillamente, las cosas son así.

Alexei no podía dormir. Afortunadamente, a su lado, la suave respiración de Paige le decía que ella no tenía ese problema. Al otro lado de la ventana el cielo era blanco, pero no sabía qué hora era. Podría ser medianoche o las tres de la madrugada. Estaban en medio de las *beliye nochi*, o noches blancas, por las que San Petersburgo era tan famosa.

Alexei apartó el edredón y se levantó de la cama para acercarse a la ventana.

Katerina había muerto una noche como aquella, en la que el sol no se ponía nunca del todo y el mundo parecía lleno de luz, como un eterno verano.

Pero no había veranos eternos, ni para Katerina ni para nadie. Sólo una corta temporada de estío entre largas y heladas estaciones.

Y eso lo asustaba. Era por eso por lo que se negaba a encariñarse con nadie. No podían hacerte daño si no te encariñabas con nadie.

Paige, sin embargo, le había arrebatado ese consuelo. Aunque había intentado que no pasara, se había convertido en alguien importante para él. Cuando volvió a su lado esa noche, varias semanas antes, sabía a lo que se arriesgaba. Sabía que una vez que volviese a tocarla no podría apartarse.

Paige era todo lo que necesitaba; ella y su hijo. No necesitaba tenderle su mano a Chad y Elena Russell.

Sólo la necesitaba a ella y tenía que explicarle por qué había tenido que destruir la empresa Russell. La verdadera razón. Quería que lo entendiera y quería contarle al menos a un ser humano lo que no le había contado a nadie. Necesitaba hacerlo.

–¿Alexei?

Cuando se volvió, vio a Paige apoyada en un codo, mirándolo.

–Perdona –se disculpó–. No quería despertarte.

–No pasa nada –Paige se levantó de la cama y se puso una bata antes de pasarle un brazo por la cintura–. Había oído hablar de esto, pero resulta difícil creerlo hasta que lo ves. Es asombroso que nunca se haga de noche.

–No, tú eres asombrosa –murmuró Alexei.

Ella sonrió y el mundo pareció iluminarse.

–Siempre dices la palabra adecuada.

–¿Ah, sí?

–Debe ser así. Me convenciste para que te besara cuando no te conocía de nada y has seguido convenciéndome de cosas hasta ahora.

–Tal vez debería meterme en política.

–Ah, entonces seguro que pronto tendríamos paz en el mundo.

Alexei se puso serio de repente.

–No siempre digo las palabras adecuadas, *angel moy*.

–¿Qué quieres decir?

–Cuando Katerina estaba muriéndose fui a Dallas... fui a ver a Tim Russell para pedirle ayuda, pero no quiso ayudarme. Me dijo que los Voronov estaban muertos para su mujer y, por lo tanto, para él también.

–Lo siento mucho...

–Mi hermana murió porque no pude salvarla. Lo intenté, pero no pude hacer nada.

–No es culpa tuya –los ojos de Paige estaban llenos de lágrimas y Alexei se maldijo a sí mismo por hacerla llorar. ¿Por qué la había cargado con ese peso? Había querido compartir su pena con ella, pero desearía dar marcha atrás. Cualquier cosa para verla sonreír de nuevo.

—Nunca se lo había contado a nadie. No se lo conté a Katerina... no hubiera servido de nada.

—¿Has llevado esa carga contigo durante quince años? —Paige sacudió la cabeza—. Eres tan obstinado...

Él la miró, sorprendido. ¿Obstinado?

—No tenía razones para contárselo a nadie, *lyubimaya moya*. Pero no es obstinación.

—Sí lo es —dijo Paige, tomando su cara entre las manos—. No puedes guardarte esas cosas dentro para siempre porque te acaban destruyendo.

—Ya no me las guardo dentro, te lo he contado a ti. Y ahora sabes por qué no puedo perdonar a los Russell. Me robaron mucho más que unas tierras... mucho más.

Paige se puso de puntillas para darle un beso en los labios y, al notar el sabor de sus lágrimas, se le rompió el corazón al saber que lloraba por él.

Le gustaría llevarla a la cama de nuevo y hacer que olvidase lo que acababa de contarle. ¿Por qué lo había hecho? ¿Y por qué sentía como si se le hubiera quitado un enorme peso de encima?

—Tienes que olvidar todo lo que pasó, cariño. Te está matando.

—No, al contrario, me ha dado un propósito en la vida —dijo él—. Me ha hecho lo que soy. Sin ese propósito, no tendría todo esto...

—Yo no quiero todo esto a expensas tuyas. Nada es tan importante como...

—¿Como qué, Paige?

—Tan importante como el amor que siento por ti —le confesó ella entonces.

El corazón de Alexei se encogió dentro del pecho. No era la primera mujer que le decía esas palabras y, sin embargo, el efecto era totalmente diferente. Tanto que empezó a sentir miedo. ¿Cómo podía haber dejado que pasara?, se preguntó. La necesitaba. Estando con ella se sentía más feliz que nunca y escuchar esa confesión completaba una parte de él que se había perdido hacía muchos años.

Pero el amor significaba dolor, inseguridad. Y él había jurado no dejar nunca que otra persona pudiera decidir sobre su felicidad porque sabía, por experiencia propia, que podía no acabar bien.

–¿No vas a decir nada? –le preguntó Paige.

Sólo entonces se dio cuenta de que se había quedado callado.

–¿Qué quieres que diga?

Como si no lo supiera...

Pero no podía hacerlo, no podía decirle algo que temía que se lo tragase entero. Las palabras no salían de su garganta... y no sabía si quería que así fuera.

–Nada –murmuró ella–. Nada en absoluto.

–Vuelve a la cama –dijo Alexei, con voz ronca. Le había hecho daño y se odiaba a sí mismo por ello–. Tienes que estar sana y fuerte por el niño.

Paige dio un paso atrás.

–El niño, claro –murmuró, poniendo una mano sobre su abdomen.

Él no sabía qué decir. Podría cambiarlo todo con una sola palabra, podría decirle lo que deseaba escuchar y hacerla sonreír de nuevo. Pero le resultaba imposible.

Cuando Paige despertó a la mañana siguiente, Alexei se había ido. No era la primera vez que despertaba sola en la cama, pero aquella vez era diferente. Lo sabía. Después de haberle confesado su amor la noche anterior, sabía que se marcharía.

Pero una parte de ella esperaba que no fuera así. Se había dejado llevar por la emoción al notar el dolor en su voz cuando hablaba de la muerte de su hermana y de la crueldad de Tim Russell...

Entendía que lo hubiera odiado, pero la horrorizaba pensar lo que habría sido para él vivir con ese odio durante quince años.

Había querido que entendiese lo dañino que era el resentimiento, pero no había querido decirle que lo amaba. Aún no. Era un sentimiento demasiado nuevo, demasiado frágil y temía que él no sintiera lo mismo. Habían pasado unas semanas maravillosas, pero eso no era suficiente para construir una vida entera de amor.

Paige suspiró al recordar su expresión cuando le dijo que lo amaba. Parecía tan asustado como si le hubiera dicho que el mundo se iba a terminar al día siguiente.

Alexei no la amaba, no la necesitaba. Se había casado con ella por el niño y disfrutaban en la cama. Nada más.

Pero ¿por qué le había contado aquello si no le importaba?

Daba igual, Alexei se había ido y ella estaba furiosa consigo misma por haberle hablado de su amor. Si no hubiera dicho nada, seguirían como hasta ese momento.

Pero, se preguntó entonces, ¿era eso suficiente? ¿No merecía algo más?

Cuando salió de la suite encontró a una criada poniendo la mesa en la terraza.

–*Dobroye ultro* –la saludó.

La joven le devolvió el saludo y, haciendo una reverencia, salió de la terraza.

Había un sobrecito sobre la bandeja del desayuno y Paige lo abrió con manos temblorosas. Ya sabía lo que era, el único misterio era cómo explicaría su ausencia.

Tengo que ir a Moscú esta mañana. Volveré esta noche.

Alexei

Paige miró hacia el golfo de Finlandia, a lo lejos, sintiendo una mezcla de amor, pena y resentimiento. ¿Un día se convertiría en dos? ¿Pasaría una semana, un mes o dos meses antes de que volviese a verlo? ¿Lo había alejado para siempre con esa declaración de amor?

Alexei era un hombre rico, poderoso e implacable con sus enemigos. Se había casado con ella porque lo creía su deber, nada más. Dijera lo que dijera, él debería estar con una mujer como la condesa Kozlova, alguien elegante y acostumbrado a su mundo.

No. Eso era ridículo, pensó. Estaba siendo irracional, dejándose llevar por la autocompasión...

Y no pensaba hacerlo.

Entonces sintió una especie de aleteo en el estómago, como un pajarillo diminuto, una mariposa, y se dio cuenta de que era su hijo.

Y eso incrementó su resolución. Ya estaba harta de esperar que Alexei decidiera lo que sentía por ella.

Porque ella merecía su amor y merecía a aquel hombre. Y no pararía hasta obtener una respuesta.

Capítulo 13

NO LE resultó fácil ir a Moscú, pero Paige se había negado a aceptar una negativa. Primero, había pedido un coche, sin Mariya y sin seguridad, y luego le indicó al chófer que la llevase al aeropuerto.

Una vez en Moscú, tuvo cierta dificultad para encontrar un conductor que la llevase al cuartel general de Prospecciones Voronov pero, por fin, lo consiguió también. Ahora, sentada en la limusina, se preguntaba si habría ido demasiado lejos.

Alexei se pondría furioso al verla allí.

Tenía el corazón acelerado desde que empezó el viaje y su estómago empezaba a protestar también. Debería haber comido algo más que una tostada, pensó.

Cuando el conductor se detuvo frente a un edificio de acero y cristal en el distrito Presnensky, Paige bajó del coche. Acostumbrada como estaba al silencio del palacio, el ruido de la ciudad le parecía ensordecedor.

Pero tenía que hacerlo. Porque si Alexei no la valoraba, estaría mejor en Dallas. Al menos allí, su vida sería suya. Amaba a Alexei, pero si él no la correspondía volvería a su país en lugar de esperarlo perpetuamente en San Petersburgo.

Paige entró en el elegante vestíbulo y se acercó al mostrador.

–Vengo a ver al príncipe Voronov.

–Me temo que eso no es posible, señora –le dijo la recepcionista–. Pero si quiere pedir una cita...

–No, no quiero una cita. Soy su esposa y quiero verlo ahora mismo, por favor –la interrumpió Paige.

Era un poco ridículo aparecer allí diciendo que era su mujer y quería verlo. Siendo su mujer, debería al menos tener el número de su móvil. Pero Alexei nunca se lo había dado.

–Por favor, espere aquí –dijo la recepcionista, señalando una fila de sillas frente a una pared de cristal.

Paige iba a protestar, pero pensó que no serviría de nada. Además, estaba agotada y empezaba a desear haberse quedado en San Petersburgo; al menos allí podría tumbarse en la cama.

No sabía cuánto tiempo había estado esperando, pero supo antes de ver a Alexei que estaba allí. Algo había cambiado en el aire, como el lejano retumbar de un trueno.

–¿Estás loca? –le espetó.

–Tal vez sí –respondió ella.

Quería levantarse y exigirle una explicación para su repentina partida, pero no tenía fuerzas. Estaba mareada y lo único que deseaba era tumbarse un rato.

–Le diré a mi chófer que te lleve a mi apartamento. Cuando termine aquí, me reuniré contigo.

–Muy bien –asintió ella, levantándose. Pero, al hacerlo, notó humedad entre las piernas. Tal vez se había sentado en una silla mojada... ¿por qué no había mirado antes de sentarse?

–Alexei...

–Dios mío, Paige.

Ella siguió la dirección de su mirada y tardó un momento en entender el significado de las manchitas rojas en el suelo... pero cuando lo hizo, un grito sordo escapó de su garganta.

Era culpa suya, pensaba Alexei. Había sido un arrogante, un imbécil. ¿Por qué la había dejado así, sin darle una explicación? Había pensado volver a San Petersburgo esa misma noche, pero si era sincero consigo mismo debía admitir que habría encontrado alguna razón para no hacerlo.

¿Por qué?

Porque era un cobarde. Porque no quería enfrentarse con sus miedos. Se le daba muy bien escapar de las emociones que no quería sentir. Llevaba años haciéndolo, subsistiendo a base de odio y ambición. Y, por fin, estaba pagando el precio.

No sólo él, sino Paige y su hijo.

Cuando vio las manchitas de sangre en el suelo y pensó que iba a perderla, juró que entregaría todo lo que tenía, hasta su último rublo, si Dios escuchaba su ruego y le salvaba la vida.

Alguien había escuchado porque Paige estaba bien. Ella y el niño, le habían dicho los médicos. El alivio lo había abrumado de tal modo que tuvo que sentarse cuando le dieron la noticia de que había dejado de sangrar y podía irse a casa, aunque tendría que guardar reposo durante un mes.

Cuando entró en la habitación, Paige estaba sentada en la cama, con las manos sobre el regazo.

–Estás muy pálida, *lyubimaya moya*.

–Lo siento, Alexei –dijo ella entonces–. He puesto al niño en peligro y no puedo perdonarme a mí misma...

–No, por favor, no es culpa tuya –la interrumpió él, abrazándola–. No llores, Paige.

–No quería que te fueras así, por eso vine a Moscú. No quiero estar sola otra vez. Quería lo que habíamos tenido estas últimas semanas.

Alexei no podía hablar, sólo podía abrazarla para ofrecerle consuelo. Le parecía tan bella, tan pálida y frágil, que no quería soltarla nunca.

–No, eso no es verdad –dijo Paige entonces, sacudiendo la cabeza.

Y a él se le encogió el corazón. Iba a decirle que no lo quería, que estaba harta. Era el castigo por su obstinación, por su incapacidad de ver la verdad.

–Dime lo que quieres y será tuyo –le ofreció. Aunque quisiera marcharse, la dejaría ir. Lo que fuese con tal de hacerla feliz.

–Quiero algo más, Alexei –dijo Paige entonces–. Quiero que sientas lo que yo siento. No estoy dispuesta a vivir con un hombre que no me quiere. Me he pasado la vida complaciendo a los demás y quiero que alguien cuide de mí para variar. Y si tú no puedes darme eso, necesito saberlo ahora. Porque aunque te quiero, no voy a quedarme en tu palacio esperando que algún día tú sientas lo mismo.

Era tan orgullosa, tan asombrosa, tan decidida. Y él removería cielo y tierra para hacerla feliz. Haría cualquier cosa por ella.

Lo que sentía en aquel momento era tan poderoso que tuvo que ponerlo en palabras:

–Te quiero –dijo por fin. Pero la frase sonaba ronca, estrangulada–. Te quiero –repitió, con más fuerza esta vez.

–Sólo lo dices porque crees que es lo que espero escuchar.

Alexei entendía que no lo creyera. Paige pensaba que era un hombre implacable, que había intentado seducirla para conseguir información, que haría lo que fuera para ganar.

De modo que clavó una rodilla en el suelo, frente a la cama, y le tomó la mano.

—Esto no se me da bien —le confesó, con el corazón encogido—. No sé cómo decirte que eres la persona más importante del mundo para mí, que estaba muerto por dentro hasta que apareciste en mi vida. No sé decir las palabras adecuadas, Paige. *Ti nuzhna mne, ya tebya lyublyu.* Eso es todo lo que sé.

—¿Qué has dicho? —preguntó ella, con la voz rota.

—He dicho que te amo, que te necesito.

—Me gustaría creerte, pero...

—Por ti, iré a ver a Chad y a Elena.

Paige negó con la cabeza.

—Alexei... yo quiero que vayas a verlos por ti, no por mí. Quiero que estés convencido de que eso cerrará la herida por fin.

Alexei lo pensó un momento y supo que quería hacerlo por él mismo tanto como por su hijo.

—He tenido tiempo para pensar durante estas horas —empezó a decir—. Y me he dado cuenta de que me había encerrado en mí mismo. Pensé que el niño y tú seriáis suficiente para mí... y lo sois, pero sé que tienes razón. He odiado a los Russell durante quince años y he creído que ellos me odiaban a mí. Tal vez sea así, pero estoy cansado de odiar. Ya no me vale para nada. Y los veré porque tú me has convencido de que eso es lo que debo hacer, Paige. Al menos sabré que he hecho el esfuerzo.

—¿Lo dices de verdad?

—Sí.

—Pero ¿por qué me quieres ahora? —le preguntó ella, como si no pudiera creerlo—. Si sólo intentas hacerme feliz hasta que nazca el niño...

–No, no es eso –la interrumpió Alexei–. Entiendo que seas escéptica, pero no es eso. Me sentí atraído por ti desde el primer momento. No te pareces a nadie más. Eres tan fuerte, tan especial. No sabes lo preciosa que eres y tienes el corazón más tierno del mundo. Lloras cuando ves una obra de arte, te ríes como un ángel y lucharías a muerte para proteger a tus seres queridos.

Los ojos de Paige se llenaron de lágrimas y él las secó con un dedo.

–No llores, por favor. Me rompe el corazón verte llorar.

–No puedo evitarlo...

–Te quiero, Paige, aunque me asusta decirlo. Porque todos aquellos a los que he querido me han dejado y he tenido que seguir adelante sin ellos, echándolos de menos, sabiendo que les he fallado... y no quiero fallarte a ti también. No quiero vivir sin ti, Paige. Te necesito tanto.

Ella lo abrazó con todas sus fuerzas.

–Te quiero, Alexei. Pero no creo que debamos tener miedo de este amor. Al contrario, debe hacernos felices. Si lo somos, no nos fallará. Como tú no le fallaste a Katerina. Ella sabía que la querías y no fue culpa tuya que muriese. Quiero que creas eso de verdad, Alexei.

Él sonrió, estaba abriendo su corazón de tal forma que casi le dolía. El amor que sentía era abrumador, pero el miedo desaparecía poco a poco. Siempre estaría allí, en una esquina de su corazón, pero ya no era lo más importante.

–Intentaré creerlo, *lyubimaya moya*. Por ti.

–No –dijo ella–. Por ti.

–Por mí –repitió Alexei.

Porque tenía razón, porque lo conocía mejor que nadie y lo amaba más que nadie. Y porque él ya no tenía miedo de enfrentarse con sus miedos.

Dallas en invierno era mucho más agradable que San Petersburgo y, sin embargo, Paige echaba de menos Rusia. Echaba de menos el enorme palacio Voronov y los paseos en trineo sobre la nieve. Pero volverían en primavera, cuando el tiempo no fuese tan frío.

–La niña está dormida –anunció su hermana, entrando en el salón.

–Katerina es una niña muy buena –dijo Paige.

Emma se sentó a su lado en el sofá.

–Es maravillosa, sí. Tienes mucha suerte.

Paige sonrió. Sí, había tenido mucha suerte. Suerte de tener una hija maravillosa y un marido al que adoraba. Un marido que había comprado una casa en Dallas y la había llevado allí a pasar el invierno porque sabía que echaba de menos su tierra.

Encontraron una casa preciosa, con un jardín lleno de árboles y un porche que daba la vuelta a todo el edificio, con sitio para sentarse por las noches, cuando la temperatura era más agradable.

Había tenido que explicarle a Alexei la tradición sureña de sentarse en el porche y saludar a los vecinos y, aunque él no lo entendía muy bien, le prometió que haría lo que ella quisiera.

Emma miró hacia el jardín.

–¿Siguen ahí fuera?

–Sí –respondió Paige, riendo–. Creo que Chad le está explicando a mi marido cómo hacer las costillas a la barbacoa al estilo de Texas.

En los últimos ocho meses, Alexei había cumplido

su promesa de ponerse en contacto con Chad y Elena y, poco a poco, estaba creando una relación con su primo. Desgraciadamente, Elena era una mujer amargada que seguramente se llevaría su odio a los Voronov a la tumba. Afortunadamente, a él no parecía importarle.

Chad, sin embargo, estaba encantado de relacionarse con su primo. Alexei no le contó lo que su padre había hecho y ese acto de nobleza hacía que lo amase aún más y que se sintiera orgullosa de ser su mujer.

—Chad me ha dicho que Alexei le ha ofrecido un puesto en la empresa, dirigiendo las operaciones en Estados Unidos —le contó Emma—. Imagino que ha sido idea tuya.

—No, en absoluto. La persona que llevaba ese departamento se ha retirado y supongo que Alexei ha pensado que Chad podía hacerlo estupendamente. No le habría ofrecido el puesto si no creyese en él.

Emma sonrió, apretándole la mano.

—Da igual. Lo importante es que podamos casarnos.

En ese momento, los dos hombres volvían al salón y pasaron la noche comiendo, charlando y riendo como un grupo de amigos. Paige miró a Alexei, contenta al verlo en animada conversación con su primo. Era tan diferente a como se habían mirado aquella mañana, en la sala de juntas de Moscú.

Más tarde, mientras Chad y Emma llevaban los platos a la cocina, Alexei se volvió hacia ella con expresión posesiva, sensual. Y, como siempre, Paige se derritió. Cuando la miraba de ese modo, como si lo fuera todo en el mundo para él, se deshacía de amor.

—Gracias —murmuró, inclinándose para besarla.

Paige le echó los brazos al cuello.

—¿Por qué?

—Por hacer de mi vida mucho más de lo que yo creía posible.

—Aún no he terminado –le advirtió ella–. Tengo muchas más cosas que enseñarte. Y empezaré en cuanto se vayan nuestros invitados.

La sonrisa de Alexei era ardiente, sexy.

—Estoy desando –murmuró–. Porque también yo tengo un par de cosas que enseñarte.

Horas más tarde, mientras estaba en la cama exhausta, saciada y feliz, Paige pensó que jamás se cansaría de aquel hombre.

—Te quiero –susurró, besándole la cara.

Alexei le besó un hombro, el cuello, los labios.

—*Ya tebya lyublyu* –musitó–. Más de lo que nunca puedas imaginar.

Y le demostró de nuevo, sin palabras, cuánto la amaba.

BIANCA™

MAGGIE COX

SECRETO DE
UNA NOCHE

Capítulo 1

ERA UNO de sus pasatiempos favoritos de la tarde. Observaba a los clientes que quedaban en las mesas y en la barra, y se inventaba historias sobre ellos. Inventarse historias era lo que mejor se le daba a Anna... Eso era lo que la había mantenido cuerda durante la infancia. Aquellos mundos imaginarios eran mucho más seguros y agradables que la cruda realidad, y muchas, muchas veces, había buscado refugio en ellos.

Una vez más, como atraída por un potente imán, se fijó en el hombre apuesto y de rasgos duros que miraba hacia el infinito desde un rincón del local. Llevaba más de dos horas sentado en un elegante butacón color burdeos. Ni siquiera se había quitado el abrigo, y no miraba a ninguno de los otros clientes. Era como si estuviera en otro planeta, con la mirada perdida, ensimismado y atrapado entre sus propios pensamientos.

Pero había algo intenso en él que intrigaba mucho a la joven. Sin duda, aquel extraño tenía un gran potencial para convertirse en el protagonista de una apasionante historia. Tratando de ser discreta, le miró fijamente. Todavía no había podido mirarle a los ojos, pero suponía que debían de ser capaces de hechizar a cualquiera.

Un pequeño escalofrío le recorrió la espalda.

Después de mirar a su alrededor para asegurarse de que nadie la llamaba, volvió a posar sus ojos en aquel hombre misterioso. Tenía el pelo rubio, con alguna cana que otra, y parecía que ya necesitaba un corte de pelo. Todo en él denotaba riqueza y buen gusto, poder y grandeza... Sin embargo, aquella espalda ancha y bien torneada parecía soportar el peso de muchas preocupaciones. No parecía tener ganas de hablar con nadie y su cara de pocos amigos era casi una advertencia. ¿Acaso le había salido mal algún negocio? ¿Le habían engañado o decepcionado? No parecía ser la clase de hombre que dejaba pasar una traición así como así.

Anna suspiró y volvió a mirarle con atención. No... Se había equivocado. De repente el abrigo negro que llevaba puesto disipó todas sus dudas. Había perdido a alguien. Sí. Era eso. Estaba de luto, sufriendo por la pérdida de un ser querido. Era por eso que parecía tan alicaído y taciturno. Anna examinó su perfecto perfil. Era casi una impertinencia seguir especulando sobre él si había adivinado la verdad.

«Pobre hombre...».

Debía de estar destrozado.

El tercer vaso de whisky que había pedido estaba ya vacío sobre la mesa. ¿Iba a pedir otro? El alcohol nunca resolvía nada; ella lo sabía muy bien. Lo único que su padre solía sacar de la botella era más rabia de la que ya tenía.

El bar del hotel cerraba a las once y media y ya eran más de las once y cuarto. Agarrando una bandeja, se coló entre las mesas con su paso ágil de siempre. El corazón le latía sin ton ni son, lanzándole una clara advertencia.

—Siento molestarle, señor —le dijo, esbozando su mejor sonrisa—. Pero... ¿va a querer otra copa? Cerramos dentro de poco.

Unos ojos azul grisáceo tan fríos como témpanos de hielo se volvieron hacia ella. Durante una fracción de segundo, Anna pensó que le estaba bien empleado si recibía una mala contestación, pero entonces aquellos labios rígidos esbozaron una media sonrisa.

—¿A ti qué te parece? ¿Crees que necesito otra, guapa?

Había un leve acento latino en su perfecto inglés británico, pero, en cualquier caso, estaba equivocado. Ella no era guapa. De no haber sido por su larga melena pelirroja, se hubiera considerado más bien del montón. No obstante, aquel cumplido inesperado, ya fuera una burla o no, tuvo un efecto inmediato en ella. Era como si alguien acabara de encender una vela en su interior.

—Yo no puedo saber qué es lo que necesita, señor.

—Llámame Dan —le dijo él, dándole el nombre por el que todos le conocían en Londres.

Esa noche no quería oír el nombre con el que su madre lo había bendecido, Dante. Esa noche no.

Aquella repentina confianza la tomó desprevenida. Bajó la vista rápidamente, incapaz de sostenerle la mirada ni un segundo más.

–Se supone que no debemos dirigirnos a los clientes por su nombre de pila.

–¿Y siempre sigues las reglas al pie de la letra?

–Sí, si quiero conservar mi trabajo.

–Serían muy tontos si se deshacen de una chica como tú.

–Ni siquiera me conoce.

–A lo mejor me gustaría –le dijo él, esbozando una sonrisa seductora–. Conocerte mejor, quiero decir.

Aquella sonrisa traviesa impactó en el lugar deseado. Anna casi perdió el equilibrio.

–No lo creo –le dijo en un tono serio–. Lo único que quiere es distraerse un poco, nada más.

–¿En serio? ¿Distraerme por qué, exactamente? –le preguntó él, levantando una ceja.

–Distraerse para olvidar los pensamientos tristes y las cosas que le preocupan.

La sonrisa se borró de su rostro y su expresión se volvió circunspecta, defensiva... como si acabara de levantar un muro entre ellos.

–¿Y cómo sabes que estoy preocupado y triste? ¿Qué eres exactamente? ¿Lees la mente?

–No –Anna se mordió el labio inferior–. Sólo me gusta observar a la gente, y así averiguo cosas sobre ellos.

–Vaya. Qué divertido. ¿Y lo haces porque...? ¿No tienes otra cosa en que pensar? Si es así, eres una persona muy particular. Si consigues ir por la vida sin tener ni un problema...

–Yo no he... No voy por la vida sin tener problemas. Si nunca hubiera tenido problemas, entonces nunca hubiera aprendido nada, ni tampoco sería capaz de entender a otras personas. Y también sería bastante superficial, cosa que no soy.

–Vaya. Y yo que pensaba que no eras más que una simple camarera. Jamás hubiera imaginado que fueras toda una filósofa.

Anna no se tomó el comentario como un insulto. ¿Cómo iba a hacerlo? Además del profundo dolor que hacía brillar aquellos ojos invernales, aquel tono mordaz parecía esconder auténtica desesperación.

–No quiero problemas... Sólo me ha parecido un poco triste y solo, ahí sentado... He pensado que si quería hablar... Bueno, se me da bien escuchar. A veces es más fácil contarle los problemas a un extraño que a alguien conocido. Pero, de todos modos, si le parece una impertinencia por mi parte, y prefiere tomarse otra copa, se la traigo enseguida.

El hombre encogió un hombro un momento, haciendo un gesto de indiferencia.

–A mí no me van mucho las confesiones y, si te ha parecido lo contrario, entonces debo decirte que estás perdiendo tu tiempo. ¿Cómo te llamas?

–Anna.

–¿Sólo Anna?

–Anna Bailey –al pronunciar su propio nombre Anna sintió que un frío sudor le recorría la piel.

¿Acaso iba a ponerle una reclamación o algo así? Su intención no había sido molestarle. Sólo había querido ofrecerle su ayuda. ¿Era un cliente lo bastante importante como para hacerla perder su trabajo?

Anna rezó en silencio.

Aquel hotel acogedor y coqueto, propiedad de una familia, estaba situado en un rincón tranquilo de Covent Garden. Había sido su hogar durante más de tres años. A veces tenía que trabajar hasta tarde, pero eso a ella no le importaba. Sus jefes eran gente amable y acababan de subirle el sueldo; nada que ver con los empleos mal pagados y precarios en los que había estado antes.

Lo último que quería era tener que volver atrás.

—Mire, señor...

—Te dije que me llamaras Dan.

—No puedo hacer eso.

—¿Por qué? —le preguntó él, algo molesto.

—Porque no sería apropiado. Yo soy una empleada y usted es un cliente.

—Pero si acabas de ofrecerme un hombro sobre el que llorar. ¿Es algo que le ofreces a todos los clientes, Anna?

Ella se sonrojó violentamente.

—Claro que no. Sólo quería...

—Entonces no quieres llamarme por mi nombre de pila porque no te gusta saltarte las normas, porque tú trabajas aquí y yo soy un cliente, ¿no?

—Creo que debería irme.

—No... Quédate. ¿Hay alguna otra razón por la que no puedas dejar de ser tan formal? ¿Tienes a un novio o a un marido esperándote en casa?

Anna le miró con ojos perplejos.

—No —se aclaró la garganta y entonces miró a su alrededor para ver si alguien los observaba.

Brian, su compañero, estaba limpiando la barra

mientras charlaba con un cliente. Una pareja de mediana edad estaba sentada en una de las mesas, tomando algo. Estaban agarrados de la mano... Un rato antes le habían hablado de la obra de teatro a la que habían asistido esa noche. Parecían tan felices... Veinticinco años casados y todavía se querían como el primer día.

Suspirando, Anna se volvió hacia aquel individuo que se hacía llamar Dan. Él la observaba fijamente. De repente la miró de arriba abajo, con descaro. El corazón de Anna dio un vuelco.

Le miró la curva de las caderas, los pechos, las piernas... Anna sintió un rastro de fuego allí donde sus ojos se posaban. No había nada provocativo en la blusa morada y la falda gris que constituían el uniforme, pero cuando él la miró así... Era como si se la estuviera imaginando desnuda, como si no tuviera donde esconderse... Un temblor emocionante corrió por sus venas al ver que él la examinaba con tanto desparpajo.

—Bueno, en ese caso... He cambiado de idea –dijo Dante, sonriente–. A lo mejor sincerarme con una chica tan dulce como tú es justo lo que necesito esta noche, Anna. ¿A qué hora terminas?

—A medianoche, después de hacer la caja con Brian –le dijo ella.

¿Cómo era posible que su voz sonara tan tranquila cuando en su interior rugía un torbellino de emociones?

—¿Y cómo sueles irte a casa? ¿En taxi?

—En realidad, me quedo aquí.

De repente las últimas defensas se vinieron abajo

y Anna ya no pudo fingir más. Aquel extraño tan apuesto y enigmático la había cautivado sin remedio. Lo cierto era que la fascinaba casi peligrosamente. Su voz sensual y aterciopelada ejercía un poderoso embrujo sobre ella, y aquellos ojos atormentados la embelesaban. Incapaz de pensar con claridad, la joven le devolvió la mirada al tiempo que recogía la bandeja redonda de madera. La asió con fuerza como si fuera un escudo.

—¿Al final va a tomar algo más? Tengo que volver a la barra.

—Esperaré un poco.

Lanzándole otra de esas miradas, Dante se desabrochó el abrigo y le dio su vaso vacío. Sus dedos ágiles la rozaron fugazmente, generando una descarga que la recorrió de pies a cabeza.

—Yo también me quedo aquí hoy, Anna. Y creo que deberíamos tomarnos algo juntos cuando termines, ¿no crees?

Anna tenía el «no» en la punta de la lengua. Apretó los labios y dio media vuelta. Las piernas le temblaban y la cabeza le daba vueltas...

Dante no sabía qué pensar. Aquellos arrebatos de emoción no tenían sentido. Acababa de llegar a Londres después de asistir al funeral de su madre, la única persona en el mundo a la que verdaderamente había querido, la única persona que siempre había estado ahí, la que siempre le había apoyado en los peores momentos...

Pero ella ya no estaba. Se había quedado solo,

con el corazón hecho añicos. Sin embargo, otra mujer también ocupaba sus pensamientos en ese momento. Por alguna razón, su cuerpo se moría por aquella pelirroja con curvas y ojos marrones que brillaban como la miel. Acababa de conocer a aquella chica, pero ya se había burlado de ella sin contemplaciones. Y ella sólo le había ofrecido un hombro sobre el que llorar...

¿Por qué se había ensañado tanto con la única buena chica que se había encontrado en mucho tiempo? Su madre se hubiera revuelto en su tumba de haber visto la soberbia con que la había tratado. Consumido por la amargura, Dante se quitó su reloj de pulsera y lo dejó sobre una mesita cercana. Después se deshizo del abrigo, tirándolo sobre la cama de cualquier manera. Aquella lana de cachemira costaba varios cientos de dólares, pero... ¿de qué servía? Su riqueza no le hacía mejor ni más generoso. No podía verse de otra manera. Todos los negocios y propiedades que había acumulado tras muchas fusiones y transacciones sólo servían para mostrarle lo despiadado y cruel que se había vuelto a lo largo de los años.

Despiadado y cruel... porque en el fondo tenía un miedo atroz a perderlo todo. Una infancia de carencias y penurias, un padre que lo había abandonado... Todo aquello le había pasado factura, lo había convertido en ese hombre que había tratado con mordacidad a la pobre chica del bar. Eran tan pobres en aquel pequeño pueblo de montaña de la Italia profunda... Su madre se había visto obligada a cantar y bailar en bares de mala muerte de una ciudad cercana para ganarse el pan. Y él se había propuesto llegar a ser ostentosamente rico; lo bastante como para no tener que pasar hambre otra vez.

El dinero iba a ser el escudo que lo protegiera del resto del mundo. De esa manera, nadie volvería a hacerle daño, ni a él ni a su madre. Y ella no tendría que volver a exhibirse delante de los hombres por dinero.

Dante se había refugiado tras su riqueza; había construido un muro de oro que protegía sus emociones, y nadie podía llegar hasta ellas. Se había vuelto frío, inmisericorde... se había quedado sin corazón.

«No me extraña que te llamen el hombre de hielo de los negocios.», le había dicho en una ocasión su exmujer, Marisa.

Al principio su madre estaba muy orgullosa de su éxito imparable. Le había comprado la casa de sus sueños a orillas del lago Como y se había asegurado de que no le faltara de nada. Pero las cosas habían cambiado con el tiempo, y cuando iba a visitarla ella se mostraba cada vez más preocupada. Después de un fracaso matrimonial y una larga lista de aventuras efímeras, Renata creía que su hijo había perdido el rumbo, el sentido de las prioridades.

Siempre le decía que lo más importante para él debían ser las personas que estaban en su vida, y no los negocios o las mansiones que se había comprado. Le amenazaba con vender la opulenta casa del lago y le decía que iba a comprarse una humilde casita de campo en las montañas si no cambiaba su actitud hacia la vida.

En esos momentos le recordaba que siempre sería la hija de un pastor de ovejas, y que no sentía
vergüenza de tener que volver al punto de partida.
Le decía que alguien tenía que enseñarle valores y
respeto.

Dante hizo una mueca al recordar su rostro contraído y su voz quebrada. Le había dicho todo aquello en el hospital...

De repente su mente escapó de los recuerdos
amargos y se volvió hacia aquella joven cautivadora
que se había encontrado en el bar. Anna Bailey. Nada
más visualizarla en la memoria, su cuerpo reaccionó,
tensándose. Era como si alguien le hubiera echado
gasolina en las venas y arrojado una cerilla ardiente
encima. Agarró el reloj de pulsera y miró la hora. Levantó la mirada y clavó los ojos en la puerta, esperando. La idea de que ella no fuese a acudir a la cita
ni siquiera se le pasaba por la cabeza...

Fingiendo tener que preguntarle algo, su enigmático amigo se había inclinado sobre la barra antes
de salir y le había susurrado algo.

«Tómate una copa conmigo en mi habitación. Estoy en la suite del último piso. Significaría mucho
para mí... sobre todo esta noche. Por favor, no me
dejes en la estacada...».

Aquellos labios habían estado a un centímetro de
distancia de su oreja y su aliento cálido la había hecho temblar por dentro. Aquel roce sutil e irresisti-
ble le había hecho el mismo efecto que un cóctel
embriagador imposible de rechazar. Se había sen-

tido mareada, borracha de seducción... Con el corazón desbocado, le había visto marcharse del bar.

Un rato más tarde, en la soledad de su habitación, Anna dejó escapar un suspiro entrecortado y se dejó caer en una silla, frente al tocador. Las piernas ya no la sostenían en pie. Aquel extraño misterioso se alojaba en la única suite del hotel, la habitación más lujosa y gloriosa que jamás había visto, con flamantes tapices turcos colgados de las paredes, muebles artesanales, suelo calefactado. Aquella habitación era todo un derroche de ostentación y costaba una pequeña fortuna quedarse en ella, aunque sólo fuera una noche.

Mordiéndose el labio, Anna se miró en el espejo del tocador para comprobar si su expresión reflejaba el pánico que sentía. ¿De verdad estaba contemplando la posibilidad de visitar a un cliente en su habitación? Mientras charlaba con aquella pareja que había ido al teatro, había sentido tanta envidia sana por ellos... Nunca había sido de las que se dejaban llevar por la soledad y la melancolía, pero esa noche, por alguna razón, era diferente. ¿Qué le había querido decir exactamente aquel hombre?

«Significaría mucho para mí... sobre todo esta noche...».

¿Acaso él también se sentía solo? ¿El funeral al que había asistido había sido el de un ser muy querido? ¿Su esposa, quizás?

Anna volvió a soltar el aliento bruscamente. Si alguien la veía entrar en aquella habitación, entonces sí que podía perder su trabajo. ¿Cómo era que estaba tan desesperada esa noche? ¿Cómo se había vuelto tan temeraria de la noche a la mañana? Suspirando de nuevo, fue al cuarto de baño y se echó un poco de agua fría en la cara. Regresó a la habitación principal y miró hacia la televisión. A diferencia de otras veces, la idea de ver una película o un programa no le resultaba nada apetecible, ni tampoco tenía ganas de tumbarse en la cama, a solas con sus propios pensamientos. Había sentido una conexión arrolladora con aquel hombre que le había susurrado cosas al oído, y no era capaz de sacárselo de la cabeza. A lo mejor al día siguiente ya no estaría allí...

Y entonces se preguntaría qué podría haber pasado, una y otra vez. Se quedaría con la duda para siempre, y acabaría arrepintiéndose de no haber hecho nada.

Con dedos temblorosos, se soltó el moño que se hacía para trabajar y se peinó un poco con el cepillo. Se pellizcó las mejillas para sacarles un poco de rubor y se puso unos vaqueros y un suéter verde.

«Sólo quiere hablar...», se dijo a sí misma, saliendo por la puerta.

El corazón le latía demasiado deprisa porque en el fondo sabía que quizá él buscara otra cosa... Algo que ella también deseaba... Miró hacia el ascensor que la llevaría al último piso, respiró hondo y se dirigió hacia él. El recuerdo de Dan... Aquellos ojos turbulentos la asaltaron de repente, disipando todas las dudas que pudiera tener. Que fuera rico no significaba que no sufriera como el resto de la gente. Incluso los más privilegiados necesitaban ayuda de vez en cuando.

Y ella sabía que había algo en él que lo atormentaba... profundamente.

El saludo cortés que había ensayado se le atragantó nada más abrir la puerta. Ella llevaba el cabello suelto; un río de miel que le caía sobre los hombros en cascada. Los músculos del estómago se le tensaron y la boca se le secó.

–Adelante –atinó a decirle finalmente.

Anna entró, regalándole una sonrisa fugaz, pero contundente; lo bastante como para acelerarle el corazón.

–¿Te traigo algo de beber? –Dante cruzó la roja alfombra china que abarcaba el área central de la suite y se detuvo frente al mueble de roble que contenías las bebidas alcohólicas.

–Nada, gracias. El alcohol y yo no nos llevamos muy bien. Con sólo beberme un sorbo, ya empiezo a sentirme mareada.

–¿Quieres un refresco?

–No, gracias. Sírvete tú algo. Yo estoy bien así.

Él dejó caer las manos y esbozó una sonrisa tristona.

–Creo que ya he bebido suficiente.

–¿Entonces al final decidiste no ahogar las penas en alcohol?

–Ahora que has venido a verme, Anna, prefiero no hacerlo.

Ella cruzó los brazos y Dan no pudo pensar en un color que le sentara mejor que aquel verde oscuro del suéter que llevaba puesto.

De pronto, el crudo dolor de la pérdida que acababa de sufrir lo recorrió por dentro como un relámpago. Se había quedado solo... solo con su dinero, y con aquellos pensamientos que tanto lo atormentaban; pensamientos que le confirmaban que no era una buena persona.

Ésa era la verdad. No se merecía el cariño y el aprecio de nadie. ¿Acaso no lo había abandonado su propio padre? A lo mejor alguien tan egoísta como él merecía quedarse solo.

–No me gusta cuando pones esa cara –le confesó ella suavemente.

–¿Qué cara?

–Como si te odiaras a ti mismo.

–Ya veo que no hay forma de esconderse de ti –le dijo él en un tono un tanto incómodo.

–Sólo quiero ayudarte si puedo.

–¿En serio? ¿De verdad quieres ayudarme?

–Claro. ¿Por qué crees que he venido? ¿Quieres hablar de ello?

–No. Hablar no es lo que necesito en este momento.

Capítulo 2

LENTAMENTE, la agarró de la mano. Sus ojos, tan intensos y etéreos, la tenían prisionera.

–¿Qué quieres entonces? –le susurró ella, incapaz de pensar más allá de los atronadores latidos de su corazón–. ¿Qué necesitas?

–Te necesito a ti, Anna... Ahora mismo te quiero y te necesito a ti.

En ese momento, las palabras se hicieron innecesarias. Él deslizó los dedos por su cabello, sujetándola para darle un beso. El tacto de sus labios hizo saltar una chispa inesperada, inimaginable...

Ella siempre había pensado que aquellos deseos, aquellas fantasías apasionadas con las que soñaba jamás se convertirían en realidad... Pocas veces se había dejado acariciar por un hombre, y la experiencia nunca había estado a la altura. Lo único que había sentido era una vulnerabilidad exacerbada, un miedo primario a terminar sola y abandonada, despreciada hasta el fin de sus días. Pero, en ese momento, mientras aquel hombre enigmático invadía su boca con la lengua, el sabor la embriagaba como nunca.

Aparte de la pasión, el fervor y el deseo más animal, Anna era capaz de sentir la rabia, la desesperación, el dolor... Pero no dejó que esas emociones la asustaran, porque ella sentía algo parecido. Había tenido demasiado miedo de dejarlas aflorar, y por fin había llegado el momento. Por ese motivo entendía muy bien el tumulto de sensaciones que corría por sus venas, lo bueno y lo malo, el dolor y el placer... Aunque no conociera todos los detalles, sí entendía bien aquello por lo que estaba pasando.

Apretada contra su pecho cálido y duro, podía oler su tenue aroma almizclado y varonil con unos toques de una fragancia fresca. Él le desbordaba los sentidos y saciaba aquella sed que jamás había creído posible satisfacer; la amaba como nunca había creído que podría ser amada. Aferrándose a sus potentes bíceps para no caerse, Anna le devolvió toda aquella pasión... En su cabeza se oía el eco de aquel consejo que su madre le había dado y que nunca había olvidado.

«Entrégate a alguien que ames...», le había dicho.

Ya en la cama, se quitaron la ropa con manos temblorosas, desesperados por sentir la piel contra la piel, y se comieron a besos. Dante sabía que aquello era una locura transitoria, pero no se arrepentía de haberla invitado a su habitación. Ella era la primera cosa buena que le ocurría desde hacía mucho tiempo y no estaba dispuesto a cuestionar su buena fortuna. Aquel olor embriagador de su cuerpo de mujer ya corría por sus venas, y le hacía arder de deseo. Su melena de fuego, extendida sobre la almohada, era una visión que no olvidaría con facilidad. Rápidamente empezó a acariciarla, deslizando las manos por todas las curvas de su cuerpo femenino y exquisito. Los jadeos que ella emitía lo volvían loco y le hacían olvidar todo lo demás. Se moría por estar dentro de ella, dejarse llevar por la gloriosa química que había surgido entre ellos, alejarse de la oscuridad que parecía perseguirle sin tregua.

Poco a poco bajó las manos y empezó a acariciar su sexo. Ella se puso tensa un instante, así que prosiguió acariciándole la cara. De repente recordó un deber que no podía olvidar.

—Lo siento, Anna... Debería tomar precauciones. ¿Es eso lo que te preocupa?

—No pasa nada —dijo ella, suspirando. Sus ojos lo miraban con timidez—. Ya las he tomado yo. Estoy tomando la píldora.

Durante un instante interminable, Dante se perdió en su mirada incandescente, y entonces la besó. La caricia la calmó un poco. Pero él ya no podía aguantar más. Lenta y cuidadosamente, entró en su sexo y se dejó envolver por un manto de calor.

Los ojos color miel de Anna relampaguearon de repente y Dante vio un destello de miedo en ellos. Pero estaba demasiado excitado como para preocuparse por eso. Rápidamente su cuerpo tomó la cadencia que lo llevaría a la cumbre del éxtasis, al momento de liberación que tanto ansiaba, después de una noche de tormento. La felicidad sería suya, aunque sólo fuera por un corto espacio de tiempo. Todo el dolor se esfumaría durante unos minutos...

Aquella fuerza arrolladora tomó por sorpresa a Anna. Él se movía sobre ella, golpeándola con las

caderas en cada embestida, cada vez más poderosas
y salvajes. Enroscó las piernas alrededor de su cintura hasta tenerle tan adentro que ya no sabía si eran
dos cuerpos o uno solo, con dos corazones latiendo
al unísono. Se había entregado a él sin la más mínima duda, sabiendo que era lo correcto... lo que estaba escrito, incluso.

¿Acaso él se asustaría si supiera que era eso lo
que sentía? Sólo era una chica a la que acababa de
conocer; una chica del montón, tan corriente que
probablemente jamás se hubiera fijado en ella en
otras circunstancias...

En la aterciopelada oscuridad, sus potentes músculos se movían como piezas de acero bajo los dedos
temblorosos de la joven. Su respiración era jadeante,
entrecortada, mientras la devoraba a besos, en la
boca, en los pechos... Empezó a chuparle un pezón y
después otro, y entonces ella ya no pudo reprimir
más el gemido que tenía en la garganta. Cuando él
volvió a incorporarse para atrapar sus labios con otro
beso profundo e intenso, ella sintió que algo se desplegaba en su interior, algo que estaba fuera de control. Al principio se puso tensa para contener la sensación, pues aún se sentía vulnerable y expuesta. Sin
embargo, en ese momento levantó la vista hacia él y,
al encontrárselo sonriendo, ya no pudo aguantar más.

Dejó que aquella fuerza elemental y poderosa la
arrasara por dentro, recorriendo los rincones más
inesperados de todo su cuerpo. Apenas podía respirar mientras hacía ese viaje a contrarreloj. Era como
arrojarse a una cascada interminable. Aturdida y
perpleja, Anna no sabía distinguir los latidos de su

corazón del zumbido de su cabeza. Las lágrimas
afloraron a sus ojos y entonces tuvo que morderse
el labio para sofocar los gritos que nacían de su garganta.

En ese preciso instante supo que lo que acababa
de ocurrir la cambiaría para siempre. Ni siquiera su
madre, con todos sus consejos sabios y bieninten-
cionados, podría haberla preparado para las poderosas emociones que la inundaron al rendirse ante
aquel hombre. Le miró a los ojos, extasiada. Él se
hundió más adentro, sujetándola contra la cama,
manteniéndola ahí durante unos segundos eternos.
Aquellos ojos neblinosos que tanto le recordaban a
una tormenta en el mar se clavaron en ella y la abra-
saron por dentro. La cruda emoción que revelaban
atravesó el corazón de la joven.

Aunque estuvieran realizando el acto más íntimo
de todos, él seguía solo, aislado. Era como un faro en
mitad de un negro mar. Ella deseaba nadar hasta él y
alcanzarle... De repente un grito primario brotó de su
cuerpo viril, como si le saliera del alma, y entonces
un estremecimiento lo sacudió de pies a cabeza.

Un chorro de calor la inundó por dentro.

–Anna... –le dijo él, sujetándole las mejillas con
ambas manos y sacudiendo la cabeza como si ella
fuera un enigma que no era capaz de resolver.

Apoyó la cabeza entre sus pechos. Anna se secó
las lágrimas y le estrechó entre sus brazos, acariciándole como si fuera un niño herido.

–Está bien –le dijo–. Sea lo que sea lo que te ha
puesto tan triste, se pasará con el tiempo. De verdad
lo creo así. Algún día volverás a disfrutar de la vida.

–Si lo sabes con tanta certeza, entonces estás muy lejos del lugar en el que yo me encuentro ahora. Y si sigo como estoy, me alejaré aún más.

Su aliento cálido le acarició la piel igual que un beso al aire. Su barba de mediodía le arañaba el pecho. Pero fue su tono de voz de auténtica desesperación lo que angustió más a la joven.

–No puedes rendirte –le dijo, deslizando las manos por sus pómulos bien formados y forzándole a mirarla a los ojos.

–No malgastes tus buenos consejos conmigo, Anna. Estoy bien. Sobreviviré... Siempre lo hago.

–¿Pero no crees que puedes hacer algo más en la vida que sobrevivir?

–Espero que tú sí puedas hacerlo. Te lo mereces. De verdad.

–A mí también me han ocurrido cosas malas, cosas tristes –le dijo ella con timidez–. Y no te hablo de la infancia. Después de un par de años malviviendo con trabajos miserables, encontré uno que me gustaba mucho y que se me daba muy bien. Pero perdí el puesto cuando un magnate de la hostelería compró el negocio y trajo a su propia plantilla. Pero yo no me hundí. No tuve elección. Tenía que hacerle frente a las cosas y enfrentarme a lo desconocido. Por suerte, el destino me trajo aquí, al Mirabelle. A veces la ayuda llega cuando más la necesitas, ¿sabes?

–A lo mejor sí, si te la has ganado.

–Me gustaría que me dijeras qué te ha pasado para que estés tan triste. Como ibas de negro, pensé que quizá habías perdido a alguien.

Dante guardó silencio durante unos segundos, y entonces suspiró.

–Ya te dije que no soy amigo de las confesiones. Pero ahora no estoy triste, *cara*... ¿Cómo podría estarlo estando en tus brazos, sintiendo los latidos de tu corazón bajo la mejilla, habiendo disfrutado de todos los placeres y el consuelo que me ofrecía tu maravilloso cuerpo?

Anna se sonrojó fuertemente.

–Si te he dado algo de consuelo, entonces estoy satisfecha. Pero creo que ya debo irme. Debo volver a mi habitación y descansar un poco... Mañana empiezo temprano.

–¿Entonces haces otras cosas aparte de trabajar en el bar?

–Sí. Hago un poco de todo. Estoy aprendiendo el negocio. El hotel lo lleva una familia y todos echamos una mano. Por las mañanas limpio las habitaciones –le dijo, sonriendo con algo de vergüenza.

–Quédate –le dijo, enredando los dedos en su copiosa melena pelirroja–. Quiero que te quedes hasta por la mañana. ¿Harías eso por mí, Anna? No puedo prometerte nada más que esta noche, pero te prometo que te abrazaré con fuerza hasta el amanecer. Si es suficiente, si estás dispuesta a aceptar sólo eso... ¿te quedarás?

Cinco años más tarde

Anna entró corriendo en la enorme cocina del hotel. Se quitó el chubasquero a toda prisa y miró a su alrededor. Estaba buscando a Luigi, el jefe de cocina. Lejos del estereotipo rechoncho de los cocineros, Luigi era alto y más bien flacucho, con una barbilla pronunciada y una melena corta, negra y rizada, que solía llevar en una coleta al final de la nuca.

Por suerte, Anna lo localizó enseguida. Estaba pesando ingredientes sobre una de las encimeras de acero y silbando un aria de una conocida ópera.

–¿Ha llegado el pedido? –le preguntó sin aire–. Hablé con el gerente de la tienda y me dijo que la furgoneta ya había salido. ¿Ha llegado ya?

Luigi se dio la vuelta y lo primero que hizo fue mirarla de arriba abajo.

–¿Has desayunado? –le preguntó, meneando el dedo índice–. Creo que no. ¡Pero vas por ahí corriendo como si pudieras vivir a base de aire!

–En realidad me tomé un cruasán mientras esperaba al gerente.

Cruzando los brazos sobre el chubasquero empapado, Anna le lanzó una mirada desafiante a Luigi. Siempre se preocupaba mucho, pero ella ya no era la inocente chica de veinticuatro años que había empezado a trabajar en aquel hotel años atrás. Tenía treinta y dos años y era la encargada y mano derecha del gerente del negocio. Había aprendido a cuidar de sí misma.

–¿Un cruasán? ¿Y cómo esperas sobrevivir hasta la hora de la comida? ¡Un cruasán no es más que puro aire!

–No fue sólo aire. Tenía albaricoques y relleno dentro. Me llenó mucho y estaba muy bueno –Anna

suspiró con paciencia y esbozó una sonrisa–. Bueno,
¿me vas a decir si ha llegado el pedido? Anita espera
a toda una delegación para la comida y todo tiene
que estar perfecto.

Luigi levantó las manos e hizo un gesto dramático.

–¿Y crees que no lo estará? ¡A estas alturas ya
deberías saber que Luigi no sabe hacer las cosas de
otra manera que no sea perfecta!

–Tienes razón. Lo sé.

–Y, sí. El pedido ha llegado. Y las aceitunas negras están deliciosas, como siempre.

–Qué alivio. Entonces, todo va bien, ¿no? Bueno,
quiero decir que no hay ningún problema, ¿no?

Anna se giró hacia Cheryl, la mano derecha de
Luigi. Ella y sus tres ayudantes de cocina corrían
de un lado a otro. Anita y Grant, los dueños del hotel,
eran muy profesionales y estrictos, pero también intentaban fomentar el buen ambiente entre los empleados, y era ése el motivo por el que Anna se había quedado en el Mirabelle.

Cuando se había quedado embarazada no la habían echado del trabajo, sino que le habían dado
todo su apoyo, y le habían ofrecido el pequeño apartamento de dos dormitorios que estaba en el sótano
del hotel. También la habían ayudado a encontrar
una buena guardería para su hija y la habían animado a hacer un curso de gestión y administración
de empresas, con la idea de ascenderla y darle un
mejor salario. Por todo ello, Anna les estaba profundamente agradecida.

–Todo está bien en la cocina, Anna –Cheryl asintió con la cabeza, pero entonces se mordió el labio–. Aunque no podemos evitar preguntarnos por qué Anita y Grant van a recibir a una delegación de una de las cadenas de hoteles más prestigiosas de todo el país. ¿Tú sabes algo?

Anna sintió que le daba un vuelco el estómago. Esa tarde Anita y Grant habían quedado con ella para hablarle de algo importante, y llevaba toda la noche y la mañana preguntándose de qué se trataba. Aquel hotel con encanto situado en un edificio de estilo georgiano estaba en un rincón muy atractivo de Covent Garden, pero Anna también sabía que la crisis económica se había hecho sentir en el número de reservas.

¿Acaso iban a venderle el hotel a un gigante hotelero? ¿Perdería su trabajo nuevamente? ¿Y su casa?

Al ver la ansiedad en la cara de Cheryl y en las del resto de empleados, supo que tenía el deber de tranquilizarlos un poco.

–En realidad no sé nada al respecto. Os aconsejaría que os centrarais en el trabajo y que no perdáis el tiempo con especulaciones. No serviría de nada. Si hay algo que nos concierna y que debamos saber, sin duda nos enteraremos pronto. Bueno, ahora tengo que seguir trabajando. Tengo que relevar a Jason en recepción. Está cubriendo a Amy, que está enferma.

El tiempo se dilató agónicamente mientras los tres miembros de la delegación disfrutaban de los tres platos que Luigi les había preparado. Después, los dos hombres y la mujer que los acompañaba se encerraron en el despacho con Anita, Grant y su hijo Jason, el gerente del hotel, durante más de dos horas y media. Anna nunca había estado tan pendiente del reloj como ese día.

Eran las cinco menos cuarto cuando el teléfono de recepción sonó. La llamaban al despacho de Jason. Linda, la chica que se quedaba en recepción por las noches, acababa de llegar. Estaba sentada junto a Anna, empolvándose la nariz.

Sin perder más tiempo, Anna se dirigió al despacho y se detuvo un momento ante la puerta. Se alisó la falda, se arregló la coleta y llamó a la puerta. Los tres la recibieron con una efusiva sonrisa, pero ella no tardó en percibir que las cosas no iban bien.

–Querida Anna. Ven y siéntate, cariño –le dijo Anita con el mismo afecto de siempre. Su rostro terso y sin arrugas desmentía los sesenta años que estaba a punto de cumplir.

–Primero, debes saber que la comida que Luigi les preparó a nuestros invitados fue todo un éxito. Se quedaron muy impresionados.

–Ese hombre cocina muy bien –dijo Grant, el esposo de Anita–. ¡Casi le perdono que tenga un ego tan grande como el de un elefante!

Anna se dio cuenta de que Grant estaba bastante nervioso. Se sentó en el borde de una silla y trató de ignorar el nudo que se le había hecho en el estómago. Buscando algo de tranquilidad, miró hacia Jason. Éste trató de esbozar una sonrisa, pero lo único que le salió fue una mueca de resignación. Todas las alarmas empezaron a sonar en la cabeza de Anna.

–Bueno... –entrelazó las manos sobre el regazo y se inclinó hacia delante en la silla–. ¿A qué vino la delegación de esa cadena de hoteles? ¿Ocurre algo?

Anita quiso decir algo, pero Grant la interrumpió.

–Sí, cariño –suspiró.

Se sacó un pañuelo del bolsillo y se secó la frente.

–Tenemos graves problemas económicos, me temo. Al igual que muchos otros pequeños negocios, la recesión nos ha dado un buen golpe, y seguro que te das cuenta de que estamos perdiendo dinero por todos lados. Has notado que han bajado mucho las reservas, ¿no? Ahora mismo sólo contamos con los clientes habituales básicamente. Si queremos hacerles competencia a los hoteles más conocidos, tenemos que invertir y renovarnos, pero no hay dinero y los bancos no prestan, así que no creo que eso vaya ser posible. Por todo esto, nos vemos obligados a buscar otro tipo de ayuda.

–¿Eso quiere decir que vais a vender el hotel?

Anna sintió que la cabeza se le llenaba de sangre de repente. Lo único en lo que podía pensar en ese momento era en su pequeña Tia. ¿Cómo iba a mantener a su hija si perdía su empleo?

¿Y dónde iban a vivir?

–Nos han hecho una oferta por el hotel, pero todavía no hemos aceptado. Les dijimos que este hotel ha pertenecido a nuestra familia durante más de tres generaciones y que teníamos que pensarnos las cosas un poco –dijo Anita, sonriendo con tristeza–. Tenemos que ponernos en contacto con ellos al fi-

nal de la semana. Si accedemos, entonces ninguno
de nosotros podrá quedarse. Quieren renovar el hotel por completo, darle otro aire totalmente distinto,
y meter a su propio personal. Lo siento muchísimo,
Anna, pero no podemos hacer otra cosa.

Anna se quedó en silencio durante unos segundos, intentando asimilar todo aquello. La cabeza le
daba vueltas a toda velocidad.

–Estáis en una situación muy difícil –les dijo finalmente, esbozando una sonrisa de solidaridad
para con la familia que tanto la había ayudado–. Y
no es culpa vuestra que el país esté como está. Los
empleados encontraremos otro trabajo, pero ¿qué
vais a hacer vosotros? Este hotel ha sido de vuestra
familia durante mucho tiempo y sé que no queréis
perderlo. Sé que no.

–Te agradezco que te preocupes por nosotros,
cariño.

Grant se encogió de hombros.

–No será fácil, pero estaremos bien. Nos tenemos los unos a los otros, y eso es lo que más importa al final, ¿no? La gente a la que quieres...

El esposo de Anita no estaba acostumbrado a expresar sus sentimientos en público, pero en ese momento tomó la mano de su esposa y le dio un pequeño apretón.

–Y haremos todo lo que podamos para ayudarte
a encontrar otro apartamento, Anna. Desde luego
no vamos a salir por esa puerta hasta que sepamos
que Tia y tú tenéis donde vivir. En cuanto a lo del
trabajo... Bueno, con toda la experiencia y el currículum que tienes, los hoteles deberían pelearse por

ti. Eres una chica encantadora y muy valiosa... Pronto se darán cuenta.

–¿Entonces al final de la semana nos diréis lo que habéis decidido?

–A lo mejor antes... Anita, Jason y yo nos vamos a pasar la tarde discutiendo el tema. En cuanto hayamos decidido algo, os lo haremos saber a todos.

Grant se puso en pie y esbozó una sonrisa franca.

–Son las cinco. Ya tienes que ir a buscar a la preciosa Tia, ¿no?

Anna miró su reloj de pulsera y se puso en pie de un salto. Odiaba llegar tarde cuando tenía que recoger a Tia. Además, como siempre, estaba deseando darle un abrazo y preguntarle cómo le había ido el día. Esa noche, después de conocer el futuro incierto que les esperaba a las dos, sin duda la estrecharía entre sus brazos con más fuerza que nunca y la colmaría de besos antes de arroparla en su camita.

Capítulo 3

DANTE estaba frente a la ventana de su apartamento, contemplando el río Támesis a la luz del sol. De repente se alejó con brusquedad y arrojó el teléfono móvil contra la cama. Acababa de volver de un viaje a Nueva York, estaba cansado y aturdido, pero la conversación que acababa de tener con un colega amigo suyo había sido como una dosis de cafeína en vena.

El hotel Mirabelle... Aquél era un nombre que jamás olvidaría, ni en un millón de años. Ya habían pasado cinco, pero lo tenía bien presente. La familia que llevaba el negocio estaba en serios problemas económicos, al parecer, y se habían visto obligados a considerar una oferta de la cadena de hoteles en cuyo equipo directivo estaba su amigo Eddie. El edificio estaba situado en un lugar privilegiado, en el centro de Londres y, según le había dicho Eddie, el negocio podría haber sido redondo. Sin embargo, acababa de oír que los dueños habían rechazado la oferta, sorprendentemente. Tenían esa idea anticuada de que el negocio debía permanecer en manos de la familia, pasara lo que pasara.

Eddie se había mostrado estupefacto y había criticado sin piedad a la gente que, en sus propias palabras, se dejaba llevar por el corazón, y no por la cabeza.

«¿Aprenderán alguna vez, Dante? ¿Tú qué crees?», le había preguntado.

«¿Te apetece intentarlo? No dudo que el sitio es una mina de oro en potencia».

Había quedado con Eddie para tomar una copa y después había colgado el teléfono, pero ese último comentario le había hecho un nudo en los pensamientos. Aquella noche extraordinaria que había pasado en aquel pequeño hotel le había cambiado la vida...

Un auténtico ángel le había dado el valor que necesitaba para hacer cosas buenas en vez de seguir castigándose y practicando el egoísmo. No sólo sus metas habían cambiado, sino también su forma de hacer las cosas, sin tanta crueldad y ambición. Si su madre hubiera vivido para verlo, sin duda se hubiera llevado una gran alegría al ver el rumbo que había tomado la vida de su hijo.

Aunque aún formara parte de la junta directiva de varias empresas, había vendido casi todos sus negocios y se había especializado en ofrecer asesoramiento profesional para la creación y el mantenimiento de nuevas empresas. También había vuelto a adoptar el apellido de su madre y había abandonado el nombre inglés con el que se había dado a conocer en el mundo de los negocios. Había vuelto a ser Dante Romano, y era maravilloso sentirse tan auténtico. Los amigos como Eddie seguían llamándolo Dan, pero eso no tenía importancia. Era un buen diminutivo de Dante.

El hotel Mirabelle...

Dante se dejó caer sobre la enorme cama de matrimonio y agarró el teléfono. ¿Qué habría sido de aquella preciosa muchacha con la que había pasado aquella noche?

Anna Bailey...

Los recuerdos de aquella velada tan singular se colaron entre sus pensamientos como una caricia de seda. Cerrando los ojos, casi podía sentirla de nuevo. Incluso recordaba su perfume... era algo almizclado, con un toque de naranja... Aquel aroma estaba en su cabello, en su piel dorada... Adentrándose en los recuerdos, Dante volvió a sentir el sabor de aquellos labios sonrosados y voluptuosos, labios que había deseado besar desde el primer momento. Aquella experiencia había sido toda una revelación... No hubiera podido ser mejor o más perfecto. Durante un momento interminable, se había sentido borracho de deseo por ella... aquella joven de la noche que había acudido en su ayuda, rescatándolo y sacándolo a luz.

Abrió los ojos de golpe. ¿Por qué el Mirabelle? De entre todos los negocios que tenían problemas en tiempos de crisis... Una cosa era cierta... No podía dejar pasar una oportunidad como ésa.

Había pasado otra noche en vela. La colcha y la almohada habían salido volando durante la noche y aún seguían en el suelo. Su cama se había convertido en un infierno, en lugar de ser el refugio que tanto necesitaba. Y cuando se había levantando por fin, la había pagado con Tia.

Nada más ver aquellos luminosos ojitos grisáceos, llenos de lágrima, se había sentido de lo más culpable. La había tomado en su regazo, la había besado, abrazado y le había dicho que lo sentía unas mil veces.

—Mamá no ha querido gritarte, cielo –le había dicho–. Lo siento, pero es que estoy un poco agitada.

—¿Qué significa «agitada»? –le había preguntado la niña mientras jugaba con un mechón de pelo de su madre.

—Ya te lo explicaré cuando vuelvas del colegio, cariño –le había dicho, rezando porque al final olvidara preguntárselo.

Los Cathcart le habían dicho que habían rechazado la oferta inicial y esa mañana, nada más entrar por la puerta, se había enterado de que estaban valorando una nueva propuesta. Se trataba de un comprador independiente que había sido informado por un miembro de la delegación de la cadena hostelera que les había hecho la primera oferta de adquisición. Nada más oír las noticias, Anna había sentido algo parecido a una montaña rusa, corriendo por dentro de su estómago. Una vez más, la posibilidad de perder su empleo y su hogar era dolorosamente real.

—Tus padres me dijeron que hay un inversor que está interesado en ayudaros a mejorar las ganancias y a renovar el negocio. ¿Qué quiere decir eso exactamente? –le había preguntado Anna a Jason al salir del despacho de sus padres.

–No te preocupes, Anna. Son buenas noticias. Una buena inversión es justamente lo que necesita el Mirabelle. Lo único que esperamos es que este hombre esté dispuesto a hacer una buena inyección de capital para revitalizar el negocio. Él va a ser el accionista mayoritario, pero no será el único dueño. He estado investigando un poco sobre él y su currículum es impresionante, por decirlo de alguna manera. Tiene negocios por todo el mundo, pero parece que está especializado en el asesoramiento de pequeños empresarios. Si aceptamos su oferta, significará que nos quedamos al frente del hotel, pero contando con su asistencia y su experiencia. Tendremos la oportunidad de pasar a otro nivel... incluso con esta crisis.

Jason le abrió la puerta de su propio despacho y entró tras ella. Iban a tomarse el café allí. Apartó unos papeles de su atestado escritorio y puso su taza de café sobre la mesa. Había un tono de entusiasmo en su voz que normalmente no estaba ahí.

–Cuando interviene en un negocio para mejorar el rendimiento –le dijo–, examina con cuidado todos los factores y da consejos útiles para hacerlo más rentable. Al parecer sus puntos fuertes son la resolución de conflictos y el trabajo en equipo.

Anna arrugó el entrecejo.

–Aquí no hay conflictos, ¿no? A menos que te refieras a Luigi y a su mal humor... De vez en cuando se hartan de él, pero yo creo que todos los cocineros son así, ¿no crees? Egoístas y dramáticos.

–En general creo que todos nos llevamos bastante bien, pero eso no quiere decir que no tengamos que mejorar en muchas otras cosas –le dijo Jason, yendo de un lado a otro.

Parecía muy entusiasmado con la idea.

–Este hombre parece ser todo un especialista en mejorar el rendimiento de un negocio. Antes de reunirnos con él, lo investigamos en profundidad. Por lo visto, una de las primeras cosas que hace es entrevistarse con todos los empleados para saber cómo se sienten respecto a su trabajo. Por lo visto cree que su actitud incide directamente en su desempeño laboral. Pero lo mejor de todo es que podremos quedarnos aquí, haciendo lo que más nos gusta. No tenemos que vender y marcharnos. ¿Quién sabe? Si el hotel empieza a sacar buenos beneficios, a lo mejor al final podemos recuperarlo del todo. El personal también se queda, por supuesto. Así no tendrás que buscar otro trabajo, Anna. ¿No es genial? ¡Tener a alguien como el tal Dante Romano, alguien que nos diga cómo mejorar y que invierta dinero, es lo mejor que nos ha podido pasar!

–¿Pero qué le tenéis que dar a cambio a este hombre? Quiero decir... ¿Qué saca él con esto, aparte de hacer negocio? Dudo mucho que vaya a hacer todo esto por pura bondad.

No las tenía todas consigo respecto a aquella aventura. No podía evitarlo. Todo aquello sonaba demasiado bueno para ser cierto. A lo mejor debía confiar un poco más, pero la experiencia de la vida la había enseñado a estar alerta, a desconfiar de todas las cosas bonitas, sobre todo si se trataba de un precioso regalo de Navidad que no contenía más que una caja de zapatos vacía.

El joven Jason, vestido con un traje gris que ya no parecía nuevo, se detuvo de repente.

—Claro que él también saca algo, Anna. ¡Es un hombre de negocios! Pero su interés en nosotros parece auténtico. Sé que sólo quieres proteger a mis padres, pero ellos saben lo que se hacen, y tienen mucha experiencia en la gestión de hoteles. No accederán a nada que suene remotamente dudoso... Sí. Este hombre pasará a ser el accionista mayoritario, pero no va a llevar el negocio. Ésos seremos nosotros. Además, su política implica un asesoramiento a largo plazo, así que no saldrá corriendo en cuanto haya sacado todo lo que pueda del negocio.

—Hablas como si esto fuera la respuesta a todas vuestras plegarias, Jason.

En realidad sí parecía que aquello era la solución perfecta para todos, pero Anna hubiera preferido tener que buscarse otro trabajo y un lugar donde vivir, antes que ver cómo Grant y Anita se veían obligados a cederle casi todo el negocio a un completo desconocido.

¿Y si realmente les convenía más vender el Mirabelle y empezar de nuevo en otro lugar?

—No hemos decidido nada todavía, Anna —dijo Jason con prudencia—. Pero Romano viene a comer hoy, y después tendremos una reunión en condiciones para discutir el asunto. Con un poco de suerte, esta misma tarde habremos tomado una decisión. ¿Te importaría avisarle a Luigi? Hoy tenemos que impresionar a nuestro invitado.

—Claro.

Con la taza de café en la mano, Anna esbozó una

sonrisa poco convincente y se dirigió hacia la puerta. Todavía tenía el estómago revuelto ante la incertidumbre de no saber lo que se les venía encima, no obstante. Antes de salir se detuvo un instante y miró al hijo de los Cathcart. El pobre Jason seguramente pensaba que trabajar con un tipo como el tal Romano sería todo un privilegio, y que así ganaría experiencia y haría currículum.

—Sólo quiero que sepas que haré todo lo que esté en mi mano para ayudarte a ti y a tus padres, Jason. Yo adoro este hotel y sé que todos lo estamos pasando muy mal.

—Gracias, Anna. Siempre he sabido que podía contar contigo.

Los recuerdos golpearon a Dante con toda la fuerza de un maremoto nada más entrar por la puerta y verse en aquella recepción anticuada, con sus butacones de estampados florales y los gastados sofás estilo Chesterfield de color marrón.

Después de aquella increíble noche en compañía de Anna, se había marchado del hotel a primera hora de la mañana. Se había subido en un taxi y había tomado un vuelo directo a Nueva York. La muerte de su madre lo había hecho caer en un agujero del que le había costado mucho tiempo salir. Le había llevado más o menos un año volver a ser el de antes, sobre todo porque su trabajo, su vida... todo había perdido el sentido. Anna había aparecido en el momento justo, cuando empezaba a ver un hilo de luz al final del túnel. Y gracias a ella había logrado poner en práctica aquello que solía decirle su madre...

«Eres mucho mejor hombre de lo que el mundo cree, hijo. Demuéstraselo a todos...».

Y así lo había hecho. Los Cathcart eran una pareja muy agradable, unas personas de valores sólidos en lo que respecta al trabajo y a la familia. Sin embargo, también daba la impresión de que estaban un poco anclados en el pasado y sin duda necesitaban renovarse un poco. Mientras disfrutaba de la opípara comida que les había preparado el chef, Dante se fijó en todos los detalles; las cortinas de terciopelo gastado que cubrían las ventanas del comedor, la cubertería vieja, los uniformes anticuados del personal... Después lo invitaron al despacho para discutir los pormenores de la transacción.

Mientras la señora Cathcart le servía una taza de café, Dante se puso cómodo en una mullida silla con tapicería de cuero, y se aflojó un poco la corbata. El hotel estaba en un emplazamiento privilegiado y, tal y como había pronosticado Eddie, podía convertirse en una mina de oro. A causa de una falta de fondos y a la gran deuda contraída con el banco, los Cathcart no eran capaces de sacarle todo el partido posible al negocio, y ahí era donde él podía ayudarles.

—Empezamos enseguida, señor Romano. Estamos esperando a que venga la ayudante del gerente. Más que una empleada, es casi parte de la familia, y queremos que participe de esta decisión. Llegará enseguida.

Los Cathcart y su hijo Jason esbozaron sonrisas

tensas. Dante estaba sentado frente a este último en la mesa de reuniones. El joven asía un bolígrafo y un cuaderno con dedos temblorosos.

¿Qué le pasaba? ¿Acaso le quedaba demasiado grande el puesto de gerente?

¿O acaso le resultaba difícil soportar la presión de estar a las órdenes de sus propios padres?

–¿Ella estaba informada de la reunión?

–Sí... Claro que sí. Es sólo que...

–Entonces debería llegar puntual, igual que todos los demás –dijo Dante, mirándolos a todos con un gesto inflexible.

De repente oyó que la puerta se abría a sus espaldas. Se dio la vuelta.

Una mujer con el pelo rojo fuego irrumpió en la sala. Su aroma le recordaba a una esencia de naranja...

Dante sintió que sus pensamientos se detenían en seco, igual que un conductor que tira del freno de mano para evitar un accidente. Se quedó perplejo, mirando a aquella joven con los ojos totalmente abiertos. Anna...

–Lo siento. Siento llegar tarde –dijo ella, casi sin aliento. Su piel de porcelana estaba ligeramente sonrosada–. Estaba...

Aquellos ojos marrones se clavaron en él y emitieron un destello inconfundible. Lo había reconocido. El corazón de él se aceleró de inmediato.

–Señor Romano –dijo Grant Cathcart–. Me gustaría presentarle a nuestra valiosa ayudante de gerencia y encargada del hotel... Anna Bailey.

Dante se puso en pie de inmediato y le extendió

la mano. Ella le dio un leve apretón. Su piel estaba helada al tacto, frágil, suave... Se clavaron la mirada. Parecía que ella temblaba, pero Dante estaba seguro de que él temblaba más.

–Señorita Bailey... Es un placer conocerla –dijo sin saber muy bien lo que decía.

–Lo mismo digo, señor Romano –contestó ella en un tono cortés.

Aquella voz acaramelada fue como un baño de miel para sus sentidos. Recuerdos arrebatadores de aquella noche lejana le caían encima como un aguacero de verano. Al darse cuenta de que aún le sujetaba la mano, Dante la apartó bruscamente.

–¿Por qué no vienes a sentarte, cariño? –le dijo Anita–. Sírvete un café, si quieres.

–No, gracias, Anita –dijo Anna en un tono distraído.

Bajo la atenta mirada de Dante, se dirigió hacia una silla situada al lado de Jason y se sentó rápidamente, inconsciente de sus propios movimientos. Jason la miró un instante y algo brilló en su mirada; algo que no pasó desapercibido para Dante.

¿Acaso había algo más entre ellos?

Un relámpago de celos lo atravesó de arriba abajo, justo cuando iba a sentarse de nuevo.

–Bueno, si todo el mundo está listo, empezamos ya, ¿no? –mirando a los asistentes a la reunión, Grant organizó sus notas y se preparó para comenzar.

Dante Romano...

Por fin entendía por qué le había sido imposible

encontrarlo. ¿Por qué se habría cambiado el nombre? ¿Seguiría siendo aquel hombre de negocios despiadado del que hablaban en los periódicos por aquel entonces?

En realidad nada de eso tenía importancia ya. Los Cathcart ya habían decidido que aquel hombre iba a convertirse en su salvador.

Aparte de invertir una jugosa suma en el Mirabelle, Dante Romano los tendría en su puño de acero a partir de ese momento. Se alegraba por Anita y por Grant, pero ella no podía dejar de desconfiar.

Sacudiendo la cabeza, continuó troceando pimientos rojos y verdes. Estaba preparando un revuelto de verduras para Tia y para ella. Casi había creído que se trataba de una alucinación cuando había entrado en el despacho de los Cathcart. Él la había taladrado con la mirada y, en ese momento, había creído que el mundo se iba a abrir a sus pies.

Cinco años antes, ni siquiera se había molestado en preguntarle su nombre completo. Cuando él le había pedido que se quedara esa noche, había accedido sin más, y se había prometido a sí misma que todo aquello terminaría allí. Sin embargo, al descubrir que estaba embarazada, había pensado que él tenía derecho a saberlo y había intentado buscarle. Pero al descubrir que Dan Masterson era un tiburón de los negocios, había desistido por completo. Esa noche había sido muy dulce y tierno con ella, pero no quería a un hombre sin escrúpulos en la vida de su pequeña.

Además, él le había dejado muy claro que no

buscaba nada más allá de una aventura de una noche, así que ¿por qué iba a interesarle saber que había dejado embarazada a aquella chica con la que había pasado una sola noche?

Rememorando aquellos días caóticos, Anna había caído en la cuenta de que había olvidado tomarse una de sus pastillas anticonceptivas. Por aquel entonces trabajaba muy duro, a veces hacía dobles turnos, estaba tan cansada... No se había dado cuenta de lo que pasaba hasta que las náuseas matutinas la habían tomado por sorpresa.

Tras el nacimiento de Tia, se había arrepentido un poco de su decisión y había intentado contactar con Dante nuevamente, pero no había logrado nada. Era como si se lo hubiera tragado la tierra. La única información que había conseguido sobre él eran viejas noticias. No había tenido forma de saber dónde estaba o a qué se dedicaba un año y medio después de aquel singular encuentro.

Oyó reírse a la pequeña Tia. La niña estaba en el salón, jugando con unos juguetes desmontables, intentando hacer una torre que se le caía de vez en cuando. Al oír la tierna voz de su más preciado tesoro, Anna sintió que la embargaba una ola de auténtico pánico y tristeza. ¿Qué pensaría Dan, o Dante, si descubriera que aquel encuentro de pasión lo había convertido en padre?

De pronto la joven sintió una punzada de remordimiento. Cerró los ojos con fuerza y los abrió de nuevo. Sentía arrepentimiento, pero también tenía miedo. Dante Romano era un hombre muy rico y poderoso, lo bastante como para hacer una suculenta inversión en el negocio que constituía su medio de vida. ¿Y si decidía echarla porque pensaba que no daba la talla en su trabajo? ¿Y si trataba de arrebatarle a la niña? Un hombre tan influyente como él podía hacer cualquier cosa...

Anna apagó el fuego con brusquedad y se dirigió hacia la pared opuesta. En ella había un tablón con muchas fotos de Tia.

De pronto empezó a sonar un teléfono. Anna se sobresaltó. Fue a contestar.

—¿Hola?

—¿Anna? Soy yo... Dante. Sigo en el hotel. Te fuiste corriendo después de la reunión y creo que tenemos que hablar. Tu apartamento está abajo, ¿no? ¿Te importa si me paso un momento?

Capítulo 4

ANNA se quedó en blanco al oír la pregunta de Dante. ¿Qué iba a hacer? Si le dejaba bajar al apartamento, ¿qué iba a decirle de Tia? No tenía tiempo de pensar nada.

–Me gustaría mucho hablar contigo, de verdad, pero...

–¿Pero?

Podía imaginárselo haciendo una mueca con los labios. Él sabía que le estaba dando evasivas. ¿Por qué no podía ser mejor actriz?

–Ahora mismo estoy haciendo la cena. ¿Por qué no quedamos para mañana? Vas a venir para empezar a trabajar con Anita y con Grant, ¿no?

–Preferiría hablar contigo ahora mismo, si no te importa, Anna. Estaré ahí en cinco minutos.

Colgó el teléfono. Anna se quedó mirando el auricular como si fuera una granada de cuya anilla acababa de tirar.

–Tia, vamos a tener visita dentro de unos minutos. Cenaremos en cuanto se vaya, ¿de acuerdo?

Corrió por el salón, recogió todos los juguetes en un santiamén y los puso en un rincón del sofá. Cuando él llegara haría todo lo posible por esconder sus emociones. Se escondería detrás de su máscara de encargada eficiente y trataría de manejar la situación con toda la profesionalidad posible, como si fuera capaz de hacer frente a cualquier cosa que él le dijera. No importaba que no hubiera sido capaz de mirar a otro hombre desde aquella noche; no importaba que Dante Romano le hubiera robado el corazón en un abrir y cerrar de ojos.

–¿Quién viene a vernos, mamá?

De repente Anna sintió que le tiraban del pantalón. La pequeña Tia la miraba con aquellos ojos azul grisáceo que eran idénticos a los de su padre.

–¿Es la tía Anita?

–No, cariño. No es la tía Anita –Anna se mordió el labio y trató de sonreír–. Es un hombre que se llama Dante y... es un viejo amigo mío.

–Si es tu amigo, ¿cómo es que no le he visto antes? –le preguntó la niña con una vocecilla de pena.

–Porque...

De pronto llamaron a la puerta. Anna se remangó el suéter, agarró a Tia de la mano y la llevó hasta el sofá. La hizo sentarse, se agachó delante de ella y le apartó unos cuantos tirabuzones de oro de la frente.

–No te pongas nerviosa, cielo, ¿quieres? Es un hombre muy agradable. Estoy segura de que estará encantado de conocerte.

Presa de una gran emoción, corrió hacia el pasillo y fue a abrir. Tenía un nudo en la garganta y lágrimas en los ojos.

«¿Por qué no escuchas lo que tiene que decirte antes de ponerte a llorar?», se dijo, con sarcasmo.

–Hola –aquella sonrisa victoriosa era autosuficiente y muy segura.

Anna no pudo contener la rabia que creció en su interior de repente.

–Hola –masculló a modo de saludo, esperando que no pudiera ver el rastro de las lágrimas en sus ojos–. Adelante.

¿Acaso había llegado en un mal momento? Dante la miró fijamente. Aquellos preciosos ojos marrones parecían ligeramente aguados. Era evidente que ella hubiera preferido recibirle al día siguiente, pero él no podía esperar tanto tiempo. Desde que la había visto entrar en el despacho de Grant y Anita, había deseado hablar con ella a solas, averiguar qué había hecho todos aquellos años.

Ella cruzó los brazos y se paró delante de él. Saltaba a la vista que no iba a invitarle a sentarse. Intentando no sucumbir a la sensación de rechazo que lo embargaba repentinamente, Dante miró su hermoso rostro ovalado. Aquellos ojos marrones con destellos de fuego lo miraban con recelo.

–Dijiste que querías hablar... ¿de qué?

Aquel comienzo no era muy prometedor. A Dante se le hizo un nudo en el estómago.

–Vaya recibimiento. Haces que parezca un interrogatorio –se encogió de hombros. Aquella fría bienvenida lo había dejado desconcertado.

–Es que estoy un poco ocupada.

–Cocinando, ¿no? –levantó una ceja y respiró profundamente.

–Mira... ¿cómo quieres que te reciba después de tanto tiempo? ¡Lo cierto es que eres la última persona a la que esperaba volver a ver! Que hayas aparecido de repente, porque eres el nuevo inversor del Mirabelle, es toda una sorpresa... Una sorpresa para la que no estaba preparada —arrugó los labios. Estaba perdiendo los estribos—. No sé cómo decirlo de otra manera, señor Romano... —dijo.

El tratamiento de respeto era intencionado y sarcástico.

—No quisiera resultar pretenciosa, pero creo que, pase lo que pase por aquí, nuestra relación debería permanecer en el plano estrictamente profesional.

—¿Por qué? ¿Te da miedo que pase algo parecido a lo que pasó la otra vez?

Molesto ante ese tono altivo y distante que ella había adoptado, Dante dijo lo primero que le vino a la cabeza. El problema, no obstante, era que no podía negar que la idea sí le resultaba de lo más apetecible. Eso era todo en lo que podía pensar desde que la había visto por primera vez en el despacho de los dueños del hotel.

Sonrojándose con violencia, Anna bajó la vista hacia el suelo. Cuando volvió a levantar la mirada, sus ojos rebosaban de furia.

—¡Vaya comentario soez y arrogante! Ya es bastante despreciable que me usaras para una aventura de una noche, pero presentarte aquí y dar por sentado que... Que yo... —tragó con dificultad, intentando calmarse—. Resulta que para mí es agua pasada.

Dante asintió con la cabeza.

—Claro. Agua pasada, ¿verdad? Encargada y ayudante del gerente, nada menos.

—Si estás sugiriendo que conseguí el puesto por

otros medios que no implicaran trabajo duro y esfuerzo, puedes dar media vuelta y salir por donde has entrado. ¡No pienso quedarme aquí parada, viendo cómo te burlas y me insultas!

Dante esbozó una sonrisa irónica. No podía evitarlo. ¿Sabía ella lo sexy que se ponía cuando se enfadaba? Era como si alguien hubiera prendido fuego a su torrente sanguíneo.

—No he venido para insultarte, Anna. Sólo quería hablar contigo en privado. Eso es todo.

—Te he oído gritar, mamá.

Una niña pequeña con rizos de oro salió de una de las habitaciones que daban al pasillo. Dante se sintió como si acabaran de cortarlo por la mitad con una hoja afilada. La niña le había llamado «mamá».

Anna corrió hacia la pequeña y le acarició la cabeza, mesándole los cabellos. Le agarró una manita y la apretó con cariño.

—Tia... Éste es el hombre del que te hablé. El señor Romano.

—¿Por qué lo llamas señor Romano, si me dijiste que se llamaba Dante?

Dante sonrió y la niña le miró con curiosidad y timidez.

—Hola, Tia.

Al mirar aquellos ojitos neblinosos, Dante se sintió como si ya la conociera.

—¿Te casaste y tuviste una niña? –preguntó de repente, volviéndose hacia Anna–. ¿A eso te referías cuando me dijiste que era agua pasada?

—No estoy casada.

—¿Pero sigues con su padre?

Anna sintió que las mejillas le ardían de rubor. Suspiró.

–No... No.

–Entonces las cosas no debieron de salir bien entre vosotros, ¿no? –Dante sintió que los latidos de su corazón se tranquilizaban un poco.

Estaba sola de nuevo. Debía de haber sido muy duro criar a una niña en soledad. Se preguntaba si el padre seguía en contacto y si asumía la responsabilidad que le tocaba.

Habiendo tenido un padre que les había abandonado a su madre y a él, Dante lamentó la idea de que aquel hombre hubiera podido darles la espalda a Anna y a su hija.

–Bueno, quizá... deberías entrar, después de todo –sin decir nada más, Anna dio media vuelta. Llevaba a Tia de la mano.

Sin saber muy bien qué hacer, Dante fue detrás de ella. El salón era muy acogedor. Las paredes estaban pintadas de un color muy claro y así creaban una sensación de espacio y amplitud; la solución perfecta para un apartamento en el sótano.

–Por favor –dijo ella en un tono de nerviosismo. Señaló el sofá en el que antes había depositado los juguetes–. Siéntate. ¿Te traigo algo de beber?

Había pasado de la hostilidad a la hospitalidad más cortés en cuestión de segundos. Dante empezó a sospechar de inmediato. Se sentó en el sofá.

–No, gracias –se aflojó un poco la corbata, le sonrió a la niña y entonces se inclinó hacia delante–. ¿Qué pasa, Anna? Y no me digas que no pasa nada... Porque no me lo creo. Soy demasiado perspicaz.

Anna tenía las manos entrelazadas y no dejaba de retorcérselas.

La tensión que agarrotaba los músculos de Dante aumentó un poco más.

—¿Tia? ¿Quieres ir a tu habitación un momento y buscar ese libro de colorear que estuvimos buscando hace un rato? Ya sabes cuál es, ¿no? El que tiene los animales en la portada. Busca bien y trae unas cuantas ceras también.

—¿Dante me va a ayudar a colorear, mamá? —preguntó la pequeña con esperanza.

—Claro —dijo él rápidamente—. ¿Por qué no?

Cuando Tia los dejó solos, Anna clavó su mirada en los ojos de Dante.

—Aquella noche... La noche que pasamos juntos... —se aclaró la garganta un momento, pero él no dejó de mirarla ni un segundo—. Me quedé embarazada. No te mentí cuando te dije que estaba tomando la píldora, pero, por aquel entonces trabajaba tanto que tuve un descuido y olvidé tomar una... Bueno, la niña es tuya. Lo que quiero decir es que... Lo que trato de decir es... Tú eres el padre de Tia.

Dante nunca se había desmayado, pero en ese momento creyó que iba a ocurrirle. La sensación cegadora que lo invadía debía de ser algo parecido. El tiempo seguía su curso sin piedad, pero durante unos segundos, se quedó en blanco. Los sentimientos, pensamientos... Nada existía ya. Simplemente se sentía aturdido, como si no estuviera allí. Y entonces, cuando las emociones empezaron a recorrerlo de arriba abajo, se puso en pie y miró a Anna con ojos severos e intensos. Ella le devolvía una mirada enigmática.

—¿Qué pretendes? —le preguntó él—. ¿Qué te traes entre manos? ¿Quieres sacarme dinero? ¡Contéstame, maldita sea!

Se mesó los cabellos con dedos temblorosos.

—Repíteme lo que acabas de decir, Anna, para asegurarme de que no he entendido mal.

—No me traigo nada entre manos, y no quiero tu dinero. Te estoy diciendo la verdad, Dante. Esa noche que pasamos juntos, me quedé embarazada.

—¿Y el bebé es Tia?

—Sí.

—Bueno, si eso es verdad, ¿por qué no me buscaste entonces?

—Hicimos un acuerdo —le dijo ella, tragando en seco—. Estuvimos de acuerdo en que todo terminaría esa noche... que al día siguiente seguiríamos cada uno por nuestro camino, como si nada hubiera pasado. Estabas... estabas tan alterado esa noche. Yo sabía que sentías un profundo dolor. No sabía lo que te había pasado, porque no me lo dijiste, pero me imaginé que acababas de perder a un ser querido. No estabas buscando nada serio. Lo sabía. Ni siquiera me dijiste tu verdadero nombre. Simplemente necesitabas tener a alguien muy cerca de ti, necesitabas compañía y, por alguna razón... —bajó la cabeza un momento—. Por alguna razón, me escogiste a mí.

Dante no creía que fuera a ser capaz de hablar. Tenía un nudo tan grande en la garganta que casi se asfixiaba.

–Podrías haber averiguado mi nombre completo muy fácilmente mirando el libro de reservas. Así podrías haber encontrado una dirección. ¿Por qué no lo hiciste?

Ella vaciló un momento, como si hubiera estado a punto de decir algo y entonces hubiera cambiado de opinión.

–Ya... Ya te lo dije. No lo hice porque hicimos un acuerdo. Yo quería respetar tus deseos. Eso es todo.

–¿Respetar mis deseos? ¿Estás loca? ¡No era un simple error que pudieras arreglar de un plumazo! ¿No ves lo que has hecho? Me has negado la posibilidad de ver a mi propia hija. Mi hija ha vivido sin padre durante cuatro años. ¿Nunca te ha preguntado?

–Sí... Lo ha hecho.

–¿Y qué le has dicho?

Anna puso una cara de profunda tristeza. Era evidente que le costaba mucho darle una respuesta.

–Cuando Tia me preguntó por qué su padre no estaba con nosotras, yo... Yo le dije que estaba enfermo y que se había ido para curarse. ¿Qué podía decirle si no tenía ni idea de dónde estabas? Ni siquiera sabía si la querrías.

Dante se llevó una mano temblorosa a la frente e hizo una mueca.

–¿Y de quién es la culpa de eso si ni siquiera te molestaste en buscarme?

Anna se puso más pálida todavía.

–Entiendo que quieras culparme, pero en aquel momento la decisión de no volver a vernos fue tuya, ¿recuerdas?

–Y desde que me desechaste como un simple error, ¿ha habido alguna otra persona en tu vida? –le preguntó Dante en un tono desafiante–. ¿Algún otro hombre ha hecho de padre de Tia?

–No. La he criado yo sola y he trabajado muy duro para darle una buena vida. ¡No tengo tiempo de salir con hombres!

Aquel último comentario la había hecho enfadar, pero eso no sirvió para apaciguar la rabia que él sentía. Seguía furioso con ella.

–Bueno, ahora tendrás que sacar tiempo para tener una relación, Anna. Me temo que ya no vas a poder seguir haciéndolo todo como te da la gana. A partir de ahora las cosas van a cambiar. Me has dicho de golpe que soy el padre de una niña y ahora tendrás que atenerte a las consecuencias.

–¿Qué consecuencias? –Anna se puso pálida como un muerto.

–¿A ti qué te parece? –le espetó él entre dientes, apretando los puños–. ¿Qué crees que va a pasar ahora que sé que tengo una hija? ¿Crees que me voy a ir así como así? A partir de ahora voy a ser el padre de nuestra hija y eso significa que tú y yo tenemos que regularizar nuestra situación. Por la niña. ¡No te vayas a creer que me entusiasma la idea de volver contigo! No después de descubrir esta traición. Pero no creas que me voy a marchar sin más para que puedas seguir con tu vida como si nada de esto hubiera pasado. No va a ser sólo el hotel lo que va a cambiar ahora que estoy aquí.

–No voy a impedirte que formes parte de la vida de Tia ahora que sabes la verdad... si eso es lo que quieres –respondió Anna en un tono de calma, aunque la expresión de sus ojos fuera más bien de súplica–. Pero para eso no tenemos que tener una relación. Hace cinco años me dejaste muy claro que no estabas interesado en llegar más lejos y yo lo acepté. Ahora tengo una buena vida trabajando en este hotel. Los dueños han sido muy buenos conmigo y con Tia, y yo les estoy muy agradecida por todo lo que han hecho por mí. Tal y como yo lo veo, no hay por qué cambiar nada de eso.

Dante se frotó las sienes y soltó el aliento bruscamente. A él nunca le había gustado revolver el pasado, pero en ese caso era estrictamente necesario.

–Hace cinco años trabajaba muy duro, estaba exhausto. Y entonces murió mi madre. Ella era italiana. El nombre que uso ahora es mi nombre verdadero, el nombre que me dio mi madre. Te lo digo porque la noche que nos conocimos acababa de volver de Italia, de su funeral. Entonces vivía en Nueva York, pero no conseguí un vuelo directo hasta allí, así que tuve que hacer escala en Londres. Como imaginarás, en ese momento lo último en lo que podía pensar era en tener una relación con alguien. Pero, al igual que tú con Tia, mi madre me crió sola, y yo sé lo duras que fueron las cosas para ella. Envejeció antes de tiempo, y yo me preocupaba mucho por ella. No pienso dejar que mi hija pase por lo mismo. Así es como están las cosas, así que no tienes más remedio que estar conmigo, tener una relación conmigo... Tienes que casarte conmigo.

Anna le miraba fijamente. Contemplaba aquellos

ojos tormentosos, aquel rostro hermoso... El rostro con el que había soñado tantas y tantas noches...

Trató de no dejarse llevar por las emociones. Por lo menos sentía un gran alivio de saber por fin qué lo tenía tan afligido aquella noche del pasado. De repente, volvió a sentir pena por él. Pero, si bien entendía los miedos que aquella situación le causaba, no quería casarse con él sólo por conveniencia. Dante Romano era el padre de su hija, pero seguía siendo un desconocido. Sería poco menos que temerario casarse con él, aunque en el fondo siguiera sintiéndose atraída por aquel hombre misterioso y arrebatadoramente guapo.

–Siento mucho que hayas perdido a tu madre, Dante. Entonces estabas destrozado. Pero nadie me puede obligar a casarme contigo porque eres el padre de Tia. Eso sería una locura. Ni siquiera nos conocemos bien. Y, para que lo sepas, no tengo idea de casarme con nadie. Estoy muy bien así como estoy, trabajando y cuidando de mi hija. No te voy a impedir que formes parte de su vida. De hecho me alegro de que así sea, si eso es lo que realmente quieres tú. Pero, como te he dicho antes, tú y yo no tenemos que mantener una relación para eso.

–¿Cómo que no? –exclamó él, frunciendo el ceño.

–Y hay algo más –sabiendo que estaba pisando un terreno peligroso, Anna deslizó la helada palma de su mano sobre el suéter que llevaba puesto–. Te agradecería mucho que no les dijeras nada a Anita y a Grant... por lo menos no por ahora. Es una situación muy embarazosa, y yo se lo diré, pero necesito tiempo para pensar cuál es la mejor forma de abordar el tema. Por favor, hazme este pequeño favor, y te prometo que se lo diré pronto.

–Te doy un par de días –dijo Dante con reticencia–. Pero entonces tendrás que decírselo, Anna. Tendrás que contarles lo nuestro y lo de Tia. Más te vale.

–¡He encontrado el libro y las ceras!

De repente Tia regresó corriendo y fue directa hacia Dante.

Durante una fracción de segundo él se quedó muy quieto, sin saber qué hacer. Anna se dio cuenta de que, al igual que ella, él trataba de mantener las emociones bajo control.

«Ponte en su lugar.», se dijo ella. «¿Cómo te sentirías si te enteraras de repente de que tienes una hija? Una hija de la que no sabías absolutamente nada...».

–¿Me ayudas a colorear el libro, por favor?

Al ver la cara de Dante, Anna supo que los ojos grandes y tiernos de la pequeña Tia se le habían clavado en el corazón.

–Te prometí que te ayudaría, ¿no? –tomó a la niña de la mano y dejó que ella lo llevara de vuelta al sofá.

Antes de sentarse, se quitó la chaqueta y la dejó a un lado. Sus ojos cautivadores se cruzaron con los de Anna.

–Me gustaría tomarme esa bebida que me ofreciste antes –le dijo–. Un café me vendría bien...

PARA cuando Dante se marchó, después de aceptar la invitación a cenar de Anna, ya se había ganado a la pequeña Tia por completo. Anna todavía no se creía que el hombre que estaba sentado frente a ella pudiera ser el mismo con el que había compartido aquella noche mágica cinco años antes, pero tampoco se sentía incómoda con su presencia. Además, Tia ya hablaba por los dos. La niña se lo había pasado tan bien con Dante que, por primera vez en su corta vida, había remoloneado un poco a la hora de irse a la cama. Al final había accedido con la condición de que Dante le leyera un cuento, y él había aceptado.

Él había salido de la habitación de la niña media hora más tarde, con el gesto serio y preocupado. Era evidente que trataba de asimilar una situación que no podría haber previsto ni en un millón de años. Después de todo, ella le había dicho que estaba tomando la píldora, así que... ¿por qué tendría que haberse preocupado?

Dando por hecho que él querría hablar del tema, Anna se había arriesgado a ofrecerle una sonrisa cálida al verle salir de la habitación de la pequeña, pero él no parecía dispuesto a entretenerse un rato con ella... En realidad, había sido todo lo contrario. ¿Cómo iba a decirle que no era tan despiadada como pensaba? ¿Cómo iba a decirle que sí tenía pensado decírselo todo, pero que se había echado atrás al descubrir la feroz reputación que tenía en el mundo de negocios, y que tenía miedo de que pudiera arrebatarle a la niña en cualquier momento?

Y después, cuando había intentando encontrarle de nuevo, Dan Masterson había dejado de existir; se lo había tragado la tierra.

–Mañana será un día largo. Tenemos muchas cosas que discutir y planes que hacer para el hotel –le dijo en un tono seco–. Tendremos tiempo por la noche para hablar de nuestra situación personal –le dijo. Sus ojos emitieron un destello de advertencia–. Buenas noches. Te veré por la mañana. Que duermas bien. Tendrás que estar despejada para mañana. Será un día largo –añadió, levantando una ceja de forma burlona, aunque su voz y sus gestos fueran de lo más distantes y circunspectos.

Anna se estremeció al verle marchar. ¿Seguiría insistiéndole en que se casaran? De repente sintió una punzada de incertidumbre y esperanza en el estómago. ¿Y si al final decidía que sólo quería quedarse con la niña? Un sentimiento de profunda soledad y desamparo la recorrió por dentro.

A altas horas de la madrugada todavía seguía en vela, dándole vueltas a todos aquellos pensamientos tan turbadores. No podía sacarse a Dante de la cabeza y sin duda tendría que hacer un gran esfuerzo a la mañana siguiente para no caer rendida de sueño sobre la mesa.

Él le había lanzado una clara advertencia, y no podía permitirse ni un error... No podía darle la mínima oportunidad de venganza, en caso de que fuera eso lo que él buscara.

Golpeando la almohada de pura frustración, Anna soltó un gemido de desesperación. Se obligó a cerrar los ojos y rezó por descansar al menos un par de horas antes de volver al trabajo.

–Llega tarde, señorita Bailey.

Aquella llamada de atención cortante no era de los dueños del hotel, ni tampoco de Jason, sino de Dante.

Estaba sentado a la cabeza de la mesa de reuniones, en el despacho de Grant y de Anita. Llevaba otro de esos trajes hechos a medida que tan bien le quedaban, combinado con una elegante camisa negra. La única nota de color la ponía la corbata de seda color cobalto y sus inquietantes ojos claros... ojos que atravesaban a Anna como dos rayos de luz. Ella estaba en el umbral, intentando no morirse de vergüenza ante aquella reprimenda.

Evidentemente debía de haberse pensado mejor las cosas a lo largo de la noche, y estaba claro que sí tenía intención de tomarse la revancha. Sí quería castigarla por haberle ocultado la existencia de Tia. Le estaba dejando muy claro quién era la persona que mandaba a partir de ese momento, y probablemente la haría pagar muy caro el secreto que había mantenido durante más de cuatro años.

–Lo siento. Me temo que no he dormido muy

bien hoy. Cuando por fin me dormí, ni siquiera oí el despertador.

–Tia no está enferma, ¿verdad? –Anita arqueó sus perfectas cejas.

El rostro de Dante se tensó de inmediato.

–No. Ella está bien. Es que no podía dormir. Eso es todo.

Dante relajó el gesto y se dedicó a examinar un documento que tenía delante.

–Esa clase de excusa es inaceptable, señorita Bailey –le dijo de repente–. Le aconsejo que se compre un despertador que suene más fuerte si quiere conservar su trabajo.

Anita y Grant se quedaron boquiabiertos al oír aquello. Grant se movió en su asiento y Anita le dirigió una sonrisa solidaria a Anna.

–No te preocupes –le dijo a Anna, moviendo los labios–. ¿Dante? –añadió, volviéndose hacia aquel hombre escandalosamente guapo–. Eso nos pasa todos de vez en cuando –le dijo, en un tono dulce, pero autoritario–. Y siempre llamamos a nuestros empleados por su nombre de pila, sobre todo a Anna. Tal y como te comentamos ayer, ella no es sólo una simple empleada. Es una buena amiga también.

–Y eso es precisamente uno de los problemas de los negocios familiares –le dijo Dante, cortante como el filo de un cuchillo–. Yo no desapruebo la informalidad, hasta cierto punto, pero es importante mantener el rigor en el puesto de trabajo. De lo contrario puede ocurrir que el personal empiece a aprovecharse de las circunstancias.

–¿Cómo te atreves?

Con el corazón latiendo sin ton ni son, Anna fulminó a Dante con la mirada.

–Yo jamás me aprovecharía de ellos. Se lo debo todo... Me han dado trabajo, un hogar...

Sacó la silla que estaba al lado del Jason, tomó asiento y cerró la boca rápidamente antes que se le escaparan más palabras de ira. Lo que estaba ocurriendo entre Dante y ella era algo personal, y no quería discutir su vida privada en una reunión de trabajo.

No había podido dormir la noche anterior... Dante pensó en ello un momento, ignorando aquel exabrupto temperamental. La miró a la cara y contempló sus rasgos delicados, el rubor de sus mejillas...

En realidad él tampoco había sido capaz de dormir. Acababa de enterarse de que era el padre de la niña más preciosa y encantadora que jamás había visto, y le había resultado imposible conciliar el sueño. Además, tampoco había sido capaz de sacarse a Anna de la cabeza. Ella no parecía muy dispuesta a casarse con él, y el rechazo, igual que en el pasado, era como el filo de un cuchillo, partiéndole el corazón en dos. No obstante, ella podía rechazarle todo lo que quisiera, pero no se saldría con la suya... Y en cuanto a su hija, haría todo lo posible por darle lo mejor.

Sin embargo, en ese momento tenía que ocuparse de lo más urgente; su trabajo en el Mirabelle. Tenía que revitalizar el lugar y volver a hacer del hotel un negocio floreciente. Su mente ya bullía con

ideas novedosas y cambios, pero antes poner algo
en práctica tenía que hacer lo que siempre hacía antes de empezar.

Entrevistar al personal...

—¿Quieres un café? —Dante agarró la cafetera y
miró a Anna un momento.

Ella tomó asiento frente a su escritorio.

—No, gracias —le miró un instante y enseguida
apartó la vista.

Dante contuvo la rabia que amenazaba con des-
bordarse de nuevo. Tenía que mostrarse lo más justo
y agradable posible.

¿Ella seguiría enfadada por el pequeño desen-
cuentro que había tenido lugar esa mañana? Por
mucho que deseara caerle en gracia, esa reunión tenía que mantenerse en un plano rigurosamente profesional. Los asuntos personales tendrían que esperar hasta más tarde.

—Bien... De acuerdo. Empezamos, entonces, ¿no?

—Como quieras.

—Por Dios, ¡no tienes por qué sentarte como si
estuvieras a punto de subir al patíbulo! Sólo voy a
entrevistarte y a preguntarte sobre tu trabajo —Dante
se mesó el cabello y trató de recuperar el compostura.

¿Qué tenía ella para volverlo loco, de deseo o de
rabia?

—¿Voy a conservar mi trabajo, o tienes pensado
reemplazarme con otra persona cuando hagas lim-
pieza?

–¿Qué? –frunció el ceño, sorprendido.

Había miedo en los ojos de ella. Estaba tan claro como la luz del día.

–Quiero decir... En tu empeño por mejorar las cosas, ¿está en peligro mi trabajo?

De repente Dante recordó aquella noche apasionada que habían pasado tantos años antes. Una instantánea de aquellos momentos inolvidables irrumpió entre sus pensamientos. Recordaba que ella le había dicho que había perdido su trabajo por culpa de un empresario despiadado...

–Sólo quiero entrevistarte para saber cuáles son tus responsabilidades y deberes, y para saber si disfrutas de su trabajo. No tengo intención de echar o de reemplazar a nadie ahora, así que tu trabajo está seguro.

–Oh... –dijo ella, suspirando de alivio. Levantó una mano y empezó a juguetear con un colgante de cristal con forma de corazón que llevaba en una cadena de oro.

Dante se preguntó si se lo habría comprado algún admirador.

–Ahora que ya nos hemos aclarado, ¿te importaría enumerar cuáles son tus deberes? –le preguntó él, yendo al grano.

–Yo... sólo...

–¿Qué?

–Estoy preocupada porque es evidente que estás muy molesto conmigo por lo de Tia, y que estás empeñado en encontrar algún fallo en la forma en que hago mi trabajo, para así poder vengarte de alguna manera.

–¿Qué? –perplejo, Dante abrió los ojos todo lo que pudo–. ¿De verdad crees que recurriría a esa clase de estrategia que pondría en peligro la vida de mi hija? Piénsalo bien. Si quisiera castigarte de alguna manera, ¿no crees que eso repercutiría en mi hija también? Yo jamás permitiría algo así.

–¿Lo ves? Ahí está nuestro problema. No te conozco lo bastante como para saber de qué eres o no capaz –Anna se encogió de hombros–. Lo único que sé es que todo es muy complicado y confuso; Anita y Grant casi han tenido que vender el hotel... Y entonces apareces tú, salido de la nada. Resulta que eres el hombre que va a invertir en el hotel y que será el socio mayoritario. Y lo que es más importante, me veo obligada a decirte que Tia es tu hija. No tenía ni idea de cómo reaccionarías. Sólo pasamos una sola noche juntos. Podías haberte puesto furioso... O podrías... –su voz se quebró un poco–. Podrías habérmela arrebatado. ¿Y te preguntas por qué no podía dormir anoche?

Dante se puso en pie. La inquietud y la impaciencia no lo dejaban estar sentado.

–¿Por qué iba a querer yo arrebatártela? ¿No crees que eso sería como echar piedras sobre mi propio tejado? He podido ver que ella te adora, y tú a ella. Con lo que he visto, me ha parecido que la has criado muy bien hasta ahora. Pero sé que también necesita un padre en su vida. Necesita dos padres... y es por eso que te dije que debíamos casarnos.

–¿Por qué ibas tú a querer atarte a una mujer a la

que sólo conociste durante una noche? –le preguntó ella de repente en un tono bajo y tentativo.

–Porque fruto de esa noche nació una niña... ¡una niña que no conocí hasta ayer! –se metió las manos en los bolsillos del pantalón y se alejó del escritorio, dándole la espalda.

¿Acaso le había dado tan mala impresión que ni siquiera se había planteado la posibilidad de contactar con él? Dante se sintió repentinamente furioso. ¿Por qué se alejaba la gente de él? Primero su padre, después Anna...

–¿Dante?

Haciendo acopio de toda su compostura, se volvió hacia ella.

–¿Qué?

–No te lo dije antes porque no sabía muy bien cómo decírtelo, pero sí que traté de contactar contigo cuando me enteré de que estaba embarazada. Sí que averigüé tu nombre y te busqué en Internet.

–¿Y? –Dante la interrumpió. El corazón se le salía del pecho.

–Tenías una fama... que intimidaba bastante. Para serte sincera, me preocupé bastante. Ni siquiera sabía si te acordarías de mí, o si me creerías cuando te dijera que estaba embarazada. Bueno... –Anna apartó la vista y suspiró–. Al final decidí que era mejor no contactar contigo. Pero después de unos meses, cuando nació Tia, pensé que tenías derecho a saberlo. Seguí todas las pistas que encontré durante varios días, pero era como si te hubieras ido a otro planeta. Evidentemente ahora me doy cuenta de que te habías cambiado el nombre. Pero entonces pensé que quizá no estábamos destinados a volvernos a encontrar. En cualquier caso, no sabía nada de ti. Bien podías haberte casado y tenido hijos con otra mujer. Además... aquel día que estuvimos juntos me dijiste que sólo duraría esa noche y que tenía que aceptarlo. ¿Recuerdas?

Dante lo recordaba todo muy bien. Cuánto se había arrepentido de aquello a lo largo de los años... Había pasado largas noches en vela, pensando en ella, en tenerla en sus brazos.

Sin embargo, por aquel entonces no hubiera podido ofrecerle nada más que sexo. Estaba en un sitio demasiado oscuro al que nadie más podía llegar. Y ella no había podido encontrarle porque se había cambiado el nombre.

No podía culparla de nada. Todo era culpa suya y de nadie más.

—No podemos volver atrás ahora. Ni siquiera yo puedo hacerlo, sea como sea la fama que tengo —hizo una mueca triste—. Lo pasado, pasado está, y ahora sólo podemos mirar hacia delante. Además, no deberíamos hablar de cosas personales durante el trabajo. Hablaremos esta noche, tal y como habíamos acordado antes. Ahora mismo tengo una entrevista que hacer.

Volvió a sentarse y volvió al plano laboral automáticamente. Ésa era una técnica que había perfeccionado mucho a lo largo de los años.

La mujer que estaba frente a su escritorio guardaba silencio.

—¿Anna?

Ella pareció confusa durante unos segundos, pero entonces sonrió.

–¿Eso quiere decir que ya no vas a volver a llamarme «señorita Bailey»? –le preguntó en un tono bromista.

La expresión de su cara estaba a medio camino entre la de un ángel y la de un demonio.

Dante suspiró. Era como si acabaran de prenderle fuego a la mecha que recorría sus entrañas. De repente la recordó susurrándole algo al oído aquella noche lejana, moviéndose sobre él, besándole...

–Cuando estemos trabajando juntos, delante de otros, quizá te llame «señorita Bailey» en alguna ocasión. Cuando estemos solos... –bajó el tono de voz con toda intención–. Te llamaré Anna.

–Muy bien –dijo ella, sonrojándose.

Feliz de ver que todavía tenía el poder de ponerla nerviosa, Dante no pudo evitar sonreír.

–Seguimos adelante entonces, ¿no?

–Sí, de acuerdo –Anna se puso erguida, pero su expresión continuó siendo distante.

–¿Anna?

Ella se mesó los cabellos.

–Lo siento. Respondiendo a tu pregunta... Mi primera responsabilidad es ayudar al gerente, apoyarle para cumplir con la meta de darle el mejor servicio posible al cliente.

–¿Y cómo te llevas con el señor Cathcart? ¿Hay buena comunicación? ¿Hay algún problema?

–No hay ningún problema. Jason... El señor Cathcart y yo nos llevamos muy bien. Es una persona amable y justa... igual que sus padres.

–¿Entonces te gusta?

–Sí. Me gusta. Trabajamos muy bien juntos.

–Bien. Es bueno saberlo.

Moviendo el bolígrafo entre los dedos, Dante se dedicó a observarla durante unos segundos. Aquélla era la cara que lo había mantenido en vela durante tantas y tantas noches de insomnio. En su recuerdo, los rasgos de Anna Bailey eran perfectos; las cejas bien contorneadas, aquellos ojos marrones de pestañas largas, la nariz delgada y elegante... Había una serenidad en ella que resultaba de lo más tentadora para un hombre que había vivido deprisa.

¿Acaso Jason Cathcart la veía de la misma manera? Sin duda se había deshecho en halagos hacia ella durante su entrevista.

La afilada hoja de los celos se le clavó bajo las costillas...

¿Pretendía el hijo de los Cathcart llegar a algo más con ella? Una imagen turbadora se coló entre sus pensamientos; Jason, en compañía de Tia y de Anna.

–¿Y el señor Cathcart sabe motivar y dirigir bien al personal? –le preguntó en un tono grave.

–Desde luego que sí –un temor inesperado se apoderó de Anna–. Le entrevistaste hace un rato. Ya te habrás hecho una idea de cómo es.

–Sí –contestó Dante bruscamente–. Pero eso, obviamente, es confidencial. Bueno, ¿qué otras responsabilidades tienes?

Aunque hubiera preferido interrogarla acerca de su relación con Jason Cathcart, también sabía que no era el momento ni el lugar apropiado para adentrarse en el ámbito personal.

Dante se tragó sus inquietudes y se dedicó a escucharla mientras describía cómo era su puesto de ayudante del gerente.

No podía dejarse llevar por las emociones...

Capítulo 6

EL TIMBRE de la puerta la hizo dar un salto. Sabía que era Dante. Le había dicho que se pasaría a verla más tarde, cuando la niña ya se hubiera ido a la cama. Mirando las dos copas de vino que había puesto sobre la mesa central, se alisó el vestido estampado que se había puesto por encima de unos leggins negros. Lo llevaba ajustado a la cintura con un cinturón verde brillante.

–Hola.

No se había dado cuenta de lo mucho que había echado de menos aquel rostro perfecto hasta encontrárselo en su puerta de nuevo. Nada más verle, el pulso se le aceleró. Dante también la miró de arriba abajo con avidez.

–Adelante –le dijo ella con voz ronca, apretándose contra la pared para dejarle pasar.

–Un perfume muy agradable –le dijo él en un tono bajo.

Anna se fijó en sus ojos. Esa noche emitían vívidos destellos azules, en vez de tener esa tonalidad neblinosa que los caracterizaba.

–Sexy –añadió él.

–Gracias –dijo ella, profundamente turbada por aquel cumplido.

–He traído un buen vino italiano –le dijo, dándole una botella–. Es un Barolo. Proviene de una región llamada Piamonte, donde se hacen los mejores vinos.

–Gracias. Tengo vino blanco en la nevera, pero si lo prefieres tinto, no hay problema. Podemos tomar uno u otro –se encogió de hombros y cerró la puerta–. No me importa –le condujo hacia el salón de la casa–. Cuando nos conocimos no sabía que eras italiano.

–Por parte de madre solamente.

–¿Y tu padre?

–Era inglés.

–Ahora entiendo por qué usabas el apellido Masterson. No tienes mucho acento italiano precisamente.

–Llevo mucho tiempo fuera de Italia.

–¿Por qué? ¿Tus padres vinieron a vivir a Inglaterra?

Los ojos de Dante se oscurecieron de inmediato.

–No. No lo hicieron. Se separaron cuando yo era muy pequeño, más pequeño que Tia en realidad.

–¿Y no quisiste quedarte en Italia?

–Bueno, basta de preguntas por ahora –le dijo él en un tono tenso.

Anna se mordió el labio inferior, avergonzada ante el arrebato de indiscreción que acababa de darle.

–¿Por qué no te sientas? –sugirió, sintiéndose cada vez más incómoda.

Él se sentó en el sofá y sus rasgos se suavizaron un poco. Se desabrochó un botón de su chaqueta he-

cha a medida. Debajo llevaba un suéter de cachemira. Su pelo brillaba con reflejos dorados bajo la
luz de una lámpara cercana. De vez en cuando se
veía una hebra de plata que lo hacía parecer más
atractivo que nunca.

–Abre el Barolo –le dijo en un tono indiferente–.
Fuera hace mucho frío y está lloviendo. Nos hará
entrar en calor.

Aquella sonrisa casi imperceptible casi derritió
el corazón de Anna. ¿Por qué le resultaba tan difícil
relajarse? ¿Qué le había pasado para estar tan sumido en la penumbra?

–Muy bien. De acuerdo.

Entró en la cocina un momento y buscó el saca-
corchos, aliviada de tener un momento a solas. La
química explosiva de cinco años antes seguía igual
que aquel día, al menos para ella.

Ya de vuelta en el salón, dejó que él sirviera las
copas de vino. Ella no hubiera podido hacerlo ni
aunque hubiera querido. Las manos le temblaban
tanto que sin duda se le hubiera derramado. Mientras caminaba en dirección a un mullido butacón,
podía sentir la mirada de Dante, siguiéndola.

–¿La niña está dormida? –le preguntó él.

–Sí.

–Me gustaría verla antes de irme.

–Claro.

–Hay muchas cosas de ella que quiero saber...
Qué comida le gusta, su color favorito, sus libros
predilectos.

Su mirada se perdió en la lejanía un instante y Anna
contuvo el aliento. Se sentía culpable de repente.

–Deberíamos brindar –le dijo él antes de que pudiera decir nada–. Por Tia, porque tenga una vida feliz.

–Por Tia y porque tenga una vida feliz –dijo ella, bebiendo un sorbo de vino. El alcohol se coló en sus venas rápidamente, relajándola un poco–. Está muy bueno. Me recuerda a flores, violetas, para ser exactos.

–Tienes buen olfato. Barolo tiene un aroma a violetas. Podrías dedicarte a la cata de vinos.

–¿Es que voy a necesitar un cambio de profesión?

–Tu entrevista no ha estado tan mal.

–Me tranquilizas mucho –le dijo ella, incapaz de contener el tono irónico–. Hasta ahora no he tenido ni una queja sobre la forma de hacer mi trabajo.

–No tienes que ponerte a la defensiva, Anna. No tienes nada que temer de mí. No tengo intención de echarte de tu trabajo –dejó la copa de vino sobre la mesa y se puso en pie.

Se paró delante de ella.

–Deja la copa un momento –le dijo.

Presa de su hipnótica mirada, Anna obedeció. Él le tendió una mano y la ayudó a ponerse en pie.

–Ese vestido que llevas me hace daño en los ojos.

Anna sintió una ola de vergüenza.

–Sé que es un poco llamativo, pero me puse la primera cosa que saqué del armario, si te digo la verdad –le dijo, intentando ignorar su turbadora cercanía, su calor, su aroma...

–No es llamativo porque es muy colorido, sino porque lo llevas tú. Es igual de llamativo que este pelo precioso que tienes –capturó unos mechones de su pelo, se los llevó a los labios y los besó con fervor.

Anna no podía moverse. Tuvo que hacer acopio de toda su fuerza de voluntad para no sucumbir al deseo de apoyar la cabeza contra su pecho y rodearle la cintura con los brazos. Su presencia la embriagaba, casi la hacía olvidar el porqué de su visita.

–Me alegro de que no te lo hayas cortado desde la última vez que te vi.

–No... No haría eso... Pero, Dante, tenemos... tenemos que hablar –murmuró ella. Su voz sonaba aturdida, desconcertada.

–Podemos hablar como hablamos cuando nos conocimos. Podemos hablar así... ¿Te acuerdas, Anna?

Sus labios cálidos la besaron en el cuello, dejando una marca de fuego sobre su piel.

–Me acuerdo –dijo ella, derritiéndose por dentro–. Pero deberíamos, tenemos que... –dejó escapar un pequeño gemido al sentir los labios de él sobre el lóbulo de la oreja.

–¿Qué tenemos que hacer?

La agarró de las caderas y tiró hacia sí. El contorno de su cuerpo masculino, encerrado en aquel traje de sastre impecable hizo estremecerse a Anna. Hipnotizada por aquella mirada de deseo, la joven tragó con dificultad. Estaba deseando sucumbir al deseo que corría por sus venas, pero...

De repente tuvo un momento de lucidez y cordura. Se puso tensa en sus brazos.

–¿Qué querías decir cuando me dijiste que no tenías intención de echarme de mi trabajo? No me gusta cómo suena... Me hace sentir como si pudieras hacerlo si quisieras. Eso no me tranquiliza mucho, francamente. Tengo una hija que mantener y depende de mi trabajo para vivir.

Dante la miró con impaciencia.

–Lo que quiero decir es que ya no tienes que depender de tu trabajo para mantenerte. Hablaba en serio cuando te dije que deberíamos casarnos. Y cuando estemos casados yo cuidaré de las dos.

–Haces que parezca todo tan fácil y sencillo. Yo no soy una posible inversión en la que estás interesado, Dante. Soy una persona independiente, con mis propias ideas y pensamientos, y eso incluye el matrimonio. No está bien que des por sentado que estoy dispuesta a abandonar todo por lo que he trabajado tan duro para irme con un hombre al que apenas conozco; ¡un hombre que sólo quiere casarse porque acaba de descubrir que tiene una hija!

Él la soltó de repente, mascullando un juramento, y se alejó de ella. Se mesó los cabellos y la miró con contundencia.

–¿Qué mejor razón para casarse que tener un hijo en común? Tia se merece tener a su padre. Y yo quiero que lo tenga, quiero que forme parte de mi vida. Y como persona independiente que eres, ¡no tienes derecho a negarnos eso!

–No te estoy negando que estés a su lado, pero el matrimonio no es para mí. Yo... –bajó la vista–. Me gusta tener mi independencia... Me gusta saber que mi trabajo ha dado sus frutos, y ahora tengo una oportunidad... Soy dueña de mi vida, tengo un trabajo de responsabilidad y eso me hace sentir bien.

–Un trabajo de responsabilidad... ¿Pero realmente te gusta estar sola? Criar a un hijo sola no tiene que ser fácil, por muchas oportunidades que tengas de progresar en tu trabajo. Cuando la niña está enferma, ¿no quisieras tener a alguien que te ayudara? ¿No te gustaría tener a alguien que te ayudara a tomar las mejores decisiones, por el bien de la niña? Y cuando está enferma, ¿qué haces si no puedes tomarte unos días libres en el trabajo por miedo a perderlo y quedarte sin ingresos? –regresó junto a ella.

Tenía esa mirada distante en los ojos que Anna ya conocía.

–Una vez, cuando tenía cinco años, tuve sarampión. Me puse muy enferma. Mi madre no tuvo más remedio que irse a trabajar por la tarde. Si no iba, podía perder el empleo y, ¿de qué íbamos a vivir? Le preguntó a una vecina si me podía quedar en su casa durante la tarde, pero la mujer le dijo que no porque tenía cinco hijos y no quería que se contagiaran. Mi madre me dejó en la cama. La vecina le prometió que se pasaría a verme de vez en cuando. Tenía fiebre muy alta y para cuando llegó mi madre, yo ya estaba con convulsiones. No teníamos teléfono. Salió corriendo conmigo en mitad de la noche. Fuimos al restaurante de un conocido. Desde allí llamamos al médico. Si no hubiera sido eso, probablemente no lo hubiera conseguido.

Su tono de voz era profundamente triste. Sacudió la cabeza.

–Mi madre pasó por una auténtica odisea esa noche. Si hubiera tenido a alguien que la ayudara, alguien que se hubiera preocupado por mí, no hubiera sufrido todo lo que sufrió. Y no pienso dejar que mi hija pase por algo parecido... creas lo que creas.

Sin saber muy bien qué decirle, Anna sintió una punzada de dolor por aquel niño que había sido. Aquella noche debía de haber sido terrible para su madre, la pesadilla de cualquier mujer con un niño pequeño. Antes de poder pensárselo mejor, sintió un deseo irrefrenable de tocarle, consolarle. Puso la mano contra una de sus mejillas. Su piel era aterciopelada y cálida, vibraba y rebosaba virilidad.

–Te agradezco que te preocupes tanto por Tia. Pero yo soy muy afortunada, Dante... Puede que sea una madre soltera, pero tengo amigos, gente que se preocupa por Tia de verdad, gente con la que siempre puedo contar.

–A lo mejor es así, ¡pero no tengo intención de dejar a mi hija al cuidado de amistades! Por mucho que tú confíes en ellos, Anna, así que...

Ella retiró la mano bruscamente.

–Sólo hay una solución posible para este problema, y ya te he dicho cuál es. Sólo es cuestión de hacer los preparativos necesarios. Cuanto antes mejor, creo.

Anna se sujetó los brazos con las manos; estaba temblando.

–No pienso casarme... Ya te lo he dicho.

–Bueno, en ese caso me obligas a tomar medidas que no quería tomar –le dijo Dante–. Pero las tomaré si así puedo estar con mi hija. Nos veremos las caras en los tribunales entonces, pues quiero la custodia de Tia.

Anna se sintió como si acabaran de golpearla en la cara con un puño de acero. El momento que tanto había temido había llegado. No había compasión alguna en la mirada de Dante, gélida y pétrea.

—¡No! —gritó, sintiendo el picor de las lágrimas.

Él arqueó una ceja, pero no cejó en su empeño.

—Si no quieres que nos veamos en los tribunales, te sugiero que dejes de poner objeciones y aceptes casarte conmigo.

—Eso es una bajeza. ¿Eres capaz de chantajearme para salirte con la tuya?

—Ya te lo he dicho —le dijo, encogiéndose de hombros con indiferencia—. Haré todo lo que pueda para estar con mi hija... la hija de la que me has privado durante cuatro años porque tú decidiste que alguien con mi reputación no se merecía conocerla. ¿Y todavía te atreves a mirarme a la cara y darme lecciones de respeto? —exclamó, cada vez más furioso.

—Yo no te oculté la existencia de Tia deliberadamente —exclamó Anna, intentando contener las lágrimas y mirándole con gesto suplicante—. ¿No crees que hubiera preferido tener una buena relación con el padre de mi hija? ¿Crees que yo no quería volver a verte después de aquella noche, tal y como tú mismo me pediste? Sé que fue un momento muy difícil para ti, pero no me hizo mucha gracia que desaparecieras así, sin mirar atrás. ¿Y cómo crees que me sentí cuando me enteré de que estaba embarazada? Sobre todo porque era la primera vez que... —se mordió el labio para no decir lo que había estado a punto de decir—. Estaba sorprendida, sola, asustada... Pasé por todo eso yo sola, pero no podría describírtelo siquiera.

Dante la miraba con ojos inquisitivos.

—Fue la primera vez que... ¿Qué ibas a decirme, Anna?

Anna retrocedió rápidamente y agarró la copa de vino que había dejado sobre la mesa. Bebió un buen sorbo, dejó que el alcohol le hiciera un poco de efecto y entonces levantó la barbilla.

—Fue la primera vez que me acosté con un hombre —le dijo, atravesándole con la mirada.

Él masculló un juramento en italiano. Anna volvió a colocar la copa sobre la mesa y se preparó para oír cualquier cosa. Él guardó silencio unos segundos y, cuando volvió a hablar, su voz sonaba calma y ecuánime.

—¿Me estás diciendo que nunca habías estado con un hombre cuando te acostaste conmigo?

—Sí. ¿No te diste cuenta de que no era ninguna seductora experimentada? No tenía por costumbre irme a la cama con los clientes del hotel.

—Pero conmigo fuiste puro fuego. Allí donde te tocaba, me hacías arder.

Anna intentó contener las emociones que amenazaban con volverla loca. Dante la miraba como aquella primera vez; sus ojos estaban llenos de un deseo profundo, intenso...

—Creo que aquella noche perdí la cabeza. Nunca me había comportado así con un desconocido... o con cualquier hombre.

—Los dos perdimos la cabeza, Anna —le dijo él en

un tono seductor y transigente–. Y de ahí nació la pequeña Tia. ¿Te arrepientes de haberlo hecho?

–Jamás.

–Entonces tenemos que manejar esta situación como adultos que somos, en vez de pelear como niños. El bienestar de nuestra hija debe ser lo primero.

–Quieres decir... –Anna le miró con el ceño fruncido–. ¿Todavía sigues creyendo que el matrimonio es la única posibilidad?

–Sí.

–Si es ése el camino que quieres seguir, ¿por qué no probamos primero a vivir juntos un tiempo?

–Ese arreglo es un poco inestable. No es lo que busco para Tia.

–Sin duda eso depende de cómo afrontemos la situación, ¿no? Si nos empeñamos en que funcione, vivir juntos podría ser algo tan estable como el matrimonio mismo.

–No. No es eso lo que quiero.

–¿Y si no quiero yo? ¿Me llevarías a los tribunales?

–Sí –le dijo él. Su afilada mirada no dejaba lugar a dudas.

Capítulo 7

NO ERA precisamente agradable tener que recurrir al chantaje para convencer a Anna de que se casara con él, pero la decisión de Dante se había vuelto inamovible nada más descubrir que era el padre de una preciosa niña. No había nada que pudiera hacerle cambiar de idea.

Sin embargo, no podía creerse que ella pudiera rechazarle tan fácilmente. Había conocido a muchas mujeres, y todas ellas lo consideraban un gran partido. En una ocasión su exmujer, Marisa, le había dicho esas mismas palabras exactamente.

«Eres todo un partido, Dante. Es un milagro que todavía sigas soltero y sin compromiso...».

Pero esa afirmación se había quedado en nada rápidamente. Marisa no había tardado en descubrir que lo primero en la lista de prioridades de su marido era la ambición. Ni siquiera al final de la relación había intentando recuperarla, o expresar sus emociones. Marisa se había arrojado a los brazos de otro hombre y él la había dejado ir sin más. Y para ser sincero, en aquel momento no había sentido más que alivio.

Pero la sorpresa más importante que se había llevado había sido descubrir que era el padre de una niña. Aquella verdad reverberaba en su mente, sobre todo después de enterarse de que Anna era virgen cuando se había acostado con él por primera vez.

También recordaba la chispa de miedo que había en sus ojos al yacer debajo de él; la tensión de su dulce cuerpo... ¿Qué había pensado cuando le había pedido que pasara la noche con él para después decirle que no debía esperar nada más? Ni una llamada de teléfono, ni un nombre auténtico, nada...

Cinco años más tarde, Dante tenía la certeza de que jamás la hubiera dejado escapar de haberla conocido en otro momento. Aquella exuberante melena pelirroja que le caía sobre los hombros con suavidad, aquellos ojos llenos de vida que brillaban como dos brasas... Anna era preciosa, sencilla, vivaz... Su vestido de colores, con aquel cinturón verde brillante, resaltaba su cintura estrecha, y los leggins negros realzaban sus piernas estilizadas.

Mientras la observaba, Dante se dio cuenta de que ella hacía correr la sangre por sus venas como ninguna otra, así que, aunque lo despreciara por ponerla en una situación tan difícil, haría todo lo posible por no decepcionarla tal y como había decepcionado a su ex. No le daría motivos para acusarle de indiferencia y le demostraría que podía ser el mejor padre que Tia podía tener. Nunca le faltaría de nada, porque él la mimaría, y Anna no tendría por qué estar sola. Él se encargaría de mantenerla caliente en su cama y volvería a deleitarla con la pasión más intensa.

Ella había vuelto a sentarse en el butacón, con la

copa de vino en la mano. Lo miraba con cansancio y resentimiento.

–Tendré que contarles lo nuestro a los Cathcart.

–Claro –Dante se quitó la chaqueta y lo dejó en el reposabrazos del sofá. Volviéndose hacia Anna, sonrió enigmáticamente–. Pero no te preocupes... Ya tendrán mucho tiempo para enterarse de todo.

–¿Por qué?

–Porque después de discutir los cambios que debemos llevar a cabo, voy a sugerir que cerremos el hotel durante un mes para hacer todas las renovaciones. Durante ese tiempo nos iremos al lago Como con Tia. Allí nos casaremos.

–¿Vas a cerrar el Mirabelle durante un mes?

Anna soltó la copa sobre la mesa de golpe y abrió los ojos como platos.

–¿Y qué pasa con el personal? ¿Qué pasa con sus trabajos? No pueden permitirse estar sin trabajar un mes.

–Seguirán cobrando su sueldo –dijo Dante, tensando la mandíbula.

Acababa de decirle que se la iba a llevar al lago Como de vacaciones y ella no pensaba más que en los empleados... Era realmente exasperante saber que ella no se preocupaba por él de la misma manera.

–¿Puedes permitirte algo así? –le preguntó ella.

Podría haberle dicho que podía pagarles, no un mes, sino todo un año de vacaciones, pero decidió guardar silencio. La mansión que tenía en el lago Como sería toda una sorpresa para ella y a lo mejor al verla se daba cuenta de lo rico que era su futuro marido.

Sin embargo, en el fondo no las tenía todas consigo respecto a ese plan tan superficial. En realidad él quería que Anna lo apreciara, no por su dinero, sino por ser quien era. Quería que valorara al hombre que se escondía detrás de aquel traje de mil dólares.

–Tengo muchos negocios de éxito por todo el mundo, Anna, así que... Confía en mí –gesticuló con la mano–. Preocuparse por lo que me puedo permitir o no, no tiene sentido.

Anna se quedó desconcertada al verle enojado. ¿Acaso había herido su autoestima al preguntarle si se lo podía permitir?

No obstante, en ese momento tenía cosas más inquietantes de las que preocuparse. Las cosas se estaban moviendo a un ritmo vertiginoso y había algo que la preocupaba sobremanera. La insistencia de Dante respecto a lo del matrimonio la hacía sentir como si quisiera controlarla, tenerla en un puño... Le recordaba tanto a su padre...

Frank Bailey tenía dos pasiones en la vida; el alcohol y su esposa, Denise, la madre de Anna. Había sido tan posesivo y celoso que le había prohibido que tuviera amigos porque no soportaba verla con otras personas. Finalmente incluso sentía celos de su propia hija. Su padre solía malinterpretarlo todo y la hacía pagar por las cosas más insignificantes.

Anna había perdido la cuenta de todas las veces que había presenciado sus arrebatos de rabia. Había intentado olvidar sus palabras hostiles y despreciativas, pero no había podido. Y cuando estaba borracho todo era mucho peor. Ella sabía que el abuso psicológico era incluso peor que la violencia física y, muchas veces, cuando oía el ruido de la llave en la cerradura, se sentaba en la cama, temblando de miedo, deseando desaparecer.

Nerviosa, se puso en pie.

—Dante... Respecto a lo de ir al lago Como... para casarnos...

—¿Qué pasa?

Era evidente que le había hecho enfadar, porque su rostro se tensó de repente. Sin embargo, Anna se negaba a dejarse intimidar.

—Iré contigo con una condición.

—Ya te he dicho que...

—Escúchame —aunque estuviera temblando por dentro, había decisión en su voz.

Los ojos de Dante brillaron de sorpresa.

—No quiero que haya boda hasta que veamos cómo nos llevamos conviviendo juntos. Y no toleraré que me amenaces con llevarme a los tribunales por la custodia de Tia. He visto el daño que un hombre puede hacerle a una mujer tratando de controlarla, y no lo toleraré... ¡Y mucho menos viniendo del hombre que es el padre de mi hija!

—¿Hablas por experiencia? —le preguntó Dante en un tono tranquilo, pero impaciente, como si quisiera saber más.

—Sí —le dijo ella —se cruzó de brazos, sabiendo que no tenía sentido mantener en secreto el pasado.

A la larga no le serviría de nada, por muy doloroso que fuera hablar de ello.

—Mi padre era un borracho cruel y celoso. Le hizo la vida un infierno a mi madre.

—¿Dónde está ahora?

—Ya no está en este mundo... Gracias a Dios —le dijo. Un escalofrío la recorrió por dentro.

—¿Y tu madre? ¿Dónde está?

—Tampoco vive ya —arrugó los labios, tratando de contener las lágrimas—. En el hospital me dijeron que había muerto de un problema en el corazón, pero yo sé que no fue eso lo que la mató. Simplemente estaba cansada, agotada... Harta, exhausta de vivir con el bruto de mi padre.

Dante fue hacia ella. Su mirada estaba llena de empatía y desprecio por aquel hombre que tanto la había hecho sufrir.

—¿También era violento contigo, Anna?

—A un hombre así le da igual a quién intimida. Siempre tiene que hacer ver su poder. Los niños son el blanco más fácil, sobre todo cuando tienen demasiado miedo como para contestar.

Además, las cosas empeoraban mucho más con el alcohol.

La vergüenza y la desesperación no la dejaron continuar durante unos segundos.

—¿Tienes idea de lo desagradable que es sentir un aliento a cerveza rancia o a whisky delante de la cara, mientras te gritan y te dicen lo inútil que eres? ¿Lo tonta que eres? Pero, bueno, no quiero hablar más de esto —hizo un movimiento de ir hacia la cocina—. Ya no quiero más vino, por mucho que me encante. Creo que prepararé un café. ¿Quieres una taza?

—No —Dante le puso una mano en el brazo para que no se fuera—. Haremos lo que dices. Iremos al lago Como y viviremos juntos durante un tiempo antes de casarnos. ¿Te parece mejor así, Anna?

Ella puso una cara de profundo alivio, pero Dante no pudo evitar sentir una punzada de frustración.

—Gracias —le dijo ella.

Aunque con reticencia, la soltó por fin.

—¿Puedo ir a ver a Tia mientras haces el café? Sólo quiero sentarme junto a ella y verla dormir durante un rato.

—Adelante. Tómate el tiempo que quieras.

Media hora más tarde, Anna fue al dormitorio de la niña y se lo encontró sentado en la silla que estaba al lado de la cama, con los codos apoyados en los muslos, contemplando a la pequeña mientras dormía.

La joven sintió que se le encogía el corazón. Era como si una de sus mejores fantasías se hubiera hecho realidad durante unos segundos. Y no quería respirar, por miedo a que la ilusión se esfumara delante de sus ojos.

Dante la había oído entrar. Se volvió hacia ella y le regaló la sonrisa más arrebatadora que había visto jamás.

—Es tan guapa —susurró—. No quiero dejarla, ni un minuto, ni un segundo. Me he perdido tantas cosas ya.

Anna oyó la emoción que le embargaba la voz. Entró en la habitación y le puso la mano en el hombro. Un calor intenso manaba de su cuerpo.

—Todavía tiene que crecer mucho, Dante, así que ya no te perderás más cosas. Sólo tiene cuatro años. Y los niños se adaptan muy rápido a las nuevas circunstancias y a la gente. Muy pronto será como si te conociera de toda la vida.

Dante puso su mano sobre la de ella y le sostuvo la mirada con sentimiento.

–Quiero que sepa que soy su padre. Quiero que lo sepa pronto. ¿Lo entiendes?

Anna sucumbió al dolor que oía en su voz.

–Sí. Por supuesto. Pero... tenemos que escoger el momento adecuado.

–Mañana, cuando la recojas del colegio, podemos llevarla a tomar un helado. Así podremos conocernos un poco mejor. Pero no quiero ocultarle quién soy por mucho tiempo, Anna –le soltó la mano–. No podría soportarlo.

–Pronto se lo diremos –le dijo ella en un tono tranquilizador.

Era evidente que hablaba muy en serio. Quería que la niña lo supiera.

Apretando la mandíbula un momento, Dante dejó escapar un suspiro. Sus ojos relampaguearon.

–Bien... Eso es bueno. Y ahora creo que es mejor que me vaya. Tenemos mucho que hacer mañana. Te veo por la mañana, Anna –le dio un leve beso en la mejilla y se puso en pie–. Intenta dormir bien, ¿de acuerdo?

Anna asintió con la cabeza y le vio marchar. El rastro de su perfume embriagador y el calor de sus labios sobre la piel, en cambio, no se esfumaron tan rápidamente.

Durante el descanso de la tarde, le preguntó a Anita si tenía unos minutos para hablar. La esposa de Grant la recibió en su despacho con el afecto de siempre; era un despacho muy organizado y bien decorado, nada que ver con la de su hijo Jason.

Parecía mucho más feliz, o por lo menos eso le pareció a Anna, como si le hubieran quitado un gran peso de encima. El paquete de medidas de Dante para el Mirabelle ya se estaba empezando a notar. La suerte del hotel estaba cambiando.

«El salvador», le llamaban las recepcionistas, Amy y Linda. Y la ayudante del cocinero, Cheryl, también se había sumado a los halagos. Sin embargo, ninguna de las tres sabía por qué a Anna le hacía tan poca gracia semejante derroche de admiración.

–¿Qué te pasa, cariño? –le preguntó Anita, removiendo el té que tenía en la mano y mirándola con gesto de preocupación.

–¿Es que se me nota tanto?

–No siempre... Pero por alguna razón, hoy sé que estás preocupada por algo.

–Se trata de Dante –le dijo Anna, entrelazando los dedos sobre su regazo.

Anita levantó una ceja. Anna se sonrojó. Aquella manera tan informal de referirse a él se le había escapado.

–Quería decir el señor Romano –añadió rápidamente.

–¿Qué sucede? Sé que ha sido un poco... Bueno, digamos «impertinente», contigo, pero es un hombre muy profesional y riguroso. Y cuando nos habla de los planes que tiene para el hotel, siempre nos pide opinión a Grant y a mí. ¡Tiene cosas muy buenas en mente! –Anita sonrió como una colegiala ilusionada–. Vamos a tener una reunión con todo el personal más tarde, para poner a todo el mundo al día, pero como tú eres nuestra ayudante de gerencia, creo que debo decirte que Dante ha decidido cerrar el Mirabelle durante un mes para hacer la renovación. Todos los empleados seguirán cobrando su sueldo.

–¿Y qué te parece eso?

–Me parece fenomenal. No sólo es necesario, sino que es una gran idea. Grant y yo nos merecemos un descanso. Tenemos pensado dedicar tiempo a nuestro abandonado jardín, pasar tiempo juntos... Deberías tomarte unas pequeñas vacaciones. Anna, trabajas tan duro. Tia y tú os lo merecéis.

–A lo mejor lo hago –le dijo Anna, deseando poder oír sus propios pensamientos por encima del estruendo de su corazón–. Mira, Anita, no hay forma de suavizar la sorpresa... Tengo algo importante que decirte.

–No me irás a decir que te marchas, ¿no?

–No –Anna tragó con dificultad–. Es algo personal. Sabes que nunca te he dicho quién es el padre de Tia.

Anita se le quedó mirando, intrigada. De repente pareció que el tictac del reloj de pared era ensordecedor.

–Bueno, es...

–¿Sí?

–Es Dante Romano.

Anita se puso pálida.

–¿Dante Romano? ¿Pero cómo es posible? Según tengo entendido, es la primera vez que viene por aquí. ¿Cómo es posible que os hayáis conocido?

–Sí que ha estado aquí antes –Anna se aclaró la garganta–. Fue hace cinco años. Yo hacía el turno de noche en el bar, y él... Él estaba allí, tomándose una copa. Acababa de volver de Italia, del funeral de su madre. Iba de camino hacia Nueva York, donde vivía en ese momento.

–¿Y tú y él...?

Anna levantó la barbilla y miró a Anita con ojos claros y sinceros.

–Nos sentimos atraídos el uno por el otro de inmediato, y así fue como me quedé embarazada de Tia.

Capítulo 8

ANNA, ¿puedo hablar contigo?

Anna pasaba en ese momento por delante del despacho de Jason. Éste abrió la puerta y le hizo señas para que entrara. Ya habían tenido la reunión con el personal, y todo el mundo estaba al corriente del próximo cierre del hotel. Sin embargo, Anna no había tenido oportunidad de discutirlo con el gerente. Jason se iba a quedar a cargo de la remodelación durante todo el mes y, sin duda, ése debía de ser el motivo por el que quería verla. Aquél era un gran paso para él, una gran responsabilidad. Pero a ella no le cabía duda alguna de que el hijo de los Cathcart estaba a la altura.

En cuanto a su relación con Dante, Anita le había sugerido que lo mantuvieran en secreto durante un tiempo, por lo menos hasta que los cambios estuvieran en marcha y el personal hubiera vuelto de las vacaciones forzosas. No era una actitud muy valiente precisamente, pero por lo menos Anna sentía un gran alivio de no verse convertida en el centro de toda la atención, al menos durante un tiempo.

Jason cerró la puerta tras ella y la invitó a tomar asiento.

—Te veo muy bien —comentó, mirándola de arriba abajo.

–Voy a buscar a Tia, y después vamos a tomar un té con ella.

–¿Algún sitio en especial?

–No lo sé todavía, pero encontraremos algún sitio agradable. Hay mucho donde elegir en Covent Garden, ¿no?

El corazón de Anna latía sin control con sólo pensar en decirle a su pequeña que Dante era su padre. Su sonrisa era incierta, pero Jason parecía absorto en sus propios problemas mientras andaba de un lado a otro.

Cuando por fin dejó de deambular por el despacho se volvió hacia Anna con una extraña luz en la mirada.

–He conocido a alguien.

–¿Sí?

Llevaba mucho tiempo solo, así que Anna se alegraba mucho por él.

–No te digo nada más por ahora, porque no quiero estropear las cosas, pero nos vamos a ver este fin de semana.

–Oh, Jason, eso es estupendo. ¡Y claro que no estropearás nada!

Anna se puso en pie y le dio un efusivo abrazo. En ese momento alguien llamó a la puerta e irrumpió en la habitación antes de que Jason pudiera decir nada. Era Dante. Anna no tenía ningún motivo para sentirse culpable, pero nada más ver su gélida mirada, se sintió avergonzada, como un niño al que sorprenden con la mano dentro del tarro de las galletas.

–Estaba buscando a Anna –le dijo a Jason sin

más preámbulo–. Uno de los empleados me dijo que igual estaba aquí. Parece que acertó.

–Estábamos... Estábamos hablando –Jason se apartó de Anna rápidamente, sonriendo con incomodidad.

–Bueno, si han terminado de hablar... Anna y yo tenemos cosas importantes que hacer.

–¿Pero no va a llevar a su hija a dar un paseo? –preguntó Jason, frunciendo el ceño.

–Ya veo que le gusta estar al tanto de todo lo que hace la señorita Bailey, señor Cathcart. Sería muy útil si pudiera revisar con el mismo entusiasmo esa lista de equipos para el hotel que le dejé. Le agradecería que me diera su opinión a primera hora de la mañana. Ahora tiene una gran responsabilidad, es el encargado del proyecto, y el trabajo empieza ahora mismo. No me decepcione –le sujetó la puerta a Anna para que saliera. Estaba impaciente–. Tenemos que irnos –dijo con firmeza.

–No tenías por qué hablarle así a Jason. No hemos hecho nada malo.

Anna tuvo que correr para seguirle el ritmo a Dante. Al llegar junto a un flamante coche plateado, oyó cómo abría la puerta con el llavero electrónico. Él se detuvo en seco. Era evidente que estaba furioso.

–¿Entonces vas por ahí abrazando a todos los hombres con los que trabajas?

–Eso es una estupidez. ¡Claro que no! Acababa de darme una buena noticia, y yo me alegré mucho por él. Eso es todo.

Dante la miró con ojos de resentimiento.

–Le gustas.

¿Acaso estaba celoso? Anna consideró la posibilidad un momento y entonces no pudo evitar esbozar una sonrisa.

–Y a mí me gusta él. Pero no de la forma que tú estás insinuando.

A Dante le hubiera gustado sondearla un poco más, pero en vez de eso miró el reloj que llevaba puesto y le abrió la puerta del acompañante.

–Será mejor que nos pongamos en camino. No querrás que lleguemos tarde a recoger a Tia.

–¿Adónde vamos a tomar el té? –le preguntó ella, subiendo al vehículo.

–Al hotel Ritz.

Anna se quedó de piedra.

–Podrías habérmelo dicho antes. Me hubiera puesto algo más elegante que este vestido.

Llevaba un sencillo vestido de lino combinado con una chaqueta negra. Las dos prendas eran ideales para un cálido día de primavera, pero sin duda no eran tan presentables como para ir al Ritz.

Anna subió al coche con gesto malhumorado y Dante le dedicó una sonrisa pícara.

–Lo que llevas no tiene nada de malo, así que no te preocupes... *Le guarda piu di bene a caro prezzo.*

–¿Y eso qué significa?

–Significa que estás muy guapa.

Dante la miró de arriba abajo antes de cerrar la puerta, y se fijó un instante en sus labios. Anna sintió que no podía respirar de repente.

–Vamos a buscar a la pequeña Tia, ¿de acuerdo?

—cerró la puerta del acompañante y rodeó el capó del coche para ponerse al volante.

Tia quería otro pastel. Anna le dijo que sí y Dante se lo untó con mermelada. Nunca se había sentido tan orgulloso. Ni uno solo de sus logros en el terreno profesional le había producido tanto regocijo. Era una delicia saber que aquella niña preciosa y maravillosa había nacido de él.

Miró a Anna y se la encontró observándole de reojo. Llevaba el cabello suelto; un río de bronce sobre sus hombros. Su belleza serena y discreta era arrebatadora; tanto así que no era de extrañar que atrajera las miradas de muchos clientes sentados en las mesas cercanas. Dante se sintió rebosante de orgullo. Ella era la madre de su hija y, algún día... Muy pronto... Sería su esposa. Sin embargo, sabiendo lo de su padre, era consciente de que debía tener mucho tacto con ella. No podía forzarla a hacer algo que no quería, por muy impaciente que estuviera.

Su infancia traumática le producía un profundo dolor. Si Anna había sido como la pequeña Tia, entonces sin duda era una niña adorable, un ser indefenso que no merecía aquellos abusos.

—Es una habitación de oro —dijo Tia, relamiéndose—. Hay un arco dorado, y mesas doradas y... ¿Qué son esas lámparas brillantes que están en el techo?

—Se llaman arañas.

—Sí. ¡Y las sillas también son doradas! Un rey o

una reina podrían vivir aquí. La gente que vive aquí debería llamarle la habitación dorada. ¿No crees, mamá?

Anna le limpió las comisuras con una servilleta y sonrió.

—Ésta es una sala muy famosa, Tia. Y ya tiene nombre. Se llama el Salón Real.

—Pero... —dijo Dante, adoptando un tono de conspiración—. A partir de ahora los tres la llamaremos la habitación dorada. ¿Sí?

Extendió la mano y Tia se la estrechó con entusiasmo, encantada de que aquel hombre tan interesante le prestara toda su atención.

—También tienes que darle la mano a mamá, Dante.

—Claro... Vaya despiste.

En cuanto agarró la mano de Anna, todo lo demás se desvaneció a su alrededor. Lo único que sabía con certeza era que su corazón latía con más fuerza que nunca y que, si hubiera estado a solas con ella, le hubiera demostrado lo mucho que la deseaba de todas las maneras posibles. De repente vio un destello de deseo en los ojos de ella.

—Se supone que tienes que darle la mano. ¡No tienes que sujetársela para siempre! —exclamó la pequeña Tia, apartándole la mano de la de su madre con una mirada reprobadora.

—No seas maleducada, Tia. Eso no ha estado bien —le dijo Anna, regañándola.

—Lo siento —dijo Tia. Sin embargo, un momento después sus ojos volvieron a brillar de forma traviesa—. No estás enfadado conmigo, ¿verdad? —le preguntó a Dante, regalándole una sonrisa radiante.

Dante asintió con la cabeza y le acarició la mejilla con los nudillos.

–No, *mia bambina*. No podría enfadarme contigo aunque lo intentara con todas mis fuerzas. Eres demasiado preciosa para eso.

–A veces tiene sus momentos –dijo Anna, bebiendo un sorbo de té de un exquisita taza de porcelana. Después le hizo una mueca a Dante.

–¿Y eso qué quiere decir?

–Que a veces se pone un poco majadera.

–Bueno, me pregunto a quién habrá salido –le dijo él en un tono juguetón.

Anna sonrió de oreja a oreja y ladeó un poco la cabeza.

–No podría imaginarte haciendo algo que no fuera organizado y bien pensado. Pareces tan metódico, siempre lo tienes todo bajo control, como si la vida nunca te pudiera tomar por sorpresa.

–En eso te equivocas –le dijo él, poniéndose serio–. Soy medio italiano. Llevo la pasión en la sangre. Y muchas veces tengo dudas. ¿Conoces a algún ser humano que no las tenga?

–No. No creo –le dijo ella.

–¿De qué estás hablando, mamá? No suena muy interesante.

Tia quería participar de la conversación de los adultos. Anna se volvió hacia ella, pensativa.

–Tia... Hay algo importante que quiero decirte –miró a Dante y bajó la vista.

Él hizo lo mismo. Su corazón latía sin ton ni son. No esperaba que ella sacara el tema durante el paseo, pero quizá era mejor así. Se preparó para la reacción de la niña. Sin duda Tia necesitaría un poco de tiempo para hacerse a la idea y llegar a quererle, pero él estaba dispuesto a esperar. No había nada que deseara más en la vida.

–¿Mamá? Sé que quieres decirme algo, pero yo le quiero hacer una pregunta a Dante –la niña apoyó los codos en la mesa y le miró fijamente.

–¿Qué es, cariño?

–¿Estás casado?

Dante se mordió el labio para no echarse a reír.

–No, pequeña. No estoy casado.

–Mi madre tampoco, pero yo quisiera que sí. Me gustaría tener un papá, como mi amiga Madison del colegio. No todos los niños de mi clase tienen papá, pero ella sí, y yo creo que tiene mucha suerte, ¿no?

Dante guardó silencio. La emoción no le dejaba hablar. Como a cámara lenta, vio que Anna tomaba la mano de la niña y se la apretaba con ternura.

–Cariño, quiero que escuches muy atentamente todo lo que tengo que decirte. ¿Lo harás?

Tia abrió los ojos y asintió con la cabeza, claramente intrigada.

–Dante y yo nos conocimos hace mucho tiempo. ¿Recuerdas que te lo dije? Pero por desgracia, porque algo muy triste pasó en Italia, el lugar de donde él viene... tuvo que irse –Anna suspiró y miró a Dante de reojo–. Cuando se marchó... Cuando se marchó... Yo me enteré de que estaba esperando un bebé.

–¿Un bebé? ¡Ésa tenía que ser yo!

–Sí, cariño. Eras tú.

La niña frunció el ceño y se volvió hacia Dante.

–¿Entonces eso quiere decir que tú eres mi papá?

–Sí, cariño –con un nudo en la garganta, Dante trató de sonreír–. Así es.

–¿Quieres decir que tú eres mi padre de verdad? ¿Igual que el padre de Madison?

–Sí.

–Entonces somos una familia de verdad.

Nunca nadie había mirado dentro de su alma tal y como su hija lo había hecho en ese momento, y Dante sabía, sin ningún género de dudas, que ella lo veía tal y como era.

–Y si somos una familia de verdad, entonces tienes que venir a vivir con nosotras. Porque eso es lo que hacen las familias de verdad. Mamá, ¿me puedo tomar un pastel de chocolate? –Tia se volvió hacia su madre con gesto suplicante–. Si no quieres que me tome uno entero, por si me sienta mal, ¿puedo compartirlo contigo?

–De acuerdo, pero después ya no podrás tomar más pasteles por hoy.

Anna miró a Dante con una sonrisa indulgente y él dibujó la palabra «gracias» con los labios. Entonces tomó un pastel de chocolate del mostrador y lo cortó en dos mitades.

Aquél había sido un día de verdades. Un gran alivio la embargaba, pero también estaba cansada. Ya casi no podía mantener los ojos abiertos.

Dante se había quedado en la habitación de Tia, leyéndole un cuento.

Se quitó los zapatos y se recostó en el sofá. Le

había dicho que los niños se adaptaban rápidamente a las nuevas circunstancias y no se había equivocado. Tia ya le llamaba «papá» y habían congeniado tan bien que era como si nunca hubieran estado separados. Era maravilloso... Un sueño hecho realidad. ¿Pero en qué lugar la dejaba todo eso?

Llevaba mucho tiempo siendo madre soltera. No sería fácil deshacerse de ese papel, aunque supiera que era mejor para la niña tener a un padre en su vida. ¿Estaba mal sentir tanto miedo? ¿Estaba mal desconfiar tanto?

—¿Cómo estás?

Anna abrió los ojos de repente. Dante estaba delante de ella, mirándola con ojos llenos de luz.

—Estoy bien. Gracias. Sólo estoy un poco cansada, si te digo la verdad —intentó incorporarse, pero él le hizo señas para que se quedara sentada y se sentó a su lado.

Sus manos, tan largas y viriles, estaban entrelazadas sobre su regazo, y un mechón rubio le caía sobre la frente. Su perfil perfecto y aquellas pestañas larguísimas le hacían parecer una estrella de cine. Durante unos segundos Anna se preguntó qué había visto un hombre como él en alguien como ella.

—Ha sido un día increíble, ¿verdad?

Dante le sonrió y la miró desde el alma...

Capítulo 9

A TIA le encantó el Ritz. Ahora cuando llegue al Mirabelle seguramente le parecerá horrible después de estar en un hotel tan lujoso.

–Lo dejará de ser en cuanto lleve a cabo todos los cambios que tengo en mente. ¿Te he dicho que he contratado a un equipo de decoradores de Milán?

–¿Milán? Dios mío.

–Este hotel está en un edificio excepcional de estilo georgiano, y tiene mucha historia de por sí. Modernizándolo un poco y cambiando el mobiliario, será uno de los hoteles más elegantes y sofisticados de Londres.

–Anita y Grant se lo merecen. Se han entregado a fondo a este hotel desde que Grant lo heredó de sus padres. ¿Puedo pedirte algo?

Él asintió.

–Hablando de Milán, me preguntaba...

–¿Sí?

–¿Eso significa que te has reconciliado con el lugar? Parecías un poco tenso y reticente cada vez que hablabas de tu pasado. Me dijiste que te fuiste hace mucho tiempo, y yo sentí que te habías distanciado a propósito.

—Y lo hice.... Pero cuando volví para asistir al funeral de mi madre, recordé cosas del lugar que echaba mucho de menos. Con los años he aprendido a quererlo y apreciarlo de nuevo. Es por eso que me compré una casa allí... La casa en la que nos quedaremos cuando vengáis Tia y tú. ¿He contestado a tu pregunta?

Tocándole la mejilla con las puntas de los dedos, Dante la miró fijamente. Anna guardó silencio, sin saber qué decir. Él había admitido que se había distanciado de su lugar de origen, pero realmente no le había dicho por qué. ¿Alguna vez llegaría a confiar en ella lo bastante como para revelarle todos esos secretos de su pasado?

—Es un gran cambio para mí acompañarte a Italia. Si te soy sincera, me siento un poco incómoda yendo contigo, Dante. No conozco la lengua y, aunque sé que no quieres oírlo, siento que me veo abocada a algo para lo que no estoy preparada. ¿Lo entiendes?

—No es mi intención hacerte sentir abocada a nada o forzarte a hacer algo que no quieres —le dijo él, pensativo—. Sólo quiero que disfrutemos de unas vacaciones juntos, para que lleguemos a conocernos bien, y para que Tia se familiarice conmigo. Cuando estés lista, y sólo cuando lo estés, hablaremos de casarnos.

—¿Lo dices de verdad?

Él la miró intensamente.

—Te doy mi palabra.

—Supongo que me vendrá bien tomarme unas vacaciones. Y, como me has dicho, Tia tendrá la oportunidad de conocerte mejor.

–Y en lo que se refiere a la lengua, yo te enseñaré. ¡Estarás hablando como un italiano antes de que te des cuenta. Y Tia también.

–Se está haciendo de noche –Anna miró hacia arriba, a través de las ventanas altas. El cielo estaba cada vez más oscuro.

A lo lejos se oía el lánguido canto de un mirlo. Por alguna razón aquel sonido la llenó de melancolía.

–Debería encender las lámparas.

–No –dijo Dante.

Ella se sorprendió.

–Está muy oscuro. Necesito un poco de luz aquí.

–¿Te sientes incómoda en la oscuridad? No hay necesidad, Anna. Yo estoy aquí, a tu lado. Nunca dejaría que nada ni nadie te hicieran daño –le dijo.

Anna se dio cuenta de que lo decía muy en serio. Un enjambre de mariposas revoloteó en su vientre.

–Sí, pero aun así quiero... Necesito... Algo de luz.

Hizo el ademán de moverse, pero él la agarró de la nuca y la atrajo hacia sí. Lo último que sintió fue su mirada intensa antes de sentir sus labios, besándola desenfrenadamente. Su respiración se había vuelto jadeante y su barba incipiente le rascaba la barbilla. Una ola de miel corrió por las venas de Anna. Era como si hubiera pasado cinco años marchitándose en una oscura cueva y por fin acabara de salir de ella, libre por fin. El intenso placer que fluía por su interior no era comparable a nada que hubiera conocido. Le sujetó la cabeza con ambas manos al tiempo que él hacía lo mismo. Sus labios se fundían en uno solo como si nada pudiera calmar su hambre de pasión.

–No... Aquí no –ella tragó con dificultad.

Él estaba intentando bajarle la cremallera del vestido.

–En mi habitación.

Sin dejar de besarse ni un momento, avanzaron juntos hasta entrar en el dormitorio de ella. Era fundamental mantener el contacto físico, aferrarse el uno al otro como dos náufragos en el mar. Dante cerró la puerta de una patada y se quitó los zapatos para tumbarse en la cama con ella. De alguna manera logró colocarla encima y la colmó de besos. La cremallera de su vestido ya estaba abierta, así que le deslizó las mangas por encima de los hombros hasta dejarlos al descubierto. Anna le ayudó un poco y se sentó a horcajadas sobre él, inclinándose de vez en cuando para recibir besos ardientes que la hacían enloquecer. Su copiosa melena era una cortina protectora que los aislaba del resto del mundo. Sujetándole las mejillas con ambas manos, Anna se deleitó contemplando aquel rostro fuerte, de rasgos duros y clásicos, tan viriles... Sin embargo, fue esa mirada vulnerable y desnuda lo que más le llamó la atención.

–Pensé que quizá lo había soñado... No creí que sería posible desear tanto a alguien. Pero ahora veo que sí. Eres increíble, Anna.

Incapaz de articular palabras capaces de describir lo que sentía en ese momento, ella empezó a desabrocharle los botones de la camisa con manos temblorosas. Cuando por fin dejó al descubierto aquel pectoral musculoso y cubierto por una fina capa de vello, deslizó las palmas de las manos sobre sus pequeños pezones masculinos, sobre la caja torácica... Su corazón latía justo debajo. Era emocionante saber que latía así por ella. Bajando la cabeza, puso los labios sobre su piel cálida y deliciosa.

Estaba siguiendo el rastro de fino vello que le cubría el abdomen hasta llegar a su ombligo cuando él gimió suavemente. Enredó los dedos en su cabello y la hizo subir de nuevo. Un momento después la ayudó a quitarse las delgadas braguitas de seda blanca que llevaba puestas y bajó la cremallera del pantalón. Cuando por fin entró en su sexo desnudo, empujó hacia arriba y ella echó atrás la cabeza, gimiendo. No había palabras para describir aquella sensación tan exquisita, las emociones efervescentes que bullían en su interior. No había vuelto a vibrar de placer desde aquella noche en que Dante la había hecho suya por primera vez. Ésa era la plenitud que siempre había ansiado; la conexión primaria que su alma anhelaba, la fuerza primitiva que arrasaba con todas las dudas y la melancolía.

De repente comprendió por qué no había sido capaz de estar con otro hombre desde aquella vez, con él... Por fin entendía por qué se había resignado a estar sola. Ningún hombre hubiera podido acercarse siquiera a lo que Dante la hacía sentir.

Dejándose llevar por el desenfreno de la pasión, él se hundió dentro de ella, tan adentro que creyó que se iba a derretir. Con manos expertas, soltó el broche del sujetador y liberó sus pechos turgentes, abarcándolos con las palmas de las manos, masajeando los suaves pezones con las yemas de los dedos. Mirándola a los ojos, contempló la cascada de cabello rojo que le caía sobre la piel... No había otra mujer como ella en el mundo, ninguna tan hermosa y gloriosa como ella... Ninguna otra era capaz de fracturar las placas de hielo que le cubrían el corazón.

Debería haberla buscado mucho antes. ¿Por qué no lo había hecho? ¿Cómo era posible que se hubiera dejado llevar por el miedo al rechazo hasta el punto de alejarse de la única mujer que se había entregado a él sin reservas, la única que había acudido en su ayuda cuando más lo necesitaba?

Con urgencia y adoración, le clavó las yemas de los dedos en las caderas y la sujetó como si nunca quisiera dejarla marchar. Un gemido sutil escapó de los labios de ella al tiempo que llegaba al clímax y, de repente, él ya no pudo aguantar más. Un maremoto de placer le sacudió las entrañas y lo llevó al séptimo cielo.

–Ven aquí –la ayudó a colocarse sobre su pecho y entonces la rodeó con los brazos.

Era una experiencia completamente nueva para él abrazar a una mujer de esa forma después de un encuentro apasionado, no sólo para mimarla, sino también por el mero placer de tenerla cerca y disfrutar de su compañía; sólo por sentir los latidos de su corazón, sincronizados con los suyos propios. Cuando por fin vivieran juntos, disfrutaría y saborearía con fervor cada día que pasara a su lado. Enredando los dedos en su voluminosa melena, le dio un beso en la frente. Ella se movió y levantó el rostro hacia él.

–Ha sido genial. Pero ahora me siento completamente incapaz de hacer nada más –sonrió.

–¿Y qué tenías planeado hacer exactamente durante la tarde?

Ella sonrió con picardía; una sonrisa igual que la de su pequeña Tia.

–Bueno... Para empezar, tengo un montón de cosas que planchar.

–¿Y eso es tan importante?

–No necesariamente –le dijo, bajando la voz y adoptando un tono seductor. El deseo empezaba a fluir de nuevo, poderoso y caliente–. En realidad depende de lo que me ofrezcas como alternativa.

–Ya veo que en mi ausencia te has convertido en toda una vampiresa –le dijo en un tono risueño. La agarró de los brazos y la hizo rodar sobre sí misma hasta colocarla a su lado para después atraparla debajo de su propio cuerpo.

–Siempre y cuando no hayas estado practicando ese arte de seducción con algún pobre indefenso, no me quejo.

Ella dejó de sonreír, desconcertada por un instante.

–Te juro que no.

–Bueno, entonces ¿es ésta la clase de distracción que estabas buscando? –le dijo, metiéndose entre sus piernas nuevamente para hacerle el amor.

–¿Estás silbando un aria de Puccini, Anna? –Luigi hizo una pausa mientras preparaba la comida. Arrugó los párpados y la miró con aire de sorpresa.

–Sí. Es de *Madame Butterfly*. Espero no haberla destrozado.

–No. En absoluto. Lo único que me pregunto es por qué estás tan feliz últimamente.

Anna podría haberle dicho que todo se debía a la semana maravillosa que había pasado, haciendo el amor con el apuesto accionista mayoritario del Mirabelle, pero, evidentemente, no lo hizo. Sólo Anita y su marido, Grant, sabían la verdad sobre su relación con Dante. Y estaban de acuerdo en que debían mantener el secreto hasta después del descanso de un mes.

La idea de viajar al lago Como con Tia al día siguiente era de lo más emocionante, pero Anna también estaba aterrorizada. Tener encuentros de pasión con su amante en mitad de la noche era algo completamente distinto a convivir juntos. Ése era un escenario diferente. Y estaría totalmente a su merced; dependería de él en todos los sentidos, y tendría que arriesgarse a confiar en él a largo plazo.

Pero él le había prometido que no trataría de forzarla a hacer nada que no quisiera hacer...

–Supongo que estoy contenta porque estoy deseando pasar ese mes de vacaciones con mi hija –le respondió a Luigi.

No tenía unas vacaciones desde el nacimiento de Tia. Y si no hubiera sido por Dante, tampoco las hubiera tenido en ese momento.

Avanzando dos pasos hacia el chef, agarró el papel en el que estaba escrito el menú del día y lo sujetó contra su pecho.

–Un pajarito me ha dicho que te vas a la Provenza para hacer un curso de cocina francesa. ¿Es eso cierto, Luigi?

Luigi gesticuló con la mano, restándole importancia, y entonces bajó la vista.

–El señor Romano me lo sugirió, y me va a pagar todos los gastos. Queremos conseguir una estrella Michelin para el restaurante, así que estoy encantado de hacerlo... aunque la cocina francesa no sea mi fuerte. ¡Pero me sorprende que a otro italiano le guste tanto la cocina de otro país!

–El señor Romano es un hombre de mundo, Luigi. Y tener una carta variada beneficiará al negocio y aumentará los ingresos, así que me alegro mucho de que te vayas a la Provenza –le dijo Anna, dándole un golpecito en el brazo–. Te encantará. Estoy segura.

–Ya veremos.

Después de un viaje de cuatro horas en avión más otro trayecto en coche durante el cual hicieron una parada para comer algo en un pequeño restaurante que Dante conocía, llegaron por fin a la casa de cinco pisos, situada a orillas del lago Como. Estaba justo delante del lago, sobre una colina que se precipitaba hacia la orilla. Las vistas eran espectaculares y, a la luz del atardecer, los últimos rayos del sol incidían sobre la superficie del agua, haciendo que pareciera estar hecha de diamantes. El aroma a buganvillas, azaleas y otras flores flotaba en la cálida brisa mediterránea, alborotándole el cabello a Anna y a la pequeña Tia. Ambas contemplaron la casa con ojos enormes. Era como un castillo de un cuento de hadas. Después de sacar el equipaje del maletero del coche, Dante se adelantó un poco y agarró a Anna de la cintura.

–Es una casa preciosa, Dante –le dijo ella, mirándole con timidez.

–Y será aún más preciosa con vosotras dos dentro –le dijo él con cariño.

Anna se derretía cuando le oía decir ese tipo de cosas. Su corazón ya le pertenecía, pero cada vez que él bajaba la guardia y la dejaba ver sus verdaderos sentimientos, se sentía como si fuera capaz de seguirle hasta el fin del mundo. En esos momentos no importaban los obstáculos, ni los miedos, ni las dudas.

–¿Es ésta nuestra nueva casa, papá? –preguntó Tia de repente.

Dante la tomó en brazos y le dio un beso entusiasta en la mejilla.

–Es nuestra casa en Italia, *mia bambina* –sonrió–. Pero también tenemos otras casas por todo el mundo.

Anna tragó en seco. Después de llamarle hogar a un apartamento en un sótano de Covent Garden, era abrumador darse cuenta de que con Dante viajarían constantemente. Y si las otras casas que poseía por todo el mundo eran igual de espectaculares que ésa, entonces aún le quedaban muchas sorpresas que llevarse.

–¿Entramos?

–¿Qué te parece el lugar ahora que has tenido tiempo de aclimatarte un poco?

Dante se acercó por detrás. Anna estaba en el balcón del salón, contemplando el lago. En las distancia se veían los Alpes. El aire mediterráneo, aromático y espeso, era como un bálsamo curativo.

Anna se daba cuenta de lo mucho que necesitaba unas vacaciones.

Después de darle el beso de buenas noches a Tia y arroparla en su camita, había salido al balcón mientras Dante le leía un cuento a la pequeña. Con sólo oírle aproximarse, su corazón empezó a latir sin control. La superficie del agua era un plato perfecto que reflejaba las luces de los edificios que lo rodeaban. Anna sacudió la cabeza, extasiada.

—A veces las palabras sobran, y ésta es una de esas ocasiones. Creo que nunca he visto algo tan sublime y sobrecogedor.

—Bueno, puedes disfrutarlo todo el tiempo que quieras. Lo sabes.

Ella guardó silencio.

—Ven a sentarte dentro —sugirió él.

Anna se dio cuenta de que había incertidumbre en sus ojos.

Entraron en la elegante sala iluminada por varias lámparas. Había flamantes antigüedades por todas partes y cuadros en las paredes. Un enorme hogar con una repisa de mármol blanco dominaba toda la estancia.

Anna sonrió.

—Me parece como si estuviera en el set de rodaje de alguna película sobre un noble italiano o algo así. Hay tanta belleza aquí que estoy abrumada.

—Tienes razón. Hay tanta belleza.

Aquel comentario susurrado estaba cargado de significado; un significado que no había pasado desapercibido para Anna. No podía mirarle siquiera sin desearle, y sabía que por mucho que intentara ocultar su deseo, él debía de verlo en su mirada ávida cada vez que sus ojos se encontraban.

Haciendo un gesto, fue a sentarse en el sofá. Dante se sentó a su lado. La tomó de la mano, le dio la vuelta y se dedicó a examinarle la palma durante unos segundos, como si fuera una joya muy preciada.

—No sé cómo soportas tener que irte de este lugar —comentó ella—. Es como el paraíso en la Tierra.

—Durante mucho tiempo yo no lo veía de esa forma. Pero últimamente he empezado a darme cuenta de lo afortunado que soy teniendo una casa aquí.

—¿Eres de aquí? ¿De Como?

Él le soltó la mano.

—No. Compré esta casa porque a mi madre le encantaba este lugar y tenía una casa aquí. Cuando yo era un niño, ella soñaba con tener una casa aquí... Pero la verdad es que siempre fue una persona conforme y feliz. Hubiera sido feliz viviendo en cualquier sitio siempre que tuviera la certeza de que yo también lo era.

—Parece que era una mujer extraordinaria.

Dante sonrió.

—Lo fue.

—Bueno, ¿dónde te criaste entonces?

Capítulo 10

ME CRIÉ en un pequeño pueblo del interior, lejos de las montañas y los lagos. No era nada parecido a este lugar.

Se puso en pie, como si el recuerdo lo inquietara.

–No tenía las vistas, ni la riqueza cultural de Como, y la gente que vivía allí no era rica ni privilegiada. Pero sí había un sentido muy fuerte de la comunidad, según me han dicho. Sin embargo, no nos quedamos allí. Cuando mi padre abandonó a mi madre, ella no tuvo más remedio que mudarse a una ciudad cercana para buscar trabajo allí.

–¿Tu padre os abandonó?

–Sí –Dante la miró un instante y le sostuvo la mirada–. Fue hace mucho tiempo. Ni siquiera me acuerdo de él.

–Entonces... No sabes muchas cosas de él, ¿no? Él hizo una mueca.

–Sólo sé que era británico y que era arqueólogo. Estaba trabajando en una excavación por la zona, examinando unas ruinas romanas, cuando conoció a mi madre. Por lo que yo sé, los arqueólogos no ganan mucho dinero. Por lo menos, yo he superado con creces cualquier cosa que mi padre pudiera haber hecho, y mi madre no murió en la pobreza, afortunadamente. ¡Así la dejó él!

Se hizo un silencio incómodo y a Anna se le encogió el corazón con aquella confesión. Dante se había hecho a sí mismo sin el apoyo, sin el amor, sin la guía de un padre. Se había abierto camino él solo, luchando contra las adversidades. Sin duda había suplido la carencia de afecto con logros materiales, riqueza, éxito...

Lo que Anna tanto anhelaba de niña era el apoyo y el amor de sus padres. El dinero jamás hubiera podido hacerla sentir mejor en ese sentido. De hecho, probablemente hubiera empeorado las cosas, porque si hubieran tenido más dinero, entonces su padre se hubiera emborrachado aún más.

Pero en ese momento resultaba más evidente que por muy rico que hubiera llegado a ser, una parte de Dante todavía añoraba el amor de aquel padre que nunca había tenido...

Yendo hacia él, le puso la mano sobre el pecho y sintió los latidos de su corazón.

–Creo que le has dado un giro increíble a tu vida, Dante, después de haber tenido unos comienzos tan duros –le dijo–. Pero más allá del éxito material, eres un buen hombre... Cualquier hombre estaría orgulloso de tenerte como hijo.

–¿Crees que lo soy? –le dijo él, mirándola con angustia–. Dices eso porque no sabes las cosas que he hecho para llegar aquí.

Anna le miró de frente, sin vacilar.

–Si has hecho algo mal, debe de ser porque te exiges demasiado, en mi opinión.

–Eres ingenua... Por eso dices eso.

–Tuve que crecer muy deprisa, igual que tú, Dante. Y si he aprendido algo, es que no tiene sentido mirar hacia el pasado todo el tiempo y arrepentirse de los errores una y otra vez. Hicimos lo que pudimos, lo mejor que podíamos hacer. ¿Cómo hubiéramos podido hacer algo más?

–Cuando empezaste a buscarme, supiste que tenía fama de ser un hombre cruel y despiadado. Los periódicos no mentían, Anna. Hice todo lo que pude para hacer mi fortuna. No tenía escrúpulos de ningún tipo siempre y cuando consiguiera el acuerdo que más me convenía, el que me daría más dinero y más poder. Estaba tan entregado a la ambición que me traía sin cuidado la gente que perdía sus trabajos por mi culpa. ¡No me preocupaba de qué iban a vivir, o cómo iban a mantener a sus familias! Incluso mi madre empezó a preocuparse por mí. Me advirtió que me estaba alejando de la gente buena. Me dijo que un día necesitaría a amigos de verdad, y no a las sabandijas ambiciosas que se movían por miedo y por codicia, igual que yo... Bueno... Hasta que murió mi madre y te conocí a ti, Anna, no me di cuenta de lo que estaba haciendo con mi vida. Tú me hiciste despertar, me hiciste querer trabajar y vivir de una forma más justa. Me hiciste querer ayudar a la gente en vez de explotarlos, y sacarles lo que pudiera. Me llevó un tiempo cambiar las cosas, pero cuando me di cuenta de que los cambios que tenía que hacer eran muy radicales, una de las primeras cosas que hice fue volver a adoptar mi nombre italiano. Sólo usaba el nombre de mi padre porque, viniendo de la pobreza, quería distanciarme de Italia y de todo lo que representaba para mí. Qué ironía... Ni siquiera le conocí.

–Oh, Dante... Has hecho un viaje largo y duro para encontrarte a ti mismo –le dijo Anna. Tenía el corazón tan lleno de cariño por él que apenas podía contener las lágrimas.

Dante sacudió la cabeza, como si se sintiera incómodo siendo el destinatario de tanta compasión, como si su historia no mereciera tanta atención y solidaridad.

–Tienes ojeras, Anna.

Le acarició la mejilla suavemente. Sus ojos azul grisáceo eran tan hipnóticos como el lago a la luz de la luna.

Anna quería perderse en ellos para siempre.

–Hemos hecho un viaje muy largo. Deberías acostarte pronto –le dijo él–. Por la mañana vendrá el ama de llaves a la que he contratado para que se ocupe de la casa mientras estamos aquí. Viene con su hija, que va a ayudarla con todo. Nos prepararán el desayuno y nos atenderán.

–¿Cómo se llaman?

–¿El ama de llaves y su hija?

Dante se encogió de hombros, como si le sorprendiera la pregunta.

–Giovanna es la madre y Ester la hija. Seguro que Tia les encantará en cuanto la conozcan. A las dos les encantan los niños, y Ester tiene uno. Bueno, como he dicho antes, pareces cansada. Deberías darte un baño y acostarte pronto. Me reuniré contigo más tarde –se apartó de ella.

–Espero que no te arrepientas de haberme dicho todo lo que me has contado –dijo Anna, algo inquieta y preocupada.

Parecía que él no estaba dispuesto a pasar el resto de la tarde con ella.

–¿Te arrepientes? –le preguntó, jugando con un mechón de pelo con gesto de impaciencia.

–Vete a la cama, Anna. Hablaremos de nuevo por la mañana.

–¿Por qué no me contestas? No quiero irme a la cama y dejarte aquí solo con tus pensamientos.

Él esbozó una leve sonrisa, volviéndose hacia ella.

–¿Quieres salvarme de nuevo? ¿Igual que intentaste hacer hace tantos años?

Anna levantó la barbilla.

–¿Está tan mal querer ayudarte? ¿Te molesta tanto que te demuestre que sé lo que sientes?

Dante guardó silencio y apartó la vista.

Con los ojos llenos de lágrimas, Anna dio media vuelta y abandonó la habitación.

Después de pasar un largo rato contemplando la luminosa superficie del lago, Dante volvió a entrar en el salón. Era alrededor de la una de la madrugada. La copa de Campari que se había servido estaba casi intacta. Dejó el vaso sobre una mesa y estiró los brazos por encima de la cabeza. Tenía los músculos agarrotados.

Quería reunirse con Anna en la enorme cama con dosel del dormitorio, pero... ¿Cómo iba a hacerlo después de haberse comportado con ella como lo había hecho? En realidad probablemente ella le odiara en secreto por lo que le había hecho en el pasado. Había abandonado la idea de ponerse en contacto con él para contarle lo de Tia.

Ella era una buena persona; se merecía toda la ayuda del mundo. Él, en cambio, no. El miedo al fracaso y a la pérdida se había convertido en una fuerza siniestra que le había corrompido el alma. Se había dejado llevar por esos instintos oscuros y había huido a Inglaterra para hacer una fortuna. Había perdido su acento italiano a propósito y había renunciado a sus raíces para reinventarse como el hombre de negocios que era; un hombre de hielo, sin escrúpulos...

Mirando atrás, no podía sino avergonzarse de su comportamiento. Llevar a Anna y a Tia a esa casa había hecho salir a los fantasmas del pasado, espectros de los que ya creía haberse librado. Lo que más quería en realidad era empezar de nuevo, con su familia; olvidarse de los errores del pasado y pasar página. ¿Pero podría culpar a Anna si al final no era capaz de perdonarle por ser el hombre que había sido?

Se sentía nervioso e inquieto. No estaba acostumbrado a no tener las emociones bajo control. Se frotó la mandíbula con la mano, temblorosa. Por la mañana se encontraría mejor. Unas cuantas horas de sueño eran justo lo que necesitaba para recomponerse. Apretó el interruptor de la luz y salió de la estancia al tiempo que se hacía la oscuridad más profunda.

Esa noche no buscaría consuelo en los brazos de Anna, por mucho que lo deseara. De alguna manera, después de haberla rechazado como lo había hecho en su primera noche en la casa, sabía que no merecía estar a su lado. Se retiraría a una de las habitaciones vacías y pasaría la noche solo.

Anna había dejado las cortinas abiertas y, por la mañana, los rayos del sol se colaban en la habitación, calentándole la cara. Tuvo que taparse los ojos con la mano. En cuanto vio que estaba sola en la cama se le cayó el alma a los pies. Dante no se había reunido con ella, tal y como le había prometido en un principio. Sí que estaba cansada la noche anterior, pero tampoco había esperado dormirse tan rápidamente, y hasta tan tarde. Estaba en un país extranjero, en una casa extraña... Debería haber tenido problemas para dormir, pero no había sido así.

Un suspiro de frustración se le escapó de los labios. Debería haberse quedado con él la noche anterior. Debería haber encontrado la forma de llegar a su corazón, la forma de decirle lo mucho que se preocupaba por él. Si se hubiera quedado a su lado, entonces él se hubiera dado cuenta de que no estaba de acuerdo con él. Le hubiera demostrado que sí merecía ser amado y que ella quería con fervor a la gente que le importaba de verdad. Sin embargo, todavía tenía un poco de miedo de mostrarle sus sentimientos... No quería perder su independencia...

De repente se acordó de la pequeña Tia. Tenía que ir a verla, preguntarle cómo había pasado la noche. Ella también había dormido en una cama extraña. Miró el reloj que estaba sobre la mesita de noche y se quedó boquiabierta. ¿Cómo se había quedado dormida hasta esa hora?

Rápidamente recogió su albornoz azul pastel del pie de la cama y bostezó. Sin poder resistirse, miró hacia el balcón de hierro forjado. La vista del lago era aún más impresionante por la mañana. Un barco lleno de turistas navegaba por sus aguas.

Anna contuvo el aliento. Había un ambiente veraniego que era como un sueño, sobre todo cuando pensaba que iba a pasar un mes en compañía de las dos personas que más le importaban en el mundo.

Al parecer Tia ya se había levantado de la cama. Había ropa esparcida por toda la habitación, lo cual indicaba que la niña debía de haberse vestido ella sola. ¿Dante se la habría llevado a desayunar?

De repente oyó risas en la cocina y hacia allí se dirigió. Al llegar a la puerta se envolvió bien en el albornoz.

Había dos mujeres, una joven y la otra de mediana edad. Ambas eran morenas y tenían los ojos grandes y brillantes. Las dos iban de un lado a otro, llevando platos de comida a la mesa con una sonrisa en los labios. Dante y Tia estaban allí. La niña parecía más contenta que nunca.

Como si supiera que estaba allí, Dante se dio la vuelta y sonrió. Anna se quedó petrificada, en blanco, sin saber qué decir. Bajo aquella mirada cálida y nebulosa, las piernas se le volvían de gelatina.

–*Buongiorno* –le dijo en un tono ronco, casi de alcoba.

Avergonzada, todo lo que Anna pudo hacer en ese momento fue sonreír con torpeza. Dante se levantó de su silla, cruzó la habitación y fue a darle un beso en la mejilla. Sus labios le rozaron la piel con tanta sutileza que a Anna se le pusieron los pelos de punta. Su aroma fresco y masculino y su turbador calor corporal la hacían sentirse mujer.

Él llevaba unos vaqueros negros y una camisa suelta de lino blanco, y así resultaba más tentador que cualquier pastel o delicia de desayuno.

Consciente del efecto devastador que tenía en ella, Dante sonrió por segunda vez y la agarró de la cintura.

—Ven a conocer a Giovanna y a Ester —le dijo, conduciéndola hacia la mesa. Las dos mujeres se detuvieron un momento y le sonrieron efusivamente.

La saludaron en italiano, pero entonces la más joven se atrevió con el inglés.

—Es un placer... Es un placer conocerla, *signorina*.

—Por favor —dijo Anna, tomándole la mano—. Llámame Anna.

—¿Mamá? ¿Por qué no te has vestido todavía? —preguntó Tia, con la boca llena de pan y mermelada—. ¿Sabes qué hora es?

—Sí. Lo sé, Tia Bailey, y también sé que me he quedado dormida, pero estaba más cansada de lo que pensaba. Y por cierto, señorita... No me has dado los buenos días.

—Lo siento, mamá. ¡Pero papá y yo llevamos horas levantados!

—¿En serio?

–A quien madruga Dios le ayuda... ¿No es eso lo que dicen? –dijo Dante en un tono burlón.

Al ver la chispa que brillaba en sus ojos, Anna sintió un calor que la recorría por dentro. Le dio un beso en la cabeza a Tia y entonces miró a su alrededor. Todo el mundo estaba arreglado menos ella.

–Siento haberme levantado tan tarde. Quisiera volver a mi habitación para vestirme. Bajaré lo antes que pueda, si no es molestia.

–Por supuesto que no –dijo Dante en un tono enfático–. Puedes hacer lo que quieras. Ésta es tu casa. Giovanna te calentará algo cuando bajes.

Para cuando volvió a la cocina, Giovanna había subido al piso superior para hacer las camas y Ester se había llevado a Tia a los jardines para jugar un poco.

Nada más verla entrar, Dante levantó la vista de la taza de café negro que tenía entre las manos. Había pasado la noche en vela.

Ella llevaba un bonito vestido color limón que le llegaba hasta las rodillas, con mangas hasta los codos. El cabello, suelto, le caía sobre los pechos, convirtiéndola en una visión casi celestial. Con sólo mirarla, Dante sintió que se incendiaba por dentro. Era una agonía seguir allí sentado, sin poder correr hacia ella y tomarla entre sus brazos.

–Tia está en el jardín, con Ester –le dijo, sabiendo que ésa sería la primera cosa que ella le preguntaría–. No te importa, ¿no?

–No. Claro que no –Anna fue hacia la mesa, se apoyó en una silla y apretó los párpados un momento–. Ese café huele fenomenal.

–Te serviré una taza.

–No. Ya me la sirvo yo. No quiero molestarte.

Se sirvió una generosa taza de café y se sentó frente a él.

Estaba tan guapa... El corazón de Dante latía de emoción. Recordando la conversación de la noche anterior, no podía evitar preguntarse si ella llegaría a aceptarle tal y como era, si podría olvidar lo que había sido en el pasado.

–Tia dijo que te levantaste pronto. ¿No podías dormir?

Adentrándose en la profundidad de sus ojos marrones, Dante esbozó una sonrisa casi dolorosa.

–No, Anna... No pude dormir. ¿Creíste que podría sin tenerte a mi lado?

Ella se sonrojó y bajó la vista hacia la taza de café.

–Me hubiera quedado contigo anoche... Hablando, quería decir –levantó la vista hacia él–. Pero era evidente que tú no querías que me quedara. Cada vez que intento acercarme a ti, Dante, tú tratas de apartarme. ¿Vas a seguir haciéndolo siempre?

La sonrisa de él se desvaneció. ¿Qué podía decirle cuando todo su cuerpo estaba sumido en la agonía del deseo? Mental, físico, espiritual... Podía volverse loco con todo ello. Apartó la taza de café con tanta fuerza que el líquido se derramó sobre la mesa.

Anna contuvo la respiración.

Él se puso en pie bruscamente. De repente todo había dejado de ser importante. Lo único que quería era tenerla entre sus brazos, respirarla como si fuera el aire que necesitaba para vivir. Agarrándola, la hizo levantarse de la silla y escondió el rostro en su cabello mientras la acariciaba con frenesí.

–Anna.... Oh, Anna...

Sintiendo cómo temblaba, la agarró de la barbilla y la besó hasta sentir que el corazón se le salía del pecho.

–¿Me deseas, Dante? –le preguntó ella, apartándose.

Su voz sonaba quebrada y cargada de emociones.

–Sí... Sí. Te deseo. ¡Siempre lo hago! ¿Me vas a castigar por ello?

–No, mi amor –le apartó unos cuantos mechones de pelo rubio del rostro.

Su tacto era tan suave, tan exquisito, que Dante no podía hablar. Tenía los músculos agarrotados de la tensión, y sólo quería relajarse un poco.

–Ya te castigas tú bastante, así que no voy a hacerlo yo también –añadió ella en un tono triste.

Él masculló un juramento, la agarró de la cintura y la apretó contra su pecho. Se había quedado sin palabras; la emoción le impedía hablar.

La tomó en brazos, subió con ella las flamantes escalinatas de hierro forjado y la llevó al dormitorio...

–¿Qué miras?

Anna estaba frente al increíble espejo de cuerpo entero, peinándose. Las puertas que daban al balcón estaban medio abiertas, dejando entrar la cálida brisa mediterránea. Le miró por encima del hombro con una sonrisa. Él estaba desnudo de cintura para arriba, con el cabello alborotado, tumbado en la cama con una mirada lasciva, seductora.

Un deseo irrefrenable creció dentro de ella de repente. Lo único que quería era meterse en la cama con él, disfrutar de otro encuentro sexual apasionado. No podía creerse que su propio cuerpo reaccionara tan rápido, con semejante voracidad libidinosa. No sabía si volver a la cama con él, o si debía bajar al jardín para hacerle compañía a Tia.

—Te estoy mirando a ti. ¿Qué quieres que mire con esa bata tan transparente que llevas, que me enseña todas tus curvas deliciosas y me recuerda que no debería haber dejado que te levantaras de la cama?

—Bueno, tienes que dejar de mirarme así... O lo pasaré muy mal el resto del día, porque no podré pensar más que en ti. Y quiero ir a conocer este lugar maravilloso, Dante. Por ejemplo, quiero visitar el monasterio medieval del que me hablaste.

Él se levantó de la cama, se puso unos bóxer negros y fue hacia ella. Aquel gesto tan simple no debería haber suscitado emoción alguna, pero cuando un hombre tenía un cuerpo como el de Dante Romano...

—Bueno... Supongo que es preferible visitar las ruinas de un monasterio de la Edad Media, antes que mirarme a mí, ¿no? —le dijo en un tono bromista.

Le puso las manos sobre las caderas y le plantó un beso arrebatador en la base del cuello.

La bata de Anna se le deslizó por el hombro. La joven ya empezaba a sentir un intenso calor en la entrepierna.

–Yo... Yo no he dicho eso –dijo ella, subiéndose la bata y tratando de zafarse de los brazos de su amante–. ¿Qué van a pensar Giovanna y Ester? Ya me he levantado tarde, y luego me convenciste para volver a la cama. ¡Pensarán que no tengo sentido de la decencia!

Él se echó a reír. El sonido de su risa era tan espontáneo que costaba creer que fuera el mismo hombre que un rato antes estaba consumido por el dolor y el desprecio hacia sí mismo.

Ella lo había tenido en sus brazos durante mucho tiempo después del primer encuentro sexual. Él lo necesitaba. Y resultaba aún más doloroso que nunca porque incluso un hombre tan fuerte y poderoso como él necesitaba sentir de vez en cuando que había alguien que se preocupaba por él.

–No tienes que preocuparte por ellas. Las dos tienen ideas muy modernas. Además... Giovanna se asomó a la puerta unos diez minutos después de que nosotros entráramos, y vio que estábamos... ocupados.

–¿Qué? –Anna se tapó la cara con ambas manos–. ¿Por qué no me lo dijiste? Oh, Dios mío... ¿Cómo voy a volver a mirarla a la cara después de esto?

–Mi preciosa Anna, estás haciendo una montaña de un granito de arena. Ya tenemos una hija. ¿No crees que Giovanna y Ester saben que estamos juntos?

Su mirada era risueña.

Anna le dio un golpecito en el brazo.

–¡No tiene gracia!

Apartándose de él, tomó su ropa del respaldo de la silla y se dirigió hacia el suntuoso cuarto de baño de mármol.

–¡Eres imposible! Lo sabes, ¿no? –exclamó, cerrando de un portazo.

Dante se rió a carcajadas.

MIENTRAS deambulaban por las pintorescas calles adoquinadas y los callejones estrechos de la encantadora ciudad, Dante miró a la belleza pelirroja que tenía al lado y se preguntó qué había hecho para merecer tanta felicidad.

Ella llevaba un vestido estampado con amapolas de color rosa y el cabello suelto. Sin duda era la mujer más llamativa de todo el lugar. Pero no era sólo eso lo que le gustaba tanto de ella. Con sólo llevarla de la mano, sentía una ola de alegría que le hacía vibrar por dentro. Todo el dinero y el éxito del mundo no se podían comparar con aquello. Y mientras caminaba, Dante vio con otros ojos la impresionante arquitectura renacentista que abundaba por el lugar. Ése era su hogar.

Por primera vez podía permitirse ser él mismo. No importaba de dónde venía ni el dinero que tenía. Se había quitado el disfraz de hombre de negocios multimillonario con entusiasmo y sentía una euforia indescriptible, un sentimiento de liberación... Quería gritarlo a los cuatro vientos.

Apretó la mano de Anna un momento. Ella le sonrió.

Tia era la única que faltaba para que el día fuera

perfecto. Se había empeñado en quedarse con Ester para acompañarla a recoger a su hijo Paolo. Ester la había invitado a comer y después pasaría la tarde jugando con el pequeño. Anna había dado su consentimiento, y a Dante le había parecido bien el plan. De no haber confiado en Ester plenamente, jamás hubiera accedido, pero Giovanna había sido la mejor amiga de su madre y así era como su hija y ella habían llegado a trabajar en la casa de Dante, tanto cuando él estaba allí como cuando no.

Pero, aunque echaba mucho de menos a Tia, sabía que cenarían todos juntos esa noche, y estaba encantado de poder pasar un poco de tiempo con Anna. Esa mañana, en la cama, ella se lo había dado todo, se había rendido a él como nunca antes. Era como si hubiera tirado abajo todas las barreras que tenía alrededor de un plumazo. Simplemente había recibido su fervor apasionado con el mismo abandono, con los mismos suspiros, las mismas caricias exploradoras... Dante sabía que ella estaba justamente donde quería estar. No había duda de ello.

En realidad nunca había conocido a una mujer tan generosa y entregada, en la cama y fuera de ella. Si pensaba en perderla o en dejarla escapar, su corazón se paraba un instante. Le asustaba mucho darse cuenta de lo mucho que ella había llegado a significar en su vida. ¿Aceptaría alguna vez casarse con él? Casi tenía miedo a pensar lo contrario.

Deteniéndose a su lado de repente, Anna se levantó las gafas de sol un momento para mirarle bien.

—Ya veo que la maquinaria no deja de girar. Casi oigo el ruido que hace —le dijo, sonriente.

—¿Qué quieres decir? —le preguntó él, sorprendido.

—La maquinaria que tienes en la cabeza, Dante. ¿En qué estabas pensando? —le preguntó, arrugando los párpados para protegerse del sol intenso.

Dante se obligó a sonreír, intentando ahuyentar el miedo que de repente se cernía sobre él como un negro nubarrón.

—No es nada interesante. Tengo miedo. Es que lo he pasado muy bien paseando contigo.

—No estarás preocupado por el trabajo, ¿no? No será por el Mirabelle o por los negocios millonarios que harás después, ¿verdad? —le preguntó en un tono burlón.

—¿Crees que sólo pienso en trabajo cuando estoy contigo? —frunció el ceño, pero entonces le acarició la mejilla y se la pellizcó—. Tengo que decirte, amor mío, que mis pensamientos no están en el trabajo cuando estoy contigo. ¿Cómo puedes dudarlo después de lo que pasó esta mañana? Todavía hay lugares de mi cuerpo que vibran y arden con sólo recordar cómo hicimos el amor. ¡Es un milagro que podamos caminar!

Anna se ruborizó violentamente y bajó la cabeza.

Dante se rió a carcajadas. Era una delicia verla sonrojarse de esa manera.

—Me dijiste que había un parque centenario cerca de aquí —comentó, volviendo a mirarle, aunque todavía tuviera las mejillas rojas—. ¿Podemos ir?

—Tendremos que tomar el ferry, pero ¿por qué no? —le dijo, encantado de poder darle un placer tan sencillo.

–¿Un ferry? ¡Oh, me encantaría!

Y así fue.

Su emoción resultó más que contagiosa. Dante disfrutó mucho navegando por aquellas aguas cristalinas con ella, contemplando las vistas de la orilla del lago, las pintorescas casas, las murallas medievales, las torres que se divisaban en la lejanía... Aunque el trayecto ya le era más que familiar, todo resultaba sorprendentemente nuevo con ella.

Media hora más tarde estaban sentados en un banco de madera del parque, de cara a los tilos. Una plétora de camelias blancas y rododendros los rodeaba. Anna se giró para observar a Dante con más atención.

–Dime algo de ti que no sepa –le dijo, sonriente.

Sabiendo que no había forma de esquivar aquella petición, Dante suspiró y después le contestó en un tono calmo.

–Ya he estado casado.

La sonrisa de Anna se desvaneció.

–¿Casado? No lo estarías cuando nos conocimos, ¿no?

–No –le dijo él.

De repente sentía una tensión en la garganta y su voz sonaba oxidada.

–Fue mucho tiempo antes de conocerte, Anna. En ese momento llevaba casi tres años divorciado.

–Oh... –el alivio de Anna fue más que evidente–. ¿Cómo se llamaba?

–¿Cómo se llamaba?

A Dante nunca le dejaba de sorprender ese empeño de las mujeres por conocer hasta los detalles más insignificantes. En otro momento podría haberle parecido divertido, pero no en ese preciso instante. A lo mejor Anna tenía algún reparo que otro en casarse con un hombre divorciado, sobre todo después de que le dijera el motivo de la ruptura de aquel matrimonio.

—Se llamaba Marisa.

—¿Era italiana?

—No. Era de California. La conocí cuando vivía en Nueva York. Trabajaba en una de las empresas que tenía allí.

—¿Cuánto tiempo estuvisteis casados?

Dante se frotó la nuca con la palma de la mano y suspiró.

—Tres años. Me dejó por otro, ya que quieres saberlo. Pero nuestro matrimonio ya andaba bastante mal antes de eso.

—¿Por qué?

Anna empezó a retorcerse las manos sobre su regazo y Dante se dio cuenta de que estaba cada vez más inquieta.

¿Por qué tenía que haber sacado ese tema en primera instancia?

Podría haberle contado alguna trivialidad en vez de confesarle que había estado casado.

—Ella se quejaba mucho de mi entrega total al trabajo. Lo que ese trabajo le podía dar le encantaba, pero le molestaba que no le dedicara todo el tiempo que ella esperaba. Y, para ser sincero, no le di toda la atención que debía haberle dado.

—Pero debió de dolerte mucho cuando te dejó por otro. ¿Estabas enamorado de ella?

Dante creyó ver solidaridad y empatía en los ojos de Anna. ¿Cómo podía ser tan buena y considerada? No podía comprenderlo, por mucho que lo intentara.

–No –le dijo con franqueza–. No estaba enamorado de ella. Aunque cuando nos conocimos, creía que sí. Era una persona muy vivaracha, atractiva, lista... Y además había un par de amigos míos que también estaban interesados en ella –sacudió la cabeza con tristeza–. Supongo que me dejé llevar por la emoción de la conquista y la competición. Por aquel entonces, eso era todo en lo que pensaba. Quién podía conseguir el mejor acuerdo, comprar la mejor propiedad, conquistar a la mujer más deseada... Bueno, al final tampoco tuve que conquistarla mucho. La vida lujosa que yo podía darle fue un gran incentivo para ella. ¿Sabes?

Se rió amargamente.

–Durante un tiempo, nuestros objetivos fueron los mismos. Yo buscaba el éxito a toda costa, y ella también. Definitivamente no era la clase de mujer que soñaba con tener familia. Supongo que yo me engañé a mí mismo, pensando que aquellos intereses superficiales eran precisamente lo que hacía que lo nuestro funcionara. Pero entonces ella conoció a un joven diseñador que vino a remodelar nuestro apartamento de Nueva York. Tuvo una aventura con él.

–¿Y dónde está ahora?

–Hasta donde yo sé, se ha vuelto a casar y vive en Greenwich Village, en Nueva York. Pero eso me da igual –añadió.

Se puso en pie y le tendió la mano para ayudarla a incorporarse.

–¿Vamos?

¿Quería lo bastante a su ex como para que aquella aventura le hubiera hecho daño de verdad? Anna respiró hondo. De repente se dio cuenta de que sabía por qué él tenía esa necesidad imperiosa de controlarlo todo, de ocuparse de todo. Tanto su padre como su mujer le habían abandonado, y eso le había dejado cicatrices que nunca se habían curado del todo. También debía de haber sido muy triste para él darse cuenta de que se había casado con una mujer que valoraba el dinero por encima de todo. Le habían querido por su riqueza, no por ser él mismo...

Haciendo un esfuerzo por no venirse abajo después de aquella confesión tan reveladora, Anna sonrió, relajada y sincera. Por lo menos, él ya empezaba a abrirse un poco.

–Sí. Vamos a caminar un poco.

Andar junto a un hombre tan apuesto, de espaldas anchas y elegante, con sus trajes de diseño y pose aristocrática, era todo un placer para Anna. No había mujer que no les lanzara alguna mirada indiscreta al pasar. Sin embargo, la joven también tuvo tiempo de contemplar el exuberante paisaje que tenía a su alrededor; las vistas, los olores, las flores, las fuentes, esculturas... Pasara lo que pasara entre ellos, jamás olvidaría aquel mes maravilloso a orillas del lago Como...

–Y Paolo dice que puedo ir a verle todas las veces que quiera. Él habla italiano, pero su madre me dice lo que él dice. Me cae tan bien, papá. ¡Me gusta mucho, mucho!

Tia no había parado desde que Ester la había llevado de vuelta a la casa. No hacía más que hablar y hablar de la tarde que había pasado en la casa de la empleada, jugando con su hijo Paolo. Estaba tan emocionada que apenas había probado la deliciosa comida que les había preparado Giovanna. Había hecho espaguetis a la boloñesa, precisamente porque la niña se lo había pedido.

Sentado a la mesa en el salón de la casa, con su flamante chimenea de mármol, Dante nunca había disfrutado tanto una comida. Nunca se había sentido tan pleno y satisfecho como en ese momento, en compañía de Anna y de su hija.

–Bueno, cariño... –le dijo con una sonrisa–. Estoy seguro de que verás al pequeño Paolo muy pronto. Pero ahora deberías comer algo, ¿no?

La pequeña tomó un bocado, lo masticó concienzudamente y entonces volvió a mirar a su padre.

–Paolo me dijo que su padre estaba muerto.

Nada más oír las palabras de la niña, Anna dejó el tenedor sobre el plato. Dante veía su preocupación.

–Lo sé, *piccolina* –le dijo con dulzura, poniendo su mano sobre la de la pequeña–. Era amigo mío, y fue muy triste cuando murió.

–¿Eso quiere decir que tú también te vas a morir pronto, papá?

Dante tragó con dificultad. La pregunta había sido como un golpe en el estómago. La idea de perderlas tan pronto le aterraba.

–Nadie sabe cuándo va a morir, mi ángel... Pero estoy seguro de que el cielo no me espera todavía. ¡Porque todavía tengo que estar aquí para cuidar de mis niñas!

Sintiendo un nudo en la garganta, levantó la vista hacia Anna. Justamente cuando hubiera querido decir algo más, le sonó el teléfono móvil. Miró la pantalla. Era del Mirabelle.

–Lo siento, pero tengo que contestar. Es Jason, del hotel –dijo, saliendo al pasillo.

Contestó rápidamente.

–¿Todo bien?

Cuando Dante regresó, Anna no estaba pensando en el Mirabelle precisamente. Lo que había dicho antes de salir le había llegado al corazón y en ese momento, al verle entrar de nuevo, con esos ojos turbulentos, sintió un impulso irrefrenable de tocarle, abrazarle...

Pero él le estaba dando el teléfono. Parecía algo inquieto.

–Todo está bien en el hotel... Sólo quería ponerme al día. Jason quiere hablar contigo.

–Oh...

Anna se puso en pie y tomó el teléfono en la mano. Dante la miraba con ojos de desaprobación.

–¿Hola? ¿Jason? ¿Qué pasa? –dijo, saliendo al pasillo también.

–Un par de cosas –le dijo Jason en un tono amigable, pero preocupado–. He oído que estabas en Como con Dante. ¿Qué tal te va?

–¿Cómo sabes lo mío con Dante?

–Mis padres me lo dijeron ayer. Fue toda una

sorpresa, pero siempre he sospechado que pasaba algo entre vosotros, desde que le vi aparecer por aquí. ¿Es cierto que es el padre de Tia?

–Sí. Es cierto.

Oyó cómo suspiraba Jason.

–Debe de haber sido muy duro para ti criarla sola, sin poder contactar con él y decirle que estabas embarazada. ¡Si yo quisiera tanto a alguien, no podría mantener ese secreto!

La mente de Anna reaccionó tarde, pero sus ojos estaban puestos en la luna llena que se reflejaba en la negra superficie del agua del lago. El aroma de las flores se colaba por las ventanas. Su corazón temblaba con tanta belleza.

–¿Qué quieres decir?

–Ahora veo que estás loca por él. Eso es todo. No estarías en Como con él si no fuera así. Me alegro mucho por ti, me alegro mucho. ¡No conozco a nadie que se merezca ser feliz más que tú!

–Sí que lo quiero mucho, Jason. Tienes razón –le dijo Anna, reconociendo de repente sus verdaderos sentimientos. Aquella certeza fue como una caricia para sus pensamientos inquietos.

–Bueno... ¿Cuándo va a ser el gran día?

–¿Qué?

–Si no te ha pedido que te cases con él, entonces es que está loco.

Anna se mordió el labio inferior y miró hacia las puertas abiertas del salón. Se alejó un poco, por si acaso.

–Sí que me ha pedido que me case con él, pero yo le sugerí que viviéramos un tiempo juntos.

–¿Para qué?

–Es lógico, ¿no crees?

–¿Qué tiene de lógico amar a alguien?

Jason sonaba casi exasperado.

–Si él te ama y tú lo amas a él, y ya tenéis una niña preciosa, ¿qué sentido tiene vivir juntos un tiempo para probar? Deberías pedir hora en la iglesia más cercana y enviarnos a todos las invitaciones lo más pronto posible.

–¿Tú crees? –Anna sonrió.

El entusiasmo que oía en su voz era contagioso.

–Dijiste que había un par de cosas que querías comentarme... ¿Qué más querías decirme?

–Sólo quería decirte que también van a reformar tu apartamento. Espero no haber metido la pata diciéndotelo... A lo mejor Dante ya te lo ha dicho.

Anna frunció el ceño.

–No. No lo ha hecho. Es la primera noticia que tengo. ¿Y mis cosas? ¡No quiero que dejen mis cosas en cualquier sitio!

–Tranquila. Yo me encargo de eso. Ya sabes que lo haré. Sólo una cosa más antes de dejarte.

–Espero que no sea otra noticia como ésa.

–Más bien es una sorpresa.

La alegría de su voz era inconfundible. Anna se moría de la curiosidad.

–No me tengas en vilo, Jason. ¡Dímelo!

–Creo que he encontrado a mi alma gemela.

–¿Qué? ¡Oh, Dios mío! –gritó Anna, encantada.

Capítulo 12

DANTE esperó a que Tia estuviera en la cama antes de abordar a Anna con el tema de Jason Cathcart. Ella estaba sentada delante del tocador, frente al espejo. Llevaba puesta su bata y se estaba cepillando el pelo. Se le acercó por detrás y le puso las manos sobre los hombros. La tela de la bata era lo bastante fina como para sentir sus huesos bajo las yemas de los dedos. Ella se puso tensa nada más sentir sus manos.

Quería decirle algo irónico, afilado...

«Parecías muy contenta hablando con Jason...».

Pero las palabras que salieron de su boca fueron más duras, casi acusadoras...

–¿Qué quería Jason? No tenía por qué hablar contigo de trabajo mientras estás de vacaciones.

Anna frunció el ceño.

–¿Ni siquiera para decirme que están reformando mi apartamento y que están sacando todas mis cosas?

Dante dejó caer las manos. Ella se volvió hacia él.

–Lo siento. Debí decírtelo yo. Pero tengo tantas cosas en la cabeza que...

–¿Se te pasó? No puedo fingir que esto no me molesta, Dante. Sí que me molesta. Es mi casa la que están poniendo patas arriba en mi ausencia.

Realmente sí se le había olvidado decírselo. Dante estaba muy avergonzado. Él sabía lo importante que era ese apartamento para ella, pero había algo más que aún no le había dicho...

Y era el momento de confesarlo todo.

Sacudiendo la cabeza, se apartó de ella.

–Te debo una disculpa... Una buena disculpa. Lo sé. Pero con todas las obras y las reformas en el hotel, era evidente que tu apartamento estaría incluido en la renovación. Sin embargo, también quiero decirte que tengo pensado comprar una casa para Tia y para ti, ya vengas a vivir conmigo o no. Así tendréis vuestro sitio propio, sin otro tipo de compromisos. Podréis hacer con ella lo que queráis.

Anna se quedó perpleja. Se sujetó un mechón de pelo detrás de la oreja y guardó silencio unos segundos.

Cuando por fin habló, su expresión era de profunda sorpresa, como la cara de un niño al que acaban de darle un regalo con el que siempre había soñado.

–No tienes por qué hacer eso. Es un gesto muy generoso de tu parte, demasiado generoso en realidad, pero...

–Quiero hacerlo por ti, Anna –volvió junto a ella–. No quiero que vuelvas a sentir que dependes de alguien, ni de los dueños del hotel, ni de mí.

–Yo no... No sé qué decir.

Él sonrió de oreja a oreja.

–No tienes que decirme nada. Sólo acéptalo, por favor, y olvidémonos del tema.

–Gracias.

–¿Eso era todo lo que quería decirte Jason?

Anna no puedo evitar sonreír.

–No.

–¿No? –le preguntó Dante, cada vez más ansioso–. ¿Entonces qué más quería decirte?

–Era un asunto personal.

–¿Y tú eres su única confidente?

Dante deambulaba de un lado a otro, mesándose los cabellos.

–Somos buenos amigos, además de compañeros de trabajo –le dijo ella.

El tono de voz de Anna era todo un ejemplo de ecuanimidad y tranquilidad, pero Dante se sentía cada vez más celoso e impotente.

–¿Buenos amigos? –repitió en un tono burlón, abriendo los brazos y deteniéndose delante de ella–. ¿Es que no tienes amigos hombres para hacerles confidencias?

–A juzgar por tu tono de voz, parece que crees que Jason está interesado en mí. ¿Es eso lo que te preocupa, Dante?

–¿Y qué pasa si es así?

–Eso suena un poco posesivo, y no me gusta. Quiero poder hablar con quien yo quiera sin que sospeches de mí. Soy una persona decente, ¿sabes? Y si te doy mi palabra sobre algo, deberías creerme.

–Si me preocupo cuando compartes confidencias con un hombre joven y guapo, no es porque quiera controlarte o vigilarte. Simplemente soy un hombre que se preocupa por ti y sí me importa la gente con la que te relacionas. Eres la madre de mi hija y eso me da ciertos derechos, te guste o no.

Anna suspiró y guardó silencio durante unos segundos. Después se puso en pie.

—Tienes derecho a buscar lo mejor para nuestra hija, porque eres su padre —dijo—. Pero eso no te da derecho a tratar de controlarme.

—*Il mio Dio!* —Dante la miró con ojos perplejos—. ¿No has oído lo que he dicho? No trato de controlarte. Que tu padre tratara a tu madre como un objeto no significa que yo esté hecho de la misma pasta. Entiendo que te asusta la posibilidad de que yo pueda ser igual que él, Anna... —se acercó a ella, le puso la mano sobre el hombro.

El corazón le latía con locura, retumbando como un disparo dentro de su cabeza.

—Sé que eres una persona decente, y te creo cuando me dices que Jason es sólo un amigo —esbozó una sonrisa triste—. Pero no puedo evitar sentirme un poco celoso cuando te oigo hablar con él con tanto entusiasmo.

—Bueno, no tienes por qué sentir celos.

Los ojos marrones de Anna se habían oscurecido aún más, y su tono de voz era sutil, aterciopelado. El corazón de Dante continuaba latiendo desbocado, pero el motivo era otro. ¿Era cierto lo que veía en sus pupilas de chocolate?

Anna suspiró.

—Jason me contó que ha encontrado a su alma gemela y que está enamorado.

–¿En serio? –Dante sintió que un gran alivio estallaba en su interior.

–Me alegro mucho por él, porque había empezado a perder la fe en el amor verdadero. Yo le decía que la persona perfecta estaba esperándole en algún sitio, y que cuando llegara el momento preciso, aparecería en su vida. Bueno, menos mal que ha tenido un final feliz.

–¿Y crees que todos tenemos un alma gemela esperándonos en algún sitio?

–Sí.

–No sabía que eras tan romántica.

–¡Hay un montón de cosas que no sabes de mí, Dante!

Una sonrisa casi secreta bailaba en los labios de Anna, pero Dante seguía muy confundido. Aunque llegara a los cien años, jamás llegaría a entender a las mujeres. Ella no hacía más que atormentarlo.

–¿Hay algo más que quieras decirme? Si hay algo más, dímelo ya, por favor –le dijo, frunciendo el entrecejo.

–Ante todo, Jason jamás se interesaría en mí porque no soy un hombre y, segundo... Yo ya he encontrado a la persona perfecta. Sí. Y está aquí mismo, delante de mí, así que... Señor Romano, no tenía ninguna razón para sentirse celoso.

Le rodeó el cuello con ambos brazos y le dio un tierno beso en los labios. Un relámpago de deseo atravesó a Dante de pies a cabeza. La agarró de la cintura y la atrajo hacia sí. Debajo de la vaporosa bata llevaba un camisón con tirantes finos. Dante se imaginó arrancándole las prendas de la piel y haciéndola suya en ese momento.

—Cásate conmigo –le dijo, devolviéndole el beso con arresto y fervor.

Le sujetó las mejillas con las manos y la miró a los ojos.

—Tienes que casarte conmigo, Anna.

—Claro que sí. Eso es lo que yo quiero también.

Dante se quedó sin palabras. Lo único que podía hacer en ese momento era mirarla, embelesado.

—¿Cuándo lo decidiste? –le preguntó cuando recuperó la voz.

—La primera vez que estuvimos juntos... Cuando te vi sentado en aquella mesa, tan misterioso y carismático. Supe que esa fachada no era auténtica. Yo sabía que debajo había mucho dolor. Sabía que estabas perdido, que no sabías adónde ir, ni qué hacer. Supongo que siempre se me ha dado bien percibir el dolor en otras personas. El matrimonio de mi madre fue tan duro y destructivo que no podía haber sido de otra manera –sus ojos se humedecieron–. Pero ella creía en el amor verdadero. No sé cómo pudo aferrarse a semejante creencia, estando casada con un hombre como mi padre, pero sí lo hizo. Y quería lo mejor para mí. Siempre me decía que cuando me entregara a un hombre tenía que ser el hombre al que amara. Quiero que sepas que sí te quiero, Dante. Siempre te he querido y siempre te querré.

—¿Y me perdonas?

—¿Por qué?

—Por no tratar de contactar contigo y por cambiarme el nombre, por no saber o no creer que pudieras querer contactar conmigo, por no saber que querías verme después de que yo te dijera que sólo pasaríamos una noche juntos. ¿Me perdonas por todo eso?

–Los dos hemos cometido errores. Si no podemos perdonarnos el uno al otro y seguir adelante, entonces nada de esto tiene sentido. No es ése el mensaje que quiero darle a nuestra hija. Quiero que aprenda que los errores se pueden perdonar.

–*Ti amo*.

Dante sonrió y la colmó de besos en los párpados, en la nariz, en las mejillas, en los labios.

–Te quiero, Anna, con mi corazón y con mi alma. A veces me parece que la palabra amor no es lo bastante poderosa para expresar lo que siento. Aquella noche en el hotel, pensaba que sería incapaz de sentir algo hacia otro ser humano, pero tú me demostraste que estaba equivocado. Sí... –su voz se volvió más tierna–. Tú me tendiste la mano sin reservas, y aceptaste lo poco que te ofrecía sin pedir nada más. Y entonces, como un idiota, te dejé marchar. He tenido que afrontar muchas pérdidas en mi vida, pero si te pierdo de nuevo... Si pierdo a Tia ahora que la he recuperado... No sé qué haría.

–Bueno, no vas a perdernos a ninguna de las dos, mi amor.

–¿Eso es una promesa?

Anna asintió con el corazón en la mano.

–Lo juro.

Dante fue hacia la puerta un momento y bajó la intensidad de la luz en el cuadro de luces. Una brisa cálida y aromática les llegó procedente del lago.

–Puedes apagarlas del todo si quieres. Hay una luna llena espectacular. ¿No la has visto?

Anna fue hacia las puertas del balcón y las abrió un poco más. Salió fuera un momento y contempló el cielo estrellado. Una nube perezosa ocultaba la brillante esfera de plata. Era como si un artista la hubiera pintado allí, sobre el lienzo del negro firmamento.

La joven tembló por dentro, expectante.

Dante fue junto a ella y la hizo entrar de nuevo. La desabrochó el cinturón de la bata y se la quitó de los hombros. La arrojó sobre una silla cercana. Después, poniendo las manos sobre el fino tejido de su camisón, le agarró los pechos.

El calor de sus manos, la firmeza de sus dedos sobre la piel la hicieron curvarse contra él. Los pezones se le endurecieron, poniéndose de punta. Atrapándolos entre el pulgar y el dedo índice, Dante empezó a pellizcarla y masajearla, desencadenando una respuesta explosiva en ella. Apretándole las nalgas, le dejó muy claro que esos juegos preliminares le excitaban tanto como a ella.

Anna empezó a desabrocharle los botones de la camisa. Sus dedos temblorosos forcejeaban con los ojales y sacaban los botones con torpeza.

–¿Qué me haces, mi amor? –le preguntó él en un tono burlón.

Sus pómulos se veían más favorecidos que nunca con aquella sonrisa devastadoramente masculina.

–¡Quiero desnudarte! ¿Qué crees que hago?

Con un movimiento ágil y rápido, Dante tiró de

la camisa y se la abrió de un golpe, lanzando los botones al aire.

De frente a aquel magnífico pectoral bien esculpido y bronceado, Anna le dio un beso sobre la piel dura y tersa, cubierta de un fino vello. Él enredó las manos en su cabello, le levantó la cabeza y volvió a besarla salvajemente.

—Cuando me desnudes, ¿qué vas a hacer conmigo?

Anna miró aquellos ojos azul grisáceo y sonrió.

—Voy a tenerte en vela hasta el amanecer... Y debo decirte que tengo mucha imaginación. ¿Qué te parece?

Dante asintió con la cabeza.

—Me gusta mucho la idea, pequeña bruja. Siempre y cuando no te quedes dormida cuando te lleve a pasear mañana...

—Oh... ¿Y adónde vamos?

—Voy a llevarte a ver la casa de mi madre.

—¿En serio?

—Quiero enseñarte lo que he hecho con ella...

—Estoy muy intrigada... Me encantará ver dónde vivía tu madre, Dante. Quiero saber cómo era ella. Sé que ella lo era todo para ti.

—Bueno, mañana tendrás oportunidad. Pero ahora mismo...

La miró con la mirada más traviesa que jamás había visto. La agarró del trasero y de la cintura, y la levantó en el aire.

—Ahora mismo te voy a llevar a la cama. ¿Tienes algo que objetar?

Anna tragó en seco. Su corazón latía a un ritmo atronador.

–No. No tengo nada que objetar, *Signor* Romano.

Lleno de expectación y emoción, Dante esperaba que Anna y Tia disfrutaran de la visita a la casa de su madre, que estaba al otro lado del lago.

La villa, a la que habían llegado en una lujosa lancha a motor, descansaba en una ligera elevación, algo retirada de la orilla. A la entrada había un frondoso jardín a través del cual transcurría un camino que conducía a la puerta principal. Estaba a punto de revelar algo sobre sí mismo que no le había enseñado a casi nadie, y sólo esperaba que Anna amara aquel lugar tanto como él. Después de la maravillosa hija que había ayudado a engendrar, aquél era el logro del que estaba más orgulloso.

–¿Aquí vivía tu madre? –le preguntó Anna en un tono de interés mientras él las ayudaba a bajar de la lancha–. Es una de las casas más hermosas que he visto desde que llegué.

Y era cierto. Dante contempló una vez más aquella maravillosa casona; los olivos, las buganvillas blancas y rosas. Su mirada terminó posándose en su futura esposa, y en su preciosa hija...

De pronto se dio cuenta de que era el hombre más afortunado del mundo.

Se guardó la llave de la lancha y las agarró a las dos de las manos.

–Entremos.

–¿Tienes a alguien cuidando del lugar?

–Espera y verás –le dijo en un tono misterioso, animándolas a seguir.

Una joven que parecía una especie de artista de vanguardia, con el pelo negro y alborotado, unos ojos perfilados con arrobas de kohl y dos aros dorados colgando de las orejas, les abrió la puerta. Tenía un bebé apoyado sobre la cadera. En cuanto reconoció a Dante empezó a hablar en italiano con entusiasmo y le rodeó el cuello con ambos brazos.

Anna aguantó la punzada de celos y mantuvo su mejor sonrisa cortés. Dante hizo las presentaciones oportunas y la joven, de nombre Consolata, les dio un efusivo abrazo a las dos visitantes. La inquietud de Anna se desvaneció en cuanto la muchacha les dijo que tenían un pelo muy bonito.

–Entrad, por favor... Sí. Por favor, tenéis que entrar –les dijo la chica en un inglés chapurreado.

Accedieron al vestíbulo, que tenía el techo de cristal. A Anna le recordaba a uno de los invernaderos de Kew Gardens. Aquello era tan especial y hermoso que durante unos segundos no supo qué decir.

¿Qué era aquel lugar? ¿Y quién era Consolata?

Mirando a Tia, le sonrió con tranquilidad. La pequeña lo miraba todo con la boca abierta y los ojos brillantes. Acababan de llegar, pero ella ya estaba encantada.

Dante le dio un beso en la mejilla a Anna, envolviéndola en el exquisito aroma de su aftershave.

–A mi madre le encantaba este lugar –le explicó suavemente–. ¿Ves ese retrato que está sobre la repisa de la chimenea? Es un retrato de ella. Se lo mandé hacer cuando cumplió sesenta años. Todavía era muy guapa.

–Ya lo veo –murmuró Anna, contemplando el óleo de una mujer que guardaba cierto parecido con Sophia Loren.

–Cuando volví a Italia, casi un año después de su muerte, quería hacer algo por ella, para recordarla, algo que la hubiera hecho sentirse orgullosa de mí. Hablé con Giovanna y ella me habló de los problemas de algunas de las amigas de su hija Ester, que son madres solteras. Y después me presentó a Consolata, y también a otras jóvenes que estaban criando a sus hijos solas. Les di la casa para que pudieran vivir aquí y criar a sus hijos tranquilas, sabiendo que no tendrían que ir de un lado a otro, que nadie les podría arrebatar su hogar. Giovanna es la encargada del lugar, y los niños y sus madres la adoran. Hay cinco apartamentos en el edificio, una zona común y dos salas de juego enormes. Todas las mujeres reciben asistencia sanitaria y apoyo psicológico. ¿Vamos a conocerlas?

Anna no pudo hacer más que asentir con la cabeza. Estaba anonadada. Sentía tanto orgullo y alegría que apenas podía contenerlo. Siempre había sospechado que el hombre al que amaba tenía un corazón de oro, pero jamás se hubiera imaginado algo semejante. ¡Qué regalo tan maravilloso y generoso les había hecho!

Cualquier madre hubiera estado encantada de tener un hijo así. Había honrado la memoria de su madre de la mejor forma posible.

Sabiendo muy bien lo que era criar a un hijo sin

ayuda, Anna podía imaginarse lo mucho que aquel lugar debía de significar para esas madres. Y también comprendía lo mucho que Dante debía de haber sufrido al ver las penurias que pasaba su madre para criarle. Pero él había sabido convertir la experiencia de su infancia en algo positivo; había logrado inspirar a otros. Apretándole la palma de la mano, Anna supo que su mirada reflejaba todos esos sentimientos que tenía por él. Ya no temía que el matrimonio pudiera arrebatarle su independencia. En realidad estaba deseando unir su vida a la de ese hombre extraordinario. Y cuando llegara el momento de pronunciar los votos matrimoniales, lo haría convencida, enamorada...

Tras dejar el yate en el puerto, los invitados, vestidos con sus mejores galas y acompañados por dos fotógrafos, siguieron a la novia y al novio a través de un laberinto de callejones estrechos y adoquinados hasta llegar a la pequeña capilla blanca que estaba sobre una colina.

A medio camino del templo, Anna se quitó sus caros zapatos de diseño entre risas, porque los tacones no hacían más que enganchársele entre las piedras. Pero no importaba. El sol brillaba y el firmamento era de un azul intenso y resplandeciente. Aquél era el cielo con el que todas las novias soñaban para el día de su boda. Todo auguraba felicidad y alegría.

Con los zapatos colgando de las manos, Anna subió los peldaños que llevaban a la iglesia y se volvió un momento hacia su hija. Tia le sujetaba el velo de tul del traje color marfil de estilo medieval que llevaba puesto. La expresión de su dulce rostro angelical era de pura concentración.

Se detuvieron unos segundos frente a las puertas del templo. Dante abrazó a Anna un momento. Con sólo mirarle la joven sentía que se le paraba el corazón. Llevaba un traje de lino color marfil, combinado con una camisa blanca. Anna se mordió el labio y entonces sonrió, apartándole un mechón de pelo rubio de la cara.

Ese día sus increíbles ojos no era turbulentos y neblinosos, sino que tenían el mismo color que las tranquilas aguas de un lago azul a mediados de verano. De vez en cuando sus pupilas emitían un destello tan deslumbrante como los diamantes.

–Me dejas sin aliento, Dante Romano. Y no es sólo porque quiera comerte.

Él se llevó su mano a los labios y le dio un beso en las yemas de los dedos, observándola por debajo de las pestañas.

–Y yo estoy hechizado por tu belleza, Anna. Hoy es el día más feliz de toda mi vida... hasta ahora. Porque a partir de este momento sólo puede ser mejor.

Dos cámaras de fotos dispararon sus flashes.

–Oye, vosotros dos –exclamó Grant Cathcart.

Anna le había pedido que la llevara al altar.

–¡Se supone que hay que besarse después... no antes!

–Sí, mamá, papá. ¿No lo sabíais?

Con una mano apoyada en la cadera, Tia soltó el velo un momento y fingió estar enfadada.

Mientras los invitados y sus padres se reían a carcajadas, su expresión de enfado se convirtió en pánico.

El velo de tul se estaba arrastrando sobre los adoquines. Rápidamente recogió el fino tejido del suelo.

—Espero que no se haya ensuciado mucho, porque si es así, ¡me voy a enfadar mucho con vosotros dos!

—¿Cómo es posible que hayamos tenido una hija tan mandona? —preguntó Dante, riendo.

—Tiene que haber salido a ti —dijo Anna, riéndose a carcajadas—. Yo era todo un angelito.

Dante arrugó los párpados y puso cara de escepticismo.

—¿Estás segura, querida? Recuerdo un par de ocasiones en que lo de ser mandona te salió muy natural.

—Te haré pagar ese comentario más tarde —le susurró ella al tiempo que Dante la estrechaba entre sus brazos.

Con un ruidoso suspiro, Tia se volvió hacia los invitados que esperaban frente a la puerta de la iglesia y levantó las manos.

—¡Que todo el mundo se dé prisa y entre en la iglesia antes de que vuelvan a besarse!

BIANCA™

KATE WALKER

UN SUEÑO
FUGAZ

Capítulo 1

LA CARTA estaba donde la había dejado la noche anterior, en el centro de la mesa. Exactamente en el centro de la superficie de roble pulido; directamente delante del sillón, para evitar la posibilidad de que olvidara su existencia.

Sólo tenía que sacar el documento, firmarlo, meterlo en el sobre con la dirección del remitente y enviarlo.

Pero hasta ese momento, hasta que ejecutara el rápido y resuelto trazo de su firma en un par de segundos, no pasaría nada de nada. La carta seguiría allí, intacta, esperando a que tomara una decisión.

Y nadie, ninguna otra persona, la cambiaría de sitio.

A fin de cuentas, Pietro no había dedicado media vida a conseguir un grupo de empleados excelentes, que habrían sido la envidia de cualquier hombre, para que no hicieran las cosas bien. Empleados que, además de obedecer todas sus órdenes, se anticipaban a ellas y sabían lo que quería y cuándo lo quería.

La carta seguiría allí. Nadie haría nada hasta que él diera la orden. Sólo entonces, se llevarían a cabo sus instrucciones.

Había establecido un método de trabajo tan perfecto que Pietro sólo se acordaba de él cuando algo fallaba. Y era tan extraño que algo fallara, que no era capaz de recordar la última vez que había sucedido.

Su mundo estaba bajo control. No habría permitido otra cosa. Desde su punto de vista, la falta de control, la pasión de las emociones, estaban necesariamente asociadas a la confusión y al caos. A un tipo de confusión y de caos que no quería volver a sufrir jamás.

—*Dannazione!*

Al soltar la maldición, golpeó la mesa con la palma de la mano. El sobre saltó ligeramente y cayó un par de centímetros más a la izquierda que antes.

Pietro conocía el tipo de caos que podía surgir de la pérdida del control. Una vez, sólo una vez, había cometido el error de dejar que la pasión dominara su vida y se llevara por delante la organización y la racionalidad que tanto apreciaba. Había aflojado las riendas y había perdido el control. Con resultados catastróficos.

Pero no iba a repetir la experiencia. Con una vez, tenía bastante.

Y todo, por culpa de una mujer.

Sus ojos azules se volvieron a clavar en la carta de la mesa. Sentía el deseo de alcanzarla, estrujarla y dejarse llevar por la rabia que inundaba sus venas.

Querida señorita Emerson...

Emerson ya no era su apellido; pero Pietro no habría permitido que su secretaria escribiera *Querida principessa D'Inzeo* o, peor aún, *Querida Marina*.

Daba igual que las dos fórmulas fueran correctas y que las dos le hicieran un nudo en la garganta cuando las intentaba pronunciar.

Además, odiaba que el apellido de su familia, D'Inzeo, estuviera asociado a una mujer que se había separado de él un año después de la boda y que se había marchado sin molestarse en mirar atrás.

Marina. El simple hecho de pensar en su nombre bastó para desatar una cascada de imágenes de la voluptuosa pelirroja a la que había conocido en una calle de Londres, cuando sus coches chocaron.

El impacto de su cuerpo lleno de curvas y de sus ojos verdes y ligeramente avellanados, como los de un felino, fue inmediato. Cuando salieron de sus vehículos para llenar los partes de las compañías aseguradoras, Pietro alargó el proceso tanto como pudo y, al final, consiguió que Marina aceptara tomar una copa con él.

La copa se transformó en una cena y la cena, en una relación que terminó en boda.

Lamentablemente, su corto matrimonio había sido un desastre total, una mancha que perturbaba la conciencia de Pietro.

Se habían amado con una pasión abrumadora. Pero él jamás habría imaginado que aquel deseo acabaría tan mal, ni que la nueva vida que empezaba con ella implicaría la muerte de todo lo que había planeado para su futuro.

En cualquier caso, su relación con Marina era un asunto sin resolver; un problema que pedía a gritos un acuerdo firmado, sellado y perfectamente oficial.

Por eso había escrito la carta.

Pietro se pasó las manos por su cabello, de color negro, y miró la carta con tanta intensidad que las palabras se difuminaron hasta perder su definición.

Eso era lo que quería.

Quería ser libre de la mujer que había destrozado su vida y que ni siquiera lo había amado. Quería la oportunidad de cerrar la puerta de una época amarga de su pasado, de superarlo definitivamente para poder seguir con su existencia.

Pero si era verdad que lo quería, su comportamiento resultaba absurdo. Sólo tenía que meter la carta en el sobre y enviarlo. Y en lugar de eso, se dedicaba a dudar y a dar vueltas y más vueltas al asunto.

Ni siquiera se había tomado el tiempo necesario para pensarlo. Quería que se hiciera ya, inmediatamente. Quería quitárselo de encima de una vez por todas.

Por fin, alcanzó la carta y la pluma plateada que había estado junto a ella, esperando el momento.

Su relación con Marina estaba a punto de terminar. Pietro volvería a ser libre.

Firmó al final de la página, con tanta fuerza que le faltó poco para romper el papel.

Ya estaba hecho.

Después, dobló el papel cuidadosamente y lo introdujo en el sobre que su secretaria había preparado.

—¡Maria! —dijo en voz alta, para que lo oyera desde su despacho—. Por favor, envía esta carta a la dirección del sobre. Quiero que lo reciba tan pronto como sea posible.

Pietro necesitaba estar seguro de que el sobre llegaría directamente a manos de Marina, para que no hubiera ningún error. Así, sabría que lo había recibido y los dos podrían seguir adelante con sus vidas.

Los dos. Porque Pietro estaba absolutamente seguro de que ella lo deseaba tanto como él.

La carta estaba donde la había dejado la noche anterior, en el centro de la mesa de la cocina. Exactamente en el centro de la superficie mellada de madera de pino; directamente delante de la silla, para evitar la posibilidad de que olvidara su existencia.

Marina sabía que debía leerla otra vez y que esta vez debía leerla de verdad, tranquilamente, sin pasar a toda prisa sobre las líneas escritas por Pietro, tan afectada por ellas que no lograba asumir sus implicaciones.

Había llegado por mensajero la noche anterior. La sorpresa de ver el nombre de su esposo en el remite le impidió concentrarse en la carta; las palabras bailaban ante sus ojos y se oscurecían mientras intentaba entender. Pero más tarde, cuando la leyó de nuevo, la entendió perfectamente.

Sin embargo, no supo lo que debía sentir al respecto. Pensó que sería mejor que se acostara y que lo volviera a intentar al día siguiente, cuando hubiera descansado y pudiera pensar con más claridad.

–¿Descansado? Bah –se dijo.

Alcanzó la cafetera, la llenó y la puso al fuego. No había logrado descansar. Se había pasado la noche dando vueltas, haciendo esfuerzos inútiles por borrar las imágenes y los recuerdos del pasado que se formaban en su mente.

No sirvió de nada. Las imágenes y los recuerdos seguían allí y se llenaban con el contenido de la carta, volviéndose cada vez peor.

Al final, sólo logró dormir un poco. Y tuvo pesadillas.

Ahora estaba tan agotada que necesitaba un café doble antes de volver a leer la carta de Pietro. Pero ni siquiera la había alcanzado cuando el teléfono sonó de repente y la sobresaltó hasta el punto de que derramó el café.

—¿Dígame?

—Hola, soy yo.

En su desconcierto, Marina no fue capaz de reconocer la voz.

—¿Quién eres?

—¿Quién voy a ser? Stuart, claro —contestó con extrañeza.

A Marina no le sorprendió que se extrañara. Había conocido a Stuart en la biblioteca local, donde trabajaba como bibliotecaria. Stuart no había hecho el menor esfuerzo por disimular que se sentía atraído por ella, y su voz le resultaba tan familiar que debería haberla reconocido al instante. Pero como las imágenes de Pietro se acumulaban en su mente, esperaba oír la voz de su marido.

—Lo siento, Stuart. Estoy algo dormida. ¿Qué quieres?

—Se me ha ocurrido que podríamos hacer algo el fin de semana.

–¿Hacer algo?

Miró la carta y pensó que Stuart podía ser lo que necesitaba. Era atractivo, amable y encantador. Pero se dijo que no tenía derecho a salir con él, que no se podía interesar por otro hombre cuando seguía legalmente casada con Pietro.

–Lo siento, Stuart. Me temo que voy a estar fuera una temporada.

–¿Te vas de vacaciones?

–No, no exactamente.

Marina no quiso decir que iba a ver a su marido. Se llevaba bien con Stuart y había considerado la posibilidad de mantener una relación con él, pero todavía no le había explicado que estaba casada.

De algún modo, se las arregló para responder al interrogatorio de Stuart con evasivas. Y mientras contestaba, seguía pensando en la carta.

Por fin, Stuart cortó la comunicación. Aunque no sin antes dejar bien claro que su actitud le había molestado bastante.

Marina maldijo a Pietro para sus adentros. No había dado señales de vida en dos años y ahora, cuando volvía a establecer contacto, provocaba que todo empezara a salir mal. Pero quizás estaba exagerando. Quizás había leído mal la carta.

Minutos después, supo que no estaba exagerando. Además de reaparecer de repente tras dos años de silencio, Pietro volvía a ser el hombre controlador y dictatorial de costumbre. En su carta, no le rogaba que fuera a verle a Palermo. Se lo ordenaba.

Pietro parecía creer que sólo tenía que chasquear los dedos para que ella saltara como una mascota.

Llevamos casi dos años separados. Esta situación ha ido demasiado lejos. Es hora de resolverlo.

–Y que lo digas –murmuró Marina.

En el fondo de su corazón, Marina siempre había sabido que aquel momento llegaría, que era la consecuencia inevitable de su separación por mucho que hubiera intentado olvidar el pasado y la humillación que sintió al saber que Pietro no la amaba.

A decir verdad, le sorprendía que hubiera tardado tanto. Pero a pesar de ello, había albergado una sombra de esperanza. Una esperanza que se desvaneció con la carta de Pietro.

Es absolutamente necesario que vengas a Sicilia. Debemos discutir los términos de nuestro divorcio.

El tono de su carta era muy parecido al que había usado con la carta que le envió dos años antes, cuando Marina se marchó para poner fin a la miseria de aquel matrimonio sin amor. Sólo había una diferencia: que entonces le ordenaba que volviera a Sicilia para retomar su puesto de esposa y ahora le ordenaba que volviera para que dejara de serlo.

Habían pasado dos años y aún le resultaba doloroso.

Marina había creído que tenía todo lo que podía desear. Tenía un marido al que adoraba y estaba esperando un bebé. Pero luego, el destino se burló de ella y se lo quitó todo. Perdió el bebé, perdió a su marido y, al final, se quedó sin fuerzas para seguir soportando la desolación de su matrimonio.

Por suerte, ya no era la misma de antes. Ya no se iba a dejar manipular por el príncipe D'Inzeo. Los dos años transcurridos desde la separación la habían convertido en una mujer mucho más fuerte.

Buscó su bolso y sacó el teléfono móvil.

No tenía forma de saber si el número de Pietro seguía siendo el mismo, pero le dio igual. Escribió un mensaje tan deprisa como pudo:

¿Por qué tenemos que vernos en Sicilia? Si quieres hablar conmigo, ven tú.

Después, envió el mensaje con una sonrisa de satisfacción, dejó el teléfono en la mesa y volvió a alcanzar la taza de café.

Apenas había tenido tiempo de echar un trago cuando sonó un *bip* y llegó la respuesta de Pietro, que no podía ser más sucinta: *No.*

Marina lo maldijo y envió otro mensaje.

¿Por qué no?

La contestación de Pietro fue algo más larga.

Porque estoy ocupado.

Ella apretó los dientes y contraatacó:

¿Crees que yo no lo estoy?

En esta ocasión, no hubo respuesta. La pantalla del teléfono permaneció inalterada y no se oyó ningún sonido.

Marina frunció el ceño, extrañada. Pietro no era

un hombre que se rindiera así como así. En realidad, Pietro no se rendía nunca.

Segundos después, sonó otro *bip*.

El avión ya está preparado. Te recogerá un coche dentro de una hora.

Ella no esperaba esa salida, pero se negó de todas formas.

No.

Y él volvió a insistir.

En 58 minutos.

No.

En 57.

¡He dicho que no!

Marina supo que estaba perdiendo la batalla, pero siguió luchando. No era una marioneta que bailara al son de Pietro mientras él movía las cuerdas a su antojo.

¿Quieres el divorcio? ¿O no?

Ella se hizo la misma pregunta. En ese momento, era lo que más deseaba. Cinco minutos de mensajes cruzados con el príncipe D'Inzeo habían bastado para que quisiera quitárselo de encima tan pronto como fuera posible.

Por lo visto, necesitaba que le recordara lo autocrático y dominante que podía llegar a ser. Nunca le habían importado las necesidades ni los sentimientos de los demás.

Por supuesto que lo quiero, respondió.

Pues ven a Sicilia. El coche llegará en 55 minutos.

Marina se preguntó por qué estaba discutiendo con Pietro. A fin de cuentas, tenía razón. Ya era hora de que pusieran fin al desastre de su matrimonio, de que terminaran con él y lo metieran en el cajón de los grandes errores.

Podía imaginar su reacción de sorpresa cuando viera que aceptaba su proposición. Pero decidió hacerle esperar y subió a la habitación para hacer el equipaje.

El teléfono volvió a sonar al cabo de un rato.

Trae a tu abogado.

Marina frunció el ceño. Debía de ser una broma. Los hombres como Pietro D'Inzeo tenían bufetes de abogados a su disposición permanente, pero los seres humanos normales, como ella, no se encontraban en ese caso.

Al mismo tiempo, la frase de Pietro le provocó un escalofrío. Su tono dictatorial estaba allí, tan perfectamente claro que en esas cuatro palabras que casi pudo oír la voz de su marido con su bello acento siciliano.

Al parecer, Pietro daba por sentado que el divorcio sería complicado. Seguramente creía que intentaría sacarle hasta el último penique que pudiera.

Sin embargo, se iba a llevar una decepción. Sólo quería divorciarse de él para recuperar su libertad y seguir con su vida. No quería ni una pequeña parte de su fortuna, aunque Pietro estaba convencido de lo contrario porque, a fin de cuentas, no habían firmado un acuerdo prematrimonial.

Marina ardía en deseos de verle la cara cuando comprendiera que también se había equivocado con ella en ese aspecto.

Alcanzó el teléfono otra vez, escribió dos palabras y las envió:

50 minutos.

A continuación, apagó el móvil y se puso manos a la obra. Tenía mucho que hacer si quería estar preparada en cincuenta minutos. Además, ya estaba harta de intercambiar mensajes con Pietro.

Odiaba tener que viajar a Sicilia y enfrentarse al hombre del que se había enamorado con toda su alma y que le había partido el corazón. Pero si ése era el precio para recuperar su libertad, lo pagaría gustosa.

–Año nuevo, vida nueva –se dijo en voz alta–. Tómatelo desde ese punto de vista.

Echó un vistazo por la ventana del dormitorio y pensó que, al menos, el viaje serviría para escapar de un invierno especialmente frío.

Tenía que ser positiva.

Un par de días más y sería libre.

Un par de días más y su apelación al año nuevo y la vida nueva dejaría ser una frase hecha y se haría realidad.

Pero antes, tendría que pasar el mal trago de volver a ver a su esposo.

Y sintió un escalofrío que no tenía nada que ver con los vientos helados y el cielo oscuro del exterior.

Capítulo 2

PIETRO se encontraba junto a la ventana de la sala de juntas de su abogado, contemplando la lluvia. Tenía los hombros hundidos y las manos metidas en los bolsillos del pantalón de su traje de seda, de un gris tan metálico como el de las nubes.

Impaciente, empezó a pegar golpecitos con el pie.

Marina llegaba tarde. Habían quedado a las diez y media de la mañana y faltaba poco para las once menos cuarto. Llevaba un retraso de casi quince minutos. Y ni siquiera estaba seguro de que al final apareciera.

Se pasó una mano por el pelo y entrecerró los ojos.

Al menos, sabía que ya había llegado a Sicilia. Federico, su chófer, la había llevado a un hotel el día anterior después de ir a buscarla al aeropuerto. Incluso le había dado los documentos que Matteo Rinaldi, su abogado, había preparado para la reunión de la mañana. Pietro quería que estuviera informada para que ella y su representante legal supieran a qué atenerse.

Desesperado, suspiró y se preguntó dónde se habría metido.

Justo entonces, vio que un taxi se detenía al otro lado de la calle, enfrente del edificio. Pietro no veía bien el interior porque las ventanillas y la luna trasera estaban empañadas, pero distinguió el glorioso cabello rojo de quien pronto sería su exmujer.

Por brumoso que fuera, aquel destello rojizo bastó para que Pietro se estremeciera al recordar sus días y noches de pasión erótica. Se excitó tanto que tuvo que apretar los dientes para soportar el impacto de sus recuerdos.

–Por fin ha llegado –le dijo a Matteo.

Tenía intención de alejarse de la ventana, pero mientras hablaba a su abogado, ella salió del vehículo.

–Ya está aquí –añadió con un tono bien distinto.

Marina alzó la cabeza de repente, como si hubiera oído sus palabras, y clavó la vista en la ventana.

Los dos se miraron.

Incluso en la distancia, Pietro pudo distinguir el verde intenso de los ojos de Marina. Su actitud general, con la barbilla alzada y la espalda muy recta, resultaba extremadamente desafiante. Casi tanto como la voluptuosidad de su cuerpo, un escudo perfecto para rechazar a cualquier oponente.

Pasó un segundo, dos segundos, el espacio de un latido.

Y seguían mirándose.

Pietro se sintió como si el aire se le hubiera congelado en los pulmones y lo hubiera dejado rígido, incapaz siquiera de parpadear. Pero el hechizo se rompió cuando pasó otro coche y Marina dio un paso atrás para que no le salpicara el agua de un charco.

Un momento después, ella cruzó la calle con largas zancadas de sus piernas interminables. Pietro supuso que se taparía la cabeza con el maletín que llevaba encima, pero se equivocó. Había olvidado que a Marina le encantaba la lluvia.

Aquel detalle le recordó otra imagen del pasado: Marina bailando bajo la lluvia, dando vueltas y más vueltas con su cabellera sobre los hombros. En aquella época estaba llena de vida, de humor y de belleza. Incluso se burló de él cuando le dijo que se metiera dentro porque se iba a empapar.

–Esta lluvia es cálida en comparación con la de Inglaterra –observó–. Y no voy a encoger porque me moje un poco.

Pietro lo recordaba muy bien, porque cuando salió para llevarla al interior, Marina lo agarró de las manos y lo obligó a bailar con ella hasta que los dos terminaron calados hasta los huesos. Sólo entonces, permitió que la tomara en brazos y la llevara de vuelta al palacio. Terminaron en el dormitorio, donde Pietro se vengó de ella de la mejor y más sensual manera por haberlo empapado.

–*Dannazione!* –susurró.

Una vez más, se maldijo por dejarse llevar por los recuerdos. Necesitaba recobrar el control de sus emociones.

Se apartó de la ventana e intentó concentrarse en la batalla que se avecinaba. No era momento para dejarse llevar por sentimentalismos asociados a la época más feliz de su vida, cuando se engañó pen-

sando que lo que Marina y él tenían era amor verdadero y no algo bastante más básico y, en ciertos
sentidos, menos manejable.

La pasión le había nublado el juicio y lo había
empujado a su cama. Y como resultado de aquella
pasión, se sintió obligado a ofrecerle el matrimonio
para que permaneciera con él. No soportaba la idea
de que estuviera con otros hombres. Así que, cuando
Marina se quedó embarazada, aprovechó el embarazo como excusa para ponerle una alianza en el
dedo.

No había sabido ver que llegaría el día en que
tendría que decidir que ya era hora de dejarla marchar. El día en que se daría cuenta de que no tenían
futuro y de que los frágiles cimientos de su matrimonio se habían hecho trizas bajo sus pies.

Si alguien le hubiera advertido que aquel día llegaría, se habría reído. Pero allí estaba ahora, esperando a que firmara los papeles del divorcio.

El sonido de las puertas del ascensor le alertaron
de su llegada. En cualquier momento, entraría en la
sala.

–¡Marina...!

La exclamación se le escapó de los labios. Aunque creía estar preparado, la aparición de su mujer
lo dejó sin aliento. Fue como si una fuerza de la naturaleza, como si un destello cegador del sol o un
remolino violento, hubiera entrado por la puerta y
hubiera cambiado el ambiente de la sala.

Tenía un aspecto sensacional.

Llevaba una trenca de color gris metálico, con el
cinturón férreamente cerrado, que enfatizaba la es-

trechez de su cintura y las curvas de sus caderas y de sus generosos senos. Por debajo, se alcanzaba a ver algún tipo de prenda con cuello en uve que dejaba desnudo su cuello y descendía hacia su escote. Su cabello, recogido en una coleta, estaba ligeramente oscurecido por la lluvia, y su piel suave, de porcelana, mostraba cierto rubor.

Marina le dedicó una mirada distante y vacía, como si no hubiera visto a Pietro en toda su vida. Él conocía el significado de aquella mirada. La había sufrido muchas veces durante los días anteriores a su separación.

–*Signora* D'Inzeo... –intervino Matteo.

El abogado se acercó a ella y le estrechó la mano.

–Buenos días.

La sonrisa de Marina fue breve y perfectamente medida. Pero al menos, el abogado había conseguido que le dedicara una sonrisa.

–Pietro...

–Marina...

Pietro inclinó la cabeza de forma casi imperceptible e hizo un esfuerzo por recobrar el control y la frialdad de siempre.

Matteo intentó relajar la tensión. Como abogado especializado en divorcios, estaba acostumbrado a ese tipo de situaciones.

–¿Quieres que te cuelgue la trenca?

–Sí, gracias.

Marina se desabrochó la trenca. Matteo se acercó por detrás y la recogió.

Pietro se preguntó si su esposa sería consciente de la enorme sensualidad que sus movimientos tenían. Incluso envidió al abogado por tener la oportunidad de hacerle ese pequeño servicio, que él mismo le había ofrecido en tantas ocasiones.

Imaginó la suave piel de su cuello y de sus hombros bajo los dedos. Imaginó el contacto de su cabello sedoso. Imaginó que ella se giraba y le besaba la mano.

Y se maldijo por dejarse dominar por su imaginación.

—¿Te apetece beber algo? —preguntó Matteo—. ¿Un café, quizás?

—Un vaso de agua estaría bien.

La prenda que Marina llevaba bajo la trenca era una blusa de color blanco, combinada con una falda negra y ajustada.

Tenía un aspecto muy profesional. Un aspecto impropio de ella.

Era evidente que había elegido esa indumentaria para dar una imagen seria, de mujer fría y organizada. De una mujer que, definitivamente, no tenía nada que ver con la Marina a la que había conocido.

Sin embargo, le quedaba bien. Marina era tan bella que estaba atractiva con cualquier cosa. La blusa blanca contrastaba con el tono rojo de su cabello y con el verde de sus ojos. Y en cuanto a la falda, relativamente corta, enfatizaba sus caderas y las largas líneas de sus piernas.

Al mirarla, Pietro se estremeció.

Había cambiado. Para bien.

Ya no era la mujer pálida y delgada, quizás demasiado delgada, con quien se había casado. Los años habían aumentado la feminidad de sus curvas y ahora era notablemente más sexy que antes.

Lo único que no había cambiado era su gusto con los adornos. Llevaba unos pendientes largos, de plata, que le acariciaban el cuello. Eran bisutería. Nada que ver con las creaciones de diamantes y esmeraldas que él le había regalado en los viejos tiempos.

Mientras Matteo abría una botella de agua y servía un vaso a Marina, Pietro decidió que había llegado el momento de retomar el control de la situación y preguntó:

—¿Nos sentamos?

Marina lo miró y se situó deliberadamente al otro lado de la mesa de caoba, con un movimiento grácil. A continuación, dejó su maletín sobre la pulida superficie y puso las manos encima, cruzándolas.

Pietro no salía de su asombro. Era la viva imagen de la contención y de la calma. Jamás habría imaginado que fuera capaz de comportarse de ese modo. Y paradójicamente, lo encontró muy atractivo; potenció el deseo de quitarle la ropa y de liberar a la mujer apasionada que llevaba dentro, a la verdadera Marina.

Tomó asiento frente a ella. Su mujer aceptó el vaso que Matteo le ofreció y echó un trago de agua. En ese momento, Pietro se dio cuenta de que llevaba puesto el anillo de casada y se llevó una nueva sorpresa.

—Pietro...

Al oír su nombre, se sobresaltó un poco.

—¿Sí?

–¿Qué estamos haciendo aquí, exactamente?

Él sonrió con satisfacción.

–Me extraña que lo preguntes, porque lo sabes de sobra. Acordamos reunirnos para discutir los términos de nuestro divorcio –respondió.

Marina bebió un poco más de agua y dejó el vaso a un lado con una precisión tan exagerada que llamó la atención de Pietro. Por lo visto, no estaba tan tranquila como quería simular. Estaba haciendo un esfuerzo.

–No, no acordamos nada, Pietro. Tú me ordenaste que viniera a Sicilia y yo he venido, pero suponía que me reuniría con tu representante legal, no contigo.

Pietro asintió.

–Bueno, si quieres que lo dejemos en manos de nuestros abogados, me parece bien. Por cierto, ¿dónde está el tuyo? ¿Se va a retrasar?

–No tengo abogado.

–¿Que no tienes?

Ella lo miró con gesto desafiante.

–No, claro que no. Para tu información, la mayoría de la gente no se puede permitir el lujo de pagar los honorarios ridículamente caros de un abogado para que salga corriendo a representarlos si se presenta el caso.

Marina lanzó una mirada breve a Matteo y siguió hablando.

–Además, me concediste una hora para hacer las maletas, subirme a ese coche y tomar un avión a Sicilia. No tuve ocasión de ponerme en contacto con ningún bufete. Pero sé lo que mi abogado me habría sugerido.

Ella observó a su esposo con detenimiento.

Pietro se había sentado de espaldas a un ventanal, a contraluz. Era poco más que una silueta oscura con ojos que, por el contraste, parecían sorprendentemente claros.

En tales circunstancias, no alcanzaba a distinguir los detalles de sus rasgos, pero carecía de importancia porque los recordaba a la perfección. Pietro seguía siendo el mismo hombre de siempre, un hombre de frente despejada y labios grandes y sensuales cuyo contacto permanecía grabado en la memoria de Marina.

Recordó un tiempo en el que habría hecho cualquier cosa por él.

Recordó la primera vez que se vieron.

También era un día de lluvia. Ella viajaba por las calles de Londres, en su pequeño utilitario, cuando se distrajo un momento y chocó con el coche que avanzaba por delante. Se llevó tal susto que se quedó sin aliento durante unos segundos y tuvo que hacer un esfuerzo por recordar quién era y dónde estaba.

Sin embargo, aquel hombre alto y terriblemente atractivo la tranquilizó, restó importancia al incidente y la invitó a tomar una copa que terminó en cena.

Desde entonces, Pietro siempre se las había arreglado para seducirla. Estar con él era como estar en mitad de una tormenta tropical, arrastrada por un viento cálido que la hacía flotar y que la mareaba.

Aquellos días habían sido perfectos, absolutamente felices; pero al final, la fantasía de amor estalló y destrozó todos sus sueños e ilusiones.

Los destrozó a los dos. O por lo menos, destrozó a Marina. Porque ella estaba convencida de que Pietro había seguido con su vida de siempre, con toda tranquilidad, como si no hubiera pasado nada. A fin de cuentas, no había hecho el menor esfuerzo por convencerla para que volviera a su lado. Se limitó a enviarle una carta fría, donde le ordenaba que regresara a Sicilia; ella se negó y él no insistió más.

Ésa había sido la última noticia que tuvo de su marido.

Hasta el día anterior, cuando recibió sus mensajes. Pero esta vez, sólo quería formalizar los términos del divorcio.

Al verlo allí, en la sala de juntas de la oficina, Marina se había sentido como si los dos años anteriores se hubieran desvanecido por arte de magia. Todos sus recuerdos, todas las sensaciones, regresaron a ella en el espacio de un latido. Y todas las defensas que había alzado con tanto esfuerzo, se derrumbaron al instante.

Estaba decidida a mostrarse fría y a mantener el control. Quería dar una imagen tranquila y firme cuando se enfrentara a Pietro y a su abogado. Incluso había pensado que le resultaría fácil, porque creía haber superado la desilusión de su matrimonio y la destrucción de todas sus ilusiones.

Desgraciadamente, no había sido así. Pero respiró hondo, sacó fuerzas de flaqueza y volvió a adoptar una actitud distante.

—No puedo creer que te presentes sin abogado —dijo él—. ¿Te ha parecido que no necesitas uno para que defienda tus intereses?

Ella arqueó una ceja.

–¿Lo necesito?

Pietro entrecerró los ojos.

–Por supuesto que no. Eres mi esposa, Marina.

Marina sacudió la cabeza.

–Pero dejaré de serlo muy pronto.

Pietro se dio cuenta de que ya no estaba tratando con la joven ingenua que había sido, sino con una mujer fuerte, adulta.

–Eres mi esposa, Marina –repitió–. Y como tal, puedes estar segura de que te daré lo que te corresponde por derecho.

Ella sintió curiosidad por su comentario. Era tan dudoso que no supo si era una promesa de trato justo o una amenaza.

–Está bien, te escucho.

–Antes de empezar, hay un par de condiciones.

–Faltaría más –ironizó.

Marina ya había imaginado que habría condiciones. Desde que entró en la sala, supo que Pietro intentaría demostrar que tenía cartas ganadoras y que, naturalmente, estaba dispuesto a utilizarlas. De hecho, no la había citado en el bufete de su abogado por casualidad. Quería jugar en su terreno.

Conocía a su marido y sabía de lo que era capaz. Durante los meses que estuvo a su lado, aprendió que podía ser frío, duro e implacable con los que se atrevían a cruzarse en su camino. Además, la tensión de su cara y la expresión de sus ojos la convencieron de que su carácter no se había suavizado con el paso de los años. Y por si eso fuera poco, su tono de voz parecía indicar que no estaba dispuesto a consensuar nada.

–¿Faltaría más? –preguntó Pietro.

Marina asintió.

–Sí. Suponía que habría condiciones. No soy tan ingenua, Pietro... a decir verdad, me habría extrañado que te mostraras amable y generoso. No es tu estilo. No habría sido propio del príncipe Pietro D'Inzeo.

–Y sin embargo, has venido sin abogado.

Ella sintió un vacío en el estómago. Se había convencido de que no necesitaba un abogado porque Pietro no podía hacer nada contra ella, pero empezaba a dudar de haber tomado la decisión correcta.

Petro Pietro D'Inzeo era un hombre muy poderoso, un hombre rico e influyente que, además, tenía título de príncipe. Era el presidente del Banco D'Inzeo y de otras muchas empresas que había adquirido desde se hizo cargo de los negocios familiares. Y no habría llegado tan lejos si no hubiera sido un depredador frío y un enemigo feroz con cualquiera que se le pusiera por delante.

Se había metido en una situación extraordinariamente complicada. Estaba dispuesta a darle una lección delante de su abogado. Una lección que un siciliano orgulloso como Pietro no se tomaría bien.

Sin embargo, se recordó que, como siciliano, Pietro también tenía un sentido muy desarrollado del honor. A pesar de todos sus defectos, jugaba limpio.

Pero de todas formas, a Marina no le preocupaban las consecuencias financieras de aquella reunión. Le preocupaban las emocionales.

–No me pareció que lo necesitara. Al fin y al cabo, hay leyes que rigen este tipo de asuntos –observó.

Pietro arqueó las cejas. La expresión de sus ojos se suavizó un poco y en su boca se dibujó una sonrisa leve.

Marina se acordó una vez más del pasado. En otros tiempos, habría hecho cualquier cosa por sacarle una sonrisa.

–Además, has dicho que tendré lo que merezco por derecho –continuó.

–Sí, es verdad. Eso he dicho.

–Entonces, deberías exponer tus condiciones.

–Por supuesto.

Pietro miró a su abogado, que abrió las carpetas que tenía sobre la mesa y sacó varios documentos.

–Bueno, vamos allá –dijo Matteo.

Matteo empezó a hablar, pero Marina no prestó tanta atención a lo que decía como a los movimientos de su marido. Pietro se sirvió un vaso de agua, pero no bebió. Se echó hacia atrás en el sillón, como si estuviera perfectamente cómodo con la situación, y la miró con tanta intensidad que ella sintió un calor repentino.

Nerviosa, interrumpió al abogado para acelerar el proceso.

–¿Y las condiciones?

–Bueno, no creo que las encuentres inadmisibles.

Matteo le dio el mismo documento que le habían

entregado en el avión, durante el viaje a Sicilia. El documento que no se había molestado en leer porque nunca había querido otra cosa de Pietro que su amor. Y ya no lo tenía, no quería nada.

–En primer lugar, tendrás que renunciar a usar el apellido D'Inzeo. Volverás a usar tu apellido de soltera.

–Estaré encantada.

Marina no tenía ninguna intención de seguir usando el apellido de su marido, así que no le iba a suponer esfuerzo alguno. De hecho, se sintió aliviada al saber que la primera condición era tan irrelevante.

–Además –continuó ella–, ¿por qué querría llevar el apellido de un hombre que nunca hizo nada por nuestro matrimonio?

Pietro suspiró con disgusto a la derecha del abogado. Marina se puso tensa y esperó su réplica, pero no llegó. Matteo lanzó una mirada rápida a su representado, como pidiéndole que guardara silencio, y el príncipe le hizo caso.

Sin embargo, ella no se dejó engañar por el aspecto aparentemente tranquilo de su esposo. Había cerrado la mano sobre el vaso de agua y estaba tan tensa que los nudillos se le habían quedado blancos.

–Entonces, ¿estamos de acuerdo en ese punto? –preguntó Matteo.

–Totalmente.

–En tal caso, pasemos al segundo.

Matteo hizo una marca junto al párrafo del documento que estaba a punto de citar.

–La segunda condición consiste en que firmarás

un acuerdo de confidencialidad por el que te comprometes a no hablar nunca de tu matrimonio y a no revelar detalles sobre tu vida con el príncipe D'Inzeo, tanto en lo referente a los meses que estuvisteis juntos como a los motivos de vuestra separación.

–¿Cómo?

Marina se giró hacia Pietro y lo miró con asombro, rabia y dolor. No podría creer que le pidiera eso.

–¿Crees necesario que firme un acuerdo de...?

No pudo terminar la frase. Estaba verdaderamente indignada. Jamás habría imaginado que Pietro la creyera capaz de una bajeza semejante, de airear en público los problemas de su relación.

–¿Cómo te atreves, Pietro? –le desafió.

Pietro entrecerró los ojos.

–Sólo quiero proteger mi buen nombre.

–Oh, vamos... no creerás de verdad que haría algo por mancharlo.

Él parpadeó y le dedicó la mirada de un león indolente, como si se estuviera preguntando si debía rebajarse a responder a un ser tan débil.

–Puede que tú no –dijo al fin–. Pero ¿respondes de tu novio?

–¿De mi novio?

Antes de que Pietro pudiera contestar, Marina añadió:

–¿Por quién diablos me tomas? Llevamos separados casi dos años. ¡Dos años! Y dime, ¿cuántas veces he concedido una entrevista a la prensa? ¿Cuántas veces has visto una fotografía mía en las revistas del corazón?

–Marina...

–Ninguna, Pietro. Ninguna –lo interrumpió.

–Pero antes no eras libre –dijo él con frialdad–. Y recibías una asignación tan generosa que tenías buenos motivos para guardar silencio.

–No, yo no recibía nada. ¿Es que no te has molestado en comprobar el estado de tu cuenta bancaria? –preguntó ella, arqueando una ceja–. ¿O es que tienes tantos millones que no notas si te sobra uno?

Pietro la miró con tanta ira que Matteo se estremeció.

–¿Cómo es posible? Yo ordené que...

–Oh, sí, ya imagino lo que ordenaste. Y estoy seguro de que el pobre Matteo, aquí presente, hizo lo posible por conseguir que tus órdenes se cumplieran. Pero a mí ya no me puedes dar órdenes, Pietro.

Pietro apretó los labios y contraatacó.

–¿Insinúas que alguna vez te las pude dar, *bella mia*? Nunca has obedecido las órdenes de nadie. Eso no es nuevo –ironizó–. Pero volviendo al asunto anterior, ¿afirmas que no has recibido la asignación?

–No, por supuesto que no –respondió ella, enfadada–. Tu asignación llegaba puntualmente, pero no he tocado ni un penique de tu dinero.

–¿Por qué no? Era tuyo.

–¿Necesitas preguntarlo? Yo diría que la respuesta es obvia...

–Explícate.

–No necesito que me mantengas. Tengo un empleo, Pietro... recuperé mi antiguo puesto en la biblioteca y me gano la vida con el sudor de mi frente.

No quiero nada de ti. No lo quise antes y no lo quiero ahora, cuando ya estamos divorciados.

–¿Tengo que recordarte que todavía no hemos firmado los documentos del divorcio? De momento, sólo estamos separados.

–De momento –admitió ella–, pero estoy deseando que nos divorciemos. Estoy deseando firmar esos papeles para ser libre y no volver a saber nada de ti.

Pietro la miró con seriedad.

–En ese caso, deberíamos permitir que el pobre Matteo, como le has llamado, pase a los puntos siguientes –ironizó él.

Marina sacudió la cabeza.

–No, nada de eso.

Ella se echó hacia atrás y consideró la posibilidad de levantarse del sillón y de marcharse de allí, pero se lo pensó mejor. Prefería esperar un poco. A decir verdad, estaba disfrutando con la situación. Había conseguido desconcertar a su marido.

–¿Qué puntos son ésos, Pietro? ¿Qué son? ¿Más condiciones? ¿Más dictados y caprichos del gran príncipe D'Inzeo? –preguntó con sarcasmo.

–Marina...

–¿Más órdenes, quizás?

–Marina... –repitió él, intentando ser paciente.

–¿De verdad has creído que yo sería capaz de hablar con la prensa y contarles nuestras intimidades?

Marina sabía que jugaba con fuego al presionar a Pietro, pero no se podía controlar. Además, había viajado a Sicilia precisamente por eso, para decirle las cosas que no le había dicho durante su matrimonio, para intentar provocarlo y obtener una reacción de aquel hombre frío, refrenado, distante.

–¿Crees que quiero que ese desastre miserable que fue nuestro matrimonio aparezca en la portada de todas las revistas? ¿Crees que quiero lavar nuestros trapos sucios delante de todo el mundo?

–Marina, por favor –insistió.

Marina había entrado en un terreno extremadamente peligroso. Pietro le lanzó una mirada llena de furia y empezó a dar golpecitos nerviosos en la mesa.

Pero Marina ya no se podía detener. Tenía la presa entre los dientes y no estaba dispuesta a soltarla.

–¿Crees que me puedes manipular como si fuera una marioneta? ¿Que basta con pagarme para que me atenga a tus caprichos y condiciones?

–Quizás deberías escuchar mis condiciones.

–No.

–¿No?

–No necesito oírlas.

Pietro volvió a suspirar.

–Marina, te recuerdo que has cruzado medio mundo para discutir los términos de nuestro divorcio de forma civilizada.

–Te equivocas.

–¿Cómo que me equivoco?

Pietro no supo qué pensar.

–No he venido aquí por eso. De hecho, los términos de nuestro divorcio, como tú los llamas, no tienen nada que ver con mi viaje.

–¿Entonces?

Marina se levantó para dar más énfasis a sus palabras siguientes. Lo miró desde arriba, echó los hombros hacia atrás y dijo:

–Pensaste que, como yo quería algo de ti, me vería obligada a seguir tus instrucciones y a obedecerte. Pero pensaste mal.

Ella se inclinó sobre el maletín que había dejado en la mesa y lo alcanzó.

–Pensaste mal porque tu plan sólo tendría éxito si fuera cierto que quiero algo de ti –continuó, implacable–. Pero resulta que no quiero nada. Por mucho que te extrañe, príncipe Pietro Raymundo Marcello D'Inzeo, no quiero nada en absoluto.

Marina se detuvo un momento para tomar aire. Esperaba que Pietro dijera algo, pero se mantuvo en silencio, inmóvil como una estatua. Incluso parecía que había dejado de respirar. Lo único que traicionaba su aspecto hierático era el destello ardiente de sus ojos.

–No he venido a verte para discutir tus términos, Pietro. He venido a verte para entregarte los míos.

Entonces, abrió el maletín y sacó unos documentos muy parecidos a los que Matteo le había enseñado.

–Ya he visto tu oferta de divorcio. Y he decidido rechazarla –continuó.

Pietro se movió al fin.

–Pero si la rechazas, no tendrás...

–Nada, ya lo sé –lo interrumpió–. Tendré exactamente lo que quiero, exactamente lo que he venido a decirte que quiero... nada de nada. Absolutamente nada. Porque me casé contigo sin nada y quiero salir de este matrimonio de la misma forma. Aquí tienes los documentos que he preparado. Como verás, renuncio a todo tu dinero. ¡No quiero nada!

Cuando terminó de hablar, Marina lanzó los documentos a la mesa. Pero los lanzó con tanta fuerza que acabaron en la cara de su frío y rígido marido.

Capítulo 3

NO QUIERO nada!
El eco de la exclamación de Marina se apagó de inmediato, sustituido por el rumor de las hojas de los documentos que cayeron sobre la mesa.

Después, la sala quedó en silencio. En un silencio tan denso que se podría haber cortado con un cuchillo.

Junto a Pietro, Matteo dejó el bolígrafo que tenía en la mano y se quedó inmóvil. Hasta la joven secretaria que había permanecido todo el tiempo al final de la mesa, tomando notas sin participar en la conversación, se quedó boquiabierta.

Pietro miró con asombro a Marina. A su esposa. A la esposa que, teóricamente, se iba a convertir en su exmujer.

Sólo tenía que aceptar los términos del divorcio que le había propuesto.

Sólo eso.

Y sin embargo, se negaba y le hacía una contraoferta.

La miró detenidamente y observó que ya no se mostraba tan tranquila como antes. De hecho, las generosas curvas de sus pechos subían y bajaban

como si acabara de correr una maratón. Y su nerviosismo, sumado al evidente intento de respirar
con normalidad, había ruborizado sus normalmente
pálidas mejillas.

Por encima del rubor de su cara, sus ojos verdes
brillaban con furia bajo unas pestañas largas y negras. Además, se le habían soltado unos cuantos mechones de la coleta, que le caían sobre los hombros.

Aquélla era la mujer con quien se había casado.
La mujer que le gustaba tanto que no podía pensar.

Tenía un aspecto salvaje, apasionado, desafiante.

Estaba magnífica.

Pietro pensó que, a decir verdad, estaba más bella que nunca. Incluso más que el día en que se casaron. Casi tanto como durante la noche de bodas,
cuando yacía desnuda en la cama, con el cabello revuelto, los labios hinchados de tantos besos y la mirada oscura y profunda de la satisfacción sexual.

Pero no quería pensar en eso.

Pietro borró los recuerdos eróticos de su mente,
que amenazaban con borrar sus últimos atisbos de
control, y se obligó a concentrase en el problema
que le había presentado.

La sala seguía en silencio. Ni Matteo ni la secretaria se atrevían a hablar. Lo único que se oía era la
respiración acelerada y ligeramente entrecortada de
Marina y el golpeteo de la lluvia en los cristales.

De repente, él se levantó y ordenó:

—¡Salid de aquí!

Era obvio que se refería a su abogado y a la secretaria, quienes obedecieron al instante. Sin embargo, Marina dio media vuelta para seguirlos.

–No, tú no –añadió él.

Como Marina no obedeció, Pietro avanzó hacia ella a largas zancadas, se plantó delante y la agarró de la muñeca.

–He dicho que tú no.

Ella le dedicó una mirada llena de rabia; pero contrariamente a lo que su esposo había imaginado, no intentó resistirse ni forcejear. Quizás, porque no quería organizar un escándalo. O quizás, porque había comprendido que no podía arrojarle un montón de papeles a la cara y marcharse así como así.

Además, Marina debía saber que no habría servido de nada. Si se hubiera ido, él la habría encontrado.

–¿Qué está pasando aquí? –preguntó él cuando Matteo cerró la puerta al salir–. ¿A qué demonios estás jugando?

El rostro de Marina era la viva imagen de la rebelión. Permaneció en silencio durante unos segundos, pero al final contestó.

–No estoy jugando a nada. Lo que he dicho, lo he dicho en serio.

–Eso no es posible. ¿Por qué querrías hacer una cosa así?

–¿Una cosa como qué, Pietro? ¿Como rechazar tu propuesta de divorcio? ¿Como rechazar el dinero que estabas dispuesto a darme a cambio de que aceptara tus pequeñas y patéticas condiciones?

Pietro apretó los dientes.

–Te he hecho una oferta generosa que...

–Sí, estoy segura de que lo es –lo interrumpió con brusquedad–. A fin de cuentas eres un hombre

rico. Y como dije antes, hay leyes para estos asuntos.

–¿Leyes? ¿Crees que te he ofrecido un acuerdo
por lo que dice la ley? –preguntó él con incredulidad.

Los dos se miraron a los ojos.

–No, por supuesto que no.

–Entonces, ¿por qué...?

Pietro se estremeció por dentro. En la mirada de
Marina había algo que avivaba su deseo y le hacía
pensar en todo tipo de locuras.

Pero debía recuperar el control.

La frustración, la rabia, el asombro y la incredulidad ya eran una combinación extremadamente peligrosa y traicionera como para sumarle, además, el
deseo sexual. Una sola chispa y la normalidad sal-
taría por los aires.

Sin embargo, no le sorprendió en exceso. Al fin y
al cabo, el sexo era lo que los había unido y lo que los
había mantenido juntos durante los primeros meses
de su matrimonio, incluso en los peores momentos.

El sexo era lo único que no había muerto entre
ellos. Y pensándolo bien, no tenía nada de particular que siguiera presente.

Además, su cercanía física resultaba embriagadora. Hasta unos momentos antes, la mesa había hecho las veces de barrera entre ellos y lo había ayudado a mantener el control de sus emociones. Ahora,
en cambio, estaba tan cerca que sentía el calor y la
suavidad de la piel de su muñeca y hasta podía notar
el dulce y casi imperceptible aroma floral del champú
con el que se lavaba el pelo.

–¿Por qué? –repitió Marina–. ¿Preguntas por qué he rechazado tu oferta? ¿Es que no resulta obvio?

–No.

Ella arqueó una ceja.

Él suspiró y añadió:

–Sí, bueno... admito que encuentro dos explicaciones posibles.

–¿Dos explicaciones? –dijo ella, algo sorprendida–. ¿Qué dos?

–La primera, que pienses que puedes jugar duro para mejorar el acuerdo en tu favor y conseguir que te dé más dinero.

–Si piensas eso, estás muy equivocado.

–Y la segunda, que no te quieras divorciar de mí. Que hayas pensado que, si despiertas mi interés lo suficiente y...

–¿Que no me quiero divorciar? –preguntó, atónita.

Marina no lo podía creer.

–No, no es posible que pienses eso –continuó ella–. No es posible que creas que he venido a verte porque no me quiero divorciar.

Estaba realmente desconcertada. Pero sólo tardó unos segundos en comprender por qué había dicho lo que había dicho.

En un primer momento, cuando Pietro la agarró de la muñeca, ella hizo un breve intento por liberarse. Tiró un poco, pero él la siguió agarrando con firmeza, aunque sin pasarse, mientras Matteo y la secretaria se marchaban.

Entonces, se quedaron a solas.

Y habría sido el momento perfecto para liberarse de él.

Pero en lugar de zafarse, se había concentrado tanto en la discusión que mantenían que no había hecho nada por recuperar su libertad. Había permanecido allí, pegada a él, admitiendo su contacto físico como si no le molestara en absoluto. O peor aún, para su desesperación, como si lo deseara.

Y Pietro, naturalmente, lo había interpretado en el segundo sentido.

—Mientras hablamos de las cosas que no quiero, ¿qué te parece si me sueltas la muñeca de una vez? Me estás haciendo daño.

—Lo siento.

Pietro la soltó y ella sintió un escalofrío que reconoció al instante. Su cuerpo lamentaba la pérdida del contacto.

Aunque habían pasado dos años desde su separación, el calor de sus dedos le había resultado desconcertantemente agradable.

—Lo siento —repitió Pietro.

—Descuida, no ha sido nada.

Ella alzó el brazo para demostrar que no había sufrido ningún daño, pero él no apartó la mirada de su cara. Y allí, en el fondo de los ojos de Pietro, había una oscuridad inquietante que la puso nerviosa.

Estaba físicamente cerca, muy cerca. Pero emocionalmente lejos, muy lejos.

Marina se había llegado a convencer de que los dos años de separación habrían apagado su antigua pasión. Sin embargo, la verdad era muy diferente. Se sentía como si el tiempo transcurrido sólo hubiera servido para aumentar su hambre de él, su necesidad de aquel festín que inundaba sus sentidos hasta el extremo de no saber dónde fijar la vista, qué mirar primero, qué absorber primero.

Su cabello seguía tan negro como siempre, reluciente como el día en que se habían conocido. Su piel seguía tan morena como siempre, tan radicalmente distinta a la de ella, blanca. Y sus ojos claros, de acero azul, seguían brillando por encima de los mismos pómulos altos y bien definidos.

Aspiró su aroma y se frotó la zona de la muñeca donde la había tocado. Casi estaba mareada. De hecho, tuvo que cerrar los ojos durante un momento para recuperar la calma.

—Sí, yo también lo noto —dijo él.

Marina volvió a abrir los ojos.

—¿Cómo?

—He dicho que yo también lo noto. Sigue aquí, ¿verdad?

—No te entiendo...

Ella lo entendía perfectamente, pero no lo quiso admitir.

—Aquí no hay nada, Pietro —añadió.

—Mentirosa —dijo con suavidad.

A Marina se le hizo un nudo en la garganta.

—No soy una mentirosa. No sé lo que quieres decir.

Sin embargo, lo sabía. Lo sabía exactamente. Pietro sólo había tenido que rozarla un poco para que su cuerpo reaccionara.

Él sacudió la cabeza y dijo:

—No tengo miedo de confesar que todavía te deseo. Sería un estúpido si lo negara. Y aunque no me guste más que a ti, al menos no me asusta reconocer que el deseo sigue presente entre nosotros. Hasta tú lo admitirías si fueras sincera.

–¡Yo no tengo miedo! –protestó.

–¿Seguro que no?

–Por supuesto que no.

Marina se preguntó a quién pretendía engañar. Además, su miedo ni siquiera era nuevo; la atracción que sentía por Pietro era tan primitiva, irracional e intensa que siempre le había dado miedo.

Pero al mismo tiempo, le parecía fascinante. Y la echaba de menos.

–Está bien, si quieres que sea sincera... sí, el sexo sigue aquí, entre nosotros –confesó–. Pero en una relación amorosa hace falta algo más que sexo.

–Bueno, el sexo no está mal para empezar –observó él.

Pietro sonrió y ella pensó que su sonrisa era increíblemente encantadora. Había olvidado lo seductor que podía llegar a ser.

–Pero no estamos empezando nada, ¿verdad? –le recordó–. De hecho, se supone que queremos divorciarnos. Por eso nos hemos reunido.

–Por eso nos habíamos reunido –puntualizó él.

–¿Habíamos? ¿Qué significa eso?

Pietro se encogió de hombros.

–Que las cosas han cambiado.

–Sigo sin entenderte.

–Marina, eres tú quien se niega a aceptar los términos del divorcio. Has rechazado la oferta que te he hecho.

–¡Porque no quiero nada de ti!

Él asintió lentamente, sin dejar de mirarla a la cara.

–Está bien, como tú digas. Pero al rechazar esa oferta, lo has cambiado todo. Ahora tendremos que renegociar un acuerdo nuevo... y con normas nuevas.

Ella se sintió desfallecer. Súbitamente, la esperanza de recobrar su libertad y de seguir con su vida se desvanecía ante sus ojos.

–¡Eso es ridículo! ¡No me puedes obligar a aceptar lo que no quiero! ¡No puedes negarte al divorcio porque pido menos de lo que tú me has ofrecido!

Marina consideró la posibilidad de que Pietro rechazara su contraoferta por el simple placer de llevarle la contraria. Pero eso habría sido patético e impropio de él. Pietro era un hombre dominante, arrogante, frío y dictatorial, pero jamás había sido patético.

Obviamente, debía de tener otros motivos.

Pietro dio un paso más hacia ella. Marina hizo ademán de retroceder, pero permaneció donde estaba.

Su mente parecía dividida en dos. Una parte quería seguir allí, inmóvil, para que Pietro no pensara ni por un momento que tenía miedo de él. La otra, quería seguir allí porque quería estar cerca de él, porque quería lo que aquella mirada oscura parecía prometer, porque lo deseaba con toda su alma.

Ya no lo podía negar.

Deseaba probarlo, deseaba sentirlo, deseaba que la envolviera con su cuerpo una vez más.

Lo había deseado desde el momento en que entró en la sala de reuniones y lo vio junto a la ventana, de pie.

En realidad, siempre lo había deseado. Extrañaba su relación con Pietro, por peligrosa que fuera y por duras que fueran las consecuencias. Eso era lo que le había faltado durante los dos años anteriores; el vacío que no podía llenar con nada.

A pesar de todo, lo deseaba. Por lo menos, físicamente.

Su matrimonio y su relación podían estar rotos, el amor podía haber desaparecido, pero el deseo siempre estaría presente.

Así que se quedó donde estaba, mirándole a los ojos sin parpadear, esperando que la tocara y, tal vez, que la besara.

Pero Pietro no la tocó ni la besó. Para frustración de Marina, se detuvo y frunció el ceño.

—¿Eres consciente de que me envías mensajes contradictorios? —preguntó él, escudriñando su cara—. Primero me dices que no quieres nada de mí, que nuestro matrimonio ha terminado y que no sientes nada y luego...

Él no terminó la frase. Se limitó a mirarla de arriba abajo.

—Y es verdad. No quiero nada de ti —afirmó ella.

Pietro sacudió la cabeza.

—¿Que no quieres nada de mí? Discúlpame, pero eso no es lo que dicen tus ojos. Ni a decir verdad, tu boca.

—¿Mi...?

Marina se quedó boquiabierta, incapaz de pronunciar la palabra. Y se traicionó del todo cuando, un momento después, se humedeció los labios con la lengua.

Fue un movimiento inconsciente, pero bastó para que Pietro confirmara sus sospechas.

—Dime, belleza. ¿Qué quieres de mí? —preguntó con una sonrisa.

—Yo...

Marina no podía hablar. Se sentía como si su cabeza se hubiera llenado de algodón y no le quedara ni un pensamiento racional. De repente, el suelo le parecía leve, casi insustancial, incapaz de sostener su peso.

Cerró los ojos e intentó dominarse.

Sabía que había llegado el momento de decir lo que tenía que decir, por duro que fuera. Ya no podía esperar más.

Pensó en lo sucedido durante los minutos anteriores y sacudió la cabeza.

Se había sentido muy orgullosa cuando le lanzó los documentos a la cara. Estaba encantada de decirle al príncipe que no quería nada de él, salvo divorciarse, recuperar su libertad y dejar atrás aquella pesadilla. Estaba tan encantada que hasta había olvidado la humillación de tener que viajar a Sicilia sólo porque el hombre que había destrozado su matrimonio con su comportamiento cruel e insensible, se lo había ordenado.

La perspectiva de darle una lección la había animado durante el viaje en avión y durante la primera parte de la reunión en la sala, dándole fuerzas. Ardía en deseos de que llegara el momento de tirarle los papeles y marcharse de allí, libre como un pájaro. Naturalmente, eso no significaba que las heridas de su matrimonio se hubieran curado pero, al menos, no iba a permitir que se reabrieran.

Por desgracia, su plan había fracasado. Su rebelión, cuidadosamente planeada, se había desinflado como un globo. Lejos de tomárselo como la demostración final de que no estaba interesada en él, Pietro se lo había tomado como una especie de provocación para revivir el matrimonio del que tanto deseaba escapar. El matrimonio del que Marina pensaba que él también quería escapar.

—Demasiado tarde —dijo él.

Pietro se acercó y se pegó prácticamente a ella.

—Yo no...

Él alzó una mano y le puso una mano en los labios, silenciándola.

—Demasiado tarde —repitió su esposo—. No hace falta que digas nada más... Tu silencio lo ha dicho por ti.

—No...

Marina se arrepintió de haber abierto la boca, aunque sólo fuera para pronunciar un monosílabo. Porque, para pronunciarlo, tuvo que mover los labios y acariciar suavemente la suave y morena piel de aquel dedo.

Y su sabor la volvió loca. Liberó la cascada de imágenes sensuales e íntimas que había reprimido con tanto esfuerzo, los recuerdos de todos sus besos y caricias, del aroma del cuerpo de Pietro, de la tensión que crecía cuando estaban juntos y que sólo quedaba satisfecha cuando hacían el amor.

–Sí –dijo él.

Pietro le puso una mano bajo la barbilla y se la levantó un poco. Marina no tenía fuerzas para escapar del fuego de sus ojos y de la caricia de su aliento en la piel. Si había albergado la esperanza de ocultar el deseo que sentía, se desvaneció rápidamente. Pietro habría tenido que estar ciego para no reconocerlo en su rostro, en su respiración entrecortada y hasta en los latidos de su corazón, que se había desbocado.

–Como veo que no quieres reconocerlo con palabras, yo lo haré en tu lugar –continuó Pietro–. Yo quiero esto. Tú quieres esto. Dejemos de perder el tiempo.

Entonces, antes de que Marina pudiera tomar aire para replicar, él bajó la cabeza y la besó en la boca.

Capítulo 4

AL SENTIR la firme y cálida presión de sus labios, Marina se dijo que habría sido absurdo que negara lo que sentía. No habría engañado a nadie.

Aquel beso había sido inevitable desde que Pietro se sentó delante de ella, al otro lado de la mesa, y la miró. En ese momento, se dio cuenta de que los dos años transcurridos desde su separación no habían rebajado en modo alguno su deseo.

Había entrado en aquella sala con la convicción de que podría defenderse de él. Pero se había mentido a sí misma.

Además, sus esfuerzos por mantener el control no habían servido de nada. No habían impedido que su cuerpo reaccionara como si hubiera vuelto a casa, al hogar perdido. No podían evitar que un simple beso la cegara tanto como la luz del sol. No podían apagar la necesidad salvaje que la dominaba hasta el punto de destruir cualquier posibilidad de mantener despierto su instinto de supervivencia.

Estaba tan excitada que sus piernas apenas la sostenían. Se había apoyado en la dura superficie de su cuerpo, cuyos músculos y huesos eran lo único que la mantenía en pie. Deseaba a ese hombre. Lo había deseado desde el momento en que se conocieron, y el paso del tiempo no había por reducir el ansia que sus besos despertaban en ella.

La distancia y los años no habían hecho otra cosa que avivar el fuego. De hecho, su necesidad había llegado a ser tan absoluta que bastó una simple chispa, aquel beso, para derrumbar las murallas que había levantado a su alrededor.

—Pietro...

El deseo de Marina era tan perentorio que el nombre sonó a grito ahogado en su garganta. No quería malgastar el tiempo. Hasta el segundo necesario para pronunciar *Pietro* le parecía una espera excesiva.

Tomó aire y lo volvió a perder, inmediatamente, bajo la presión de aquella lengua excitante que le acariciaba los labios para que abriera la boca y pudiera intensificar el beso. Y si su corazón ya se había desbocado antes, ahora se sentía como si estuviera a punto de estallar, borrando sus pensamientos con ello.

Pietro alzó las manos y le quitó la goma de la coleta. Después, introdujo los dedos en su cascada de cabello sedoso y los cerró para mantenerla presa y que su cabeza permaneciera en la posición que quería, ligeramente inclinada, para besarla mejor.

Había pasado mucho tiempo. Demasiado tiempo para Marina, que ansiaba aquella conexión sensual, ardiente, embriagadora. Demasiado tiempo desde la última vez que había sentido ese vacío en la boca del estómago.

—Demasiado... —suspiró contra su boca.

–Sí, demasiado –dijo él.

Pietro cruzó con ella la sala hasta que Marina sintió una pared contra la espalda. Luego, aprovechando que Marina podía apoyar la cabeza, la besó con más fuerza y ardor, con una intensidad renovada.

Marina se dejaba llevar, renunciaba a mantener el control y lo tomaba sucesivamente, uniendo sus lenguas en la danza de la pasión.

Habían olvidado dónde estaban. No eran conscientes de que seguían en la sala de juntas del bufete de Matteo, con su mesa larga y sus sillones formales, con sus ventanas que la lluvia azotaba.

Y no lo recordaron hasta que, poco después, alguien llamó suavemente a la puerta. Entonces, volvieron a la realidad.

–¿Pietro?

Marina pensó que Matteo Rinaldi no se habría atrevido a interrumpir al príncipe D'Inzeo sin un motivo verdaderamente importante. Sin embargo, Pietro le lanzó una mirada de pocos amigos e intercambió con él unas palabras en italiano, rápidas y desabridas, que Marina no pudo entender.

La cabeza le daba vueltas. No podía pensar con claridad.

Pero no se debía a la súbita interrupción ni al efecto de los besos de su esposo ni al impacto de perder el contacto con él, que la había dejado tan débil que se alegró de estar apoyada en la pared.

El motivo era bien distinto. No sabía lo que estaba haciendo. Había perdido el juicio. No contenta con dejarse llevar por las atenciones de Pietro, lo había animado de forma activa y se había sumado voluntariamente.

Era un error. Un tremendo error.

–Estúpida, estúpida, estúpida –se dijo en voz baja, aprovechando que los hombres seguían discutiendo.

Conocía a Pietro, sabía cómo pensaba y cómo se aprovechaba de la gente. Y sin embargo, se había entregado a él.

A decir verdad, eso era lo más excitante de todo. Marina sabía por experiencia propia que era seductor hasta el extremo de ser capaz de vaciar la mente de una mujer y dejarla convertida en una masa de impulsos y necesidades sexuales, en poco más que una marioneta a merced de sus manos.

A fin de cuentas, había utilizado el mismo truco para convencerla de que se casaran, aunque ella pensaba que llevaban juntos poco tiempo y que no se conocían lo necesario.

Cuando le mostró sus reservas, él se burló de su preocupación. Y más tarde, al ver que ella insistía, la tranquilizó con dulces y sensuales palabras y con caricias aún más dulces y más sensuales.

Marina se había convencido de que la había manipulado con sus atenciones para llevarla a la cama. Pero no podía negar que le hizo el amor de una forma tan experta, tan intensa y tan apasionada que luego, cuando abrió los ojos y miró el techo de aquella habitación, no encontraba sentido a ninguna de sus preocupaciones anteriores.

Al final, ya no quería pensar.

Se había enamorado y no quería otra cosa que casarse con él, aunque la boda le siguiera pareciendo apresurada.

Y ahora, dos años después, había cometido el mismo error. Se había dejado llevar por la pasión que sentía. Si Matteo no hubiera tenido la valentía de llamar a la puerta e interrumpir a su jefe, habrían terminado haciendo el amor contra la pared.

La verdad le incomodó tanto que no quiso pensar. Era demasiado dolorosa.

—Todo está bien —oyó decir a Pietro.

Cuando su marido cerró la puerta, Marina decidió intervenir.

—No, no está bien.

—¿Cómo?

—Sólo estará bien cuando me dejes libre.

Él se quedó atónito. Ella aprovechó la ocasión para empujarle en el pecho y apartarse rápidamente.

—¿Qué diablos...?

Pietro no salía de su asombro. Si no lo hubiera visto con sus propios ojos, no habría creído que Marina fuera capaz de cambiar de humor tan rápidamente, en lo que a él le habían parecido unos pocos segundos.

La ardiente mujer de antes se había convertido en una mujer helada, con la dureza de una estatua de mármol.

Sus ojos verdes, que antes brillaban con deseo, ahora estaban apagados y opacos. Incluso se había molestado en atusarse el cabello, antes revuelto, y en volver a meterse la blusa por debajo de la falda.

—¿A qué estás jugando, Marina?

Su voz sonó tan ronca y baja que ni él mismo la

reconoció. Se sentía extrañamente traicionado, engañado.

Se preguntó cómo era posible que Marina cambiara tan deprisa de actitud. Cómo era posible que de repente se comportara como si no hubiera ocurrido nada entre ellos, como si no hubiera sentido aquella conexión.

Al pensarlo, cayó en la cuenta de que le había hecho lo mismo antes de separarse de él. Empezó a mantener las distancias, le daba la espalda y, al final, lo expulsó de su vida. Fue como si hasta la pasión que los había unido hubiera muerto.

Pero el beso de aquella mañana demostraba que su pasión seguía viva.

Seguía allí con una fuerza salvaje, feroz y primitiva que aún sentía en su cuerpo como una especie de corriente eléctrica que escapara a su control.

—¿No me has oído? He dicho que...

—Sé lo que has dicho —lo interrumpió ella con frialdad—. Lo he oído perfectamente. Pero las cosas son como son.

Él frunció el ceño, confuso.

—No estoy jugando a nada, Pietro. De hecho, creo que no he hablado más en serio en toda mi vida. He venido a Sicilia para poner punto final a nuestro matrimonio y eso es exactamente lo que quiero hacer.

—Sí, ya lo veo —ironizó.

Ella le lanzó una mirada desdeñosa.

—¿Acaso crees que un simple beso es todo lo que necesitas para que vuelva contigo y vuelva a aceptar el desastre de tu relación?

—Pensaba que era nuestra relación —puntualizó.

–¿Nuestra? Habría sido nuestra, como dices, si hubiera sido una relación entre iguales –replicó ella–. Pero no se puede decir que lo fuera.

–¿Qué insinúas, Marina?

–Lo sabes de sobra.

–No, no lo sé. ¿Es que yo te obligué a casarte conmigo? ¿Es que te extorsioné? Si no recuerdo mal, te casaste de muy buena gana.

–Es cierto, no lo voy a negar. Pero entonces no podía pensar con claridad... te deseaba demasiado. Y ya que tienes tan buena memoria, tal vez recuerdes que fuiste tú quien insistió en que nos casáramos.

–¡Porque te habías quedado embarazada!

Pietro tenía razón. Había sido un error terrible; se olvidó de tomar la píldora y se quedó embarazada. Pero Marina seguía pensando que él había aprovechado la circunstancia para presionarla y empujarla a una boda que no quería. Le daba pánico que volviera a Londres. La simple idea de que se pudiera acostar con otros hombres lo volvía tan loco de celos que, en su opinión, había aprovechado el embarazo para atraparla.

–Sí, porque me quedé embarazada y porque tú insististe en que tu precioso heredero llevara el apellido de tu familia. No me diste tiempo para pensar.

–¿Es que necesitabas pensarlo?

–Por supuesto que sí. Si en aquella época hubiera estado en mi sano juicio, me habría dado cuenta de que no nos conocíamos lo suficiente.

–Pero estaba el niño... Yo quería ese niño. Y te quería a ti.

Ella sacudió la cabeza.

–Sí, querías al niño. Y me querías a mí porque era inseparable del niño. Pero si no hubiéramos forzado las cosas por culpa de mi embarazo, habríamos comprendido que lo nuestro era un simple encaprichamiento, una aventura, una relación puramente sexual cuyas llamas se apagarían con rapidez.

–Eso no es verdad, Marina.

–Claro que lo es. Si no me hubiera quedado embarazada, lo nuestro habría durado poco. Uno de los dos se habría cansado en algún momento.

–¿Como tú te cansaste?

Pietro le dedicó una mirada llena de amargura, sin ningún calor.

A Marina le pareció increíble que lo tuviera que preguntar. Por supuesto que se había cansado. Fue exactamente lo que le dijo en la carta que le envió dos semanas después de abandonarlo; le dijo que estaba cansada de su matrimonio y que quería recuperar su libertad. Y añadió que se había arrepentido de casarse con él incluso antes de perder al niño.

Además, Marina había malinterpretado a Pietro. Cuando perdió al niño, él quedó sumido en una desesperación tan profunda que se concentró totalmente en su trabajo. Era su única tabla de salvación. Y no se atrevía a hablar con Marina, a compartir sus sentimientos, porque tenía miedo de que lo malinterpretara y creyera que se sentía decepcionado con ella.

Poco a poco, su esposa se fue alejando de él. Además, Pietro empezó a dormir solo porque el médico le había recomendado que le diera un poco de espacio para facilitar su recuperación. Marina nunca dijo que lo quisiera otra vez a su lado. Y Pietro intentó reconquistar su afecto de la única forma que sabía, con besos y caricias.

Ahora, dos años después, había llegado a su corazón del mismo modo. Durante unos minutos, ella se había derretido entre sus brazos y todo había vuelto al principio, como si no hubiera pasado nada, como si no se hubieran separado.

Si Matteo no hubiera llamado a la puerta, habría tenido una oportunidad. Pero desgraciadamente, llamó.

—No me diste tiempo para pensar —insistió Marina—. Pero ahora no lo necesito... lo he pensado largo y tendido. He pensado en ti y en nuestro matrimonio. Quiero que nos divorciemos de una vez por todas. Y no voy a cambiar de opinión.

—Quizás deberías esperar a saber qué hay en mi oferta.

—Ya te he dicho que no quiero nada.

—Has dicho que no quieres mi dinero —le recordó.

—Ni tu dinero ni tus besos.

Pietro maldijo su suerte.

Si su abogado no los hubiera interrumpido, habrían hecho el amor contra la pared o en la alfombra de la sala. Si no hubiera llamado, habrían vuelto a vivir el fuego, el hambre y el calor de los viejos tiempos.

Porque Pietro sabía que su deseo era recíproco. Y porque a pesar de lo que había pasado entre ellos, la deseaba tanto como el día en que se acostó con ella por primera vez.

Tanto como entonces o, quizás, más. Al fin y al cabo habían sido dos años de separación; dos largos y vacíos años sin tenerla en su cama; dos años en los que se había sentido como si estuviera en el desierto sin agua y sin comida.

La deseaba más que a ninguna otra mujer en el mundo y no iba a permitir que se marchara sin volver a probar su cuerpo y sin volver a saciarse con él. La deseaba con desesperación. Necesitaba estar con ella.

Pero, para lograrlo, tendría que convencerla de que se quedara. Y conociendo a Marina, no iba a ser fácil. Si la presionaba en una dirección, ella tomaría la contraria.

Justo entonces, se dio cuenta que había dado con la clave.

—Está bien. Supongo que tienes razón.

Marina miró a Pietro con desconcierto, especialmente, porque se alejó de ella y no se detuvo hasta llegar al extremo contrario de la sala.

—¿Has leído los documentos de mi propuesta?

Mientras lo preguntaba, él alcanzó los papeles que Marina le había lanzado a la cara y los ordenó.

—No.

Ella se preguntó qué pretendía. Quizás fuera una prueba, quizás quisiera tentarla para ver si dudaba o mostraba alguna debilidad. Y como seguía pensando que Pietro lo reducía todo al dinero, le molestó.

—¿Para qué? —continuó—. ¿Qué sentido tiene? No hay nada que me puedas ofrecer para que permanezca a tu lado.

Pietro guardó los papeles de Marina en el maletín que había llevado a la reunión y lo dejó sobre la mesa, cuidadosamente alineado con el resto de los objetos.

A Marina le pareció una burla feroz que se molestara en ordenar lo que, a fin de cuentas, no era sino la sentencia de muerte de una relación que había sido maravillosa o que, por lo menos, fue maravillosa hasta que ella se convenció de que su marido no la amaba y de que no la había amado nunca.

Cuando se quedó embarazada, él no lo dudó. Un hijo de un D'Inzeo no podía nacer fuera del matrimonio. Y en su momento, ella se sintió tan agradecida de que no se enfadara con ella por el enorme error que había cometido al olvidarse de tomar la píldora, que no le importó que quisiera casarse sin una declaración previa de amor.

Marina se dijo que quería casarse y que eso era suficiente. Se dijo que el resto, llegaría después. Y se engañó a sí misma.

–Por lo que a mí respecta, puedes tomar esos documentos y arrojarlos al Etna o al mar. No me importa en absoluto.

Harta y desesperada, se acercó a la puerta, la abrió y llamó al abogado.

–Ya puedes entrar –dijo–. Tenemos que hablar de negocios.

–¿A qué te refieres con eso? –preguntó Pietro–. ¿A poner fin a nuestro matrimonio?

Marina lo miró con sorpresa. Si no lo hubiera conocido mejor, habría pensado que lo preguntaba con tristeza, como si realmente lamentara la ruptura.

–Por supuesto. ¿A qué otra cosa me puedo referir?

Él asintió y volvió a adoptar su expresión impasible de costumbre.

–De acuerdo, Marina. Pero si es verdad que no quieres nada de mí, no necesitamos ni tribunales ni abogados para llegar a un acuerdo –observó él–. Matteo, tus servicios ya no son necesarios. Puedes olvidar el asunto.

Matteo abrió la boca para protestar, pero Pietro añadió:

–Mi esposa y yo lo discutiremos en privado y te llamaremos más tarde para que te encargues de los detalles legales. ¿Te parece bien, Marina?

–Bueno...

Marina no supo qué decir. Aparentemente, había conseguido lo que quería. Aparentemente, Pietro le iba a conceder el divorcio.

Pero no las tenía todas consigo.

Además, discutir en privado con él era lo que había intentado evitar desde el principio. En cuanto Pietro la tomó entre sus brazos y la besó, ella dejó de pensar y perdió el control de la situación.

Tendría que mantenerse atenta, con la guardia en alto.

–Sí, por supuesto –dijo al final–. Si es necesario...

–En tal caso, os dejo a solas –se despidió Matteo.

Pietro asintió con un gesto de triunfo. Acto seguido, se acercó al sillón donde el abogado había dejado la trenca de Marina y la alcanzó.

–¿Adónde vamos?

–En primer lugar, a tu hotel.

–¿A mi hotel? ¿Por qué? –preguntó, alarmada.

El simple hecho de mirarlo a los ojos, bastó para que Marina sintiera la necesidad de dar un paso atrás, pero se contuvo. Si retrocedía, él se daría cuenta de que su cercanía física la ponía nerviosa.

–Porque si sigues con esa trenca, te vas a empapar. No sé si te has fijado, pero está lloviendo a mares... y naturalmente, no puedo permitir que vuelvas al hotel andando cuando te puedo llevar en coche. Sería muy poco caballeroso por mi parte.

Ella lo miró con desconfianza y guardó silencio.

–¿Es que tienes miedo de que te lleve al hotel, *cara*? –susurró él.

–Yo no tengo miedo de nada –aseguró.

Su marido le ofreció la trenca y ella metió los brazos en las mangas, permitiendo después que la levantara lo necesario para cerrarla sobre los hombros. Marina pensó que sólo le había puesto la prenda porque sabía que se sentiría como una marioneta.

–Me alegro –ironizó Pietro.

–¿Es que te parece que tengo miedo?

–Por supuesto que no.

Por la sonrisa de Pietro, ella supo que le estaba tomando el pelo. Y un segundo más tarde, cuando él le sacó el cabello del cuello de la trenca, Marina tuvo que hacer un esfuerzo para contenerse. Su contacto la volvía loca.

Además, era consciente de que Pietro se había salido con la suya. La había provocado con el co-

mentario del miedo porque sabía que era muy orgullosa y que preferiría estar muerta antes de admitir
que estaba asustada. Ella misma se había conde-
nado. Ahora no tenía más remedio que aceptar el
viaje al hotel.

Sin embargo, a Marina no le preocupó en exceso.
Sólo se trataba de mantener una conversación en privado y solventar las cosas; una conversación que
seguramente mantendrían en algún lugar público,
como el bar del propio hotel o algún restaurante.

Pensó que no podía pasar nada malo.

Pero sus pensamientos y sus emociones iban por
caminos diferentes.

Cuando salieron de la sala de juntas, Marina se
acercó a Matteo o dijo:

—Gracias por tu ayuda, Matteo. Gracias por tomarte tantas molestias.

—De nada...

Marina supuso que el abogado habría notado la
tensión y la corriente eléctrica que había entre su
marido y ella, como la de una tormenta que estuviera a punto de estallar. Pero al girarse hacia la salida, vio que Pietro la estaba esperando con un gesto
de relajación absoluta, como si se encontrara perfectamente cómodo con la situación y tuviera todo
el tiempo del mundo por delante.

—¿Preparada? —preguntó él.

Ella asintió.

—Preparada.

A decir verdad, no estaba preparada en absoluto.
Sabía que Pietro tramaba algo. Por muy amable que
se mostrara, Marina lo conocía bien y estaba segura

de aquella expresión relajada ocultaba algo oscuro y peligroso.

Su táctica inicial le había sorprendido. Pietro no esperaba que rechazara su dinero y que no quisiera más compensación que el divorcio y su libertad. Pero la experiencia le decía que el príncipe D'Inzeo no reaccionaba bien con ese tipo de sorpresas. Más tarde o más temprano, se vengaba.

Evidentemente, quería recobrar el control de la situación y había trazado algún tipo de plan para conseguirlo.

Marina lo sabía de sobra.

Pero no sabía qué pretendía hacer cuando lo recobrara.

Capítulo 5

MARINA le dio el nombre del hotel a rega-
ñadientes. Pietro la llevó en coche y sonrió para sus adentros cuando llegaron a la
calle del establecimiento y vio el edificio a lo lejos,
aunque no supo si sentirse irritado o encantado con
su elección.

Su aspecto era peor de lo que recordaba. Estaba
en el casco histórico de la ciudad, junto al teatro
Massimo, pero eso era lo mejor que se podía decir
de él. La pintura de la fachada se caía a pedazos y
las escaleras de la entrada estaban tan viejas que parecían a punto de hundirse.

Se preguntó por qué habría elegido aquel hotel
cuando habría estado más cómoda en cualquier otro
lugar. Y aquella pregunta le llevó a otras, quizás
más importantes. Porque su esposa había afirmado
que no quería absolutamente nada de su matrimonio, pero cabía la posibilidad de que fuera una estrategia para sacarle más.

La afirmación de Marina no tenía ni pies ni cabeza. Si era verdad que no quería nada de él, resultaba absurdo que no le hubiera pedido el divorcio
antes. A no ser, por supuesto, que su relación con
Stuart hubiera cambiado las cosas.

Al pensar en Stuart, frunció el ceño.

—Ya hemos llegado.

Aquéllas fueron las primeras palabras que Marina pronunciaba desde que salieron del bufete de Matteo. Se había mantenido recta, casi rígida, en el asiento del coche, aferrando su maletín como si la vida le fuera en ello.

Pero a Pietro no le incomodó en absoluto. Estaba acostumbrado a que su esposa levantara ese tipo de barreras a su alrededor. Y por otra parte, su empeño en no apartar la vista del parabrisas sirvió para que él pudiera disfrutar de la visión de su perfil.

Adoraba a esa mujer. A pesar de todo lo que había pasado, no iba a permitir que volviera a su vida para desaparecer de nuevo. El beso que se habían dado en la sala de juntas le había demostrado que la quería tanto como al principio de su relación. Por lo menos, desde un punto de vista físico.

Además, estaba seguro de que podía convencerla de que ella deseaba lo mismo. Su respuesta al beso había sido tan abierta, tan reveladora, tan deliciosamente sensual, que sabía que Marina también lo deseaba. Aunque habría preferido morir antes que aceptarlo.

Justo entonces, notó un movimiento junto a la entrada del hotel y vio lo que no había visto hasta ese momento.

En la parte superior de la escalinata se había congregado un grupo numeroso de personas. Pietro ni siquiera necesitó ver las cámaras y los micrófonos para saber lo que eran. Tenía mucha experiencia con los paparazis.

Por lo visto, la prensa se había enterado de que la esposa del príncipe D'Inzeo había regresado a la ciudad. Y el hecho de que Marina se hubiera alojado en un establecimiento de tan poca categoría, habría avivado su interés.

–He dicho que ya hemos llegado –repitió ella, con brusquedad, ante el silencio de Pietro–. Ése es mi hotel.

–Ya me he dado cuenta.

Sin embargo, Pietro no giró para tomar el vado del hotel. De hecho, ni siquiera redujo la velocidad.

–¿Qué estás haciendo? ¡Pietro!

La exclamación de Marina le recordó lo impulsiva e imprevisible que podía llegar a ser su esposa. En el pasado, esas características le habían encantado porque facilitaron que la sedujera, pero ahora, en aquella situación, podían ser contraproducentes.

–¿Se puede saber a qué estás jugando? –insistió ella.

–No estoy jugando a nada.

–¿Cómo que no? Has pasado de largo...

–Créeme, *carina*, esto no es ningún juego. Yo nunca juego con asuntos tan serios como éste –afirmó.

–¿Con asuntos como éste? ¿De qué asuntos estás hablando? –quiso saber–. ¡Déjame salir del coche!

Pietro sacudió la cabeza.

–De ninguna manera.

Marina se quedó sin habla.

–He dicho que teníamos que hablar en privado y hablaremos en privado –continuó él.

–Podemos hablar en el hotel.

–Sí, por supuesto... –dijo con tono de ironía–. Con las dos docenas de paparazzis hambrientos de noticias que te estaban esperando en la puerta y que serían capaces de arrancarte la carne para conseguir un buen titular.

–¿Los paparazzis? ¿Había paparazzis?

Marina se giró y miró hacia atrás.

–Me temo que sí –respondió él con impaciencia.

–No los he visto.

–Afortunadamente, mi vista es mejor que la tuya. De lo contrario, habría sido como arrojar un cordero a una manada de lobos.

–Oh, venga ya... dudo que la prensa tenga tanto interés en nosotros. A fin de cuentas, ¿qué querrían saber? Sólo...

Marina no terminó la frase. Pietro le lanzó una mirada tan intensa y peligrosa que la volvió a dejar sin habla.

–Sólo que la princesa D'Inzeo ha vuelto inesperadamente a la isla después de haber abandonado a su marido cuando ni siquiera habían cumplido su primer año de matrimonio –le recordó él–. La prensa está deseando hincar el diente a los detalles más sórdidos de nuestro pasado. Quieren saber qué pasó para que un matrimonio que parecía tan perfecto, terminara de un modo tan repentino.

–Ah...

–Ten en cuenta que no saben nada. Hicieron todo lo posible por averiguar lo que había sucedido, pero no se salieron con la suya.

Pietro dio un volantazo y tomó una calle perpendicular.

–Y ahora lo quieren convertir en el peor escándalo posible...

–En efecto.

–Pero no tiene sentido. Si no hay ningún escándalo...

–Piénsalo un momento, Marina.

Marina llegó a la conclusión de que tenía razón. Los periodistas querrían indagar en su vida privada y sacar a la luz todos sus trapos sucios. El simple hecho de pensarlo bastó para que se sintiera enferma.

–Como ya he dicho, habría sido arrojar un cordero a los lobos. ¿Todavía quieres que vuelva al hotel?

Marina sacudió la cabeza, horrorizada.

–Lo suponía –añadió Pietro.

–Dime una cosa... cuando yo me marché, ¿te persiguieron?

Pietro la miró un momento y contestó:

–Por supuesto. ¿Qué esperabas?

Marina se sintió muy culpable. Era consciente de que las revistas y los periódicos se habían mostrado enormemente interesados por su matrimonio. Y por mal que se hubiera portado con ella, también lo era de que Pietro había hecho todo lo posible para protegerla de la gente de la prensa.

–Lo siento, Pietro.

–¿Por qué? ¿Por llevarlos a mi puerta? –preguntó–. No fue culpa tuya. Se habrían presentado de todas formas.

–Tal vez sea cierto, pero nunca te di las gracias por lo que hiciste. Me los quitaste de encima cuando perdí al bebé y me los quitaste de encima cuando nos separamos.

Marina sabía que los periodistas sólo la habían dejado en paz porque Pietro dio una rueda de prensa cuando se separaron y se interpuso más tarde, como un escudo, entre los paparazzis y ella.

Pero al mismo tiempo, la actitud serena y firme que adoptaba con los periodistas la había irritado profundamente en su momento porque le recordaba demasiado a la frialdad que le dedicaba a ella. Habría dado cualquier cosa por conseguir que reaccionara. Habría dado cualquier cosa por conseguir que admitiera que se sentía decepcionado.

Y al final, lo consiguió.

–¿Decepcionado? –le había dicho él dos años atrás–. Maldita sea... claro que me siento decepcionado. Me habría gustado tener un heredero.

–¿Y eso es todo? ¿Todo lo que te importa?

–No. También me siento decepcionado porque cometimos un error al casarnos. Deberíamos haber esperado.

–¿Y por qué no quisiste esperar?

–Porque te habías quedado embarazada. Si hubiéramos esperado, se habría sabido y se habría organizado un escándalo.

Aquel día, algo se rompió en el interior de Marina. Una parte de su corazón se cerró del todo, para protegerse del dolor.

Pero eso era agua pasada. Ya no lo podían cambiar.

–Si se enteran de que nos vamos a divorciar, se lanzarán sobre nosotros y publicarán todos los detalles sórdidos que puedan –dijo él, devolviéndola al presente.

–Hay algo que no entiendo, Pietro.

–¿Qué?

–¿Por qué ahora? Has esperado dos años para pedirme el divorcio... ¿por qué me lo pides ahora? –repitió.

–¿Es que no es obvio?

Marina pensó que no lo era absoluto; al menos, para ella.

Sacudió la cabeza, la giró hacia la ventanilla y se dedicó a contemplar las calles de Palermo para que él no le pudiera ver los ojos. Tenía miedo de que pudiera leer sus pensamientos; de que adivinara la desesperación que había sentido cuando su matrimonio se rompió, de que fuera consciente de lo mucho que había deseado que fuera a buscarla, incluso a pesar de todo lo que él le había hecho.

Pero Pietro no había ido a buscarla. Sólo le había enviado una carta para ordenarle que volviera a Sicilia. Nada más.

–No, no lo es –contestó.

–Me pareció el momento oportuno... tengo ciertas obligaciones con la familia. Necesito un heredero, por no mencionar que a mi madre le gustaría ser abuela antes de llegar a la vejez –le confesó.

–Por supuesto. Necesitas un hijo que cuente con la aprobación de tu madre –declaró con amargura.

–No te enfades con ella, Marina. Mi madre se puso en tu contra porque cree que me tendiste una trampa para que me casara contigo. Pero yo le hice ver que fue una decisión de los dos y que hacen falta dos personas para tener un hijo.

Ella no dijo nada.

–Además, estoy seguro de que habría cambiado de actitud si... si no hubiéramos perdido al pequeño –añadió.

–Y dime, ¿tiene alguna candidata en mente? Para casarse contigo, quiero decir.

–Sí, tiene unas cuantas –respondió con humor–. Si me casara con alguna de ellas, creo que hasta estaría dispuesta a perdonarme por haber conseguido que mi primer matrimonio terminara en divorcio.

Marina se estremeció al oír lo de su *primer matrimonio*. Al final, todo se reducía a dos simples y cortas palabras.

–Pero todavía no han pasado dos años –dijo ella–. Teniendo en cuenta las leyes de tu país, pensé que...

–¿Qué pensaste?

–Bueno, sólo tenías que esperar dos meses más para conseguir que te concedieran el divorcio automáticamente. ¿Por qué me lo has ofrecido ahora?

Pietro sacudió la cabeza.

–A veces no te entiendo, Marina. Es evidente. Te he ofrecido el divorcio porque sabía que querías recobrar tu libertad –respondió.

Ella se quedó perpleja.

–¿Porque lo sabías?

–Sí, sabía que querías seguir con tu vida. Obviamente, no te puedes volver a casar mientras estés casada conmigo.

–¿Volverme a casar?

Marina tardó unos segundos en comprender lo que ocurría.

—Dios mío, lo dices por Stuart...

Él se mantuvo en silencio.

—¿Cómo sabes lo de Stuart? ¿Es que me has estado vigilando? —preguntó, molesta.

Pietro no dijo nada. Siguió conduciendo y mirando hacia delante, pero ella notó que entrecerraba los ojos.

—¿Por eso lo has hecho? ¿Porque hay un hombre nuevo en mi vida y crees que me quiero casar con él?

—Lo que hagas con tu vida es asunto tuyo —dijo él, muy serio.

La sorpresa de Marina aumentó varios grados. Por el tono de voz de su marido, cualquiera habría dicho que estaba celoso. Pero no podía ser cierto. Para estar celoso, tendría que haber sentido algo por ella. Y Pietro no sentía nada por ella.

—No tengo ni la menor intención de casarme con Stuart. Si me has ofrecido el divorcio por eso, te podrías haber ahorrado las prisas. Podrías haber esperado un par de meses más y lo habríamos obtenido sin complicaciones.

—No quería esperar dos meses más.

La respuesta de Pietro le hizo daño, pero Marina pensó que se lo había buscado ella misma y prefirió no decir nada.

—No quería divorciarme sin pensarlo con detenimiento —continuó Pietro—. Un matrimonio es algo demasiado importante como para romperlo así como así, sin considerar las cosas con calma y sin hablar antes con la otra persona.

—¿Y eso justifica que me raptes?

—Yo no te he raptado. Estás aquí por voluntad propia.

—Oh, vamos... me has presionado para que fuéramos al hotel —puntualizó—. Además, no puedes tratarme como si yo fuera una marioneta y esperar que me guste.

Pietro sonrió.

—Bueno, no esperaba que te gustara.

Ella lo miró con extrañeza.

—Marina, te recuerdo que has sido tú quien ha rechazado mi oferta de divorcio y quien me ha obligado a prescindir de los servicios de Matteo. No me has dejado elección —declaró—. Además, no es verdad que te haya presionado.

—Bueno, eso depende de lo que se entienda por *presionar*. Un hombre al que no quiero volver a ver me mantiene encerrada en un coche. ¿Cómo lo llamarías tú? ¿Ser amablemente persuasivo? ¿Cuidadosamente considerado? —ironizó—. Dijiste que me llevarías a mi hotel.

—Pero tu hotel está infestado de paparazzis. Y por otra parte, temo que, si te llevo a él, aproveches la ocasión para huir y evitar la conversación en privado que me has prometido. Los hoteles tienen puertas y llaves. No me gustaría que me cerraras una de esas puertas en las narices.

Marina pensó que la conocía muy bien. Eso era exactamente lo que había pensado: meterse en su habitación a toda prisa, cerrar la puerta y echar la llave. Sólo entonces, estaría a salvo de su presencia peligrosamente seductora, a salvo de los lazos sexuales que estrechaba a su alrededor por el simple procedimiento de existir.

Estar sentada allí, en el espacio cerrado del coche, era como estar metida en una sauna. Su aroma le embriagaba los sentidos, y cada vez que se movía para cambiar de marcha o girar el volante, su mirada se sentía irremisiblemente atraída por sus músculos.

Ni siquiera era capaz de mirarlo sin estremecerse. Con su piel morena, su nariz recta y su perfil fuerte, la cara de Pietro parecía la de un emperador romano, salida de una moneda antigua.

—¿Y bien? ¿Servirá de algo que te pregunte dónde vamos? ¿O tampoco vas a responder a esa pregunta?

—Vamos a algún lugar donde podamos estar cómodos, a un lugar donde nadie nos interrumpa —respondió.

Ella sintió un escalofrío. Como si una de las gotas de lluvia que golpeaban los cristales se le hubiera metido por el cuello de la blusa y bajara lentamente hacia su espalda.

—Eso no es una respuesta. Quiero saber dónde vamos.

—Ya lo descubrirás cuando lleguemos. Mientras tanto, ¿por qué no te relajas un poco y disfrutas del viaje?

—Porque no estoy de humor para relajarme.

Pietro soltó una carcajada.

—Bueno, basta de preguntas. En cualquier caso, lo descubrirás pronto.

—En otras palabras, me estás ordenando que cierre la boca y que me limite a obedecer. Muy bien, como quieras. No abriré la boca hasta que sepa adónde me llevas.

Marina lo supo en ese preciso momento. Lo supo por la dirección que habían tomado.

Aparentemente y para su horror, Pietro la llevaba al *castello* D'Inzeo, al enorme edificio del siglo XVII, rodeado de viñedos y de olivares, que había sido el hogar de su familia durante varias generaciones.

Al lugar donde se habían casado dos años antes.

No pudo creer que fuera tan cruel, que estuviera dispuesto a llevarla al sitio donde habían vivido los primeros meses de su matrimonio, donde habían sido tan felices o, más exactamente, donde ella se había creído feliz.

Minutos después, salieron de la ciudad y tomaron la carretera de la costa. El mar Tirreno, con sus aguas sorprendentemente azules, se extendía ante ellos. Marina sintió una punzada en el corazón al recordar la alegría de la primera vez que lo había visto, en esa misma carretera. Con sus olas y su espuma blanca bajo la luz del sol, le había parecido un símbolo del brillante futuro que les aguardaba.

Desgraciadamente, se había engañado a sí misma.

Un día, cuando las cosas ya se habían empezado a estropear, Marina volvió al castillo D'Inzeo con intención de hablar tranquilamente con su esposo y pedirle que volvieran a empezar otra vez. Ella estaba en Londres, pero tomó un avión y se presentó en Palermo veinticuatro horas antes de lo previsto.

Pero Pietro se había marchado de viaje de negocios y le había dejado una nota donde le informaba de que estaría diez días fuera y donde le recomen-

daba que aprovechara ese tiempo para pensar seria-
mente en su relación.

Marina no necesitó diez días. Salió corriendo del
castillo, regresó al coche, arrancó y no se detuvo
hasta llegar al aeropuerto, donde tomó el primer
avión a Londres. Necesitaba poner distancia entre
su marido y ella.

Aquélla fue la última vez que estuvo en el castillo. Su recuerdo le disgustaba tanto que ni siquiera
podía pensar en él.

Y Pietro la llevaba de vuelta a aquel lugar.

Desesperada, estuvo a punto de rogarle que no
lo hiciera. Sin embargo, las palabras no salieron de
su boca.

Cuando vio que su esposo pasaba de largo ante
la desviación del castillo, se sintió tan aliviada que
suspiró sin poder evitarlo.

Por lo visto, se dirigía a otra parte.

A un sitio que no alcanzaba ni a imaginar.

Pero tuvo la respuesta poco después. Al llegar a
lo alto de un acantilado, Pietro redujo la velocidad
y tomó una carretera secundaria que llevaba a una
playa.

Marina lo supo entonces. La llevaba a un lugar
mucho peor, desde un punto de vista emocional,
que el castillo D'Inzeo.

Capítulo 6

VILLA Casalina estaba tal como la recordaba. Pequeña y de un solo piso, se alzaba entre viñas, pitas, higueras y olivos. Casi tres cuartas partes de la propiedad consistían en un gran patio, parcialmente cubierto, de tal modo que el interior y el exterior de la casa se confundían. Y la vista era preciosa. Desde allí se veía el largo y arqueado puente que se alzaba en la entrada del valle de San Cataldo.

En cuanto a la casa en sí, la habían pintado de un color sorprendente. Era rosa. Cuando Marina la vio por primera vez, en su luna de miel, soltó una carcajada.

–¿Qué estamos haciendo aquí?

Pietro le lanzó una mirada rápida mientras detenía el vehículo.

Marina volvió a pensar en los primeros días de su matrimonio, tan perfectos. Por entonces, estaba profundamente enamorada de un hombre al que creía igualmente enamorado. No cayó en la cuenta de su equivocación hasta que se mudaron al castillo. La semana que habían pasado en Casalina sólo había sido un sueño, una fantasía.

–Es un lugar tranquilo. Justo lo que necesitamos –contestó él.

Marina pensó que tenía razón. Era un lugar tranquilo, incluso demasiado tranquilo para su gusto.

En otro tiempo, cuando todo lo que quería era estar a solas con Pietro, la elección de Casalina le habría encantado. Pero las circunstancias habían cambiado mucho. Ahora, la perspectiva de estar a solas con él, le daba miedo.

–¿Vamos?

Los dos salieron del coche.

Pietro caminó hacia la casita con largas zancadas, absolutamente tranquilo, como si el pasado no significara nada para él.

Pero a Marina no le extrañó. Si nunca había estado enamorado de ella, era normal que Casalina no despertara en Pietro los mismos sentimientos. Lo único que lamentaría de aquella época era la pérdida del niño, la pérdida del heredero que necesitaba.

Angustiada, tuvo que hacer un esfuerzo por contener un sollozo.

No se sentía con fuerzas para entrar en la casa. No en ese momento, no con él, no con tantas heridas del pasado.

Por desgracia, no tenía elección.

De repente, miró hacia atrás y echó un vistazo rápido al coche. Pietro había dejado las llaves puestas.

Durante unos segundos, consideró la posibilidad de correr hacia él, meterse dentro y huir a toda prisa. Pero desestimó la idea.

Al pensar en las abarrotadas calles de Palermo, con un tráfico imposible, sintió pánico. Aunque lograra llegar al hotel, no ganaría nada; se encontraría con los periodistas que la estaban esperando y sería como escapar de la sartén para terminar en el fuego. En ese momento no sabía qué le aterrorizaba más, si las cámaras y los micrófonos de la prensa o mantener una conversación íntima con su esposo.

Respiró hondo y se obligó a seguirlo al interior.

La casita era pequeña, con un salón, un dormitorio, un cuarto de baño y una cocina. No había cambiado nada en dos años, ni un solo detalle. Los muebles, los suelos de tarima y el sofá rojo despertaron en ella recuerdos tan intensos que se sintió desfallecer.

Pietro se dio cuenta y preguntó:

—¿Te encuentras bien?

—Sí, por supuesto.

La sonrisa de su marido le pareció tan falsa, tan sospechosa, que se sintió obligada a añadir una explicación:

—Es que está un poco oscuro, ¿no te parece?

Marina no necesitó escudriñar la cara de Pietro, que miró hacia la ventana y echó un vistazo al cielo, parcialmente cubierto, para saber que su explicación no lo había convencido.

La puerta del dormitorio estaba entreabierta, así que pudo ver la cama. Siempre había sido sorprendentemente grande para una casa tan pequeña. Pero Marina no quería pensar en lo que aquella cama le recordaba.

—¿Por qué, Pietro?

–Lo sabes muy bien. Te he traído para huir de los paparazis.

–No me refiero a eso.

–¿Ah, no?

Marina había conseguido despertar el interés de Pietro. Y no supo si debía alegrarse, porque ahora la observaba con una intensidad que la ponía nerviosa. En el minúsculo salón de Casalina, su cuerpo parecía ocupar todo el espacio y sus hombros, anchos, bloquear hasta el más pequeño rayo de sol.

–No. No te pregunto por qué me has traído ahora, sino por qué me trajiste entonces.

–No te entiendo.

–Cuando nos casamos. ¿Por qué me trajiste a un lugar tan pequeño? El castillo sólo está a unos kilómetros de distancia y habría sido más adecuado para una luna de miel.

Pietro se hizo la misma pregunta. Por qué la había llevado a Casalina.

Y ese *porqué* era la clave de todo.

Por qué se había casado con Marina. Por qué había decidido que había llegado el momento de divorciarse de ella. Por qué se había sentido en la necesidad de llevar a su flamante esposa a la casita de campo en lugar de pasar la luna de miel entre los lujos y los refinamientos del castillo D'Inzeo.

–Supuse que te gustaría conocer la verdadera Sicilia, un lugar lleno de belleza donde la vida es sencilla y sin complicaciones. Un lugar donde los limones maduran en los limoneros y donde a veces no hay más movimiento en todo un día que las ovejas que algún pastor lleva a los pastos a primera hora.

Pietro sólo dijo parte de la verdad. Había tenido otro motivo para llevarla a Casalina.

La vida le había dado unas cuantas lecciones, a cual más dura. Sabía por experiencia que muchas mujeres sólo se sentían atraídas por él por su dinero y por su estatus social. Y quería asegurarse de que Marina fuera diferente. Quería alejarla de los lujos y ver cómo respondía ante la sencillez de la vida en el campo.

Además, él siempre había tenido dudas. Tenía miedo de haber cometido un error al casarse con ella de forma tan apresurada, empujado por el deseo. Casalina también podía ser el método perfecto para descubrir si entre ellos había algo más que sexo.

—¿Por qué lo preguntas, Marina? —continuó—. Pensé que habías disfrutado de nuestra luna de miel...

Pietro sabía que había disfrutado. Lo sabía porque la había estudiado con detenimiento. Pero quería su confirmación.

—Y disfruté. Disfruté enormemente.

—¿Entonces?

—Nunca comprendí por qué hiciste las cosas de ese modo.

—Me pareció lo más seguro.

—¿Lo más seguro?

Pietro decidió decirle la verdad.

—Me había llevado unas cuantas decepciones en el pasado. ¿Cómo dice el refrán? Gato escaldado...

—...del agua fría huye.

Él asintió.

—Además, no me pareció ni justo ni apropiado

que pasaras la luna de miel en el castillo, donde vive mi madre.

–No, claro; sobre todo, porque tu madre siempre se opuso a nuestro matrimonio. Quería que te casaras con una siciliana –le recordó–. Nunca me perdonó que fuera inglesa... ni que no te pudiera dar el heredero que querías.

Marina empezó a caminar por el salón, pasando la mano por los muebles. Él la observó y pensó en los primeros días de su relación. Por entonces era una mujer fresca, inocente, muy distinta a las que había conocido. Una mujer que, por otra parte, lo había salvado del matrimonio que buscaba su familia, empeñada en casarlo con la heredera de cualquiera de las familias importantes de Palermo.

Jamás habría imaginado que se llevaría una decepción tan terrible. Jamás habría imaginado que lo abandonaría.

Al pensar en ello, recordó la rabia de Marina cuando, durante la reunión con Matteo, afirmó que no quería nada de él y le arrojó su propia oferta de divorcio a la cara. Lo había dejado completamente desconcertado. Con el transcurso del tiempo, se había llegado a convencer de que se había casado con él por su dinero. Pero ahora decía que no quería su dinero. Y él ya no entendía nada.

–¿Llegaste a leer mi oferta de divorcio?

Marina se giró hacia él y le dedicó una mirada triste.

–No, la verdad es que no. ¿Por qué la iba a leer?

–Si la hubieras leído, habrías visto que te dejaba esta casa.

Ella se llevó una sorpresa. Lo intentó disimular, pero con tan poca convicción que Pietro se dio cuenta.

–¿Por qué, Pietro? –preguntó Marina al cabo de unos segundos–. ¿Por qué querías dejarme esta casa?

Él sólo tenía una respuesta.

La misma respuesta que había rondado sus pensamientos cuando discutió el asunto con su abogado. Matteo le dijo que sus motivos para incluir Casalina en el acuerdo de divorcio eran estúpidos, pero no le escuchó.

–Porque sé que la adorabas.

–¿Cómo?

Marina parpadeó, incapaz de creer lo que había oído. Pietro le quería dejar Casalina porque ella la adoraba. Y eso sólo podía significar una cosa: que sus sentimientos, al contrario de lo había supuesto, le importaban.

Sin embargo, no entendió por qué se lo decía. A fin de cuentas, ella había rechazado su oferta de divorcio.

Tal vez fuera una especie de prueba. Tal vez fuera un truco para hacerle cambiar de opinión o de táctica. Pero en cualquier caso, su confesión le resultó tan impactante que perdió el control durante unos segundos; el tiempo necesario para abrir la boca y traicionar lo que sentía con unas palabras llenas de amargura:

–¿Por qué me haces esto, Pietro?

Esta vez fue él quien se quedó desconcertado.

–¿Cómo puedes ser tan cruel conmigo?

–¿Cruel?

Si Marina le hubiera dado una bofetada, no habría conseguido un efecto más dramático. De hecho, Pietro dio un paso atrás.

–Sí, eso he dicho, cruel.

Pietro permaneció en silencio, esperando una explicación. Pero Marina no tenía fuerzas para explicárselo. Le resultaba demasiado doloroso.

Un momento después, la expresión de Pietro cambió.

Sus ojos se oscurecieron y hasta palideció un poco.

Por fin lo había entendido.

–Cruel –murmuró con un tono distinto–. Maldita sea, Marina... discúlpame. Lo siento. Lo siento muchísimo.

–¿Lo sientes?

–No se me había ocurrido pensar... no me di cuenta de que...

Ella le dejó hablar.

–*Dannazione*... he cometido un error imperdonable al traerte a Casalina y mencionar lo del acuerdo que te ofrecí. Es evidente que este sitio está lleno de recuerdos dolorosos. Recuerdos del niño que perdimos.

Marina repitió en silencio las palabras de Pietro.

Era un principio, pero insuficiente. Su marido sólo parecía encontrar un motivo para pensar que había sido cruel con ella, su hijo.

–Oh, vamos, no me vengas con eso. No parecía que te preocupara tanto cuando lo perdimos –lo acusó.

Marina sabía que no era del todo cierto, que estaba siendo injusta con él. Pero en ese momento no pensaba con claridad. Se sentía demasiado angustiada por el peso de los recuerdos y de las heridas que permanecían abiertas.

—Por supuesto que me preocupaba —se defendió él.

Ella sacudió la cabeza.

—No, sólo estabas decepcionado.

—¿Cómo no iba a estarlo? Quería a ese niño tanto como...

—¡No! —bramó.

—Tanto como tú —sentenció él.

—No digas eso, Pietro. No es verdad.

Los ojos de Marina se llenaron de lágrimas que la cegaron. Ya no veía a su marido. Sólo veía una sombra y ni siquiera habría podido decir si estaba cerca o lejos.

Sin embargo, lo supo cuando él le tocó la mano. Fue un contacto cálido, suave y tan cariñoso que se llevó por delante los últimos restos de su firmeza y de las murallas que había erigido a su alrededor.

—Marina...

—¡Basta!

Dio media vuelta y miró hacia la puerta de la casita.

Quería salir corriendo, huir de los recuerdos y de los sentimientos que la atormentaban. Y ya estaba a punto de hacerlo cuando Pietro llevó la mano a su muñeca y cerró los dedos a su alrededor para impedir que huyera.

—No —dijo él con voz seca y cortante—. No, esta vez no te vas a esconder. No vas a huir de mí... Huiste hace dos años y no volviste. No permitiré que vuelva a ocurrir.

–No me puedes detener. No puedes. No tienes derecho.

–Tengo todo el derecho del mundo. Me lo concediste el día que te casaste conmigo y todavía no nos hemos divorciado. Sigo siendo tu esposo.

–Sólo legalmente.

–Y también soy el padre de nuestro hijo.

Marina pensó que había ido demasiado lejos.

–¡No digas eso! ¡Perdí al bebé! ¡Perdiste el heredero que querías!

Pietro la miró con expresión desafiante.

–¿Y crees que querer un heredero implicaba que no quería a nuestro hijo?

–Puede que lo quisieras, pero a mí no me querías. No me quisiste nunca.

Empujada por una fuerza de la que no era consciente, Marina se lanzó contra Pietro con intención de darle una bofetada. Él se apartó a tiempo y lo impidió, aunque dejó que se desfogara después, golpeándole en el pecho.

–¡Sólo querías lo que te podía dar!

Durante un rato, Marina no hizo otra que cosa que llorar y golpear a Pietro con desesperación y debilidad.

Al principio, él se mantuvo inmóvil. Luego, a medida que las lágrimas la iban dejando sin fuerza, cerró los brazos alrededor de su cuerpo en un gesto que pretendía animarla y apoyarla a la vez.

Entonces, Marina lo miró a los ojos y volvió a sollozar.

No supo cuánto tiempo estuvieron así. Pietro se mantuvo en silencio y, poco después, sus sollozos se detuvieron.

Ella se secó las lágrimas, sin atreverse a mirar a su esposo. Él la llevó al sofá y la sentó en él antes de dejarla brevemente para alcanzar un paquete de pañuelos.

Con suma delicadeza, le limpió la cara y borró el rímel que se le había corrido.

No dijo ni una sola palabra. Se limitaba a limpiarla y a mirarla con detenimiento y el ceño fruncido.

Por fin, él se puso en pie y se metió las manos en los bolsillos de los pantalones. Marina alzó la cabeza y lo miró. Pietro había cerrado los puños como si estuviera haciendo un esfuerzo por controlarse.

—Marina, comprendo que me acuses de no haberte querido lo suficiente. Incluso comprendo que me acuses de no haberte querido nunca. Pero jamás, jamás, jamás me acuses de no haber querido a nuestro hijo.

Pietro había hablado con tal convicción que ella no encontró palabras para responder. Simplemente, asintió, pero de un modo tan débil e imperceptible que no estuvo segura de que él lo hubiera notado.

—El día en que perdiste al bebé, fue uno de los peores días de mi vida —continuó.

La desolación de Marina se mezcló con un intenso sentimiento de culpabilidad. Nunca se había parado a pensar que Pietro también había sufrido. Aunque estuviera obsesionado por tener un heredero, él también había perdido a un hijo.

–Lo siento, Pietro. Siento haberte fallado.

Él la miró con asombro.

–¿Haberme fallado?

Pietro se inclinó, cerró las manos sobre sus brazos y la obligó a levantarse. Los ojos verdes de Marina se encontraron con los azules de su esposo, cuya cara le pareció más dura y severa que nunca.

–Sí.

–¿Y por qué demonios me podrías haber fallado?

–Porque perdí a...

Pietro no dejó que terminara la frase.

–Tú no eres la única persona involucrada. Ese hijo era nuestro, de los dos. Sólo fallamos en una cosa, Marina... en que no lo perdimos juntos.

–Sí, eso es cierto. Ya nos habíamos distanciado para entonces.

Ella lo dijo con amargura, pero por encima de su amargura, se dio cuenta de que Pietro no la culpaba por la muerte del niño. La única persona que la había culpado durante dos años era ella misma.

Se había sentido un fracaso por no haberle dado el heredero que tanto quería.

–Ya ni siquiera me deseabas... –continuó.

–¿Cómo puedes decir eso?

–Lo digo porque es cierto.

Él suspiró.

–Claro que te deseaba. Pero te habías quedado embarazada...

–Y ya no era la mujer perfecta, ¿verdad?

–Por Dios, Marina, ¿tengo que recordarte que ya estabas embarazada cuando nos casamos? Te equivocas por completo... cada vez que te miraba, me enorgullecía de ti por la forma en que cambiaba tu cuerpo, sabiendo que nuestro bebé crecía en tu interior –alegó él–. Todo lo demás carecía de importancia para mí.

–Entonces, ¿por qué dejaste de acostarte conmigo? ¿Por el bien del bebé?

Él volvió a fruncir el ceño.

–Sí. Habría hecho cualquier cosa por nuestro hijo. Además, tú te encontrabas mal... tenías náuseas y no dormías muy bien.

Marina pensó que habría dormido mucho mejor si su esposo hubiera estado con ella, rodeándola con sus brazos.

Desde el momento en que dejaron Casalina y empezaron a vivir en el castillo, ella se sintió completamente perdida. Pietro tuvo que volver al trabajo y ella se quedó cada vez más sola. Ni siquiera podía disfrutar de la compañía de su suegra.

Pero entonces no había sido capaz de confesárselo y, naturalmente, tampoco se lo iba a confesar ahora. A fin de cuentas, acababa de admitir que la pérdida del niño era lo único que le importaba de todo el asunto.

Le dolía tanto que no tuvo más remedio que afrontar la verdad.

Se había convencido de que su relación con Pietro era agua pasada, de que ya no sentía nada por él, de que no quería nada de él.

Pero no era cierto.

Lo había amado con toda su alma y había huido porque no podía soportar que no la quisiera. Tenía que marcharse sin mirar atrás. Porque si miraba atrás, estaría perdida. Porque lo quería demasiado.

Y por lo visto, lo seguía queriendo. Volver a Sicilia había sido como meterse en la guarida del león.

Lamentablemente, había algo peor que eso. Por su comportamiento de los minutos anteriores, Pietro se habría dado cuenta de que aún albergaba sentimientos hacia él, de que no había superado su relación.

Le había abierto el corazón de par en par y había permitido que mirara en su interior. Que viera incluso más de lo que ella misma veía.

Desesperada, se preguntó qué iba a hacer con lo que había descubierto.

Capítulo 7

PALABRAS, palabras...
Marina lo dijo con el tono más normal que
pudo fingir, mientras caminaba hacia la ventana con la esperanza de que sus piernas la sostuvieran.

Al llegar a su objetivo, apoyó una mano en la pared y contempló el patio y el valle que se extendía al fondo. Los contempló por no mirar a Pietro, por olvidar su escrutinio durante unos segundos.

Necesitaba derivar la conversación hacia terrenos más seguros. Hacia terrenos donde pudiera volver a su plan original de marcharse de allí y volver a Londres.

La situación se volvía cada vez más peligrosa para ella. Con cada latido de su corazón, Pietro encontraba nuevas fisuras en sus defensas. Ya había visto demasiado. Y no podía correr el riesgo de que viera más.

–¿No crees que deberíamos hablar de nuestro divorcio? Al fin y al cabo, tengo que subir a un avión para volver a casa. No me gustaría perder el vuelo.

–No tienes ningún vuelo que perder. Has venido en mi avión privado y está a tu disposición –le recordó.

Marina asintió. Efectivamente, el avión era suyo y el piloto le obedecía a él. Lo que significaba que, en la práctica, estaba a merced de Pietro.

–Bueno, de todas formas no hay mucho que discutir...

–Quizás no sobre el divorcio –dijo él–, pero nuestro matrimonio es cuestión bien diferente. Sin embargo, creo que deberíamos comer antes.

Marina lo miró con incredulidad.

–¿Comer?

Pietro caminó hacia ella y se detuvo.

–Sí, comer. Es más de la una... Yo estoy hambriento, así que supongo que tú también lo estarás –afirmó.

–Bueno...

Marina tenía intención de negarlo, pero justo entonces, su estómago hizo un ruido que la traicionó.

Pietro rió y la miró con humor.

–¿Cuánto tiempo ha pasado desde la última vez que comiste algo, Marina?

Ella no respondió, pero no era necesario que respondiera.

–Es igual, no importa... sospecho que ha pasado demasiado tiempo –siguió hablando–. Dejemos el asunto de nuestro divorcio para más tarde.

Por la forma en que él le acarició la mejilla, borrando los últimos restos de sus sollozos, Marina supo que debía de tener un aspecto terrible.

Y se sintió muy agradecida.

–Los dos necesitamos comer algo. Y la pequeña *trattoria* de la playa sigue estando donde estaba...

Marina asintió, deseosa de aceptar la tregua que le estaba ofreciendo. Estaba cansada de pelear. Tenía que recobrar fuerzas.

–¿La que hacía esa maravillosa *pasta con le sarde*?

Él sonrió.

—La misma.

—Pero los paparazis...

—Seguro que siguen en el hotel, esperándote. Además, el tiempo ha mejorado mucho... ha dejado de llover.

En ese preciso momento, el sol apareció detrás de las nubes.

—Pero no llevo ropa adecuada...

—Eso no es un problema.

Pietro se dirigió al dormitorio, abrió el armario, sacó un montón de ropa y la dejó encima de la cama.

—Creo que encontrarás algo que te guste —declaró.

—Es mi ropa... la ropa que dejé aquí...

Pietro asintió.

—En efecto. Y también está la mía.

—Pero ¿por qué... ? Pensé que la habrías tirado.

Pietro eligió unos vaqueros y una camiseta. Después, se quitó la chaqueta del traje y se empezó a desabrochar la camisa.

—Pues te equivocaste. Además, no había vuelto a Casalina desde entonces.

—¿No?

—No.

La respuesta de Pietro desató un sinfín de dudas y preguntas en Marina, pero no dijo nada porque no le pareció el momento más oportuno.

Pietro se quitó la camisa y la dejó junto al montón de ropa. Ella contempló su pecho desnudo y recordó el contacto de su piel y el roce de su vello oscuro contra los pechos, que tanto la excitaba.

Permaneció inmóvil, contemplándolo, hasta que él

se llevó las manos al cinturón de los pantalones. Sólo entonces, Marina reaccionó, eligió entre las prendas y se metió en el cuarto de baño para cambiarse en soledad.

El acto de quitarse la trenca y la blusa se pareció demasiado a quitarse la armadura que la había acompañado todo el tiempo desde que aterrizó en Sicilia. Además, la blusa de color turquesa y los pantalones blancos que estaba a punto de ponerse le recordaron a la Marina que había sido, a la jovencita ingenua que se había casado con Pietro.

A una Marina más feliz.

Se giró y se miró en el espejo. Se notaba que había estado llorando y, a pesar de los esfuerzos de su esposo, aún tenía restos de rímel. Pero paradójicamente, tenía mejor aspecto en muchos meses.

Sus ojos habían recobrado parte de su antiguo brillo y sus mejillas, parte del rubor.

–Ten cuidado –se dijo en voz alta–. Ten mucho cuidado.

Sin embargo, a pesar de decírselo en voz alta, una parte de ella se negaba a escuchar. Y cuando se giró hacia la puerta para volver al salón, después de haberse lavado la cara y de haberse cambiado de ropa, la aceleración de su corazón le dijo que se estaba internando en aguas profundas.

Conocía el peligro que corría.

Pero no le importaba.

El día estaba llegando a su fin cuando volvieron a ver la casita de campo, cuya fachada reflejaba los tonos dorados y rojizos de la puesta de sol. Parecía un lugar mágico, salido de un sueño. Al igual que la tarde que Marina había pasado con su esposo.

Pietro le había regalado unas horas preciosas, completamente alejadas de la tensión del divorcio y de los recuerdos del pasado. Pasearon, charlaron y compartieron una botella de vino y una comida excelente.

Marina disfrutó cada segundo. Lo único que había despertado su inquietud eran los roces ocasionales de sus cuerpos, porque entonces tenía que hacer un esfuerzo por contenerse y no tomarlo de la mano.

Ahora, mientras volvían a Casalina, tuvo la sensación de que las sombras de la noche que se acercaba eran las sombras de su vida, que se volvían a cerrar a su alrededor.

La tregua había terminado. El paréntesis idílico había terminado. Estaban a punto de volver a su batalla privada.

Además, ya no podía retrasar lo inevitable. Y cuando entraron en la casa, decidió adelantarse a Pietro y retomar la conversación sobre su divorcio.

—Bueno, ¿qué más tenemos que tratar?

Marina lo preguntó mirando hacia la ventana, porque no se atrevía a mirar a Pietro a los ojos. Sabía que su visión le recordaría los momentos que habían pasado en la pequeña *trattoria* y que la dejaría sin fuerzas para seguir adelante.

—¿Tratar? —preguntó él.

—Sí, esperaba volver a Londres hoy mismo, con todos los documentos firmados y sellados —sentenció.

Pietro soltó un suspiro y caminó hacia ella. Al

captar el aroma del champú que usaba y especialmente de su fresco y masculino olor, Marina tuvo
la sensación de que la sangre le hervía en las venas.

–Y en cuanto a lo que dije de que no quiero nada
de ti...

Él la interrumpió con una frase que la dejó perpleja y que la obligó a girarse y a mirarlo, por fin, a
los ojos:

–Puede que la cuestión no sea ésa. Puede que sea
yo quien quiero algo de ti.

–¿Algo de mí?

–Sí, quiero que me des algo. O más bien, que me
devuelvas algo.

–Pero si no tengo nada tuyo...

Marina se dio cuenta de que estaba en un error
incluso antes de que terminara la frase.

–Ah, claro –añadió, derrotada.

Se preguntó cómo era posible que hubiera sido tan
estúpida y tan lenta en comprender. Tenía un objeto
que era propiedad de su esposo, la alianza que le había comprado. Aunque pensándolo bien, eran dos;
también le había regalado un anillo de esmeraldas
cuando le propuso que se casara con él y ella aceptó.

Se llevó la mano al anillo y tiró, pero se negó a
salir. Quizás, porque su inconsciente y su cuerpo se
habían confabulado para impedir que saliera.

–Lo siento. No me acordaba de...

Marina se ruborizó y los ojos se le llenaron de
lágrimas.

–Marina...

–No me lo puedo sacar –dijo, sintiéndose ridícula.

–Marina, no...

Ella no le prestó atención. Estaba demasiado nerviosa.

–Maldita sea, no puedo...

Pietro se acercó a ella, la tomó de la mano y dijo con voz suave:

–Basta.

–Pero... ¿no querías que te lo devolviera? –preguntó, confusa.

–No, Marina. Eso no es lo que quiero.

–¿Ah, no?

Marina bajó la cabeza. Había algo en el tono de voz y en la tensión del cuerpo de Pietro que hizo que su corazón se acelerara.

De repente, se dio cuenta de que el contacto de su mano había dejado de ser frío. Notó el calor de su piel y la fuerza de sus dedos. Ya no la tocaba sin más intención que calmarla. Ahora la tocaba con sensualidad, con deseo.

–Marina, yo...

Pietro le acarició la mano con el pulgar.

Marina contuvo el aliento.

–Pietro...

Al oír su propia voz, Marina supo todo lo que necesitaba saber. Y sintió un escalofrío extraño, de una naturaleza que no reconoció. No habría sabido decir si lo había causado la excitación o el miedo.

Estuvo a punto de rogarle que se detuviera, pero las palabras no llegaron a sus labios.

Pietro siguió acariciándole la mano y tuvo la sensación de que el calor de su cuerpo la rodeaba completamente. Estaba tan cerca de él que podía sentir su aliento y el movimiento de su pecho al respirar, algo más rápido que antes.

Asombrada, se preguntó si él estaría tan nervioso como ella.

Cuando volvió a mirarlo a los ojos, descubrió que Pietro se había acercado un poco más. De hecho, había bajado la cabeza de tal modo que Marina sólo tenía que levantar ligeramente la barbilla para que sus bocas se encontraran.

Entonces, lo supo.

Pietro estaba esperando. Estaba esperando a que ella tomara la decisión.

Marina suspiró y se pasó la lengua por los labios. El gesto no sirvió precisamente para reducir la tensión, bien al contrario, Pietro tragó saliva con nerviosismo y su mirada se volvió más intensa y oscura.

Los dos sentían lo mismo. Estaba allí, en la penumbra y en el silencio de la casita, en un calor que no guardaba ninguna relación con el clima, sino con la reacción química que se había desatado en sus cuerpos.

Él todavía la agarraba de la mano. Y ella no tenía ganas ni fuerzas para soltarse.

–Pietro... –repitió.

Incapaz de contenerse, Marina hizo un movimiento leve que, no obstante, fue todo lo que necesitaban.

Rozó su labio inferior y se estremeció de placer. El simple hecho de volver a probar su sabor tuvo un efecto más fuerte que el más fuerte de los alcoholes y que el más potente de los afrodisíacos. Y en ese momento, también supo que un beso no sería suficiente.

—Marina...

Pietro pronunció su nombre con un gemido. Era obvio que pensaba lo mismo que ella.

Un segundo después, la besó apasionadamente, le soltó la mano y le empezó a acariciar el cabello.

Lo poco que quedaba del pensamiento racional de Marina, se perdió en la sensualidad del momento. Estaba completamente concentrada en su sabor, en su fuerza, en el contacto de su espalda, que había empezado a acariciar. Y la presión de erección, más que evidente, la excitó un poco más y la animó a frotarse contra él.

Pietro volvió a gemir. Luego, sin dejar de besarla, la hizo retroceder hasta una de las paredes.

—No, no quiero tu anillo —murmuró.

Pietro llevó las manos a la blusa de Marina y se la empezó a desabrochar con tantas ansias que le arrancó un par de botones sin querer.

—No, lo único que quiero en este mundo eres tú —continuó—. Quiero que estés conmigo, en mi cama. Quiero estar contigo, dentro de ti.

Marina no podía creerlo.

Pietro había afirmado que ella era lo único que quería en el mundo.

Le pareció tan asombroso, tan aparentemente imposible, que se preguntó si lo habría oído bien, si sería verdad que la quería otra vez en su vida, si sería verdad que no quería divorciarse de ella.

Sin embargo, todas las preguntas desaparecieron

de su mente cuando Pietro logró quitarle la blusa y le puso las manos en los senos.

En ese momento, entró en un universo de sensación pura, en un lugar donde el resto de las cosas carecían de importancia. Fue como abrir las compuertas de una presa, cuyas aguas quedaron fuera de control.

Liberada de sus miedos, se dejó llevar por el deseo y le quitó la camiseta. Él no dejaba de besarla, de acariciarla, de murmurar palabras de amor.

—Mi preciosa...

De repente, Pietro la alzó en vilo, abrió la puerta del dormitorio con un pie y la llevó a la cama, donde la tumbó.

Durante unos segundos, Marina notó el aroma a limón y a sol de las sábanas y se acordó de los momentos románticos que habían compartido allí mismo durante su luna de miel. Pero hasta esos recuerdos desaparecieron cuando Pietro se echó sobre ella y pudo sentir el contacto de su pecho desnudo.

La tristeza y la desesperación de las horas anteriores murieron sepultadas bajo la excitación y la necesidad.

—Esto es lo que nos unió, Marina. Y esto es lo que nos mantendrá unidos... no los abogados ni los acuerdos legales, sino la fuerza de nuestros sentidos, la conexión de un hombre y de una mujer, de un cuerpo y otro cuerpo.

Pietro se quitó el resto de la ropa y, a continuación, la desnudó por completo.

Marina sintió la humedad entre sus piernas y supo que estaba preparada para él y que lo deseaba con toda su alma. De hecho, ya no podía esperar más. Cerró las manos sobre su espalda y lo instó a darse prisa.

Necesitaba que la penetrara. Necesitaba sentirlo en su interior.

Sin embargo, Pietro no tenía tanta prisa. Bajó la cabeza sobre uno de sus senos y empezó a lamer, a succionar y a mordisquear levemente el pezón, alimentando el placer y el deseo de Marina, que se empezó a retorcer contra las sábanas.

—Oh, Pietro...

Su nombre sonó como un grito ahogado. Ya no lo soportaba más; la estaba volviendo tan loca que se arqueó y apretó las caderas contra su sexo para conseguir una reacción.

Pietro le succionó el pezón un poco más y susurró su nombre contra él. Entonces, le separó los muslos y la penetró con un movimiento rápido que le arrancó un grito de placer y algunas lágrimas de alegría.

Al ver las lágrimas de su esposa, Pietro se las quitó con la lengua y la obligó a cerrar los ojos porque empezó a besarle los párpados. Mientras la besaba, se movía lenta y cuidadosamente, entrando y saliendo de ella, contemplando el efecto que causaba.

Tenía que ser el efecto que quería. Tenía que conseguir que Marina no se guardara nada, que se entregara en su totalidad.

Y Marina se lo concedió. Además, aunque lo hubiera deseado, ya no tenía fuerzas para contenerse. A fin de cuentas, aquello era lo que había echado de menos durante dos largos y fríos años. Aquella pasión ardiente, aquel contacto que parecía iluminar los días.

Como Pietro había dicho, la pasión los había unido; la pasión que había estado presente incluso en los tiempos difíciles, cuando las cosas empezaron a ir mal.

Ya ni siquiera le importara que, detrás de esa pasión, no hubiera amor.

—Pietro...

Por fin estaba con ella, dentro de ella, rodeándola. Era todo lo que necesitaba, todo lo que podía pedir. Y con cada uno de sus movimientos, Marina se sentía más y más cerca de satisfacer su hambre.

No tardó en llegar al orgasmo. A uno tan intenso que, de no haber sido por el contacto de Pietro, habría tenido miedo de perderse en su bruma de irrealidad.

Momentos después, el cambio de tensión en el cuerpo de su esposo le dijo que él también había llegado al clímax. Y durante muchos minutos, no hicieron nada salvo permanecer abrazados, en silencio, respirando con dificultad.

Pietro apoyó la cabeza entre sus pechos y los dos se quedaron dormidos.

Pero su sueño duró poco. Aquella noche se quedaron dormidos dos veces más e hicieron el amor dos veces más con una desesperación y una necesidad tan abrumadoras que borraron hasta sus más leves pensamientos.

La mano fría y dura de la realidad no volvió a tocar a Marina hasta que la luz del sol entró por la ventana y la despertó.

Sólo entonces, comprendió lo que habían hecho.

Sólo entonces, comprendió que a pesar de todo lo que había ocurrido entre ellos, se había dejado llevar y se había entregado completamente a Pietro.

Pero no culpó a su marido. Habría sido injusto. Él no la había seducido; él no la había obligado a nada. Al igual que ella, se había limitado a dejarse dominar por lo que sentía. Y los dos eran conscientes de que esta vez no había error posible; los dos eran conscientes de que aquello no era otra cosa que necesidad sexual.

−Yo quiero esto. Tú quieres esto. Dejemos de perder el tiempo −le había dicho en la sala de juntas de su abogado.

Y en cuanto se quedaron a solas, a salvo de interrupciones, los hechos demostraron que estaba en lo cierto.

Lentamente, abrió los ojos y miró a su alrededor. Un frío y cruel cuchillo le atravesó el corazón cuando vio la cama donde había despertado tras la primera noche de su luna de miel, aunque en circunstancias completamente distintas a aquéllas.

Todo seguía como entonces, con los mismos muebles y la misma decoración. Todo estaba como lo había estado entonces, durante el que debía ser el primer día de una vida de felicidad. Y sin embargo, todo era distinto en su mente y en su corazón. Nada volvería a ser lo mismo.

Se acordó de lo que había dicho en el bufete del abogado y no pudo creer que sólo hubieran pasado unas horas. De afirmar que no quería nada de él, de no buscar otra cosa que poner fin a su matrimonio y recuperar su libertad, había pasado a acostarse voluntariamente con Pietro.

Una lágrima solitaria resbaló poco a poco por su mejilla. Su lenta caída le pareció una metáfora de la destrucción de todo lo que pensaba conseguir durante su viaje a Sicilia. Había bastado que Pietro le dedicara unas cuantas palabras cariñosas para que ella se dejara llevar, pensando que entre ellos había algo más que una satracción física.

Miró a Pietro, que seguía dormido, respirando despacio, y pensó que no podía seguir en la cama de su noche de bodas, desnuda y expuesta, totalmente vulnerable.

Se mordió el labio para reprimir un sollozo e intentó levantarse, pero Pietro tenía un brazo encima de su cuerpo y lo notó.

–Maldita sea...

Marina ni siquiera estuvo segura de si lo había susurrado o de si sólo había sonado en el interior de su mente.

–*Cara*... –murmuró él.

Ella sintió pánico, pero Pietro no levantó la cabeza ni abrió los ojos. Se limitó a moverse un poco, hacia un lado, antes de suspirar y hundir la cara en la almohada.

Marina comprendió que era su oportunidad.

Sacó las piernas de la cama, puso los pies en el suelo y se alejó tan silenciosamente como le fue posible, para no despertarlo.

Cuando quiso alcanzar su ropa, descubrió que estaba tirada por todas partes. Encontró la blusa en una esquina, los pantalones, en la esquina contraria y el sostén y las braguitas, en mitad de la habitación.

No habían sido precisamente cuidadosos. A fin de cuentas, estaban dominados por la pasión y la necesidad. Pero no quería recordarlo. Si pensaba en ello, estaría perdida. Si cometía el error de girar la cabeza hacia el hombre que dormía en la cama, volvería con él.

Además, no necesitaba mirarlo para saber lo que habría visto. La imagen del cuerpo desnudo de Pietro estaba grabada en su mente desde dos años atrás. La larga y recta espalda, los fuertes músculos de sus hombros anchos, la estrechez de su cintura y de sus caderas, la firmeza de su trasero y la potencia de sus piernas.

Todo ello, cubierto por una piel morena que ansiaba tocar, frotar, acariciar.

—No...

Había sido Pietro. Había hablado en sueños otra vez. Pero el sonido de su voz convenció a Marina de la necesidad de darse prisa. Tenía que vestirse y salir de allí antes de que se despertara.

Pero ya era demasiado tarde.

—¿Qué diablos estás haciendo?

Pietro lo preguntó con humor y cierta ironía, como si su intento de fuga le pareciera divertido. Y Marina se quedó paralizada.

—Yo...

—¿Adónde vas?

Capítulo 8

PIETRO se despertó por culpa del frío. La súbita frialdad de su cuerpo en las zonas que habían estado en contacto con las suaves curvas de su esposa, le advirtió de su ausencia. Además, Marina había creado una corriente de aire al levantarse de la cama, aunque fuera ligera y casi imperceptible.

Era evidente que se había tomado muchas molestias para no despertarlo. Y eso también había contribuido a que abriera los ojos, porque sus movimientos fueron tan lentos, tan medidos y tan cuidadosos que despertaron sus sospechas.

Sólo podía tener un motivo para comportarse de esa forma. Quería huir. Quería marcharse sin que él se diera cuenta.

Pietro lo supo enseguida, pero decidió esperar y observar antes de intervenir; ver lo que estaba planeando.

Así que abrió un ojo y giró la cabeza lentamente.

Y luego, abrió otro.

Era obvio que tramaba algo. Iba de un lado a otro de la habitación, caminando de puntillas mientras recogía la ropa que habían desperdigado la noche anterior.

Aprovechando que Marina le daba la espalda, él se puso de lado para verla con más facilidad.

No tuvo que hacer ningún esfuerzo. La visión de su cuerpo desnudo, con aquellas piernas largas y aquel trasero increíblemente tentador, le resultó tan satisfactoria que se excitó al instante. Pero no era el momento más adecuado para dejarse llevar por el deseo. Marina ya se giraba hacia la puerta con intención de marcharse, con intención de abandonarlo exactamente igual que dos años antes.

Sin embargo, no lo iba a permitir.

Esta vez, no.

—¿Qué diablos estás haciendo?

Ella se detuvo, helada.

—¿Adónde vas?

Marina no se dio la vuelta. Los músculos de sus brazos se tensaron al cerrar las manos sobre su ropa, con tanta fuerza como si la vida le fuera en ello.

—A casa —contestó.

Él frunció el ceño. Las cosas no estaban saliendo como había imaginado. La mañana no había empezado como quería que empezara.

Desde que Marina se entregó a sus besos en la sala de juntas de Matteo, Pietro supo que no estaba preparado para dejarla ir. El deseo sexual que despertaba en él no había muerto durante los dos años transcurridos, sólo se había quedado en estado latente, esperando el momento adecuado para reaparecer.

Unas caricias, un simple beso y había escapado a su control con la fuerza de un volcán. Ya no podía volver a reprimirlo.

Por otra parte, una noche no era suficiente para saciar su hambre y su necesidad de ella. Necesitaba más. Mucho más.

Y hasta que abrió los ojos, pensó que ella quería lo mismo.

—¿A casa?

—Sí.

—¿Crees que te puedes ir tranquilamente después de lo que ha pasado?

Durante unos segundos, Pietro tuvo miedo de que Marina saliera de la habitación. Sin embargo, hizo un movimiento extraño con la cabeza, bajándola rápidamente para volver a subirla después, y le miró por encima del hombro.

—¿Y por qué no? Aquí ya hemos terminado.

Pietro se sentó en la cama.

—¿Terminado?

—En efecto.

—Estamos muy lejos de haber terminado.

—¿Por qué dices eso? Ya has conseguido lo que querías. Ya está hecho. ¿Qué más puedes querer? —preguntó.

—No me vengas ahora con ese cuento de que ya he conseguido lo que quería. Tú lo deseabas tanto como yo.

Ella asintió con tristeza.

—Sí, es posible —admitió.

—¿Sólo posible?

Pietro se animó un poco. Al menos había conseguido que lo mirara.

Sus ojos verdes eran una pincelada de color esmeralda en una cara pálida, sin el menor rastro de rubor en las mejillas. Tenía los labios tan apretados que eran poco más que una línea tensa. Y apretaba la ropa contra su cuerpo, la ropa que habría recogido del suelo, para protegerse y ocultar la belleza de su desnudez.

Marina no podía saber que había conseguido la paradoja de triunfar y de fracasar al mismo tiempo. Porque la ropa bastaba para ocultar sus partes más íntimas, pero sólo cubrían la sección central de su cuerpo. Por arriba y por abajo, lo demás quedaba desnudo.

Veía las elegantes líneas de su cuello, la forma redondeada de sus hombros y la parte superior de sus senos, apretados bajo las prendas, que había acariciado tantas veces a lo largo de la noche. Aún podía sentir el sabor de sus delicados pezones en los labios y en la lengua.

Y más abajo, donde el material turquesa de su blusa colgaba como un fajín hacia un lado, contrastando con el blanco de los pantalones, veía las líneas de sus caderas y atisbaba el final de su pubis como una promesa del secreto que ocultaba entre los muslos.

En conjunto, el esfuerzo de Marina por taparse había resultado aún más provocador que su desnudez.

Pietro hizo un esfuerzo por contener su deseo. Se levantó de la cama y alcanzó los pantalones, aunque tenía miedo de no ser capaz de mantener una conversación mínimamente coherente con ella. Estaba demasiado excitado.

—Bueno, es verdad que yo también lo deseaba

–admitió Marina–. Pero eso fue anoche, no ahora.
Y ya ha terminado.

–¿Tú crees?

Él echó la cabeza hacia atrás, como a punto de
soltar una carcajada.

–No ha terminado, belleza –continuó–. Bien al
contrario, sólo acaba de empezar.

–¡No!

La negativa de Marina fue seca y, aparentemente,
definitiva. Sin embargo, él la conocía lo suficiente
como para notar el leve temblor de su voz y el brillo
de inseguridad de sus ojos, que apartaron la mirada.

Aquello no estaba más terminado para ella que
para él, pero Marina no lo iba a admitir con tanta
facilidad. Se resistiría.

Y a él no le importaba.

Pietro se cruzó de brazos, sin miedo a la batalla
que Marina le pudiera plantear. De hecho, la deseaba.
Echaba de menos las escaramuzas con su esposa. Su
matrimonio podía haber sido difícil, pero nunca había sido aburrido. La tensión que había entre ellos se
acumulaba, estallaba y, por último, se convertía en
noches de placer cuyo destello rivalizaba con los fuegos artificiales de Año Nuevo.

Pero Marina había perdido esa garra cuando perdió al niño. Le dio la espalda y Pietro no logró recuperar su atención. Así que estaba encantado ante
la perspectiva de enfrentarse otra vez a ella.

Sabía que merecía la pena.

–No acaba de empezar. Nada acaba de empezar
–insistió Marina–. Sólo ha sido sexo; ni más ni menos que sexo.

–Ha sido bastante más que eso. Lo sabes de sobra.

Ella sacudió la cabeza.

–Marina, estás huyendo otra vez...

–¡Yo no huyo de nada!

–¿No? Qué curioso, porque a mí me parece que es tu forma habitual de reaccionar.

Marina apretó los dientes, alzó la barbilla y le lanzó una mirada desafiante que no poseía dos años atrás. Se había vuelto más fuerte.

–Está bien, si quieres saber qué ha pasado entre nosotros, te lo diré. Pero te advierto que no te va a gustar lo que tengo que decir.

Pietro pensó que aquélla era una Marina nueva, aunque no le sorprendió; lo notó cuando entró en la sala de juntas y, por supuesto, lo notó cuando le arrojó los papeles a la cara. Pero la princesa guerrera que se alzaba ante él, con un rubor leve en las mejillas y prácticamente desnuda, era aún más imponente.

Nunca la había deseado tanto como en aquel momento. Y nunca se había refrenado tanto como en aquel momento, porque era consciente de que una respuesta sexual habría sido muy mal recibida por ella.

De hecho, se tuvo que meter las manos en los bolsillos para contener su libido y la necesidad de tocarla.

–De acuerdo, te escucho.

–¿Te importa que me vista antes?

–¿Quién te lo impide? Ya tienes tu ropa.

Marina no se movió. Para vestirse, tendría que haber apartado la ropa de su cuerpo. Y su situación

ya era demasiado delicada como para empeorarla
por el procedimiento de quedarse desnuda delante
de su marido.

–Dime la verdad, Marina. ¿Qué ocurre?

De repente, Pietro tuvo miedo. Acababa de pensar que la actitud de su esposa podía tener algo que
ver con la relación que mantenía con ese hombre,
Stuart.

Pero ella se mantuvo en silencio, ajena a sus preocupaciones.

–Marina, por favor...

–Lo que ha pasado entre nosotros ha sido una
despedida –dijo al fin, con voz temblorosa–. Ha
sido una forma de decir adiós... o la última copa antes de seguir camino, si prefieres esa descripción.

Él entrecerró los ojos.

–No, esa descripción no me gusta. De hecho, no
me gusta ninguna de las que has planteado –protestó.

–Yo te deseaba y tú me deseabas. Es lo que querías que admitiera, ¿verdad? Pues bien, ya lo he admitido. Y eso es todo. Lo nuestro ha terminado.

–No ha terminado –insistió.

Pietro caminó hacia ella con el gruñido amena-
zador de un gran felino. A ella se le puso la carne
de gallina.

–Por supuesto que sí. Además, no entiendo a qué
viene esto. Me llamaste a Sicilia porque querías el
divorcio. Incluso tenías los documentos preparados... sólo faltaba mi firma –le recordó.

–Puede que haya cambiado de opinión.

Ella se preguntó si Pietro sería consciente de

cuánto le dolía todo aquello. Primero quería librarse de ella y ahora afirmaba que la quería nuevamente a su lado.

—Ya es demasiado tarde.

—Nunca es tarde, Marina.

—Si tú lo dices...

—Todavía no hemos firmado ningún documento. Legalmente, seguimos siendo marido y mujer. Nos podemos tomar todo el tiempo que necesitemos para expulsar esta atracción de nuestras vidas.

—Tal como hablas, cualquiera diría que es una enfermedad —se burló ella—. Pero yo no necesito expulsarlo de mi vida. Ya me he librado de eso... Con una vez ha sido suficiente. Incluso más que suficiente.

Él se quedó boquiabierto, sin saber qué decir.

—Además, siempre ha sido tarde —siguió hablando—. Ya era tarde antes de que te pusieras en contacto conmigo y me ordenaras que viniera a Sicilia. Nuestro matrimonio ya estaba muerto entonces.

—Ah, por fin llegamos a la clave del asunto...

—¿A la clave del asunto?

—¿Necesito recordarte que no fui yo quien te abandonó a ti, sino tú quien me abandonaste a mí? Te marchaste, huiste. Hiciste lo mismo que hacías cada vez que surgía el menor problema en nuestro matrimonio.

—Pero había perdido a...

—Lo sé, lo sé.

Pietro la interrumpió e hizo un gesto con las manos que Marina no pudo interpretar; parecía estar en algún punto entre la resignación, la desesperación y el sentimiento de derrota. Sus ojos se oscurecieron de repente y la expresión de su cara se volvió más impenetrable, más distante y más fría que nunca.

–Sé que perdiste el bebé. Lo sé.

–¿Y por qué dices que hui? Yo no podía huir de eso.

–Pero podías huir de mí y lo hiciste.

–¡Estaba hundida! Sólo quería...

–Sí, estabas hundida en la desesperación. Es lógico –declaró–. ¡Pero me diste la espalda! ¡Ni siquiera me dejabas tocarte!

–¡Porque no te quería cerca de mí!

Marina no podía haber sido más sincera. En aquella época, le asustaba que Pietro pudiera seducirla y borrar su sentimiento de pérdida con el sexo. Sólo quería esconderse, alejarse del mundo. Se había convencido de que su relación estaba rota. No le había dado su precioso heredero y, en consecuencia, su matrimonio se había hundido.

Súbitamente, Pietro dio tres zancadas largas y se plantó junto a la puerta del cuarto de baño. Luego, la señaló con un gesto lleno de rabia y bramó:

–¡Vístete! No quiero hablar contigo en estas circunstancias. No puedo hablar contigo cuando estás medio desnuda.

Marina encontró las fuerzas necesarias para pasar ante él y entrar en el servicio. Después, cerró la puerta y se empezó a vestir.

Estaba tan nerviosa que las manos le temblaban. Sus ojos se habían llenado de lágrimas y casi no podía ver los botones de la blusa ni el cierre de los pantalones. Sólo veía la cara intensa e impenetrable de Pietro en su imaginación.

Una vez más, se dijo que había cometido un error al dejarse dominar por el deseo. Se dijo que, si se hubiera tumbado en el suelo y le hubiera dado permiso para que hiciera lo que quisiera con ella, no habría sido más humillante.

Cuando terminó, se dio la vuelta para volver al dormitorio y enfrentarse con su esposo. Había recuperado la calma y estaba más que dispuesta a librarse de él.

Pero cuando puso la mano en el pomo de la puerta, se detuvo.

No era una puerta ni especialmente ancha ni especialmente resistente, pero tenía una cerradura. Era una barrera poderosa. Y se acordó de lo que Pietro había dicho el día anterior: «Los hoteles tienen puertas y llaves. No me gustaría que me cerraras una de esas puertas en las narices». En su momento, Marina sólo había encontrado una amenaza en las palabras de su esposo. Pero acababa de tener una revelación. Una revelación tan terrible que las piernas se le quedaron sin fuerza y tuvo que apoyarse en el lavabo para mantenerse en pie.

Por fin empezaba a entenderlo.

Por primera vez, consideró la posibilidad de que Pietro se hubiera sentido realmente abandonado cuando ella se marchó.

Por primera vez, consideró la posibilidad de que Pietro hubiera intentado animarla y darle su cariño cuando perdió al niño y de que ella hubiera reaccionado del peor modo posible, cerrándole la puerta en las narices.

Al pensarlo, cayó en la cuenta de que lo había intentado muchas veces y de que ella lo había rechazado en todas las ocasiones.

Desde ese punto de vista, no resultaba extraño que al final, cuando lo abandonó y regresó a Londres, Pietro no intentara seguirla. Le había dejado bien claro que quería estar sola. Y Pietro se limitó a esperar que volviera.

Con fuerzas renovadas, Marina volvió a llevar la mano al pomo y lo giró.

Había llegado el momento de aclarar las cosas, definitivamente, con el que pronto iba a ser su exmarido.

Capítulo 9

PIETRO estaba en el extremo contrario del
dormitorio, junto a la ventana. Había hecho
un pequeño intento por ordenar la habitación
mientras Marina estaba en el cuarto de baño y había alisado las sábanas y puesto los cojines que,
durante la noche, terminaron en el suelo. Incluso
se había puesto la camisa del día anterior, aunque
sin cerrársela.

Cuando lo vio, Marina pensó que, a pesar de su
insistencia en que ella se vistiera, él no parecía pensar que su pecho desnudo fuera una distracción.

Pero no iba a picar en ese anzuelo. Ya había cometido ese error con anterioridad. A partir de entonces, sería tan fría y racional como su esposo. Y
si tenía alguna duda, se recordaría lo que había ocurrido dos años antes y recobraría las fuerzas.

–Querías hablar, ¿verdad?

–Sí.

–Muy bien. Entonces, propongo que vayamos al
salón y que nos sentemos.

Marina podía sentirse más fuerte que antes, pero
sabía que se sentiría más cómoda cuando salieran
del dormitorio. Aunque Pietro había hecho la cama

y borrado las pruebas de su apasionada noche, la habitación habría sido un recordatorio tan constante como peligroso para ella.

Al entrar en el salón, estaba tan oscuro que Marina pulsó el interruptor de la luz.

—Aquí no se ve nada —explicó.

Pero lamentó haber encendido la luz. Bajo su destello, Pietro parecía más grande y más poderoso que nunca, como si hubiera cobrado vida de repente. Era demasiado alto, de hombros demasiado anchos, de cabello demasiado negro, de ojos demasiado claros, de piel demasiado morena.

Era un hombre terriblemente sensual.

Por suerte para Marina, Pietro no se dio cuenta del efecto que le causó. De hecho, se limitó a mirarla y a preguntar:

—¿Te apetece una copa?

Ella sacudió la cabeza.

—No, una copa no... tal vez un vaso de agua.

Pietro le sirvió un vaso y se lo dio. Acto seguido, se sirvió otro para él, se alejó hasta la ventana y la observó con detenimiento.

Marina pensó que había llegado el momento de hablar.

—¿Qué querías que te devolviera? Si no querías mis anillos, ¿qué es?

—Mi nombre.

La respuesta de Pietro fue tan inesperada que ella parpadeó, confusa. Había alcanzado el vaso para echar un trago, pero lo dejó en la mesita. Además, en el tono de voz de su esposo había algo que le hizo desconfiar. Era como si sólo le hubiera revelado una capa superficial de la verdad y le ocultara lo más profundo.

–¿Tu nombre? Bueno, por mí no hay ningún problema... siempre me sentí mejor como Marina Emerson que como Marina D'Inzeo.

La afirmación de Marina era una mentira tan descarada que le costó pronunciarla, pero lo hizo de todas formas.

–Supongo que leí demasiados cuentos cuando era niña y que llegué a convencerme de que la vida de una princesa siempre tenía un final feliz –continuó–. Pero, como ya he dicho, no hay problema. En cuanto nos divorciemos, volveré a usar mi propio apellido.

–No me refería a eso.

–¿Ah, no?

–No, me refería a mi buen nombre.

Marina lo miró con perplejidad, pero ni siquiera alcanzó a ver su expresión. Como se había puesto junto a la ventana, estaba a contraluz.

–No te entiendo...

Pietro echó un trago de agua, dejó el vaso en el alféizar y caminó hacia ella.

Marina lamentó haberse sentado en el sofá, porque si su marido ya era imponentemente alto cuando los dos estaban de pie, parecía casi un dios en esas circunstancias. Pero no se podía levantar de repente; habría sido un gesto de debilidad demasiado obvio.

En consecuencia, se obligó a permanecer sentada, alzó la cabeza y lo miró a los ojos con una expresión que pretendía ser de indiferencia.

–Los D'Inzeo somos una familia antigua y noble

cuyo pasado se hunde en la Edad Media. En Sicilia tenemos poder y una posición que mantener.

–Ya lo sé. No es necesario que me lo recuerdes.

Marina no había olvidado cómo se sintió cuando vio por primera vez el antiquísimo *castello* D'Inzeo, de estilo gótico veneciano pero renovado unos años antes. Ni había olvidado que, durante unos meses, había vivido en él y formado parte de la familia de Pietro.

Durante su estancia en el castillo, aprendió todo lo que había que aprender sobre la historia de los D'Inzeo y sobre el escudo de armas que colgaba sobre la chimenea del enorme salón principal. Su leyenda decía así: *Mantengo lo que es mío.* Una leyenda más que apropiada para la arrogancia que los D'Inzeo habían demostrado a lo largo de los siglos.

–Lo he vivido, Pietro. Lo he sufrido en mi propia carne –continuó–. Y cuando no estabas conmigo, en el castillo, odiaba ese poder y esa posición con toda mi alma... tu familia es verdaderamente medieval.

–Bueno, admito que mi madre está chapada a la antigua –le concedió él–, pero defiende el apellido D'Inzeo y todo lo que lleva asociado. Simplemente, cree que los D'Inzeo no nos debemos divorciar.

Él dejó de hablar y permaneció en un silencio tenso, como si estuviera valorando el peso de las palabras que él mismo acababa de pronunciar.

–Sigo sin entenderlo, Pietro. ¿Que los D'Inzeo no se divorcian? Pero si tú habías preparado los papeles del divorcio...

–Sí, ése era mi plan original.

–¿Y entonces?

–Las cosas han cambiado.

Pietro bajó la mirada y observó la blusa de Marina, a la que le faltaban los dos botones que él le había arrancado sin querer.

–¿Lo dices por lo de anoche?

–Por supuesto.

–¡Eso no ha sido nada!

–Ha sido mucho. Mucho más de lo que estás dispuesta a admitir –contraatacó–. Yo lo sé y tú lo sabes... ha sido una explosión tan feroz y ardiente como las del Etna. Algo a lo que no estoy dispuesto a renunciar.

Marina no pudo permanecer sentada por más tiempo. Tenía que plantarle cara inmediatamente, sin dilación.

–Puede que eso no esté en tu mano, Pietro. Puede que no tengas elección –lo amenazó.

–Ya sé que no la tengo –dijo con ironía–. Soy consciente de lo que me haces. Y de lo que yo te hago a ti.

–Sí, no voy a negar que siempre hubo atracción sexual entre nosotros, pero en un matrimonio se necesita algo más que la atracción sexual.

–Aunque así fuera, no es un mal principio.

Marina no podía creer que hablara en serio.

–¿Estás diciendo que quieres seguir adelante con nuestro matrimonio, sin más base que una relación sexual?

Ni ella misma habría podido decir si la inseguridad de su voz se debía al miedo, al desconcierto o al deseo de aceptar la oferta de su esposo. No lo habría podido decir porque ni siquiera sabía lo que sentía. Las emociones y los pensamientos se mezclaban en su interior sin orden alguno, sin jerarquía aparente.

–Estoy diciendo que nadie me ha hecho sentir como tú.

–Sexualmente –puntualizó.

–Sexualmente –admitió él.

Pietro pensó que Marina siempre había conseguido que dejara de pensar; era tan seductora que lo reducía a sus pulsiones sexuales. Pero ahora había más. Desde que ella entró en la sala de juntas de su abogado, Pietro se sintió como si hubiera despertado de una pesadilla, de dos largos y vacíos años sin motivaciones, sin vida.

Durante las últimas veinticuatro horas se había sentido más vivo que en cualquier otro momento desde su separación.

Y no quería perder esa sensación. Incluso estaba dispuesto a poner su futuro en manos de aquella mujer, de la misma mujer que lo había destrozado dos años atrás, de la misma mujer que lo había abandonado después de perder al niño.

Cuando ella se marchó, él se convenció de que Marina sólo lo había querido por su dinero. Sin embargo, eso también había cambiado. Su esposa había rechazado el acuerdo matrimonial porque, según afirmaba, no quería ni un céntimo de él.

–Esta vez no te vas a salir con la tuya, Pietro. No voy a seguir contigo.

–¿Por qué no?

–Porque sería repetir lo que ya sufrimos en el pasado.

–Te equivocas. Las cosas han cambiado por completo. Para empezar, acabamos de hacer...

–¡No te atrevas a decir que hemos hecho el amor! –lo interrumpió.

Pietro se encogió de hombros.

–Bueno, llámalo como quieras. En cualquier caso, ha destruido nuestros planes de divorciarnos con rapidez.

–¿Qué quieres decir?

–No me digas que no lo has pensado. Cualquiera pensaría que lo de anoche ha sido... una renovación de nuestros votos.

–¡Sólo ha sido sexo! –protestó.

–Tal vez. Pero ya no podemos alegar que hemos estado separados dos años.

Él tenía razón. Marina no lo había pensado.

–¿Y qué? Puede que eso complique el divorcio por culpa de las leyes de tu país, pero nos lo concederán de todas formas.

–Hay otra opción. Podríamos aprovechar lo sucedido.

–¿Aprovecharlo? ¿En qué sentido?

–¿Es que no es obvio? Aprovecharlo para darnos mutuamente placer... Además, tengo entendido que no hay nadie más en tu vida, por lo menos, ninguna relación seria. Tú misma dijiste que no tienes intención de casarte con tu amigo Stuart –le recordó–. Como ves, somos dos adultos libres. Nuestra relación no hará daño a nadie.

–Sí, es verdad que no mantengo ninguna relación seria. Pero jamás aceptaría...

–¿Qué es lo que se suele decir en estos casos?

—la interrumpió de nuevo—. Ah, sí... nunca digas nunca jamás. Tal vez tengas razón al afirmar que el sexo no es base suficiente para un matrimonio, pero esta vez no nos engañaríamos a nosotros mismos. Esta vez sabemos lo que hay. Ni tú ni yo estaríamos buscando el amor o la felicidad.

Marina sacudió la cabeza. Pietro no podía ser más claro; le estaba ofreciendo una relación sexual, sin complicaciones.

—Ni siquiera sé cómo es posible que creas que puedo aceptar tu oferta. He venido a Sicilia para llegar a un acuerdo sobre nuestro divorcio.

—Pero no nos vamos a divorciar.

—¿Por qué? ¿Por que ya no podemos alegar que hemos estado dos años separados?

—Exactamente.

—Hay otras formas. Más rápidas.

—Di una.

—Podría divorciarme de ti por comportamiento... inadecuado. Por crueldad.

—No te atreverías —bramó él, irritado.

—Por supuesto que sí.

—Yo no te he tratado nunca con crueldad. Tendrías que mentir y no podrías presentar pruebas porque no las hay.

—Oh, tengo las pruebas de mis propios ojos. Y de las cosas que me has dicho.

—¿Cómo? Por Dios, Marina... sólo viste lo que tú querías ver.

—¡Vi lo que pasó! Vi que te alejaste de mí y que no volviste a dormir conmigo. Decías que ese embarazo había sido un error.

–¿Y cómo lo describirías tú? –la desafió–. No te habrías casado conmigo si no te hubieras quedado embarazada.

–No, no me habría casado.

–¿Lo ves? El embarazo fue una trampa para ambos. Nos atrapó en el matrimonio.

Marina volvió a sacudir la cabeza.

–¡Yo no me sentía atrapada! ¡Quería ese bebé! Y cuando lo perdí, lo perdí todo... porque tú ni siquiera estabas a mi lado.

–¿Que yo no estaba a tu lado? –dijo él, mirándola con frialdad–. ¡Si ni siquiera podía hablar contigo!

–Claro que podías.

–No es cierto. Te escondías detrás de puertas cerradas.

–Porque necesitaba estar sola.

A pesar de su vehemencia, la resolución de Marina se empezaba a resquebrajar. Las palabras de Pietro le habían recordado un suceso de sus días en el castillo D'Inzeo. En cierta ocasión, se había sentido tan sola que decidió acercarse a la madre de su esposo con la esperanza de poder hablar con alguien. Pero sólo encontró una puerta cerrada a cal y canto.

–¿Y te marchaste por eso? ¿Porque querías estar sola? ¿Sin decir una palabra? ¿Sin advertírmelo? ¿Sin dejarme un simple mensaje para que supiera que estabas cansada de nuestro matrimonio?

Marina estaba atrapada. No podía admitir que, en realidad, se había marchado porque su esposo le había partido el corazón; porque se había convencido de que no estaba enamorado de ella.

–Te portaste tan mal conmigo que no podía quedarme –se defendió–. Además, si hubieras estado tan preocupado por mí, habrías ido en mi busca.

–Lo habría hecho, sí, pero no lo hice porque sabía que era lo que estabas esperando. Tu huida fue una especie de prueba, ¿verdad? Querías demostrar que yo estaba a tu merced y que correría a ti como un perrito faldero si tirabas de la correa.

–Yo...

–Pero te equivocaste, *cara*. Te equivocaste terriblemente. Después de tantas semanas de soledad, de intentar acercarme a ti y de que me cerraras la puerta en las narices, no podía admitir que, por si eso fuera poco, me pusieras una prueba.

–¿Y quién tiene la culpa de eso? Nuestra relación estaba muerta. Te habías casado conmigo por el bebé y lo habíamos perdido. Ya no era necesario que siguiéramos juntos. Ya no necesitábamos la cobertura legal de un matrimonio.

–¿Cobertura legal? –preguntó con sarcasmo–. Menuda forma de definirlo.

–Sí, puede que no sea muy delicada, pero fuiste tú quien lo definió de esa manera hace años –replicó.

Pietro se quedó helado, completamente inmóvil. Y le lanzó una mirada tan dura que casi le dio miedo.

–En eso tienes razón. Lo recuerdo.

–Ah, entonces lo reconoces... Gracias, Pietro. Pero, dime, ¿también reconoces haber dicho que te sentías profundamente decepcionado?

–¿Decepcionado? Maldita sea, claro que estaba decepcionado. Decepcionado por haber perdido a nuestro hijo. Decepcionado por habernos casado sin tomarnos el tiempo necesario para conocernos mejor. Decepcionado porque todo fue tan rápido que hasta mi madre pensó que te habías quedado embarazada a propósito, para condenarme al matrimonio.

–¿Eso creyó?

–Sí, pero qué importa lo que mi madre pensara. Por desgracia, tú también te sentías atrapada en nuestro matrimonio... y eso era lo que más me decepcionaba de todo. No te pude dar la relación que quería darte porque me empeñé en casarme contigo a toda prisa, antes de que la prensa se enterara de lo nuestro y se organizara un escándalo.

–Entonces, no niegas que lo dijiste. No niegas que te sintieras decepcionado.

–En absoluto.

–Y como te sentías decepcionado, llegaste a la conclusión de que ya no había necesidad de fingir, de que la razón que nos empujó a casarnos había desaparecido.

Él sacudió la cabeza.

–Haces que suene como si yo hubiera querido que...

–¡Por supuesto que lo quisiste! Incluso has llegado a insinuar que la pérdida del niño fue lo mejor que nos podía haber pasado.

–Es verdad, pero me odio a mí mismo por haber insinuado algo así.

–Yo también te odio por eso.

Él asintió.

–Lo comprendo. Y comprendo que tienes derecho a sentirte traicionada. Supongo que no fui el marido que necesitabas en los peores momentos.

Pietro había sido completamente sincero. Sabía que su matrimonio había sido un error y, en el fondo, entendía que lo hubiera abandonado. Pero eso no le preocupaba tanto como el hecho de que ahora, dos años después, tampoco era el marido que ella necesitaba.

Aunque la pasión de la noche anterior lo hubiera confundido hasta el extremo de pensar que estaba con la Marina de entonces, con la mujer con quien se había casado, ya no era aquella mujer. Era una Marina nueva. El resultado de dos años de separación. De dos años sin el peso de un matrimonio fracasado.

La miró a la cara, contempló las sombras de sus ojos y se dijo que no tenía derecho a arrastrarla otra vez al infierno de aquellos días.

–Marina...

–¿Sí?

–Hiciste bien. Es normal que te marcharas.

Marina se llevó una sorpresa monumental. No tanto por el hecho de que Pietro le diera la razón, después de dos años, como por el hecho de que se sintió culpable al oír sus palabras. Pietro no era un monstruo. La responsabilidad de lo sucedido estaba repartida a partes iguales. Su marido había acertado al afirmar que sólo había visto lo que quería ver.

Las cosas no eran blancas o negras. Ella no era inocente.

Ahora sabía que Pietro había intentado animarla cuando perdió al niño. Sabía que se había acercado a ella en busca de afecto y que se había encerrado en sí misma y le había cerrado las puertas. Sabía que lo había rechazado y que, al rechazarlo, ella misma había acelerado la destrucción de su matrimonio.

En ese momento, fue consciente de que debía hacer algo, decir algo, intentar algo. Y actuó en consecuencia.

–¿Crees que podríamos empezar de nuevo?

Fue todo lo que pudo decir. Una frase tímida.

Pero por tímida que fuera, pareció tener el efecto de una bofetada en Pietro, que la miró con asombro.

–Por favor, Pietro. Si yo te puedo perdonar... –insistió.

Le estaba ofreciendo una rama de olivo. Estaba tendiendo un puente para salvar la brecha que se había abierto entre ellos.

Y lejos de conseguirlo, Pietro parecía más distante que nunca.

–¿Perdonar? –preguntó él.

–Sí.

–¿Empezar de nuevo?

–Exactamente.

–¿Es que no has oído ni una palabra de lo que he dicho?

–Sí. Has dicho que podíamos mantener... un *affaire*.

Él sacudió la cabeza.

–No estaba sugiriendo que empezáramos de nuevo, Marina; te estaba ofreciendo una forma de terminar, una forma de sacar esta necesidad de nuestro organismo para poder seguir adelante con nuestras vidas. Eso es todo lo que quiero.

De repente, Pietro sacó el teléfono móvil, marcó un número y empezó a hablar en un italiano tan rápido que ella no entendió ni una sola palabra.

Cuando por fin cortó la comunicación, Marina preguntó:

–¿Qué ha sido eso? ¿Qué está pasando?

–Yo te diré lo que está pasando... Que vas a conseguir lo que quieres. Te vas a marchar ahora mismo, con el divorcio que querías. En cuanto vuelva a Palermo, firmaré los documentos y te los enviaré. ¿No quieres nada? Muy bien, no te daré nada. Y si te empeñas, hasta permitiré que redactes los términos. Acúsame de lo que quieras. Di que te he maltratado. No lucharé contigo en los tribunales.

Marina se sintió dominada por una sensación terrible, la de haber destruido algo especial, algo que merecía la pena.

El sentimiento de culpabilidad la estaba destrozando por dentro. Porque ahora sabía, sin el menor asomo de duda y a pesar de todo, que seguía enamorada de su marido. Pero en algún momento se había equivocado terriblemente de camino.

–Pietro...

Pietro no la quiso escuchar. Se apartó de ella, se cerró la camisa y se abrochó el cinturón. Luego, se inclinó para ponerse las botas y dijo:

–Me voy.

Marina comprendió que estaba hablando en serio. Se iba a marchar. Y no podía hacer nada por impedirlo.

–Pero ¿qué voy a hacer yo? ¿Cómo...?

–Mi chófer vendrá a recogerte y te llevará al aeropuerto.

–¿No podrías llevarme tú?

Pietro le lanzó una mirada feroz.

–Marina, no me siento con fuerzas de estar contigo en la misma habitación. Y mucho menos de encerrarnos en un espacio tan pequeño como el de un coche.

Marina tuvo que hacer un esfuerzo supremo para no llorar. Ni siquiera entendía cómo era posible que las cosas se hubieran estropeado de repente, tan deprisa. Ni siquiera sabía lo que había hecho.

–Pietro, por favor, dime qué...

–No hay nada que decir. Tú tenías razón. Es mejor que nos divorciemos de una vez y que sigamos con nuestras vidas. No te preocupes, mi chófer te llevará al aeropuerto y mi avión te estará esperando.

–No necesito tu avión. Puedo ir en un vuelo comercial.

Él sacudió la cabeza.

–Pero irás en mi avión. Es lo más rápido.

Marina pensó que quería quitársela de encima tan rápidamente como fuera posible. Era obvio. No necesitaba decirlo.

–Está bien.

Pietro asintió y se dirigió a la puerta.

Ella lo miró y supo que no podía dejar que se fuera de esa forma, sin saber qué había pasado, qué había hecho mal.

–Pietro, te lo ruego...

Durante un segundo, pensó que no le haría caso.

Pero Pietro se detuvo y giró la cabeza hacia ella, dispuesto a escuchar.

–He sido injusta contigo. Vine a Sicilia para echarte la culpa de lo que pasó hace dos años... y me equivoqué. Lo siento mucho. Lo siento muchísimo.

–Ya es tarde para disculpas –declaró con tono seco–. Además, no eres tú quien debe disculparse. Debí haber pronunciado esas palabras hace mucho tiempo; debí decirte que lo sentía. Pero créeme... ahora sé que no habría sido suficiente. Como sé que es demasiado tarde para arreglar lo nuestro.

–No, no –negó, desesperada–. Pietro...

Pietro no la oyó. Ya había salido y cerrado la puerta.

Momentos después, Marina oyó el sonido del motor y salió con intención de insistir, pero el coche ya se alejaba por la carretera. Tan deprisa, que desapareció de la vista en cuestión de segundos.

Capítulo 10

AL PASAR la hoja del calendario, Marina pensó que cuatro semanas eran mucho tiempo. Pero enseguida, se corrigió a sí misma y se dijo que no era verdad, que esa afirmación sólo era válida para las cuatro semanas anteriores, que habían sido de las más largas de su vida.

Tenía la sensación de que había pasado una eternidad desde que viajó a Sicilia, desde que volvió a ver a Pietro, desde que hicieron el amor y desde que él se marchó de repente y la envió de vuelta a casa.

Pero sólo había sido un mes.

Cuatro semanas antes, volaba hacia Sicilia para reunirse con el hombre que se debía convertir pronto en su exmarido. Estaba decidida a divorciarse, decidida hasta el punto de que había redactado un acuerdo de divorcio en sustitución del que Pietro le iba a ofrecer.

Por entonces, no quería nada de él. Y eso era justo lo que había conseguido. Nada.

O menos que nada.

Sin embargo, aún no había recibido el acuerdo que Pietro le había prometido enviar. Parecía tan deseoso de librarse de ella y de poner fin a su relación que supuso que lo recibiría en cuestión de días, pero sorprendentemente, no fue así.

Caminó hasta la ventana y contempló la luminosa tarde, tan distinta al día nublado y lluvioso que había pasado en Sicilia.

Había deseado ser libre. Había deseado seguir con su vida. Y se había salido con la suya.

Sin embargo, no podía olvidar aquel día junto a su esposo. Lo había cambiado todo. Ya nada volvería a ser lo mismo. Paradójicamente, estaba más atada que nunca al príncipe Pietro D'Inzeo. Porque aquellas horas de amor en el dormitorio de Casalina habían tenido una consecuencia inesperada.

Estaba esperando un hijo.

—Oh, Pietro...

El nombre se le escapó de los labios como un susurro. Alzó una mano y se secó la lágrima solitaria que acababa de derramar, a sabiendas de que las lágrimas no arreglarían sus problemas. Necesitaba ser fuerte, pensar con claridad, afrontar el futuro.

Si hubiera encontrado un ápice de la fuerza que tenía cuando subió al avión que la llevaba a Sicilia, su vida habría sido más fácil.

Pero habían pasado demasiadas cosas desde entonces.

Un solo día y una sola noche habían trastocado completamente su existencia. No sólo se había quedado embarazada sino que, además, había descubierto que amaba a Pietro y que nunca había dejado de amarlo.

Mientras miraba la calle, un coche se detuvo y llamó su atención. A fin de cuentas, era un vehículo demasiado caro y demasiado lujoso para el barrio donde vivía; un vehículo muy poco habitual en la zona.

–¡Pietro!

Sólo podía ser él. Y no se equivocó.

Momentos más tarde, la puerta se abrió y apareció su esposo, tan alto y atractivo como siempre. Llevaba unos pantalones vaqueros y una cazadora de cuero negro, con una camiseta blanca por debajo. Una indumentaria bastante urbana que, sin embargo, en él resultaba refinada y sorprendentemente elegante.

Pietro cerró el coche y caminó hacia su domicilio.

Marina consideró la posibilidad de esconderse y simular que no estaba en casa, pero habría sido absurdo; estaba segura de que la había visto en la ventana del salón. Además, no quería huir. Ardía en deseos de verlo.

Cuando llegó a la puerta, Pietro llamó con los nudillos en lugar de pulsar el timbre. Ella estaba tan nerviosa que tardó en abrir porque había echado la llave y no conseguía girarla.

–Pietro...

A pesar de su nerviosismo, logró mantener una apariencia tranquila.

–Hola, Marina.

Marina se sintió enormemente feliz. Incluso a pesar de saber que no sería portador de buenas noticias. Por su actitud tensa y fría, sabía que no estaba allí para anunciarle que su relación iba a tener un final feliz.

Pietro alzó una mano y le ofreció una cartera de cuero.

—He traído algo que tienes que ver.

Marisa supuso que serían los documentos del divorcio.

—Me sorprende que los hayas traído en persona.

—Es que necesitaba verte en persona.

Ella se estremeció a pesar de que la tarde era soleada y relativamente cálida para la época del año. De repente, el jersey verde y los vaqueros que se había puesto, no le daban ningún calor. Pero supo que su estremecimiento no se debía al clima.

—Comprendo. En tal caso, será mejor que entres...

Pietro frunció el ceño, pero entró en la casa de todas formas.

Marina pensó llevarlo al salón, pero le pareció que la cocina era un lugar menos peligroso para ella y que, de paso, podría ofrecerle una copa y distraerlo.

Al fin y al cabo, tenía algo muy difícil que decir. Algo que podía destrozar su última posibilidad de arreglar las cosas con Pietro, algo que ya se había interpuesto entre ellos al principio de su relación.

Se había quedado embarazada otra vez. Y aunque deseaba decírselo, tenía miedo de cómo pudiera reaccionar.

Cuando llegaron a la cocina, preguntó:

—¿Te apetece beber algo?

Pietro sacudió la cabeza.

–No, gracias.

Él echó un vistazo a la pequeña estancia y volvió a hablar.

–¿Aquí es donde vives ahora?

–Sí, es perfecto para mí –respondió.

–No se puede decir que sea una casa muy grande... deberías haber aceptado mi oferta inicial de divorcio. Podrías vivir en un lugar mejor.

–Para mí es suficiente. No todo el mundo quiere vivir en un castillo –se defendió.

–Bueno, yo tampoco viviría en el castillo si tuviera la posibilidad de elegir –comentó con ironía–. Pero forma parte de mis obligaciones.

Marina se llevó una sorpresa. Pietro jamás había insinuado que se sintiera incómodo con el castillo D'Inzeo. Pero cuando lo miró de nuevo, supo que había dicho la verdad. Y vio que tenía ojeras y aspecto cansado.

–Siempre había creído que el castillo te gustaba. Es un lugar imponente.

–Oh, sí, es imponente... pero no es cálido. A diferencia de tu casa.

Pietro clavó la mirada en el jarrón con crisantemos que Marina había dejado en el alféizar.

–Gracias por el comentario. Como te decía, la casa es perfecta para mí; está cerca de mi trabajo y tiene espacio de sobra para una persona sola.

–¿Para una persona sola?

Marina lo miró con extrañeza.

–Sí, por supuesto...

–¿Y Stuart?

–¿Stuart?

–Pensaba que estabas con él.

–Ya te dije que no estoy con nadie, Pietro.

Pietro no dijo nada. Se limitó a dejar la cartera de cuero encima de la mesa.

–¿Has cambiado los términos del divorcio? –preguntó ella.

Él la miró con frialdad.

–Te prometí que te daría lo que querías, aunque no quisieras nada de nada. ¿Y sabes una cosa? De todas las promesas que he hecho a lo largo de mi vida, es la que más me ha costado cumplir. ¿Estás segura de que no vas a cambiar de opinión?

Ella sacudió la cabeza.

–No hagas eso, por favor.

–¿Hacer? ¿A qué te refieres? Te voy a dar lo que me has pedido... nada. Justo lo que hice durante nuestro matrimonio. Nada –repitió–. Lamento no haber sido un buen marido para ti. Estaba tan concentrado en mi trabajo, en las cosas del banco y del castillo que... bueno, no te presté atención.

–No quiero que te sientas culpable. Fue culpa de los dos. Tú estabas concentrado en tu trabajo y yo, encerrada en mí misma.

La confesión de Marina sirvió para que Pietro alzara la cabeza y la mirara con intensidad.

–¿Pero sabes una cosa? –continuó ella.

–¿Qué?

–Que mi puerta nunca estuvo totalmente cerrada. Él suspiró.

–Bueno, ya no importa. Forma parte del pasado y no lo podemos cambiar. Aunque no estuviera cerrada entonces, lo está ahora.

Marina frunció el ceño. Por el tono de su marido, tuvo la sensación de que la metáfora de la puerta, que ella misma había usado, tenía un valor especial para él. Y sólo podía haber un motivo.

—Ahora lo entiendo...

—¿De qué estás hablando?

—De tu madre y del papel que ha tenido en nuestra historia.

Pietro pareció sorprendido, pero asintió.

—Sí, lo has adivinado. Mis padres no se casaron por amor; el suyo fue un matrimonio concertado, un típico matrimonio de familias importantes, un error que no debieron cometer. Mi madre sabía que tenía la obligación de dar un heredero a mi padre, así que lo hizo. Pero cuando yo nací, se encerró en sí misma y nos cerró las puertas a todos los demás.

—¿Incluso a ti?

Pietro respondió afirmativamente, aunque no era necesario que respondiera. Marina lo había visto con sus propios ojos durante su breve estancia en el castillo.

—Ahora entiendo que mi distanciamiento te doliera tanto... pero yo no era tu madre, Pietro, era tu esposa.

—Eso es verdad. Sin embargo, nunca he obligado a ninguna mujer a estar conmigo. Y no iba a empezar con mi propia mujer —se defendió.

Marina sintió un dolor intenso. Imaginó a Pietro esperando que volviera a él, imaginó a Pietro al otro lado de las puertas metafóricas que ella había cerrado, lo imaginó sufriendo por la pérdida de su hijo y recibiendo la misma respuesta fría y distante que había recibido de su propia madre cuando era niño.

—Lo siento mucho. Yo no pretendía...

No terminó la frase. No tenía sentido porque, a fin de cuentas, ya no podía cambiar el pasado. Se sentó al otro lado de la mesa de la cocina y se llevó las manos al estómago. Sólo estaba embarazada de un mes y no se le notaba nada, pero se preguntó si el destino sería más amable con ella que la vez anterior.

—Cuando saliste de tu encierro en ti misma y volviste a mí, parecías tan perdida, tan frágil... me sentí muy culpable. Lamento haberte hecho eso.

—Tú no me hiciste nada. Estaba así porque había perdido el bebé.

—Habías perdido el bebé en el seno de un matrimonio al que yo te había obligado. Y era evidente que te arrepentías, que pensabas que habías cometido un error.

Marina abrió la boca para protestar, pero él siguió hablando.

—No, no digas que no te habías arrepentido. Lo sé perfectamente.

—No, Pietro, no es lo que tú crees. Es verdad que me sentía mal porque no te había podido dar un heredero, pero...

—¿Pero?

Marina dudó un momento, sin saber qué responder. Sin embargo, se dijo que debía ser sincera de una vez por todas.

—Me había convencido de que, si te hacía partícipe de mis preocupaciones y angustias, tú intenta-

rías animarme con lo mismo que me había unido a
ti... con la seducción, con el deseo. Me había convencido de que me besarías hasta que no pudiera
pensar.

Él entrecerró los ojos.

–¿Y no querías eso?

–¿Cómo no lo iba a querer?

Marina ya estaba harta de mentiras. Ya no tenía
miedo de decir la verdad. Estaba enamorada de él y
lo había perdido para siempre, como demostraba el
hecho de que se hubiera presentado en su casa con
los papeles del divorcio. Pero al menos, eso también
significaba que ya no tenía motivos para mentir.

Por otra parte, era consciente de que, si hubiera sido
sincera con él en el pasado, jamás se habrían visto en
aquella situación.

Definitivamente, debía sincerarse con él. No sólo
por Pietro, sino también por el hijo que llevaba en
su vientre.

Respiró hondo e intentó encontrar el valor necesario.

–Era incapaz de resistirme a ti. Piensa en cómo
nos conocimos... en el motivo que nos empujó al
matrimonio.

–Y yo no podía dejar de tocarte –le confesó él.

–Ni yo.

Marina pensó con tristeza que pronunciaban palabras del pasado, palabras sobre lo que había sido,
sobre la pasión desenfrenada y cegadora que habían
disfrutado durante un tiempo y que ya se había perdido para siempre.

Intentó encontrar algún resto de aquella pasión

en los ojos de su marido, pero no la vio. Pietro disimulaba tan bien que Marina no se daba cuenta de que ardía en deseos de tomarla entre sus brazos y besarla.

Pero él la sacó de su error un momento después.

—Y todavía siento lo mismo.

—¿Cómo?

—No puedo pensar en otra cosa que tocarte, Marina. Creo que lo demostré claramente con esa noche de locura en Casalina, ¿no crees?

Marina se sintió mareada. Palideció tan rápidamente que no tuvo que acercarse al espejo de la pared contraria para saber que, en cuestión de segundos, había pasado del un rubor subido a una palidez mortal.

—Sí, bueno, ambos sabemos que cometimos un error —acertó a decir—. Un error que no volveremos a cometer.

Marina no supo si su voz le habría sonado tan sospechosa a él como a ella. Si Pietro habría captado que, por debajo de sus palabras, se escondían el mismo deseo y la misma necesidad de siempre.

Por supuesto, podría haber disimulado mejor. Podría haber hecho un esfuerzo por ocultar sus sentimientos.

Pero no lo había hecho porque no quería hacerlo, porque todavía albergaba la esperanza de encontrar una solución y reconquistar el afecto de Pietro.

Se preguntó si realmente quería que su esposo renunciara al divorcio y siguiera casado con ella. Se preguntó si sería capaz de renunciar a su orgullo y arrastrarse ante él. No en vano, había ido a su casa para entregarle los papeles del divorcio; unos papeles que, para empeorar las cosas, había preparado por segunda vez.

Sin embargo, Marina tenía un secreto que podía cambiarlo todo. Una noticia que había recibido esa misma mañana.

Ahora, cabía la posibilidad de que, cuando su marido supiera que aquel momento de locura en el dormitorio de Casalina iba a tener consecuencias permanentes, reconsiderara la decisión que había tomado.

Pietro D'Inzeo, el príncipe Pietro D'Inzeo, querría ese niño.

Y no sólo porque quisiera un heredero para el título, las propiedades y la fortuna de su familia, sino porque también había querido al niño que perdieron y porque también lo había llorado tanto como ella.

De eso tampoco tenía ninguna duda.

Sólo faltaba por saber si, además del niño, también la querría a ella.

LOS DOS sabemos que cometimos un error. No podemos ser tan estúpidos como para tropezar otra vez en la misma piedra.

Si Marina hubiera pegado un puñetazo en la mesa, junto a la cartera de su esposo, con un guante de hierro, no habría dejado las cosas más claras.

Pietro se sintió estúpido por haber ido a verla.

Había pasado las cuatro semanas anteriores en una especie de vaivén continuo, cambiando de opinión constantemente. Había luchado contra sí mismo, contra los recuerdos que lo asaltaban una y otra vez y contra la necesidad física que amenazaba con volverlo loco.

Su estado era casi esquizofrénico. Llegó un momento en que no sabía qué iba a pensar ni qué iba a sentir a continuación. Y en consecuencia, no podía tomar ninguna decisión sobre su vida y su futuro.

Había dejado Casalina en la seguridad de haber hecho lo correcto.

Esa convicción lo había empujado a salir de la casa y a poner tanto espacio como fuera posible entre su mujer y él, porque sabía que, si permanecía a su lado, corría el peligro de cambiar de opinión.

Y esa misma convicción lo había alimentado durante los días siguientes, tan desesperantes que pasaba horas enteras en el gimnasio con la esperanza de sacar la cara, la voz y el cuerpo de Marina de sus pensamientos.

Pero no lo consiguió.

Su mente lo traicionaba incluso cuando su cuerpo estaba completamente agotado.

Se sentía furioso consigo mismo. Furioso por no haber entendido los sentimientos de Marina en el pasado, el miedo que se escondía bajo sus desafíos aparentes. Y si su actitud desafiante sólo había sido un truco para ocultar su miedo durante los primeros meses de su relación, no tenía más remedio que pensar que también lo había sido durante la reunión en la sala de juntas de Matteo.

—No, no podemos ser tan estúpidos –insistió.

—No, supongo que no. Sería un error, ¿verdad?

Pietro la miró a los ojos con intensidad. Efectivamente, cabía la posibilidad de que su comportamiento distante y frío en el bufete del abogado hubiera sido un truco para ocultar sus verdaderos sentimientos.

—Pero por otra parte...

Marina se humedeció los labios con la lengua.

Al verla, Pietro se excitó tanto que sintió el impulso irrefrenable de besarla, de seguir la dirección de la lengua de su esposa con su propia lengua, de introducirla en su boca y de volver a probar su sabor.

Entonces, ella suspiró y él ya no se pudo contener.

La besó apasionadamente, con una fuerza de la que ni siquiera se creía capaz cuando llegó a la casa. Su sabor, su calidez y su aroma se habían conjurado para hacerle perder el sentido en el espacio de un segundo.

Ni siquiera recordaba por qué estaba allí.

Sólo sabía que se sentía maravillosamente bien y que, de repente, ellos eran lo único que importaba en el mundo.

El sol que entraba por la ventana y los sonidos de la calle se habían apagado. La sangre le hervía en las venas y su corazón latía con tanta fuerza que casi podía oír los latidos. Sólo sabía que quería más.

La quería entera, toda.

Pero poco después, se dio cuenta de que la tensión de su cuerpo había cambiado radicalmente. El calor anterior había desaparecido como todo lo demás, sustituido por un frío tan desconcertante como feroz.

Se apartó de ella y la miró.

Estaba llorando.

–*Maledizione!*

Estaba llorando. Y no pudo recordar cuándo había sido la última vez que una mujer había llorado por su culpa.

–No, Marina...

Justo entonces, pensó que, al igual que le había ocultado sus sentimientos, Marina también le habría ocultado las lágrimas durante su matrimonio.

Y se sintió terriblemente culpable.

–No –repitió–. No puede volver a pasar otra vez... no he venido para causarte dolor. No estoy aquí por eso.

–¿No?

La voz de Marina sonó distante, como si estuviera muy lejos de él.

—Por supuesto que no.

—Entonces, ¿por qué has venido?

Ella puso las manos encima de la mesa, apretándolas con fuerza, para que Pietro no se diera cuenta de que le temblaban.

—Si llevas los documentos del divorcio en esa cartera... —continuó—. Si quieres que los firme ahora mismo...

Pietro asintió.

—Sí, esa cartera contiene los documentos del divorcio. Pero creo que deberíamos sentarnos en algún lugar más cómodo.

Marina se preguntó por qué querría que se sentaran y que firmaran los documentos en otro sitio. Quizás tenía miedo de que se desmayara al ver los documentos, aunque no le pareció posible. Ya se encontraba tan mal que nada podía empeorar su estado.

Sin embargo, asintió e hizo un gesto hacia la puerta por donde se iba al salón.

—Está bien, como quieras.

Pietro giró el pomo de la puerta y ella se estremeció. Había olvidado que había cerrado esa puerta por un buen motivo.

—Aunque pensándolo bien...

Pero ya era demasiado tarde.

Pietro abrió la puerta y entró en el salón. Y al entrar en el salón, vio la maleta que ella había dejado allí una hora antes.

Él se detuvo en seco.

—¿Una maleta?

Pietro se giró rápidamente hacia ella y añadió:

—¿Es que te vas?

Marina no estaba preparada para decirle la verdad, de modo que se limitó a decir:

–Es obvio que sí.

–Pero ¿adónde?

La segunda pregunta de Pietro era aún más difícil de contestar que la primera.

–Yo...

Entonces, Pietro vio la carpeta que estaba junto al equipaje. La carpeta que contenía los detalles del vuelo y el billete que había impreso tras comprarlo por Internet, inmediatamente después de saber que se había quedado embarazada.

–Pietro, yo...

Marina quiso impedir que Pietro abriera la carpeta, pero también llegó tarde. Pietro la abrió, miró los documentos que contenía y se giró hacia ella con una expresión de incredulidad absoluta.

–¿Sicilia? ¿Vas a Sicilia?

Ella no dijo nada. Sólo fue capaz de asentir.

–¿Por qué?

Marina tuvo que hacer un esfuerzo para no llevarse las manos al estómago, al lugar donde llevaba a su hijo.

Sabía que tendría que decirle la verdad en algún momento. A fin de cuentas, Pietro era su padre. Además, ésa era la razón por la que había comprado un billete de avión para viajar a Sicilia. Pero todos sus planes se vinieron abajo cuando Pietro se presentó en la puerta de su casa con aquella cartera de cuero.

Con grandes dificultades, mantuvo la calma y cambió de conversación.

–Dijiste que tenías un motivo para venir a verme. Que me habías traído algo que yo tenía que ver.

Él la miró en silencio, consciente de que no había contestado a sus preguntas. Caminó hasta el sofá y, durante un momento, pareció que tenía intención de sentarse en él. De hecho, hasta dejó la cartera en la mesita.

Pero no se sentó.

–Bueno, no es exactamente algo que tengas que ver.

Marina lo miró con sorpresa. Estaba tan nerviosa que las piernas le flaquearon y no tuvo más remedio que tomar asiento.

–En realidad he venido a pedirte algo.

–¿A pedirme algo?

Él asintió.

–En efecto. Como ya has imaginado, esa cartera contiene los documentos de nuestro divorcio. Están preparados. Sólo tienes que firmar.

A Marina se le hizo un nudo en la garganta. Se alegró de haberse sentado, porque de otro modo, se habría desmayado irremisiblemente. Al parecer, Pietro estaba a punto de destruir sus últimas esperanzas.

–Si es lo que quieres... –continuó.

Querer. Marina ni siquiera sabía lo que quería.

Desesperada, se puso las manos en las rodillas para disimular su temblor. Estaba tan cerca de él que podía sentir su aroma, increíblemente cálido, y distinguir hasta el último detalle de sus ojos azules.

Pero en ese momento tenía que concentrarse en lo que Pietro le estaba diciendo, no en lo que Pietro le hacía sentir.

–¿Es lo que quieres?

Pietro le lanzó la mirada más penetrante que le había dedicado nunca. Una mirada tan directa y firme que se estremeció bajo su impacto.

–¿Es lo que quieres?

Esta vez, Pietro pronunció la pregunta con dureza, enfatizándola de tal modo que Marina se sintió atrapada. Fue como si el mundo hubiera desaparecido de repente y sólo hubieran sobrevivido ella, Pietro y todo lo que Pietro había significado para ella.

Todo lo que aún significaba.

Pero el miedo todavía la dominaba hasta el extremo de dejarla sin voz. Sencillamente, no podía hablar.

–Está bien, te facilitaré las cosas –dijo él con una voz súbitamente dulce–. Si por mí fuera, sacaría esos documentos y los rompería en mil pedazos.

Marina se sintió mareada, perdida. No podía creer lo que había oído. Sólo pudo mirarlo a la cara, intentando adivinar sus pensamientos.

–Marina, no me quiero divorciar de ti. He intentado vivir contigo, he intentado vivir sin ti... y ya sé lo que prefiero.

Ella sacudió la cabeza.

–Pero...

–Déjame hablar, por favor.

–Está bien.

–Desde el momento en que entraste en el bufete de abogados, me sentí como si mi vida hubiera empezado otra vez. O como si hubiera estado dormido durante dos años y hubiera despertado de repente. Volvía a vivir... volvía a vivir con plenitud, con la plenitud que sólo siento contigo, con la mujer que...

Para asombro de Marina, Pietro sonrió.

–Con la mujer con quien me casé, con la mujer con quien viví antes de que las dudas y los temores se interpusieran entre nosotros. Antes de que perdiéramos a nuestro hijo.

Él se detuvo un momento y se pasó las manos por el pelo.

Marina supo lo que iba a pasar. Supo lo que iba a decir. Y supo que debía ser ella quien lo dijera.

–Antes de que te expulsara de mi vida y me escondiera de ti –declaró ella de repente–. Antes de que te hiciera sentir que ya no te quería.

Marina supo que lo había sorprendido. Lo supo porque su marido cerró los ojos un momento y echó la cabeza hacia atrás.

Pero después, Pietro respiró hondo y ella también supo que no había terminado de hablar.

–He venido a Londres para luchar por la mujer de la que estoy enamorado. He venido a Londres porque nunca he dejado de amarte, ni siquiera cuando estaba convencido de que el divorcio era la mejor solución.

–¿Es que ya no lo crees?

Pietro sacudió la cabeza.

–No. Sólo me divorciaría de ti si no te puedo hacer feliz. Pero eso sólo lo sabes tú –respondió–. Porque tu felicidad es lo único que quiero.

Marina dejó que continuara.

–He venido a preguntarte si puedes olvidar el pasado. Sólo te ruego que pienses detenidamente tu respuesta... Te doy mi palabra de que las cosas serán distintas esta vez. Si nos pudiéramos concentrar en las cosas buenas, si pudiéramos dejar a un lado nuestras dudas, podríamos tener un futuro juntos.

Una vez más, Marina supo que debía hablar. No podía dejarlo solo en ese momento. Ya había cometido un error demasiado grave en el pasado al convencerse de que su marido era tan fuerte y tan frío que no sentía nada. Ahora sabía que, bajo su apariencia implacable, se escondía un hombre de gran corazón.

—Yo puedo —dijo ella.

—¿Estás segura de que...?

—Sí. Yo puedo. Debería haberlo hecho al principio, debería haber acudido a ti y haberte concedido el beneficio de la duda. Eras mi esposo y había jurado estar a tu lado en la salud y en la enfermedad, en los tiempos buenos y en los malos. Debí saber que eras de la clase de hombres que guardan fidelidad a esos votos.

Los ojos de Pietro se oscurecieron y Marina fue perfectamente consciente del efecto que habían tenido sus palabras. Sólo lamentó no haber sido sincera con él en el pasado. Pero no había sido capaz. Perdió el rumbo cuando perdió a su hijo.

—Sin embargo, me sentía tan mal y tenía tanto miedo... Me convencí de que sólo te habías casado conmigo por el niño.

—Te habría pedido el matrimonio de todas formas. Tu embarazo me obligó a adelantarme, pero te lo habría pedido de todas formas —dijo él, emocionado—. ¿Cómo no te lo iba a pedir? Me enamoré de ti a la primera de cambio. Me enamoré y supe que ya no había vuelta atrás, que el único camino era hacia delante, juntos.

–Pero nosotros...

Pietro se acercó de repente y la acalló con un beso en los labios. Fue un roce apenas perceptible, una simple caricia, aunque suficiente para que ella se quedara inmóvil.

–Si no te hubieras quedado embarazada tan pronto, habría esperado un tiempo, pero al final, te lo habría pedido de todas formas –insistió él–. Habías entrado en mi vida y no te quería perder.

–Debí hablar contigo, debí... pero tú eras un príncipe y yo ni siquiera sabía cómo se debía comportar una princesa –le confesó–. Todo era tan extraño para mí... aquel castillo enorme, los periodistas...

–Y mi madre. Sí, debí hablarte de ella. Pero en lugar de eso, me senté tranquilamente en mi castillo y me concentré en mi trabajo. Y luego, cuando te fuiste, te ordené que volvieras o que te mantuvieras lejos para siempre... supongo que me creí mi personaje.

–¿A qué personaje te refieres? –preguntó, confusa.

–Al del príncipe D'Inzeo, con toda la arrogancia y la estupidez de mis ancestros. Me habías abandonado, pero las esposas de los D'Inzeo no abandonan a sus maridos. Y me dije que sólo tenía que chasquear los dedos para que volvieras corriendo a mi lado... Luego, al ver que no volvías, pensé que te habías casado conmigo por mi dinero.

–Pero si yo nunca...

–Lo sé, lo sé. En realidad, lo supe todo el tiempo. Simplemente, estaba demasiado enfadado y era demasiado obstinado como para admitirlo. Y cuanto más tiempo pasaba, más enfadado estaba. Hasta que me harté y te envié un ultimátum: que volvieras inmediatamente o me olvidaras para siempre.

Pietro rió con amargura y siguió hablando.

—Pero incluso entonces, incluso en los peores momentos, me di cuenta de que no podía vivir sin ti. Quería que volvieras y habría hecho cualquier cosa por conseguirlo. Por eso, cuando nos volvimos a ver y me di cuenta de que todavía me deseabas, mi corazón también volvió a latir de nuevo. Había oído que estabas saliendo con ese Stuart y...

—Stuart sólo es un amigo.

—Y una excusa para mí. La excusa que necesitaba para pedirte que volvieras a Sicilia. Quería hacerte ver lo que habíamos perdido, lo que podíamos volver a tener. ¿Por qué crees que me empeñé en divorciarme de ti cuando sólo faltaban un par de meses para que se cumplieran dos años enteros? Si hubiera esperado dos meses más, los tribunales me habrían concedido el divorcio inmediatamente.

Pietro se detuvo un momento y añadió:

—¿Sabes qué día es hoy? Hoy se cumplen dos años exactos desde que te pedí que te casaras conmigo.

Marina no lo habría olvidado ni en mil años, porque fue el mismo día en que le dijo que se había quedado embarazada.

Pero eso ya no tenía importancia.

Alcanzó la carpeta de cuero, sacó los documentos del divorcio y los rompió en mil pedazos, sin preocuparse por dónde caían. De todas formas, no lo habría visto. Los ojos se le habían nublado porque se le habían llenado de lágrimas.

–Hemos complicado tanto las cosas... –declaró con debilidad.

–No digas eso. Es agua pasada. Lo importante es que estamos aquí, juntos, y que podemos empezar de nuevo.

Para sorpresa de Marina, Pietro se arrodilló ante ella y la tomó de la mano.

–Marina, mi amor, mi vida, mi corazón... eres la única mujer que quiero, la única mujer que necesito, la única mujer que he amado y la única a la que amaré. Puede que perdiera el camino hace dos años, pero lo he vuelto a encontrar. Y ningún camino me interesa si tú no estás a mi lado.

Pietro se detuvo un momento, la miró a los ojos y preguntó:

–¿Quieres volver a vivir conmigo y volver a ocupar tu puesto como mi esposa, mi princesa, mi amor?

–Pietro...

A Marina se le quebró la voz. Pietro sonrió y acarició la alianza de su esposa, que llevaba encima porque nunca había encontrado las fuerzas necesarias para quitársela.

Después, se inclinó sobre ella y besó el brillante metal.

–Casi tengo miedo de pedirte que me ames, pero si todavía llevas ese anillo, supongo que tengo alguna esperanza...

–¿Miedo? ¿Tienes miedo de pedírmelo?

Marina ya no podía permitir que aquel hombre, el hombre al que adoraba, siguiera pasando aquel trago en soledad.

Se echó hacia delante, lo besó en la boca y dijo:

–No tienes nada que temer, mi amor, mi esposo. Sí, por supuesto que volveré contigo. Por supuesto que seré tu mujer y tu princesa... pero por encima de todo, seré tu amor si tú eres el mío. Lo seré hasta el fin de mis días.

Marina apenas había terminado de hablar cuando Pietro se levantó, la levantó y la abrazó con toda sus fuerzas antes de besarla.

Fue un beso tan ardiente, tan puro y tan largo que ella dejó de pensar. Luego, él se apartó lo suficiente para mirarla a los ojos y le acarició la cara.

–Y puede que algún día, si quieres, si lo deseas, tengamos niños... una familia que llene de risas ese castillo tan frío. Una familia que lo convierta en un hogar.

–Un hogar –dijo ella, asintiendo–. Una familia.

Marina se dijo que había llegado el momento. Y no podría haber sido más perfecto.

–Pietro, mi amor, todavía no te he dicho por qué tenía intención de...

–¿De viajar a Sicilia?

–No, de volver a tu lado –puntualizó.

–Pues dímelo.

–No podía ir a ninguna otra parte. Estoy embarazada, Pietro. Me quedé embarazada aquella noche, en Casalina.

Pietro bajó la cabeza y miró el estómago de su esposa.

–¿Embarazada? ¿Cuándo lo has sabido?

–Hoy mismo. El médico me lo confirmó esta misma mañana. Así que me conecté a Internet y compré un billete para esta noche.

–Ibas a volver conmigo... –dijo, asombrado.

–Por supuesto que sí.

Marina alzó una mano y le acarició la cara.

–¿Con quién iba a estar si no? –continuó–. ¿A quién más podría desear en mi vida...?

Pietro la besó otra vez. Pero en esta ocasión fue un beso lleno de cariño y de confianza, fue una promesa de apoyo y de compromiso con el futuro, con independencia de lo que les pudiera deparar.

–Ocurra lo que ocurra, siempre estaré a tu lado –le prometió él–. Siempre que me necesites.

–Y no habrá más puertas cerradas –prometió ella–. Aunque no hubieras venido a verme, yo te habría buscado de todas formas. Quería hablar contigo para disculparme por mi debilidad, por haber desconfiado de tu amor. Cuando lo pensé, me di cuenta de que me había equivocado contigo. Y si no me hubiera dado cuenta entonces, me habría dado cuenta cuando empecé a sospechar que me había quedado embarazada.

Marina besó sus labios y añadió:

–En ese momento, supe que sólo podía confiar en mi marido, en el padre de mi hijo. Y supe que tú eras la única persona a quien podía confiar ese niño y mi propio corazón, porque tú eres el único hombre al que he amado.

–No te preocupes por nada, mi amor. Conmigo estarás a salvo –le prometió Pietro–. Te prometo que el niño y tú estaréis a salvo durante el resto de nuestras vidas.

BIANCA™

LYNN RAYE HARRIS
EL PRÍNCIPE RUSO

Sola y asustada en las oscuras calles de Moscú, Paige Barnes no tuvo más remedio que obedecer la orden del apuesto extraño que le pedía un beso. No sabía que estaba siendo rescatada por Alexei Voronov, el mayor adversario de su jefe.

Alexei decidió jugar a una ruleta rusa emocional para mantenerla vigilada y descubrir lo que ocultaba. Pero en su palacio, el juego se le escapó de las manos y la pasión por ella lo abrumó completamente…

MAGGIE COX
SECRETO DE UNA NOCHE

Atraída por una fuerza magnética, Anna Bailey, la camarera del bar del hotel Mirabelle, salió del cascarón para acabar en brazos del apuesto italiano Dante Romano… Pero cinco años después, su único recuerdo de aquel hombre sería su adorable hija, Tia.

Dante había luchado mucho para llegar adonde estaba, pero nada podía compararse con lo que acababa de descubrir…

N.º 482

KATE WALKER
UN SUEÑO FUGAZ

Tras casarse, Marina pensó que sus sueños se habían hecho realidad. Pero su matrimonio no fue el cuento de hadas que esperaba y, al final, se marchó con el corazón roto.

Dos años después, Pietro D'Inzeo ya no poblaba los sueños de Marina. Ella sabía que había llegado el momento de seguir con su vida y, aunque él la había emplazado a visitarlo en Sicilia, nada haría que cambiara de idea.

¡YA EN TU PUNTO DE VENTA!

BIANCA.

KIM LAWRENCE

LIBRES PARA EL AMOR

En medio del caos de una huelga de controladores en el aeropuerto, el soltero más cotizado de Madrid, Emilio Ríos, se tropezó con un antiguo amor, Megan Armstrong. En el pasado, Emilio se había doblegado a su deber como hijo y heredero, y se había casado con la mujer «adecuada», renunciando a Megan, que no era tan sofisticada.

Alejarse de ella había sido lo más difícil que había hecho en su vida, pero ahora que era libre, no iba a perder ni un minuto.

TORMENTA DE ESCÁNDALO

El corazón de Poppy se rompió siete años antes, cuando el aristocrático Luca Ranieri le dijo adiós, eligiendo el deber por encima del amor.

Ahora, Poppy se encuentra en el castillo de su abuela en Escocia, atrapada por una violenta tormenta de la que también se ha refugiado un deliciosamente desaliñado Luca.

N.º 483

Durante dos días, encerrados y solos en el castillo, Poppy vuelve a entregarle su corazón. Pero con el final de la tormenta llegará la realidad… y Luca deberá elegir de nuevo entre su deber y sus sentimientos por ella.

DESEO

MARY LYNN BAXTER
UN AUTÉNTICO TEXANO

Grant Wilcox estaba acostumbrado a conseguir todo lo que deseaba y lo que ahora deseaba era a Kelly Baker, la bella desconocida recién llegada a la ciudad que además era una excelente abogada capaz de sacarle de una situación complicada. La relación que en principio era exclusivamente profesional no tardó en convertirse en una apasionada aventura…

JILL MONROE
CÓMO SEDUCIR AL JEFE

Era la ayudante perfecta, o al menos lo fue hasta que accedió a que la hipnotizaran durante una fiesta. De la noche a la mañana, la eficiente y recatada Annabelle Scott se convirtió en toda una seductora que se pasaba el día pensando cuál de sus atrevidos atuendos sorprendería más a Wagner Acrom, su jefe.

N.º 547

ROCHELLE ALERS
HERIDAS DE AMOR

Renee Wilson necesitaba desesperadamente conseguir ese trabajo en la granja Blackstone. No podía marcharse, pero tampoco se atrevía a quedarse con el viudo Sheldon Blackstone, ni a negar el deseo que ardía dentro de ella cuando él estaba cerca. No pasaría mucho tiempo antes de que Sheldon admitiera que, con su vulnerabilidad y su encanto, Renee estaba destruyendo la coraza de hierro con la que protegía su corazón.

DESEO

CATHERINE MANN

TODO LO QUE DESEO

El empresario Seth Jansen necesitaba una niñera temporal y Alexa Randall parecía apropiada para el puesto. Ella aceptó pasar una temporada en una exuberante isla de Florida con aquel hombre cuya pasión le hacía cuestionarse las decisiones que había tomado.

Los bebés le hacían pensar a Alexa en la familia que siempre había querido y las noches con Seth eran incomparables. El millonario podía ser el hombre de sus sueños… si no estuviera fuera de su alcance.

N.º 548

HONRADAS INTENCIONES

El comandante Hank Renshaw lo sabía casi todo sobre Gabrielle Ballard.

Casi todo salvo cómo sería acariciarla porque era la prometida de su mejor amigo. O lo había sido hasta que Kevin murió en el campo de batalla, después de hacerle prometer que buscaría a Gabrielle.

De modo que estaba en Nueva Orleans, en el apartamento de Gabrielle, viéndola darle el pecho a su bebé. No era el honor ni el sentido del deber lo que hacía que quisiera quedarse, sino el deseo que sentía por ella, así de sencillo; el deseo de tomar a la mujer a la que siempre había amado y, por fin, hacerla suya.

JAZMÍN

JESSICA HART
CITA SORPRESA

Finn McBride, el jefe de Kate Savage, parecía sacado del mismísimo infierno; quizá fuera guapo, pero se pasaba el día entero pegado a su mesa. Sus amigas decidieron concertarle a Kate una cita a ciegas con un atractivo viudo. Pero cuando llegó al lugar de la cita ¡descubrió horrorizada que el hombre misterioso no era otro que Finn!

KAREN ROSE SMITH
UN CORAZÓN PROTEGIDO

Era alto, moreno y muy guapo; seguramente por eso Jed Sawyer estaba en boca de toda la ciudad, y Brianne Barrington era la última víctima de sus encantos. Ella andaba buscando al hombre perfecto mientras que él sufría una verdadera fobia hacia el compromiso. ¿Cómo una mujer que creía en el "felices para siempre" había conseguido arruinar sus planes de mantener una relación estrictamente profesional?

N.º 577

LUCY GORDON
EL HIJO DEL ITALIANO

El hombre con el que Becky Hanley había estado a punto de casarse acababa de volver a su vida. Habían pasado años, pero Luca Montese estaba más guapo y sexy que nunca y la atracción volvió a surgir entre ellos con una fuerza arrolladora. Pero entonces Becky descubrió que solo había regresado para tener un hijo con ella... y lo más sorprendente era que ella estaba embarazada.

JULIA™

KAREN ROSE SMITH

ILUSIONES PERDIDAS

Seis años atrás, Sara Hobart había ayudado a una pareja sin hijos a encontrar la felicidad. Ahora era ella la que necesitaba un pequeño milagro. El instinto le decía que Kyle Barclay era su hijo. Sólo había una cosa que se interponía en su camino: el padre del niño.

REFUGIO PARA UN CORAZÓN

Sam Barclay aceptaría ser el padre y Corrie Edwards conseguiría el bebé que siempre había deseado. Parecía un buen plan, hasta que Sam, su donante de esperma, decidió que quería la oportunidad que el destino ya le había negado una vez, la de ser padre en todos los sentidos.

N.º 472

CONDENA DE AMOR

Ben Barclay nunca cometía errores, y menos aún errores surgidos de aventuras de una noche. Así que, cuando descubrió que el resultado de su arriesgado y único encuentro con una bella desconocida iba a tener consecuencias muy duraderas, decidió asumir sus responsabilidades.

Sierra Girard no esperaba que Ben Barclay llegara a formar parte de su vida, por eso estaba más que sorprendida al ver cuánto insistía el abogado para que se convirtieran en marido y mujer, aunque sólo fuera por el bien del niño.

ANNA CLEARY
Seis años después

Un sexy italiano debería ser suficiente para alegrarle la vida a Lara. Si no fuera porque ese hombre tan increíble no era solo su nuevo jefe, sino la última persona que ella esperaba ver de nuevo... ¡y el padre de su hija!

Ahora se encontraba a las órdenes de Alessandro y él tenía en mente algo más que trabajo. ¿Cómo debía contarle que tenía una hija? Él le había pedido que entrara en su despacho, ¡pero sus exigencias se habían extendido al dormitorio!

MICHELLE REID
Pasión oriental

Rafiq Al-Qadim era un tipo poco corriente: un príncipe mitad árabe mitad francés que ponía por encima de todo su orgullo y su lealtad a la familia... Y eso era algo que Melanie había descubierto hacía ocho años, cuando se había enamorado de él. Después, Rafiq había preferido creer unas terribles mentiras sobre ella y la había sacado de su vida sin pensárselo dos veces.

Pero Melanie nunca había dejado de quererlo y, sin que él lo supiera, había tenido un hijo suyo. Había llegado el momento en el que Robbie necesitaba a su padre y ella tenía que sacar fuerzas de flaqueza para enfrentarse a Rafiq. Melanie había tomado la determinación de hacer que aceptara a su hijo, aunque se negara a perdonarla a ella.

N.º 90

Tiffany

Sherryl Woods

Atrapar a un ladrón

Gina Petrillo estaba huyendo de sus problemas y necesitaba el apoyo de sus viejas amigas. Pero parecía que los problemas la habían seguido hasta su casa de Winding River. El abogado Rafe O'Donnell había seguido su rastro desde la ciudad y no tenía la menor intención de dejar escapar a tan guapísima sospechosa. Pero convertirse en la sombra de Gina podía llegar a ser un verdadero reto ya que, a pesar de su desconfianza, los besos de aquella mujer eran demasiado irresistibles.

El dilema

Siendo solo unas adolescentes, las amigas de Emma habían escuchado todos sus ambiciosos sueños. Diez años después, cuando volvió a Winding River como importante abogada y madre soltera, Karen, Gina y Lauren volvieron a apoyarla sin condiciones. Lo que no conseguía entender ella era por qué estaban tan empeñadas en que viera con buenos ojos al sexy Ford Hamilton, su enemigo en el juzgado. Por si no tenía suficiente con que su hija no dejara de alabar al guapísimo periodista, su propio corazón la tentaba a aceptar la proposición de Ford para que unieran sus talentos...